A outra rainha

Obras da autora publicadas pela Editora Record

Série *Tudors*
A irmã de Ana Bolena
O amante da virgem
A princesa leal
A herança de Ana Bolena
O bobo da rainha
A outra rainha
A rainha domada
Três irmãs, três rainhas
A última Tudor

Série *Guerra dos Primos*
A rainha branca
A rainha vermelha
A senhora das águas
A filha do Fazedor de Reis
A princesa branca

Terra virgem

PHILIPPA GREGORY

A outra rainha

Tradução de
ANA LUIZA BORGES

4ª edição

EDITORA RECORD
RIO DE JANEIRO • SÃO PAULO
2021

CIP-BRASIL. CATALOGAÇÃO-NA-FONTE
SINDICATO NACIONAL DOS EDITORES DE LIVROS, RJ

G833o
4ª ed.

Gregory, Philippa, 1954-
    A outra rainha / Philippa Gregory; tradução de Ana Luiza Borges. – 4ª ed. –
Rio de Janeiro: Record, 2021.

    Tradução de: The other queen
    ISBN 978-85-01-08802-4

    1. Maria, Rainha dos escoceses, 1542-1587 – Ficção. 2. Escócia – História –
Maria I, 1542-1567 – Ficção. 3. Novela inglesa. I. Borges, Ana Luiza. II. Título.

10-5981

CDD: 823
CDU: 821.111-3

Título original em inglês:
The Other Queen

Copyright © 2008 by Philippa Gregory Limited

Texto revisado segundo o novo Acordo Ortográfico da Língua Portuguesa.

Todos os direitos reservados. Proibida a reprodução, no todo ou em parte, através de quaisquer meios. Os direitos morais da autora foram assegurados.

Direitos exclusivos de publicação em língua portuguesa somente para o Brasil adquiridos pela
EDITORA RECORD LTDA.
Rua Argentina, 171 – Rio de Janeiro, RJ – 20921-380 – Tel.: (21) 2585-2000,
que se reserva a propriedade literária desta tradução.

Impresso no Brasil

ISBN 978-85-01-08802-4

EDITORA AFILIADA

Seja um leitor preferencial Record.
Cadastre-se no site www.record.com.br
e receba informações sobre nossos
lançamentos e nossas promoções.

Atendimento e venda direta ao leitor:
sac@record.com.br

Para Anthony

1568, outono, Chatsworth House, Derbyshire: Bess

Toda mulher deve se casar pensando em seu próprio benefício, pois seu marido irá representá-la frente a todos pelo resto da sua vida. Se ela escolher um vagabundo, será evitada por todos os vizinhos como uma coitada; se fisgar um duque será Sua Graça, e todos serão seus amigos. Pode ser piedosa, pode ser instruída, pode ser espirituosa e sábia e bela, mas se se casar com um tolo, será a "pobre Sra. Tolo" até ele morrer.

E eu tenho bons motivos para respeitar minha própria opinião sobre maridos, já que tive três, e cada um, que Deus os tenha, foi um passo em direção ao seguinte, até eu chegar ao quarto, meu conde, e agora sou "milady condessa de Shrewsbury": uma ascensão maior que a de qualquer mulher que eu conheço. Cheguei onde estou porque tirei o máximo proveito de mim mesma e consegui o melhor preço pelo que posso colocar no mercado. Sou uma mulher que por esforço próprio se fez, se refinou e se vendeu e tenho orgulho disso.

De fato, nenhuma mulher na Inglaterra saiu-se melhor que eu. Pois apesar de termos uma rainha no trono, ela só está lá por causa da habilidade de sua mãe e a fraqueza da linhagem de seu pai, e não por quaisquer méritos pessoais. Se mantivéssemos um Tudor como reprodutor, ele iria para o abate no segundo inverno. São animais medíocres e fracos, e essa rainha Tudor tem de se decidir logo a se casar, ir para a cama e procriar, ou o país será arruinado.

Se não nos der um menino protestante sadio, ela nos abandonará ao desastre, pois sua herdeira é outra mulher: uma jovem, vaidosa, pecadora, uma papista idólatra. Que Deus perdoe suas faltas e nos poupe da destruição que ela nos trará. Tem dias em que ouvimos uma história da rainha Maria I da Escócia, e outros em que ouvimos outra. O que nunca se ouve, mas nunca mesmo, ainda que se escute cem vezes, até quando contada por um de seus afetuosos admiradores, é a história de uma mulher que atende aos próprios interesses, que pensa por si mesma, e que se casa para tirar o máximo de vantagem para si. Mas como nesta vida a mulher é um item de propriedade, tem sempre de considerar sua melhoria, sua venda pelo melhor preço e sua posse futura. Que mais lhe resta? Deixar-se ruir?

É lamentável que uma jovem tão frívola seja impingida a mim e à minha casa, mesmo que por uma estada curta, enquanto Sua Majestade Elizabeth, a rainha, decide o que será feito dessa hóspede por demais canhestra. Mas nenhuma casa no reino é capaz de entretê-la e — sim — protegê-la melhor que a minha. A nenhum marido na Inglaterra, a não ser o meu, pode ser confiada tal Salomé dançando na varanda. Somente a minha casa é dirigida com uma disciplina tal que permita acomodar uma rainha de sangue azul no estilo que ela exige e com a segurança de que precisa. Somente meu marido, recém-casado comigo, encontra-se tão loucamente apaixonado por mim que pode estar seguro sob o mesmo teto de semelhante sedutora.

Ninguém ainda sabe desse trato; foi decidido em segredo pelo meu bom amigo e secretário William Cecil e por mim. Assim que essa rainha incorrigível chegou em frangalhos em Whitehaven, expulsa da Escócia por seus lordes rebeldes, Cecil me enviou por um mensageiro desconhecido um bilhete breve perguntando se eu a acolheria, e respondi com uma única palavra: sim. Sim, realmente! Sinto-me honrada com a confiança de Cecil. Dessa confiança resultam grandes desafios, e dos grandes desafios resultam grandes recompensas. Esse novo mundo de Elizabeth é para aqueles que percebem suas oportunidades e não as deixam escapar. Prevejo honras e riquezas se pudermos hospedar essa prima real e mantê-la perto. Cecil pode contar comigo. Eu a protegerei e me tornarei sua amiga, eu a receberei e a alimentarei, eu a tratarei com nobreza e honra, e a manterei segura como um passarinho no ninho, até o momento que Cecil quiser, quando então a entregarei intacta ao carrasco dele.

1568, outono, Hampton Court: George

Não sou agente de ninguém. Não estou à venda. Não sou espadachim contratado. Não sou espião de Cecil, nem seu algoz. Tudo o que queria era não estar aqui em Londres, envolvido nesta história injuriosa, e sim em casa, em Chatsworth House, com minha querida e inocente esposa Bess, no campo, longe das conspirações e dos perigos da corte. Não posso dizer que sou feliz. Não posso dizer que gosto disso. Mas cumprirei o meu dever — Deus sabe que sempre cumpro o meu dever.

— Você foi convocado para nada menos que ordenar a morte de Maria I da Escócia — sussurrou Thomas Howard em meu ouvido ao me alcançar em uma galeria em Hampton Court. As venezianas tinham sido fechadas para a limpeza, e a galeria estava parcialmente escura naquele fim de tarde. Os retratos nas paredes pareciam ouvintes pálidos inclinando-se à frente para escutar quando Howard me pegou pelo braço para me alertar dos perigos que eu já temia.

— Vamos lançar a suspeita sobre ela. Nada mais. Não se iluda. Cecil decidiu que essa rainha é uma ameaça para o reino desde o momento em que nasceu. Talvez ela pense que escapou de seus inimigos na Escócia ao se refugiar na Inglaterra, mas apenas trocou um perigo por outro. Cecil decidiu que ela tem de morrer. Essa é sua terceira tentativa de declará-la culpada. Seremos seus carrascos, sem opinião própria.

Olhei para Howard. Um homem baixo, bem-vestido, com uma barba bem-cuidada e olhos escuros vivazes, que hoje estava enfurecido com o ministro da rainha. Todos nos ressentíamos de Cecil, todos nós, antigos lordes. Porém isso exaspera Howard mais do que qualquer um. Ele é primo da rainha, chefe da família Howard, é o duque de Norfolk, e esperava ser o principal conselheiro — mas ela depende de Cecil, sempre dependeu.

— Fui designado pela rainha em pessoa para investigar a conduta de sua prima, Maria da Escócia. Não sou carrasco — replico com dignidade calma. Um homem passa e hesita, como se quisesse ouvir a nossa conversa.

Howard sacode a cabeça de cabelos escuros em resposta à minha ingenuidade.

— Talvez Elizabeth queira que o nome de Maria da Escócia seja apagado. Mas William Cecil não é conhecido por ter coração mole. Ele quer a fé protestante governando tanto a Escócia quanto a Inglaterra, e a rainha católica na prisão ou num caixão; tanto faz. Nunca concordará com que ela seja eximida de toda culpa e restituída ao trono.

Não posso contestar a probidade impaciente de Howard. Sei que está apenas dizendo a verdade. Mas está falando alto e claro demais para o meu gosto. Pode ter alguém atrás das tapeçarias, e, apesar de o desconhecido ter prosseguido o seu caminho, pode ter ouvido alguma coisa.

— Cale-se — digo e o levo para um banco a fim de conversarmos reservadamente. No mesmo instante, parecemos conspiradores, mas hoje em dia a corte toda parece feita de conspiradores e espiões. — O que podemos fazer? — pergunto em tom baixo. — Cecil convocou o inquérito para examinar a prova contra a rainha dos escoceses, para julgar se ela deve recuperar seu trono, se está apta a governar. O que podemos fazer para nos certificarmos de que seja tratada com justiça?

— Temos de salvá-la — responde Howard com firmeza. — Temos de declará-la inocente do assassinato de seu marido e temos de restituí-la ao trono da Escócia. Temos de aceitar sua reivindicação de herdeira de Elizabeth. Ela precisa ser confirmada como herdeira do trono da Inglaterra quando... — Interrompeu-se. Nem mesmo Howard se atreveria a mencionar a morte de sua prima, a rainha. —... chegar a hora. Somente a herança confirmada de Maria Stuart nos dará a segurança de conhecermos nosso próximo monarca. Temos o direito de conhecer o herdeiro. Temos de defender sua causa como se fosse nossa.

Ele percebe minha hesitação. Alguns homens passam e nos olham com curiosidade. Eu me sinto visível demais e me levanto.

— Ande comigo — diz Howard. — E preste atenção. Temos de defender sua causa como se fosse nossa porque *é* nossa. Vamos supor que deixemos Cecil prendê-la ou forjar uma acusação formal de assassinato. O que você acha que vai acontecer depois?

Espero.

— E se em seguida ele decidir que *eu* sou uma ameaça para o reino? O que vai acontecer então? E se, depois de mim, ele citar você?

Tento rir.

— É pouco provável que ele nos acuse. Somos os homens mais importantes da Inglaterra. Sou o principal proprietário de terras ao norte de Trent, e você é o primo da rainha, e um duque.

— Sim, e por isso mesmo corremos perigo. Somos seus rivais para o poder. Ele destruirá qualquer um que o desafie. Hoje, Maria da Escócia enfrenta o tribunal. Amanhã poderá ser eu ou qualquer outro que tenha se atrevido a desafiá-lo: Percy, Dacre, Sussex, Arundel, Dudley, os lordes do norte, você. Ele precisa ser detido — replica Howard, sua voz num murmúrio grave no meu ouvido. — Você o deteria se pudesse?

— Não é possível — digo com cautela. — A rainha é livre para escolher seus conselheiros e confia nele mais do que em qualquer outro. Ele está ao lado dela desde que era uma jovem princesa. Do que podemos acusá-lo?

— De roubar o ouro espanhol! De instigá-los à guerra! De fazer da França uma inimiga! De levar a metade do país à traição com sua desconfiança constante, espionando pessoas que não querem nada além de adorar à maneira antiga! Olhe só a corte! Já esteve na corte antes e sentiu tanto medo? Está cheia de espiões e conspirações.

Concordo com a cabeça. É inegável. O medo de Cecil dos papistas e seu ódio pelos estrangeiros dominam a Inglaterra.

— Essa última estupidez dele foi a pior — diz Howard, furioso. — Um navio buscou abrigo do mau tempo em nosso porto e foi capturado! Ele nos transforma em uma nação de piratas e torna os mares inseguros para o comércio.

Não posso discordar. O navio com o tesouro espanhol chegou a Plymouth esperando encontrar porto seguro, e Cecil, filho de um homem pobre, não conseguiu resistir ao carregamento de ouro. Roubou o ouro — simples assim. E agora os espanhóis estão ameaçando bloquear o comércio, falam até mesmo sobre guerra, se não devolvermos tudo. Nós incorremos em total erro, tudo porque Cecil está completamente errado; mas é a ele que a rainha da Inglaterra escuta.

Howard controla a irritação com dificuldade.

— Queira Deus que nunca vejamos o dia em que você venha me dizer que eu tinha razão em temê-lo e que deveríamos ter-nos defendido, mas que agora é tarde demais, e um dos nossos está sendo julgado por alguma acusação forjada. Queira Deus que ele não nos elimine um a um, enquanto somos crédulos demais para nos defendermos. — Faz uma pausa. — Ele mantém um regime de terror. Faz com que sintamos medo de inimigos imaginários, para que não nos protejamos dele e de nosso governo. Ficamos tão ocupados vigiando estrangeiros que esquecemos de vigiar nossos amigos. De qualquer maneira, você guarda sua opinião e eu guardo a minha. Não direi mais nada contra Cecil, por enquanto. Vai guardar segredo? Não dirá uma palavra sequer?

O olhar que me lança me convence mais do que qualquer argumento. Se o único duque da Inglaterra, primo da própria rainha, teme que suas próprias palavras sejam relatadas a um homem que é pouco mais que um servo real, é porque o servo se tornou poderoso demais. Estamos todos ficando cada vez mais com medo do conhecimento de Cecil, de sua rede de inteligência, de seu silencioso poder crescente.

— Isso vai ficar entre nós dois — respondo calmamente. Olho rápido à nossa volta para me certificar de que ninguém pode ouvir. Espanta-me o fato de eu, o conde mais importante da Inglaterra, e Howard, o único duque da Inglaterra, precisarmos temer bisbilhoteiros. Mas assim é. É nisto que a Inglaterra se transformou no décimo ano do reinado de Elizabeth: um lugar em que o homem tem medo da própria sombra. E nesses últimos dez anos, minha Inglaterra parece ter-se enchido de sombras.

1568, inverno, castelo de Bolton: Maria

Recuso-me, recuso-me terminantemente a usar qualquer outra coisa que não sejam meus próprios vestidos. Meus belos vestidos, minhas peles, minhas golas de renda, meus veludos, minhas anáguas de tecido dourado, foi tudo deixado em Holyroodhouse, pulverizado de perfume e pendurado em sacolas de musselina nos quartos de vestir. Vesti armadura quando parti com Bothwell para dar uma lição aos meus lordes rebeldes, mas acabei não me revelando nem professora nem rainha, pois me derrotaram, me prenderam e ainda capturaram Bothwell como um criminoso. Aprisionaram-me, e eu teria morrido no castelo de Lochleven se não tivesse conseguido escapar graças à minha própria sagacidade. Agora, na Inglaterra, acham que caí tanto a ponto de vestir roupas de segunda mão. Acham que fiquei humilde o bastante para me dar por satisfeita com os vestidos que Elizabeth descartou.

Devem estar loucos se acham que podem me tratar como uma mulher comum. Não sou uma mulher comum. Sou semidivina. Tenho um lugar só meu, um lugar exclusivo entre anjos e nobres. No paraíso está Deus, Nossa Senhora e Seu Filho, e abaixo deles, como cortesãos, os anjos em seus diversos graus. Na terra, assim como no céu, há o rei, a rainha e príncipes; abaixo deles está a alta nobreza, a pequena, os trabalhadores e os indigentes. No nível inferior, logo acima dos animais, estão as mulheres pobres: mulheres sem lar, sem marido ou fortuna.

E eu? Sou duas coisas ao mesmo tempo: o segundo ser mais elevado no mundo, uma rainha, e o mais baixo, uma mulher sem lar, sem marido ou fortuna. Sou rainha três vezes, pois nasci rainha da Escócia, filha do rei Jaime V da Escócia, casei-me com o delfim da França e herdei a Coroa francesa com ele, e sou, por direito, a única herdeira verdadeira e legítima do trono da Inglaterra, sendo a sobrinha-bisneta do rei Henrique VIII da Inglaterra, embora sua filha bastarda, Elizabeth, tenha usurpado o meu lugar.

Mas, *voilà*! Ao mesmo tempo sou a criatura mais inferior de todas, uma mulher pobre e sem marido que lhe dê um nome e proteção, porque meu marido, o rei da França, não viveu mais de um ano depois da nossa coroação, meu reino da Escócia armou uma rebelião cruel contra mim e me obrigou a fugir, e a minha reivindicação do trono da Inglaterra foi negada pela bastarda ruiva desavergonhada, Elizabeth, que se senta no meu lugar. Eu, que deveria ser a mulher mais importante da Europa, fui de tal forma rebaixada que apenas o amparo de Elizabeth salvou a minha vida quando os rebeldes escoceses me capturaram e ameaçaram me executar, e é sua caridade que hoje me dá abrigo na Inglaterra.

Tenho apenas 26 anos e já vivi três vidas! Mereço a posição mais alta do mundo, e no entanto ocupo a mais baixa. Mas ainda sou uma rainha, e rainha três vezes. Nasci rainha da Escócia, fui coroada rainha da França, e sou herdeira da Coroa da Inglaterra. Seria apropriado eu usar outra coisa que não arminho?

Mando minhas damas de honra, Mary Seton e Agnes Livingstone, dizerem aos meus anfitriões, lorde e Lady Scrope do castelo de Bolton, que todos os meus vestidos, pertences favoritos e móveis pessoais devem ser trazidos da Escócia imediatamente, e que só usarei minhas belas roupas. Digo-lhes que prefiro andar maltrapilha a vestir qualquer coisa do guarda-roupa da rainha. Que me curvarei no assoalho se não me sentar em um trono real.

Foi uma pequena vitória quando se apressaram em me obedecer, e as grandes carruagens desceram a estrada de Edimburgo trazendo meus vestidos, minha escrivaninha, minhas roupas de cama, minha prataria e minha mobília. Mas receio ter perdido minhas joias. As melhores, inclusive minhas preciosas pérolas negras, desapareceram das minhas caixas de joias. São as pérolas mais preciosas na Europa, uma fileira tripla de raras pérolas negras, que todos sabem, que me pertencem. Quem seria tão perverso a ponto de lucrar à minha custa? Quem teria a insolência de usar as pérolas de uma rainha, roubadas de seu tesouro saqueado? Quem se rebaixaria ao ponto de querê-las, sabendo que foram roubadas de mim quando eu lutava por minha vida?

Meu meio-irmão deve tê-las roubado do meu tesouro. Meu irmão falso, que jurou ser leal, me traiu. Meu marido Bothwell, que jurou que venceria, foi derrotado. Meu filho Jaime, meu precioso filho, meu bebê, meu único herdeiro, que eu jurei proteger, está nas mãos de meus inimigos. Somos todos perjuros, somos todos traidores, fomos todos traídos. E eu — em um salto brilhante para a liberdade — fui, de certa maneira, capturada de novo.

Achei que minha prima Elizabeth compreenderia imediatamente que, se o meu povo se levantasse contra mim na Escócia, ela estaria em perigo na Inglaterra. Qual a diferença? *Rien du tout*! Nos dois países, governamos povos problemáticos divididos pela religião, falando a mesma língua, ansiando pelas certezas de um rei, mas incapazes de encontrar alguém além de uma rainha para ocupar o trono. Achei que ela entenderia que nós, rainhas, temos de nos unir, que se o povo me derruba e me chama de prostituta, o que o impedirá de insultá-la? Mas ela é lenta, ah, Deus! Ela é tão lenta! Ela é tão pachorrenta quanto um homem estúpido, e não consigo aturar lentidão e estupidez. Enquanto eu peço um salvo-conduto para a França — pois minha família francesa me recolocará no trono da Escócia no mesmo instante —, ela hesita, e estremece e convoca um inquérito, advogados, conselheiros e juízes, e todos eles se reúnem em Westminster Palace.

Pelo amor de Deus, juiz para julgar o quê? Investigar o quê? O que há para descobrir? *Exactement*! Nada! Dizem que quando meu marido, o tolo Darnley, matou David Rizzio, jurei vingança e convenci meu amante seguinte, o conde de Bothwell, a tirá-lo da cama à base de explosões e depois estrangulá-lo quando ele tentava fugir nu pelo jardim.

Loucura! Como se eu fosse permitir um ataque a alguém de sangue azul, mesmo que para me vingar. Meu marido tinha de ser tão inviolável quanto eu mesma. Uma pessoa real é sagrada como um deus. Como se alguém com um pingo de juízo fosse armar uma trama tão absurda. Somente um idiota explodiria uma casa inteira para matar um homem, quando poderia asfixiá-lo silenciosamente com um travesseiro enquanto ele dormia! Como se Bothwell, o homem mais inteligente e perverso da Escócia, fosse usar meia dúzia de homens e barris de pólvora, quando uma noite escura e uma faca afiada bastariam.

Finalmente, e o pior de tudo, dizem que recompensei esse atentado incompetente fugindo com o assassino, o conde de Bothwell, concebendo filhos na luxúria adúltera, casando-me com ele por amor, e declarando guerra contra o meu próprio povo simplesmente por maldade.

Sou inocente disso e do homicídio. Essa é a pura verdade, e aqueles que não acreditam decidiram me odiar por minha riqueza, minha beleza, minha religião, ou porque sou grandiosa por natureza. As acusações não passam de calúnias vis, *calomnie vile*. Mas é tolice repetir palavra por palavra, como o inquérito de Elizabeth pretende fazer. Uma total estupidez chamar isso de inquérito oficial. Se alguém se atrever a dizer que Elizabeth não é casta com Robert Dudley ou qualquer outro da meia dúzia de homens aos quais ela esteve associada em seus anos escandalosos, a começar pelo próprio padrasto, Thomas Seymour, quando ela era menina, a pessoa será levada ao juiz de paz e terá a língua cortada pelo ferreiro. E isso é o correto. A reputação de uma rainha tem de permanecer imaculada. Uma rainha deve parecer perfeita.

Mas se alguém diz que *eu* sou impura — uma rainha como ela, igualmente consagrada, e de sangue azul puro, o que ela não tem —, então esse alguém pode repeti-lo no palácio de Westminster diante de quem quiser ouvir, e isso será evidência.

Por que ela seria tola a ponto de encorajar fofocas sobre uma rainha? Será que não vê que, ao permitir que me difamem, ela prejudica não somente a mim, mas a minha posição, que é exatamente a mesma dela? O desrespeito a mim apaga o brilho dela. Nós duas devemos defender nossa posição.

Sou uma rainha. Normas diferentes se aplicam a rainhas. Tenho sido obrigada a suportar incidentes como uma mulher que eu nunca sequer chamaria de rainha. Eu não me curvaria em reconhecimento a ela. Sim, fui sequestrada, aprisionada e violada — mas nunca, jamais me queixarei. Como rainha, a minha pessoa deve ser inviolável, o meu corpo é sempre divino, a minha presença é sagrada. Deverei abrir mão dessa poderosa magia para ficar remoendo as minhas dores? Deverei negociar a majestade em si pelo prazer de uma palavra de simpatia? Prefiro liderar, ou desejo choramingar pelos meus erros? Devo comandar homens, ou devo ficar chorando à lareira, junto a outras mulheres ofendidas?

É claro. A resposta é simples. *Bien sûr*. Ninguém deverá sentir pena de mim. Podem me amar ou me odiar ou me temer. Mas nunca deixarei que tenham pena de mim. É claro que quando me perguntarem se Bothwell me insultou, não responderei absolutamente nada. Uma rainha nunca se queixa de que foi maltratada. Uma rainha nega que tal coisa possa acontecer. Não posso ser roubada de mim mesma, não posso perder minha divindade. Posso ser insultada, mas sempre o negarei. Esteja sentada no trono ou vestida em trapos, continuarei sendo rainha. Não sou uma plebeia que deseja o direito de usar veludo, mas passa a vida usando tecido caseiro. Estou acima de todos os homens e mulheres comuns. Fui ordenada, escolhida por Deus. Como podem ser tão obtusos e não verem isso? Eu poderia ser a pior mulher do mundo, e ainda assim seria uma rainha. Poderia farrear com uma dúzia de secretários italianos, com um regimento de Bothwells, escrever poemas de amor a todos eles, e ainda assim seria uma rainha. Podem me obrigar a assinar uma dúzia de abdicações e me trancafiar em uma prisão para sempre, e ainda serei uma rainha, e aquele que se sentar no meu trono será um usurpador. *Je suis la reine*. Serei rainha até morrer. Não é um cargo, não é uma ocupação, é uma herança de sangue. Serei rainha enquanto o sangue correr por minhas veias. Eu sei. Todo mundo sabe. Até mesmo os tolos, em seu coração infiel, sabem.

Só existe uma maneira de eles se livrarem de mim; mas nunca se atreverão. Se quiserem se livrar de mim, terão de pecar contra a ordem dos céus. Terão de desafiar a ordem divina do universo. Se quiserem se livrar de mim, terão de me decapitar.

Pensem nisso!

A única maneira de eu deixar de ser a rainha viúva da França, rainha da Escócia e a legítima herdeira do trono da Inglaterra é se eu morrer. Terão de me matar se querem me negar o trono. E aposto meu título, minha fortuna e minha vida como nunca se atreverão a isso. Pôr mãos violentas sobre mim seria o mesmo que derrubar um anjo, tão pecaminoso como crucificar Cristo de novo. Pois não sou uma mulher qualquer, sou uma rainha santificada, estou acima de todos os mortais. Somente os anjos são meus superiores. Os mortais não podem matar um ser como eu. Fui ungida com o óleo sagrado, fui escolhida por Deus. Sou intocável. Podem me temer e podem me odiar, podem até mesmo me renegar. Mas não podem me matar. Graças a Deus, pelo menos nisso estou segura. Estarei sempre segura nisso.

1568, inverno, Chatsworth: Bess

Recebi notícias do meu marido, o conde, sobre o inquérito em Westminster. (Ainda sou recém-casada, adoro dizer "meu-marido-o-conde".) Ele me escreve quase diariamente me contando da sua inquietação, e, em resposta, envio-lhe notícias minhas e de nossos filhos, tortas assadas em casa e a melhor cidra de Chatsworth. Ele diz que, em segredo, lhe mostraram cartas as mais incriminadoras, cartas de amor da rainha casada ao conde casado de Bothwell, incitando-o a matar o marido dela, o jovem lorde Darnley, coitado, e dizendo-lhe que estava ardendo de desejo por ele. Poemas lascivos, promessas de noites de prazer, menciona-se particularmente prazeres orais.

Penso nos juízes — meu marido, o jovem Thomas Howard, seu amigo o conde de Sussex e o velho Sir Ralph Sadler, Robert Dudley e meu bom amigo William Cecil, Nicholas Bacon, Sir Thomas Percy, Sir Henry Hastings, e todos os outros — lendo esses absurdos com a expressão de choque, tentando acreditar que uma mulher que planeja matar o marido enchendo as adegas de pólvora passe a noite anterior à explosão junto ao leito do marido doente escrevendo poesia de amor ao seu cúmplice. É tão absurdo que me pergunto se tais cartas poderão ser levadas a sério.

Mas esses são homens honrados, zelosos, altamente respeitados. Não perguntam: o que uma mulher faz em tais circunstâncias? Não têm o hábito de considerar a natureza de qualquer mulher. Examinam apenas a evidência que é colocada diante de si. E que Deus me perdoe — quantas provas têm sido apresentadas! Quanto esforço tem sido empreendido para difamar o nome dela! Alguém, em algum lugar, tem dedicado um bocado de tempo e esforço: roubando suas cartas, copiando sua letra, escrevendo-as em francês, depois traduzindo-as para o escocês e o inglês, colocando-as em um pequeno cofre especial, marcado com suas iniciais (para o caso de pensarmos terem sido escritas por outra Maria Stuart), depois fazendo com que sejam descobertas, surpreendentemente mal escondidas, em seus aposentos particulares. O trabalho desse Alguém é completo e extremamente convincente. Todos que viram as cartas agora acreditam que a jovem rainha é uma meretriz adúltera que assassinou seu jovem marido inglês por luxúria e vingança.

Posso fazer uma ideia de quem é esse Alguém inteligente. Na verdade, todos na Inglaterra fazem ideia de quem pode ser esse Alguém. É improvável que ele não consiga o que quer. Essa pobre rainha se verá impotente, sobrepujada por esse Alguém, que planeja a longo prazo e joga um jogo demorado. Talvez ela perceba que, se ele não capturá-la em sua rede dessa vez, tecerá outras cada vez mais finas, até que ela não possa mais escapar.

Mas não será desta vez; ela agora conseguiu se livrar. A principal testemunha contra ela é o próprio meio-irmão bastardo, mas como ele assumiu a regência no lugar dela e mantém seu bebê como refém, nem mesmo um tribunal de homens altamente respeitáveis acreditará em uma palavra do que ele disser. Seu ódio por ela é tão óbvio, e sua deslealdade é tão ofensiva, que nem mesmo os juízes designados por Cecil conseguem suportá-lo. Os juízes, inclusive o meu marido, o conde, são todos homens que se orgulham da própria lealdade. Olham com desconfiança um súdito que é claramente traiçoeiro. Não gostam do comportamento da rainha dos escoceses, mas gostam ainda menos do comportamento dos lordes escoceses. Meu palpite é que decretarão que ela foi tratada injustamente por seu povo e deve ser restituída ao trono. Então os escoceses poderão fazer o que quiserem com a sua rainha, e não será culpa nossa.

1568, inverno, Hampton Court: George

Minha rainha Elizabeth é mais generosa e mais justa do que qualquer pessoa que eu possa imaginar. Com tanta suspeita levantada e expressa contra sua prima, ordenou que as cartas caluniosas fossem mantidas em segredo para sempre, e vai restituir sua prima ao reino. Elizabeth não vai admitir mais palavra alguma contra a prima, não permitirá que seu nome seja arrastado na lama. Ela é generosa e justa. Nunca chegaríamos a um julgamento justo sem ouvir a difamação mais terrível, de modo que Elizabeth silenciou tanto a difamação quanto a defesa.

Mas apesar de ela ser uma monarca de tal justiça e sabedoria, percebo que fico um pouco perturbado ao ser chamado por ela.

Ela não está em seu trono de veludo marrom bordado com pérolas e diamantes na sala Paradise, embora haja, como sempre, dezenas de homens aguardando, na esperança de conseguir sua atenção quando ela aparecer antes do jantar. Os estranhos no palácio de Hampton Court examinam os instrumentos musicais refinados que estão espalhados sobre as mesas ao redor da sala, ou jogam damas nos tabuleiros de ébano. Aqueles que são experientes na corte ficam à toa nos vãos das janelas, disfarçando o tédio com o atraso. Vejo Cecil, vigilante como sempre. Cecil, vestido de preto como um pobre escriturário, está falando em voz baixa com seu cunhado, Nicholas Bacon. Atrás deles, paira um homem que não conheço, mas que agora é admitido em suas reuniões, um homem que usa o chapéu com a aba puxada sobre os olhos, como se não quisesse ser reconhecido. E atrás dele outro desconhecido, Francis Walsingham. Não sei quem são esses homens, nem de onde vêm, de que famílias importantes são aliados. Para dizer a verdade, a maioria não tem família — não como entendo. São homens sem passado. Vieram de lugar nenhum, não possuem raiz alguma, podem ser recrutados por qualquer um.

Viro-me quando Lady Clinton, dama de honra da rainha, aparece na imponente porta dupla do aposento pessoal da rainha e ao me ver, fala com o guarda, que se afasta e me deixa entrar.

Há mais guardas que o habitual em cada porta e portão do castelo. Nunca vi o palácio real tão fortemente guarnecido. Estes são tempos conturbados, nunca precisamos de uma proteção assim antes. Mas nos dias atuais, há muitos homens — até mesmo ingleses — que, se pudessem, puxariam uma faca e atacariam a própria rainha. Há mais deles do que se poderia imaginar. Agora que a outra rainha, a que chamam de herdeira legítima, está mesmo na Inglaterra, diante de todos está a escolha entre a princesa protestante e a rival católica, e para cada protestante no país hoje há dois papistas clandestinos, provavelmente mais. Como vamos viver, estando divididos, é uma questão que deixo para Cecil, cuja hostilidade eterna aos católicos contribuiu tanto para isso, para agravar uma situação já tão delicada.

— Sua Graça está bem-humorada hoje? — pergunto em voz baixa à dama de honra. — Feliz?

Ela me compreende o bastante para me lançar um breve meio sorriso.

— Está — responde.

Quer dizer que o famoso temperamento Tudor não está descontrolado. Tenho de admitir que me sinto aliviado. Quando a rainha mandou me chamar, receei que seria repreendido por não deixar o inquérito chegar a nenhuma conclusão condenatória. Mas o que eu podia fazer? O terrível assassinato de Darnley e o casamento suspeito dela com Bothwell, o provável assassino, pareceram um crime terrivelmente vil, mas ela talvez não tenha culpa de nada. Pode ter sido vítima em vez de criminosa. No entanto, a menos que Bothwell confesse tudo em sua cela, ou que ela declare sob juramento a perversidade dele, ninguém tem como saber o que aconteceu entre os dois. O embaixador dela nem mesmo discutirá isso. Às vezes acho que estou assustado demais até mesmo para especular. Não sou um homem que entende dos grandes pecados carnais, de grandes dramalhões. Amo Bess com um afeto tranquilo, não há nada obscuro e condenado em nenhum de nós. Não sei o que a rainha e Bothwell significaram um para o outro, e prefiro não imaginar coisas.

A rainha Elizabeth está sentada em sua cadeira ao lado do fogo, sob o baldaquino dourado, em seu aposento privado. Vou até ela, tiro o chapéu e faço uma reverência profunda.

— Ah, George Talbot, meu velho amigo — diz ela afetuosamente, estendendo a mão para eu beijar, e chamando-me pelo apelido que me deu, o que indica que está com um humor radiante.

Ainda é uma bela mulher. Esteja ela irritada, carrancuda ou lívida de medo, continua uma bela mulher, apesar de seus 35 anos. Quando subiu ao trono, era uma jovem na faixa dos 20, e uma beldade de pele clara e cabelo ruivo, o rubor cobria seus lábios e as maçãs de seu rosto diante da visão de Robert Dudley, ao receber presentes, diante da multidão no lado de fora da janela. Agora sua tez é normal, ela viu tudo o que há para ver, nada mais a encanta muito. Passa o blush na face pela manhã, e o renova à noite. Seu cabelo avermelhado esmaeceu um pouco com a idade. Os olhos escuros, que viram tanto e aprenderam a confiar em tão pouco, se endureceram. É uma mulher que experimentou alguma paixão, mas nenhuma gentileza. Isso é visível em seu rosto.

A rainha faz um sinal com a mão, e as damas de honra se levantam obedientemente e se afastam para não ouvir a conversa.

— Tenho uma tarefa para você e Bess, se puderem servir a mim — diz ela.

— O que quiser, Sua Graça. — Minha mente se acelera. Será que ela quer ficar conosco neste verão? Bess tem trabalhado na Chatsworth House desde que seu ex-marido comprou a propriedade com esse objetivo: abrigar a rainha em suas viagens para o norte. Que honra será, se ela planeja ir. Que triunfo para mim, e para o plano de Bess, concebido há muito tempo.

— Disseram-me que seu inquérito sobre a rainha dos escoceses, minha prima, não concluiu nada contra ela. Segui o conselho de Cecil em insistir na evidência até metade de minha corte revolver um monte de esterco em busca de cartas e se aferrar às palavras de criadas bisbilhoteiras. Mas não há nada, correto? — Faz uma pausa para ouvir minha confirmação.

— Nada além de mexericos, e alguma prova que os lordes escoceses não quiseram apresentar publicamente — replico cuidadosamente. — Recusei-me a aceitar qualquer difamação secreta como prova.

Ela assente com a cabeça.

— Não aceitaria, hein? Por que não? Acha que quero um homem delicado a meu serviço? É gentil demais para servir a sua rainha? Acha que vivemos em um belo mundo e que se andar na ponta dos pés os manterá secos?

Engoli em seco. Queira Deus que ela esteja com disposição para a justiça e não para a conspiração. Às vezes seus medos a levam a crenças as mais extravagantes.

— Sua Graça, eles não submeteriam as cartas a um exame minucioso e completo, não as mostrariam aos conselheiros da rainha Maria. Eu não queria vê-las em segredo. Não me pareceu... justo.

Os olhos escuros da rainha são penetrantes.

— Há quem diga que ela não merece justiça.

— Mas eu fui designado juiz por Sua Graça. — A resposta é fraca, mas o que mais eu poderia dizer? — Tenho de ser justo se a estou representando, Sua Majestade. Se estou representando a justiça da rainha, não posso dar ouvidos a mexericos.

Seu rosto está duro como uma máscara, e então seu sorriso o rompe.

— Você é de fato um homem honrado — diz ela. — E eu ficaria feliz em ver o nome dela livre de qualquer suspeita. Ela é minha prima, rainha como eu, e deveria ser minha amiga, não minha prisioneira.

Eu concordo. Elizabeth é a mulher cuja mãe inocente foi decapitada por devassidão. Naturalmente defenderia uma mulher injustamente acusada, ou não?

— Sua Graça, deveríamos ter limpado o nome dela da prova que foi apresentada. Mas Sua Graça interrompeu o inquérito antes de ser concluído. O nome dela deveria ficar livre de qualquer mancha. Deveríamos publicar nossa opinião e dizer que ela é inocente de qualquer acusação. Ela pode, agora, ser sua amiga. Pode ser libertada.

— Não faremos anúncio algum de sua inocência — declarou ela. — Que vantagem eu teria com isso? Mas ela deve retornar a seu país e a seu trono.

Fiz uma reverência.

— Bem, é o que acho, Sua Graça. Seu primo Howard disse que ela vai precisar de um bom conselheiro e, a princípio, um pequeno exército para garantir sua segurança.

— Ah, mesmo? Ele disse isso? Que bom conselheiro? — pergunta ela causticamente. — Quem você e meu bom primo indicam para governar a Escócia por Maria Stuart?

Hesito. É sempre assim com a rainha, nunca se sabe quando se pisou numa armadilha.

— Quem sua Graça achar melhor. Sir Francis Knollys? Sir Nicholas Throckmorton? Hastings? Algum nobre de confiança?

— Fui informada de que os lordes da Escócia e o regente são melhores governantes e melhores vizinhos que ela — diz a rainha com impaciência.

— Fui informada de que ela certamente se casará de novo. E se escolher um francês ou um espanhol e o tornar o rei da Escócia? E se ela colocar nossos piores inimigos em nossas próprias fronteiras? Só Deus sabe como ela é sempre desastrosa para escolher maridos.

Não é difícil para um homem que frequenta a corte há tanto tempo quanto eu reconhecer o tom desconfiado de William Cecil em cada uma dessas palavras. Ele encheu a cabeça da rainha com tamanho terror da França e da Espanha que, a partir do momento em que ela subiu ao trono, só fez temer conspirações e se preparar para a guerra. Agindo assim, ele nos deu inimigos que poderiam ter sido aliados. Felipe de Espanha tem muitos amigos genuínos na Inglaterra, e seu país é o nosso parceiro mais importante no comércio, enquanto a França é o nosso vizinho mais próximo. Ao ouvir o conselho de Cecil, pensamos que um é Sodoma e o outro, Gomorra. Entretanto, sou um cortesão, não digo nada por enquanto. Fico calado até saber aonde a mente indecisa dessa mulher quer chegar.

— E se ela ganhar o trono e se casar com um inimigo? Acha que algum dia teremos paz nas fronteiras do norte, Talbot? Você confiaria em uma mulher como ela?

— Não precisa ter medo — respondo. — Nenhum exército escocês conseguiria passar por seus lordes do norte. Pode confiar em seus lordes, nos homens que estão lá desde sempre. Percy, Neville, Dacre, Westmorland, Northumberland, todos nós, os antigos lordes. Mantemos sua fronteira em segurança, Sua Graça. Pode confiar em nós. Estamos armados, e nossos homens estão sempre de prontidão e bem treinados. Temos mantido as terras do norte seguras há centenas de anos. Os escoceses nunca nos venceram.

Ela sorri de minha segurança.

— Sei disso. E têm sido bons amigos meus. Mas acha que posso confiar que a rainha dos escoceses governe a Escócia de maneira a nos favorecer?

— Quando ela retornar, vai ter muito o que fazer para restabelecer seu governo, certo? Não precisamos temer sua hostilidade. Ela vai querer a nossa amizade. Não poderá conservar seu trono sem nós. Se ajudá-la a recuperar o trono, ela será eternamente grata. Pode amarrá-la com um acordo.

— Acho que sim — replicou ela assentindo. — Realmente acho. E, de qualquer maneira, não podemos mantê-la aqui na Inglaterra. Não há qualquer justificativa para mantê-la aqui. Não podemos aprisionar uma rainha inocente. É melhor para nós que ela volte para Edimburgo do que escape para Paris e nos cause mais problemas.

— Ela é rainha — respondo simplesmente. — Isso não pode ser negado. Rainha por nascimento e ordenação. Deve ser a vontade de Deus ela se sentar em seu trono. E certamente é mais seguro para nós se ela levar a paz aos escoceses do que se eles ficarem lutando entre si. Os ataques na fronteira do norte se agravaram desde que ela foi deposta. Os invasores não temem ninguém, agora que Bothwell está longe, na prisão. Qualquer governo é melhor que nenhum. É melhor a rainha governar do que ninguém governar. E certamente os franceses e espanhóis a restituirão ao trono se não o fizermos, não? E se a restituírem, teremos um exército estrangeiro à nossa porta, e ela ficará grata a eles, o que seria muito pior para nós.

— Sim — diz ela com firmeza, como se tivesse tomado uma decisão. — Também penso assim.

— Talvez possa fazer uma aliança com ela — sugiro. — É melhor tratar com uma rainha, sendo as duas rainhas, do que ser forçada a negociar com um usurpador, um novo poder falso na Escócia. E o meio-irmão dela é claramente culpado de assassinatos e crimes muito piores.

Eu não poderia ter dito nada que a agradasse mais. Ela assentiu com a cabeça e acariciou suas pérolas. Estava com um magnífico colar triplo de pérolas negras, espesso como se fosse uma gola em seu pescoço.

— Ele pôs as mãos nela — lembrei-lhe. — Ela é uma rainha ordenada, e ele a atacou e a aprisionou. Esse é um pecado contra a lei e contra o céu. Sua Graça não quer lidar com um homem ímpio como esse. Por que ele deve prosperar se foi capaz de atacar a própria rainha?

— Não lidarei com traidores — declara.

Elizabeth tem horror a qualquer um que desafie um monarca. Seu próprio controle sobre o trono foi instável nos primeiros anos, e mesmo agora sua reivindicação não é tão aceita quanto a de Maria da Escócia. Elizabeth foi registrada como a bastarda de Henrique e nunca revogou o ato do parlamento. Mas Maria I da Escócia, é neta da irmã de Henrique. Sua linhagem é genuína, legítima e forte.

— Nunca lidarei com traidores — repete ela. Sorri, e naquele instante revejo a bela jovem que subiu ao trono sem a menor objeção a lidar com traidores. Tinha sido o centro de todas as rebeliões contra a irmã, Mary Tudor, mas sempre foi muito inteligente para se deixar apanhar. — Quero ser uma parente justa da rainha dos escoceses — diz. — Ela pode ser jovem e tola e ter cometido erros impronunciáveis, mas somos parentes, e ela é uma rainha. Deve ser bem tratada e restituída. Estou disposta a amá-la como uma boa parente e a vê-la governar seu país como deve.

— Fala como uma grande rainha e uma mulher generosa — digo. Nunca faz mal esbanjar um pouco de elogio com Elizabeth. Além disso, foi merecido. Não é fácil para Elizabeth resistir aos terrores com que Cecil a assusta. Não é fácil para ela ser generosa com uma parente mais jovem e mais bela. Elizabeth conquistou seu trono depois de uma vida de conspirações. Não consegue evitar temer um herdeiro que possa reivindicar o trono e tenha todos os motivos para conspirar. Ela sabe o que é ser uma herdeira excluída da corte iniciando uma conspiração atrás da outra, rebeliões sanguinárias que quase conseguiram destruir sua meia-irmã e derrubar o trono. Sabe como foi uma falsa amiga da irmã — será impossível que ela confie em uma prima que é, exatamente como ela havia sido, uma jovem princesa impaciente.

Sua Graça sorri para mim.

— Então, Talbot, isso me leva à sua missão.

Espero.

— Quero que receba a rainha dos escoceses para mim, e depois a leve de volta ao seu reino, quando chegar a hora — diz ela.

— Recebê-la? — repito.

— Sim — responde ela. — Cecil vai preparar o retorno dela à Escócia. Enquanto isso, você deverá alojá-la, entretê-la, tratá-la como uma rainha e, quando Cecil avisá-lo, acompanhá-la de volta a Edimburgo e devolvê-la ao seu trono.

É uma honra tão grande que mal consigo respirar. Ser o anfitrião da rainha da Escócia e acompanhá-la de volta ao seu reino em triunfo! Cecil deve estar se corroendo de inveja. Ele não tem uma casa tão imponente quanto a de Bess, em Chatsworth, embora esteja construindo como um louco. Mas não rápido o bastante, de modo que ela terá de ficar conosco. Sou o único nobre que pode cumprir essa missão. Cecil não tem casa, e Norfolk, um viúvo, não tem esposa. Ninguém tem uma casa imponente e uma esposa tão amada e leal quanto Bess.

— Sinto-me honrado — digo calmamente. — Pode confiar em mim. — É claro que penso em Bess e em como ficará empolgada com a ideia de que Chatsworth, finalmente, receberá uma rainha. Seremos invejados por todas as famílias da Inglaterra, todos vão querer nos visitar. Teremos festas abertas durante todo o verão, seremos a corte real. Contratarei músicos e atores, dançarinos e jogadores. Seremos uma das cortes reais da Europa, e tudo acontecerá sob o meu teto.

Ela assente.

— Cecil tomará as providências junto com você.

Recuo. Ela sorri para mim, o sorriso encantador que lança à multidão quando gritam seu nome: o encanto Tudor em seu apogeu.

— Estou grata a você, Talbot — diz ela. — Sei que a manterá segura nestes tempos conturbados e a levará em segurança de volta a seu país. Será somente durante o verão, e depois você receberá um generosa recompensa.

— Será uma honra servi-la — respondo. — Como sempre. — Faço de novo uma reverência, recuo e saio da sala de audiências. Somente quando a porta é fechada e os guardas voltam a cruzar suas alabardas, eu me permito comemorar a minha sorte.

1568, inverno, castelo de Bolton: Maria

Meu leal amigo, o bispo John Lesley de Ross, que me acompanhou ao exílio, dizendo que não poderia ficar no conforto do lar junto a um trono vazio, me escreve de Londres em nossa linguagem cifrada. Diz que, apesar de o terceiro e último inquérito de Elizabeth, no palácio de Westminster, não ter encontrado nada contra mim, o embaixador francês ainda não recebeu ordens de preparar minha viagem a Paris. Ele teme que Elizabeth encontre uma desculpa para me manter na Inglaterra por mais uma semana, um mês, só Deus sabe por quanto tempo. Ela tem a paciência de um torturador. Mas tenho de confiar em sua amizade, tenho de confiar no seu bom-senso como prima e como rainha. Quaisquer que sejam as minhas dúvidas a seu respeito — pois é uma bastarda e uma herege —, tenho de me lembrar que ela me escreveu com amor e me prometeu ajuda, enviou-me um anel como penhor de minha segurança para sempre.

Mas enquanto ela hesita e pondera, durante todo esse tempo, meu filho está nas mãos de meus inimigos, e os tutores dele são protestantes. Ele tem 2 anos, e o que lhe dizem de mim não suporto nem imaginar. Preciso voltar para perto dele antes que o envenenem contra mim.

Tenho homens e mulheres leais a mim, aguardando o meu retorno, não posso deixá-los me esperando para sempre. Bothwell, preso na Dinamarca, sob a acusação absurda de bigamia, deve estar planejando a própria fuga, pensando em como me libertar, determinado a que nos reencontremos no trono da

Escócia. Com ou sem ele, tenho de retornar e reivindicar o meu trono. Tenho a mão de Deus dirigindo o meu destino, nasci para governar a Escócia. Não posso recusar o desafio de reconquistar o trono. Minha mãe deu a própria vida para conservar o reino para mim; preciso honrar seu sacrifício e transmiti-lo a meu herdeiro, meu filho, seu neto, meu menino Jaime, príncipe Jaime, herdeiro da Escócia e da Inglaterra, meu filho precioso.

Não posso esperar para ver o que Elizabeth vai fazer. Não posso esperar por sua ação lenta. Não sei se meu filho está protegido, nem mesmo sei se está sendo bem cuidado. Seu tio falso, meu meio-irmão, nunca o amou. E se ele decidir matá-lo? Deixei-o com guardiões leais em Stirling Castle. Mas e se foram atacados? Não vou ficar sentada esperando Elizabeth forjar um tratado com meus inimigos que me despachará em liberdade condicional para a França, ou que me obrigará a me esconder em algum convento. Preciso retornar à Escócia e lutar por meu trono mais uma vez. Não fugi do castelo de Lochleven para não fazer nada. Não escapei de uma prisão para esperar calmamente em outra. Tenho de me libertar.

Ninguém pode saber o que isso é para mim. Certamente não Elizabeth, que foi criada praticamente na prisão, sob suspeita desde os 4 anos. Uma mulher treinada para a cela. Mas sou dona dos meus próprios aposentos desde os 11 anos, quando eu morava na França. Minha mãe insistia em que eu tivesse meus próprios quartos, minha própria sala de audiência, meu próprio séquito. Mesmo quando criança, tive o comando de minha própria casa. Então, agora, não suporto ficar confinada. Preciso ser livre.

O embaixador pede que eu mantenha a coragem e espere notícias suas. Mas não posso ficar sentada esperando. Não tenho paciência. Sou uma mulher jovem, no auge da saúde, beleza e fertilidade. Fui obrigada a comemorar meu 26º aniversário na prisão. O que acham que estão fazendo comigo? O que acham que suportarei? Não posso ficar confinada. Preciso ser livre. Sou uma rainha, nasci para comandar. Descobrirão que sou uma prisioneira perigosa, indomável. Vão descobrir que eu serei livre.

1568, inverno, Chatsworth House: Bess

O escrevente de Cecil me enviou uma carta dizendo que Maria da Escócia não ficará conosco em Chatsworth, onde eu poderia entretê-la como ela merece: em uma grande casa, com um belo parque e tudo como deveria ser. Não, ela irá para o castelo de Tutbury, em Staffordshire: uma de nossas propriedades mais pobres, praticamente abandonada, e tenho de virar minha vida de cabeça para baixo para, em pleno inverno, transformar essa ruína em algo digno de uma rainha.

"Se o seu senhor e marido tivesse concordado em ver todas as provas da acusação, ela já poderia ter sido mandada em desgraça de volta à Escócia", escreveu Cecil, doce como uma fruta verde, num *postscriptum*. "E então todos poderíamos descansar sossegadamente neste Natal."

Não há necessidade de Cecil me repreender. Avisei o meu senhor de que o inquérito era uma farsa e um teatro, tão real quanto os mascarados vestidos de bufões no Natal. Eu disse que se ele quisesse ser um ator nessa trama concebida por Cecil, então teria de obedecer ao roteiro, palavra por palavra. Ele não tinha sido convidado para improvisar. Deveria ter chegado ao veredito que Cecil queria. Mas não fez isso. Se você contrata um homem honrado para fazer um trabalho sujo, o trabalho será realizado honrosamente. Cecil escolheu o lorde errado ao chamar meu marido para supervisionar a desgraça da rainha dos escoceses. Então, Cecil não obteve escândalo, nem rainha desonrada, e eu não tenho marido algum em casa, e preciso, em pleno inverno, limpar e reconstruir um castelo abandonado.

Cecil diz: "Lamento que tenha de hospedar essa Atália, mas espero que não seja por muito tempo, pois certamente ela terá o destino de sua homônima."

Obviamente isso faz sentido para Cecil, que como homem foi beneficiado com uma educação, mas, para uma mulher como eu, filha de fazendeiro, essas palavras são tão opacas quanto um código. Felizmente, meu querido filho Henry está comigo durante um breve descanso de seu posto na corte. Seu pai, meu segundo marido, Cavendish, deixou-me com instruções e uma renda para educá-lo como um cavalheiro, e o enviei, e depois seus dois irmãos, à escola em Eton.

— Quem é Atália? — pergunto-lhe.

— Obscuro — replica ele.

— Tão obscuro que você não sabe a resposta?

Ele sorri preguiçosamente para mim. É um rapaz bonito e sabe que sou louca por ele.

— Então, minha mãe-condessa, qual o valor da informação para você? Vivemos em um mundo em que toda informação está à venda. Você me paga o bastante para eu relatar as fofocas da corte. Sou seu espião na casa de seu amigo Robert Dudley. Todo mundo tem um informante, e eu sou meramente um dos seus muitos, sei disso. O que vai me pagar pelos frutos de minha educação?

— Já paguei com os honorários de seus tutores — replico. — E eles foram bastante caros. Além disso, acho que você não responde porque não sabe. É um ignorante, e o meu dinheiro foi desperdiçado na sua educação. Achei que estava adquirindo um acadêmico, e tudo o que consegui foi um idiota.

Ele ri. É um rapaz tão bonito. Tem todas as desvantagens de um garoto rico. Ainda assim é o meu preferido. Vejo isso claramente. Ele não faz ideia de como é difícil ganhar dinheiro, de como o nosso mundo é cheio de oportunidades, mas também de perigos. Ele não faz ideia de que seu pai e eu chegamos aos limites da lei, e os ultrapassamos, para fazer a fortuna que esbanjaríamos com ele, com seus irmãos e com suas irmãs. Ele nunca vai trabalhar como eu trabalho, nunca terá preocupações como tenho. Para dizer a verdade, ele não tem ideia do que é trabalhar ou se preocupar. É um garoto bem nutrido, enquanto eu fui criada com fome — com fome de tudo. Ele considera Chatsworth um lar aprazível, seu por direito, ao passo que eu preciso aplicar meu corpo e minha alma neste lugar, e venderia ambos para mantê-lo. Ele será conde, se eu puder lhe comprar um título, será um duque, se eu puder pagar. Será o fundador de uma nova família nobre: um Cavendish. Tornará nobre o nome Cavendish. E terá tudo isso como se tivesse chegado para ele facilmente, como se não fosse preciso fazer nada além de sorrir enquanto o sol lhe sorri afetuosamente. Que Deus o abençoe.

— Está me julgando errado. Eu sei, verdade — responde. — Não sou esse idiota que você pensa. Atália está no Antigo Testamento. Foi rainha dos hebreus e acusada de adultério e morta pelos sacerdotes, de modo a deixar o trono livre para que seu neto Jeoás se tornasse rei.

Sinto meu sorriso indulgente se imobilizar em meu rosto. Isso não é uma piada.

— Eles a mataram?

— Sim, mataram. Ela tinha a reputação de ser lasciva e indigna de governar. Então, mataram-na e a substituíram pelo neto. — Ele para, um brilho em seus olhos escuros. — Há uma opinião geral, e sei que inculta, mamãe, de que mulheres não servem para governar. As mulheres são, por natureza, inferiores aos homens, e a mera tentativa de comandar vai contra a natureza. Para sua tragédia, Atália era apenas uma mulher.

Levanto um dedo para ele.

— Tem certeza? Quer falar mais? Gostaria de comentar mais sobre a incapacidade da mulher?

— Não! Não! — ele ri. — Eu estava expressando a visão inculta, o erro comum, só isso. Não sou nenhum John Knox, não acho que vocês todas sejam um regimento monstruoso de mulheres. Sinceramente, mamãe, não acho. Não tenho como achar que as mulheres sejam simplórias. Fui criado por uma mãe que é uma tirana e comandante das próprias terras. Sou o último homem no mundo a achar que a mulher não pode comandar.

Tento sorrir com ele, mas no meu interior estou perturbada. Se Cecil está chamando a rainha dos escoceses de Atália, quer me dizer que ela será obrigada a deixar que seu filho bebê assuma o trono. Talvez queira até mesmo dizer que ela terá de morrer para deixar o caminho livre. É evidente que Cecil não acredita que o inquérito a tenha inocentado completamente de ordenar a morte de seu marido e de cometer adultério com o assassino. Cecil quer que ela seja publicamente desonrada e exilada. Ou pior. Estará ele pensando que a rainha dos escoceses pode ser executada? Não pela primeira vez, fico feliz por Cecil ser meu amigo, pois ele certamente é um inimigo perigoso.

Mando meu filho Henry e meu querido enteado Gilbert Talbot de volta à corte e lhes digo que não há razão para ficarem comigo pois tenho muito a fazer. Eles podem passar o Natal no conforto e alegria em Londres, pois eu não poderei oferecer nem um nem o outro. Partem animados, desfrutando a companhia um do outro e a aventura da cavalgada para o sul. São como um belo par de gêmeos, quase da mesma idade — 17 e 15 — e com o mesmo nível de instrução, embora meu filho Henry, tenho de admitir, seja muito mais atrevido que o filho do meu novo marido, e o coloca em apuros sempre que pode.

E então preciso despojar minha bela Chatsworth de seus reposteiros e tapetes e despachar carroças inteiras cheias de lençóis. Essa Maria da Escócia virá acompanhada de um séquito de trinta pessoas, e todos terão de dormir em algum lugar. E sei muito bem que o castelo de Tutbury não tem móveis nem conforto de tipo algum. Ordeno ao mordomo-chefe de Chatsworth, aos criados da copa e da despensa e ao chefe da cavalariça que enviem carregamentos de comida e trinchos, facas, roupa de mesa, jarras, cristais. Mando a carpintaria construir camas, mesas e bancos. Meu senhor não usa Tutbury mais de uma vez por ano, como chalé de caça, e o lugar quase não tem mobília. Eu mesma nunca estive lá, e lamento ter de ir agora.

Quando Chatsworth está um caos por causa das minhas ordens e as carroças estão apinhadas com meus bens, sou obrigada a montar meu próprio cavalo, trincando os dentes diante da estupidez dessa viagem, e à frente de minhas carroças cavalgo para o sudeste durante quatro penosos dias pelo campo inóspito, por estradas que ficam cobertas de gelo pela manhã e de lama ao meio-dia, por vaus inundadas com água gelada, começando o dia ao alvorecer e o terminando ao anoitecer. Tudo isso para chegar a Tutbury e tentar pôr o lugar em ordem antes que essa rainha incômoda chegue para tornar, a nós todos, infelizes.

1568, inverno, Hampton Court: George

— Mas por que a rainha quer que ela seja levada para o castelo de Tutbury? — pergunto a William Cecil, que de todos os homens da Inglaterra é o que sabe de tudo. Ele é um comerciante de segredos. — Chatsworth seria mais apropriado. A rainha certamente quer que a hospedemos em Chatsworth, não? Para ser franco, eu mesmo não vou a Tutbury há anos. Mas, como você sabe, Bess comprou Chatsworth com seu marido anterior e a trouxe como dote para mim, e tornou o lugar adorável.

— A rainha dos escoceses não ficará com vocês por muito tempo — responde Cecil brandamente. — E prefiro tê-la em uma propriedade com uma única entrada por uma casa da guarda, que pode ser bem protegida, a tê-la olhando por cinquenta janelas para um belo parque e escapulindo para os jardins por meia dúzia de portas.

— Acha que podemos ser atacados? — Fico chocado só em pensar nisso. Somente depois me dou conta de que ele parece conhecer o terreno do castelo de Tutbury, o que é estranho, já que nunca esteve lá. Parece conhecê-lo mais que eu mesmo; como isso seria possível?

— Quem sabe o que pode acontecer ou o que uma mulher como ela pode se meter a fazer ou que apoio pode atrair? Quem teria imaginado que um conjunto de nobres educados, claramente instruídos e aconselhados, com testemunhas bem treinadas e provas perfeitas, investigariam o comportamento dela, veriam o material mais escandaloso já escrito e depois se levantariam sem decidir nada? Quem teria imaginado que eu convocaria um tribunal três vezes seguidas e continuaria sem conseguir uma condenação? Estão todos vocês tão estupefatos assim diante dela?

— Uma condenação? — repito. — Você faz isso parecer um julgamento. Achei que fosse uma conferência. Você me disse que era um inquérito.

— Receio que nossa rainha não tenha sido bem atendida nessa questão.

— Mas como? — pergunto. — Achei que fizemos o que ela queria. Não foi ela mesma que interrompeu o inquérito, dizendo ser injusto com Maria da Escócia? Ela certamente inocentou a rainha dos escoceses de qualquer delito, não? E você deveria estar feliz, não? Certamente a nossa rainha está feliz por termos conduzido um inquérito completo e não termos encontrado nada contra sua prima. Sendo assim, por que nossa rainha não convida a rainha Maria para viver consigo na corte? Por que ela deve ficar conosco? Por que não vivem como primas em harmonia, rainha e herdeira? Agora que seu nome está limpo?

Cecil não consegue reprimir o riso e me bate no ombro.

— Sabe, você é o único homem que pode mantê-la a salvo, para nós — disse ele afetuosamente. — Acho que você é o homem mais honrado da Inglaterra, com certeza. Sua mulher tem razão em me avisar que você é probo. E a rainha ficará em dívida pela proteção de sua querida prima. Tenho certeza de que todos nós estamos tão felizes quanto você pelo inquérito ter limpado o nome da rainha dos escoceses, e agora sabemos que ela é inocente. Você provou a inocência dela, graças a Deus. E todos teremos de viver com as consequências.

Fico perturbado e deixo isso claro para ele:

— Você não queria que ela fosse absolvida? — formulando a pergunta devagar. — E a quer em Tutbury, em vez de recebida com honras em Chatsworth? — Tenho a sensação de alguma coisa imprópria. — Devo avisá-lo que a tratarei justamente, mestre-secretário. Pedirei uma audiência e perguntarei à nossa rainha o que ela pretende.

— Apenas o bem — diz ele calmamente. — Como eu. Como você. Já sabe que a rainha vai convidá-lo a se tornar um membro do Conselho Privado?

Quase engasgo.

— Conselho Privado? — Era merecido há muito. Meu nome de família me dignifica, mas tive de esperar muito tempo por este momento. É uma honra pela qual ansiei.

— Ah, sim — responde ele com um sorriso. — Sua Majestade confia muito em você. Confiou-lhe essa tarefa, e outras se seguirão. Servirá a rainha sem questionar?

— Sempre — digo. — Sabe que sempre o faço.

Cecil sorri.

— Sei. Portanto guarde a outra rainha e a mantenha a salvo para nós, até podermos mandá-la para a Escócia em segurança. E trate de não se apaixonar por ela, meu bom Talbot. Dizem que ela é irresistível.

— Na cara de minha Bess? E estando casado há menos de um ano?

— Bess é sua salvaguarda. E você é a nossa — diz ele. — Dê-lhe meus melhores votos e diga-lhe que na próxima vez que vier a Londres, tem de passar por minha casa. Ela vai querer ver o andamento da obra. E, se não estou enganado, ela vai querer emprestar algumas de minhas plantas. Mas não pode roubar meus construtores. Na última vez que apareceu, a peguei conversando seriamente com meu gesseiro. Ela o estava atraindo para ornar seu saguão. Juro que nunca mais confiarei em deixá-la a sós com meus artesãos; ela os rouba, realmente. E desconfio que oferece melhores salários.

— Ela vai deixar de lado seus projetos de construção enquanto estiver cuidando da rainha — falo. — De qualquer maneira, acho que já deve ter terminado a obra em Chatsworth. De quantas obras uma casa precisa? Está boa o bastante agora, não? Também vai ter de abrir mão de seus interesses nos negócios. Meus administradores os assumirão.

— Você nunca vai conseguir que ela ceda suas fazendas e minas, e ela nunca vai parar de construir — prediz. — É uma grande artífice, sua nova esposa. Ela gosta de construir coisas, gosta de propriedade e comércio. É uma mulher rara, um espírito aventureiro. Ela construirá uma cadeia de casas pelo campo, administrará a propriedade como um reino, lançará uma frota de navios para você e fundará uma dinastia com seus filhos. Bess só ficará satisfeita quando todos eles forem duques. É uma mulher cujo único sentido de segurança é a propriedade.

Não gosto quando Cecil fala dessa maneira. Sua própria ascensão de escrevente a lorde foi tão repentina, acompanhando o êxito da rainha, que ele gosta de pensar que todo mundo fez fortuna à custa da queda da Igreja e que toda casa foi construída com as pedras das abadias. Ele elogia Bess e sua habilidade para os negócios só para dar uma desculpa a si mesmo. Admira os lucros dela porque quer pensar que tais ganhos são admiráveis. Mas se esquece de que alguns de nós vieram de famílias importantes, que eram ricas muito antes de as terras da Igreja serem tomadas por homens gananciosos; e alguns de nós possuem títulos que remontam a gerações passadas. Alguns de nós vieram como nobres normandos em 1066. Isso significa algo, nem que seja só para alguns de nós. Alguns de nós são bastante ricos, e não roubaram dos padres.

Mas é difícil dizer isso sem soar pomposo.

— Minha mulher não faz nada que não condiga com sua posição — eu digo, e Cecil dá uma breve risada, como se soubesse exatamente no que estou pensando.

— Não há nada em relação à condessa e às suas habilidades que não convenha à sua posição — responde, num tom suave. — E essa posição é realmente ilustre. Você é o nobre mais ilustre da Inglaterra, Talbot, todos sabemos. E tem razão em nos lembrar, para que nunca cometamos o erro de nos esquecermos disso. E todos nós na corte apreciamos o bom-senso de Bess; ela tem sido uma favorita nossa por muitos anos. Tive grande prazer em vê-la se casar cada vez melhor. Contamos com ela para fazer do castelo de Tutbury uma casa agradável para Maria da Escócia. A condessa é a única anfitriã que poderíamos considerar. Ninguém mais poderia receber a rainha dos escoceses. Qualquer outra casa seria inferior demais. Ninguém a não ser Bess saberia como fazê-lo. Ninguém a não ser Bess triunfaria.

Esse elogio vindo de Cecil deveria me satisfazer. Mas parece que voltamos a Bess, e Cecil deveria se lembrar que antes de eu me casar com ela, ela era uma mulher que tinha vindo do nada.

1568, inverno, castelo de Bolton: Maria

Vai ser hoje à noite. Vou fugir do castelo de Bolton, do que chamam de, *soi-disant*, "inexpugnável" castelo de Yorkshire, nesta noite mesmo. Uma parte de mim pensa: não ouso fazer isso, mas me aterroriza mais ficar presa neste país, sem poder avançar nem recuar. Elizabeth parece um gato gordo sentado em uma almofada, satisfeito em ficar ali sonhando. Mas tenho de reivindicar o meu trono, e a cada dia que passo no exílio a situação fica pior para mim. Tenho castelos lutando por mim na Escócia e preciso lhes mandar reforços imediatamente. Tenho homens prontos a marchar sob o meu estandarte, não posso fazê-los esperar. Não posso deixar aqueles que me apoiam morrerem porque me faltou coragem. Bothwell me prometeu que fugiria da Dinamarca e retornaria para comandar meus exércitos. Escrevi ao rei da Dinamarca exigindo a liberdade de Bothwell. Ele é meu marido, o consorte de uma rainha, como se atrevem a prendê-lo com base na palavra de uma filha de mercador que reclama que ele prometera desposá-la? É uma sandice, e as queixas de uma mulher assim não têm importância. Tenho um exército francês se reunindo para me apoiar, e a promessa de ouro espanhol como soldo. E, acima de tudo, tenho um filho, um herdeiro precioso, *mon bébé, mon chéri,* meu único amor; e ele está nas mãos de meus inimigos. Não posso deixá-lo aos cuidados deles, ele tem somente 2 anos! Tenho de agir. Tenho de salvá-lo. Só de pensar que ele não está sendo bem cuidado, que ele não sabe onde estou, que não entende que fui obrigada a deixá-lo, é como se uma úlcera queimasse em meu coração. Tenho de voltar para ele.

Elizabeth pode levar uma vida ociosa, eu não. No último dia de seu inquérito absurdo, recebi uma mensagem de um dos lordes do norte, Lorde Westmorland, que me prometeu ajuda. Diz que pode me tirar do castelo de Bolton, que pode me levar para o litoral. Tem cavalos esperando em Northallerton e um navio em Whitby. Diz que, às minhas ordens, ele me leva para a França — e assim que eu estiver segura em casa, no país da família de meu falecido marido, onde fui criada para ser rainha, minha sorte mudará em um instante.

Não perderei tempo, como Elizabeth perderia. Não vou fazer corpo mole, ficar confusa e ir para a cama, fingindo estar doente como ela sempre faz quando está com medo. Sei reconhecer uma oportunidade e a aproveito como uma mulher de coragem. "Sim", respondo ao meu salvador. "*Oui*", digo aos deuses, à própria vida.

E quando ele me pergunta: "Quando?", respondo: "Hoje à noite."

Não tenho medo, não tenho medo de nada. Escapei de meu próprio palácio em Holyrood quando fui detida por assassinos, escapei do castelo de Linlithgow. Eles descobrirão que podem me capturar, mas não podem me reter. O próprio Bothwell disse-me certa vez: "Podem tomá-la, mas você se aferra à sua convicção de que nunca serão seus donos." E repliquei: "Sempre serei rainha. Nenhum homem pode mandar em mim."

Os muros do castelo de Bolton são de pedra bruta cinzenta, um lugar construído para resistir a canhões, mas tenho uma corda enrolada à minha cintura e luvas grossas para proteger minhas mãos, e botas resistentes com as quais posso empurrar o muro e me manter a distância. A janela é estreita, pouco mais que uma ranhura na pedra, mas sou magra e flexível, e consigo me contorcer e passar por ela, e me sentar bem à beira do precipício. O porteiro pega a corda e a entrega para Agnes Livingstone, observando-a atá-la ao redor da minha cintura. Ele gesticula para que ela verifique se está bem amarrada. Ele não pode me tocar, meu corpo é sagrado, de modo que ela tem de fazer tudo de acordo com suas instruções. Estou observando o rosto dele. Não é meu aliado, mas foi bem pago, e parece determinado a cumprir sua parte. Acho que posso confiar nele. Lanço-lhe um ligeiro sorriso, e ele percebe meu lábio tremer de medo, pois diz em seu sotaque carregado: "Não tenha medo, menina." E sorrio como se o entendesse, e o observo enrolar a corda na própria cintura. Ele se segura, e vou para a beirada e olho para baixo.

Meu Deus, não consigo ver o chão. Embaixo de mim, a escuridão e o uivo do ar. Agarro-me na ombreira da janela como se não pudesse largá-la. Agnes está lívida de medo, e o rosto do porteiro está impassível. Se vou, tem de ser agora. Solto o conforto do arco de pedra da janela e me estendo na corda. Piso no ar. Sinto a corda se retesar e parecer assustadoramente fina, e começo a andar de costas rumo à escuridão, ao nada, meus pés empurrando as grandes pedras dos muros, minha saia inflando e adejando ao vento.

No começo, não sinto nada além de terror, mas a minha confiança cresce à cada passo, e sinto o porteiro liberar a corda. Olho para cima e vejo o quanto desci, embora não me atreva a olhar para baixo. Acho que vou conseguir. Posso sentir a alegria de ser livre crescendo dentro de mim até meus pés tremerem contra a parede. Sinto uma alegria intensa com o sopro do vento em meu rosto, e até mesmo com o amplo espaço embaixo de mim; uma alegria de estar fora do castelo onde eles acham que sou cativa, engaiolada em meus aposentos abafados; uma alegria de voltar a ser dona da minha vida, ainda que eu esteja pendendo na ponta de um corda como uma truta presa no anzol; uma alegria de ser eu mesma — uma mulher no comando da própria vida — novamente.

O solo surge debaixo de mim em um junco escuro oculto, e cambaleio ao tentar firmar os pés, desato a corda e dou três puxões com força, e eles a recolhem. Do meu lado está meu pajem e Mary Seton, minha companheira de toda a vida. Minha dama de honra será a próxima a descer, e minha segunda dama de honra, Agnes Livingstone, virá em seguida.

Os sentinelas no portão principal estão despreocupados, posso vê-los contra a estrada pálida, mas eles não podem nos ver na sombra dos muros do castelo. Em um momento haverá alguma distração — um estábulo pegará fogo, e quando eles correrem para apagá-lo, dispararemos rumo ao portão onde cavalos surgirão a galope, cada cavaleiro conduzindo um segundo animal, o mais veloz para mim, e montaremos e partiremos antes que percebam que desaparecemos.

Fico bem quieta, sem me mexer. Estou empolgada, sinto-me forte, com desejo de correr. Sinto como se fosse capaz de disparar até Northallerton, inclusive até o mar em Whitby. Posso sentir meu poder fluindo por mim, meu forte e jovem desejo de viver, acelerado pelo medo e pela empolgação. Bate em meu coração e formiga em meus dedos. Meu Deus, tenho de ser livre. Sou uma mulher que precisa ser livre. Prefiro morrer a não ser livre.

Ouço um ligeiro ruído quando Ruth, minha criada, se posiciona na janela, e, em seguida, escuto o farfalhar de suas saias quando o porteiro começa a baixá-la. Posso ver sua silhueta descendo silenciosamente a parede do castelo, e então a corda sacoleja de repente e ela emite um gemido de medo.

— Psiu! — sussurro para ela, mas está a quase 20 metros de altura, não pode escutar. A mão fria de Mary pega a minha. Ruth não está se movendo, o porteiro não a está baixando, alguma coisa deu terrivelmente errado, e então ela cai como um saco de roupas, a corda se solta serpenteando no ar, e ouvimos o grito aterrorizado dela.

O baque da sua queda no solo é terrível. Ela fraturou a coluna, com certeza. Corro imediatamente para o seu lado, ela está gemendo de dor, sua mão sobre a boca, tentando, até mesmo nessa hora, não me trair.

— Sua Graça! — Mary Seton está me puxando pelo braço. — Corra! Eles estão vindo.

Hesito por um instante, o rosto pálido de Ruth está retorcido de agonia, e agora ela está cobrindo a boca com o punho, lutando para não gritar. Olho para o portão principal. Ao ouvir o grito, os sentinelas se viram para o castelo, intrigados, e um avança correndo, grita para outro, alguém pega uma tocha na arandela no portão. São como cães se dispersando para farejar a caça.

Puxo o capuz de minha capa de modo a ocultar o rosto e recuo para as sombras. Talvez possamos contornar o castelo e sair pelo portão dos fundos. Talvez exista uma porta secreta ou algum lugar em que possamos nos esconder. Então, ouve-se um grito de dentro do castelo, deram o alarme em meus aposentos. No mesmo instante a noite se ilumina com a luz das tochas, e "Ei! Ei! Ei!" eles gritam, como caçadores, como batedores atiçando a caça.

Viro-me para um lado, depois para o outro, o meu coração ribombando, estou pronta para correr. Mas agora nossas silhuetas são visíveis contra o muro escuro do castelo graças à luz das tochas, e ouve-se um berro: "Ei! Ali está ela! Detenham-na! Deem a volta! Lá está ela! Cerquem-na!"

Minha coragem se esvai como sangue fluindo de uma ferida mortal, e estou gelada. O gosto da derrota é como o de ferro frio, como o freio na boca de uma potranca indomável. Eu gostaria de cuspir o gosto amargo. Quero correr e quero me jogar no chão e chorar pela minha liberdade. Mas não são maneiras de uma rainha. Tenho de encontrar coragem para remover o capuz e ficar ereta enquanto os homens chegam, aproximam as tochas do meu rosto e observam o que capturaram. Tenho de permanecer serena e altaneira, preciso mostrar-me uma rainha, ainda que vestida como uma criada em uma capa preta de viagem. Tenho de agir como uma rainha para que não me tratem como uma criada. Não há nada mais importante agora, neste momento da minha humilhação, do que preservar o poder de majestade. Sou uma rainha. Nenhum mortal pode me tocar. Tenho de fazer a mágica da majestade sozinha, na escuridão.

— *Je suis la reine* — eu digo, mas a minha voz soa baixo demais. Percebo que falha com o meu nervosismo. Ergo o corpo mais ainda e levanto o queixo, e falo mais alto: — Sou a rainha da Escócia.

Graças a Deus não me seguram, não põem sequer uma mão em mim. Acho que morreria de vergonha se um homem comum abusasse de mim novamente. Pensar na mão de Bothwell nos meus seios, sua boca no meu pescoço, me inflamam ainda agora.

— Estou avisando! Não podem tocar em mim!

Formam um círculo à minha volta, com suas tochas curvadas, como se eu fosse uma bruxa que pudesse ser contida apenas por um círculo de fogo. Alguém diz que lorde Talbot, o conde de Shrewsbury, está chegando. Ele estava jantando com Sir Francis Knollys e lorde Scrope, quando lhe disseram que a rainha dos escoceses estava fugindo como um ladrão na noite, mas que agora tinha sido capturada.

E é assim que ele me vê pela primeira vez, ao chegar correndo de forma desajeitada, seu semblante cansado carregado de preocupação. Ele me vê sozinha, em uma capa preta com o capuz puxado para trás, de modo que todos pudessem me reconhecer, e soubessem que não podem pôr a mão em mim. Uma rainha lívida, de linhagem real, consagrada. Uma rainha em todos os aspectos, demonstrando o poder do desafio, uma rainha na autoridade de sua posição, uma rainha em tudo, menos na posse de seu trono.

Sou uma rainha acossada.

1568, inverno, castelo de Bolton: George

Cercaram-na de tochas, como uma bruxa ameaçada pelo fogo, pronta para ser queimada. Enquanto me aproximo correndo, minha respiração se torna difícil e meu peito se comprime, o coração acelerado devido ao alarme repentino; todos à volta dela estão imóveis, e fico com a sensação de que foram paralisados por um feitiço. Como se ela realmente fosse uma bruxa e a mera visão de sua pessoa transformasse todos em pedra. Sua mão mantém o capuz afastado do rosto, e vejo seu cabelo escuro cortado bem curto e irregular, como o de um menino de rua, a alvura de seu rosto oval e seus olhos pretos luminosos. Ela olha para mim sem sorrir, e não consigo desviar o olhar. Eu devia fazer uma reverência, mas não consigo. Devia me apresentar neste primeiro momento em que nos encontramos, mas as palavras não me vêm. Deveria haver alguém aqui para me apresentar, deveria haver um arauto para anunciar os meus títulos. Mas sinto como se estivesse nu diante dela: é apenas ela e eu, nos encarando como inimigos separados por chamas.

Olho fixamente para ela e observo cada detalhe. Fico só olhando, olhando, como um colegial. Quero falar com ela, me apresentar como seu novo anfitrião e seu guardião. Quero parecer um homem urbano, experiente, a essa princesa cosmopolita. Mas as palavras não saem, não as encontro nem em francês nem em inglês. Devo repreendê-la por essa tentativa temerária de fuga, mas sou incapaz de falar, como se tivesse impotente, como se ela me aterrorizasse.

As tochas acesas lhe conferem um halo carmesim, como se ela fosse uma santa em chamas, uma santa flamejante vermelha e dourada; mas o cheiro sulfuroso da fumaça é o próprio fedor do inferno. Ela parece um ser de outro mundo, nem mulher nem rapaz, uma górgona de beleza fria e ameaçadora, um anjo perigoso. Vê-la rodeada de fogo, estranha e silenciosa, me enche de um terror inexprimível, como se ela fosse uma espécie de augúrio, um cometa fulgurante, prevendo minha morte ou desastre. Sinto muito medo, embora não saiba por que, e fico diante dela sem conseguir dizer nada, como um discípulo relutante, atemorizado, em veneração; no entanto, não sei por quê.

1568-9, inverno, castelo de Tutbury: Bess

Maria, essa rainha problemática, atrasa o máximo possível. Alguém lhe disse que o castelo de Tutbury não é apropriado para uma rainha legítima. Agora, Sua Graça se recusa a vir para cá e exige ser enviada para a corte de sua boa prima, onde ela sabe muito bem que os 12 dias de Natal estão sendo celebrados com banquetes, dança, música, e que, no meio de tudo aquilo, estará a rainha Elizabeth, de consciência bem tranquila, dançando e rindo porque os escoceses, a principal ameaça à paz do país dela, estão se matando, e a maior rival ao seu trono, a outra rainha da Inglaterra, a rainha deles, é uma prisioneira que não será libertada tão cedo. Ou uma convidada de honra, como acredito que devo chamá-la, enquanto tomo providências para transformar Tutbury em algo mais do que um calabouço improvisado às pressas.

Preciso dizer que Maria da Escócia não é a única a preferir passar este Natal em Hampton Court, e a estar bem pouco feliz com o prospecto de um longo e frio inverno em Tutbury. Fiquei sabendo, pelos mexericos que meus amigos me trazem, que há um novo pretendente à mão de Elizabeth, um arquiduque austríaco que nos tornaria aliados da Espanha e dos Habsburgo, e que o surto de desejo por uma última chance de ser esposa e mãe a deixou fora de si. Sei como a corte se comportará: meu amigo Robert Dudley sorrirá, mas permanecerá alerta, pois a última coisa que ele quer é um rival ao seu constante cortejo à rainha. Elizabeth estará num arroubo de vaidade, e todos os dias coisas bonitas chegarão aos seus aposentos, e o butim de seus descartes serão o deleite de suas damas. Cecil conduzirá tudo para o resultado que ele quiser, qualquer que seja. E eu estarei lá, observando e fofocando com todo mundo.

Meu filho Henry, a serviço na casa de Robert Dudley, me escreve dizendo que Dudley nunca permitirá um casamento que o afaste de Elizabeth, e que ele resistirá a Cecil assim que a velha raposa abrir o jogo. Mas eu sou a favor do casamento — de qualquer casamento. Deus queira que ela o aceite. Ela adiou mais do que qualquer mulher ousaria, está com 35 anos, perigosamente velha para dar à luz um primogênito, mas é necessário que se force a fazê-lo. Precisamos que ela nos dê um filho varão, um herdeiro para o trono da Inglaterra. Precisamos ver aonde estamos indo.

A Inglaterra é um negócio, um patrimônio como qualquer outro. Temos de ser capazes de planejar o futuro. Temos de saber quem vai herdar o que, temos de prever o que será feito da herança. Temos de ver o nosso próximo senhor e quais serão os seus planos. Temos de saber se ele será luterano ou papista. Aqueles de nós que vivem em abadias reconstruídas e usam a prataria da Igreja no jantar estão especialmente ansiosos para saber disso. Queira Deus que dessa vez ela aceite o pretendente, que se case com ele e nos dê um novo e equilibrado senhor protestante para administrar a Inglaterra.

É difícil servir a Elizabeth, penso enquanto ordeno aos carpinteiros que consertem as fendas no assoalho. Teria sido o nosso primeiro Natal na corte, para mim e milorde o conde. Nosso primeiro Natal como recém-casados, o primeiro Natal em que eu seria uma condessa na corte, onde eu teria brilhado como um floco de neve e sentido grande alegria em aproveitar minha recente ascensão social para resolver disputas antigas. Mas, em vez disso, a rainha concedeu ao meu marido, o conde, apenas dois dias para ficar comigo antes de despachá-lo para buscar a rainha da Escócia no castelo de Bolton, enquanto trabalho nesta choupana.

Quanto mais conserto esta casa arruinada, mais vergonha sinto dela, embora Deus saiba que não tenho culpa de nada. Nenhuma casa minha chegaria a este ponto de degradação. Todas as minhas propriedades — a maior parte tendo passado para mim pela boa administração de meu segundo marido, William Cavendish — foram reformadas e reconstruídas assim que as adquirimos. Nunca compramos nada em que não fizéssemos melhorias. Cavendish orgulhava-se de lotear a terra e permutar fazendas até formar uma bela propriedade, que eu então dirigiria com lucro. Ele era um homem cuidadoso, um grande empresário, um homem mais velho, mais de 40 anos quando se casou comigo, sua noiva de 19.

    Ele me ensinou a manter um livro-caixa do nosso lar, atualizá-lo toda semana, tão conscienciosamente quanto ler um sermão aos domingos. Quando eu era pouco mais que uma menina, costumava lhe mostrar meu livro de despesas domésticas como uma criança com seu dever de escola, e ele o examinava comigo nas noites de domingo, como se estivéssemos fazendo nossas orações juntos, como pai e filha devotos, nossas cabeças lado a lado sobre o livro, nossas vozes murmurando os números.

    Mais ou menos depois de um mês de casados, quando percebeu que eu tinha tamanha aptidão e amor pelos próprios números, assim como pela riqueza que representavam, ele deixou-me ver o livro-caixa da pequena propriedade que tinha acabado de comprar e disse que eu poderia mantê-la também, para ver se eu me sairia bem. Eu me saí. Então, à medida que ele comprava mais propriedades, eu cuidava delas. Aprendi os salários dos trabalhadores e das criadas, aprendi quanto deveria pagar a carreteiros e a lavadores de janelas. Comecei a dirigir suas fazendas como dirigia a nossa casa, e também mantinha livros-caixa para tudo.

    Ele me ensinou que de nada valem terras ou dinheiro se são esbanjados como os antigos lordes fazem com seu patrimônio, desperdiçando-o de uma geração a outra. A riqueza nada significa se não se conhece, até o último centavo, qual é a sua fortuna. Não saber o que se tem é o mesmo que ser pobre. Ele me ensinou a amar a ordem de um livro-caixa bem mantido. E ensinou-me que a última linha da página, no fim de cada semana, deve mostrar o balanço entre o dinheiro que entra e o que sai, de modo que se saiba se se está à frente do mundo, ou atrás.

    Cavendish disse-me que não é assim que os grandes lordes fazem. Muitos de seus administradores nem mesmo mantêm os livros assim, da nova maneira, comparando receita e despesa lado a lado, e é por isso que, no final das contas, nos sairemos melhor do que eles. Disse-me eles que tratavam de suas casas, terras, arrendatários e fortunas como se tudo fosse uma grande massa que não pode ser calculada. Portanto — já que é nisso que acreditam —, nunca tentam calcular sua riqueza. Eles a herdam e a transmitem por inteiro, sem inventário. Perdem e ganham sem manter registros. Não fazem ideia de se o aluguel de uma residência na cidade dá mais lucro do que um trigal. Quando são tributados, conjeturam o valor devido; quando pegam dinheiro emprestado, não conseguem calcular sua fortuna. Quando recebem uma imensa quantia durante uma guerra ou herdam um tesouro mediante casamento, jogam tudo no cofre e nunca sequer o listam. Ao passo que nós, os novos homens e mulheres que progrediram tão recentemente, olhamos para cada campo, cada negociação, cada navio, e providenciamos para que eles se paguem.

Aos poucos, à medida que Cavendish e eu acrescentávamos propriedade e casas à nossa fortuna, cada cinzelada a partir do corpo moribundo da antiga Igreja, criei novos livros, um para cada nova propriedade, cada um mostrando um bom balanço de lucro com aluguéis ou venda de lã, feno, milho, trigo ou minério de ferro, ou o que fosse que cada terra pudesse nos oferecer. Aos poucos, aprendi os preços das árvores em uma floresta e o valor da madeira quando elas eram abatidas. Aos poucos, aprendi a estimar o preço da lã no dorso de um carneiro ou o lucro que se poderia obter de uma ninhada de gansos no Natal. Meu marido Cavendish contratava homens bons, de confiança, que tinham servido aos monges nas abadias e às freiras nos conventos, e que sabiam como fazer as terras produzirem uma renda boa, e comecei a aprender com eles. Logo passou a caber a mim ler as contas trazidas pelos administradores de nossas propriedades, cada vez mais numerosas; eu era ao mesmo tempo supervisora e administradora doméstica. Logo passou a ser eu quem mais sabia do bom gerenciamento das nossas propriedades e do crescimento da nossa riqueza.

Nada disso aconteceu da noite para o dia, é claro. Fomos casados por dez anos, tivemos nossos filhos — oito, que Deus os abençoe, e abençoe o bom marido que me deu todos eles, e a fortuna para sustentá-los. Ele ascendeu alto no favor da corte. Serviu primeiro a Thomas Cromwell e depois diretamente ao rei. Serviu no Tribunal de Confisco,* um posto privilegiado, e viajou pelo país avaliando propriedades da igreja e transferindo-as para a Coroa, já que cada uma delas mostrava-se inadequada para a obra do Senhor e precisava ser fechada.

E se por acaso as casas mais ricas e lucrativas fossem as primeiras a atrair a atenção da reforma divina, então não nos cabia questionar as maneiras misteriosas da Providência. Se tivessem sido bons homens, teriam sido bons administradores da riqueza do Senhor, e não dissipado a fortuna da Igreja: encorajando os pobres à ociosidade, construindo igrejas e hospitais de beleza excessiva. Deus acharia melhor que administradores incompetentes fossem substituídos por quem conhecia o valor do dinheiro e estava pronto para aplicá-lo no trabalho.

---

*Tribunal instituído por Henrique VIII para aumentar a renda da coroa por meio da supressão de mosteiros. (N. da T.)

É claro que meu marido comprou para si mesmo. Deus é testemunha de que todos na Inglaterra estavam comprando terra para si mesmos, e a preços desesperados. Eram como uma frota inteira de barcos pesqueiros chegando toda ao mesmo tempo. Nós éramos como esposas de pescadores no porto regalando-nos com a fartura. Estávamos todos loucos para pôr as mãos no nosso quinhão de terras da antiga Igreja. Foi um banquete de arrebatamento de terras. Ninguém questionou William quando ele avaliou para a Coroa e, depois, comprou e vendeu em benefício próprio. Todos esperavam que ele complementasse suas gratificações negociando por conta própria, e além do mais ele não levou mais do que o de costume.

Como fez isso? Avaliou a terra por baixo, de acordo com seus interesses, e às vezes em benefício de outros. Em algumas ocasiões, recebeu presentes, e em outras, propinas secretas. É claro! Por que não? Ele estava fazendo o trabalho do rei e promovendo a reforma da Igreja. Estava fazendo a obra de Deus ao expulsar padres corruptos. Por que não devia ser generosamente recompensado? Estávamos substituindo uma velha Igreja putrefata por uma que fosse a verdadeira imagem de Seu filho. Era um trabalho glorioso. Meu marido não estava servindo a Deus ao destruir os antigos e iníquos métodos da Igreja papista? Não estava completamente certo, dirigido pelo próprio Deus, ao tirar a riqueza da Igreja papal corrupta e pô-la em nossas mãos, que a usaríamos muito melhor? Não é justamente esse o significado da parábola sagrada dos talentos?

E durante todo esse tempo fui sua aprendiz, bem como sua esposa. Eu era uma garota com a intensa ambição de ser dona de propriedade e estar segura no mundo. De nunca mais ser uma parenta pobre na casa de um primo mais rico. Ele ensinou-me como conseguir isso. Que Deus o abençoe.

Então eu lhe disse que Chatsworth estava à venda, perto de minha antiga casa de Hardwick, em Derbyshire; que eu conhecia bem a propriedade, era uma boa terra; que o proprietário original era meu primo, mas a tinha vendido para irritar a sua família; que o novo proprietário, assustado com as reivindicações contra a propriedade, estava desesperado para vendê-la; que poderíamos obter um bom lucro se não tivéssemos escrúpulos de nos aproveitar de um tolo em apuros. William percebeu, como eu, o lucro que poderíamos obter e a comprou para mim a um preço irrisório, e jurou que seria a maior casa no norte da Inglaterra, e que seria o nosso novo lar.

Quando a nova rainha, Mary Tudor, subiu ao trono — e quem teria imaginado que ela derrotaria a boa pretendente protestante, minha amiga Jane Grey? —, acusaram meu pobre Cavendish de defraudar seu cargo, de aceitar propinas e de roubar terra da Santa Igreja Católica Romana — que agora ressurgia dos mortos como o próprio Jesus. Acusações vergonhosas e tempos assustadores: nossos amigos presos na Torre por traição, a querida pequena Jane Grey enfrentando a morte por reivindicar o trono, a reforma da religião completamente invertida, o mundo virado de cabeça para baixo novamente, o retorno dos cardeais e a Inquisição a caminho. Mas a única coisa de que eu tinha certeza, a única coisa que me confortou durante todo o período de preocupação, foi o conhecimento de que ele saberia exatamente quanto tinha roubado. Podem dizer que seus livros no palácio não esclareciam sua imensa fortuna, mas eu estava certa de que ele sabia que em algum lugar haveria registros que demonstrariam tudo, claramente, furtos e lucros. Quando ele morreu, meu pobre marido Cavendish, ainda sob suspeita de roubo, corrupção e contabilidade desonesta, eu sabia que ele acertaria suas contas no Céu, e que São Pedro (que eu supunha que também seria restaurado) os acharia exatos, até o último centavo.

Em sua ausência, coube a mim, sua viúva, completamente só no mundo, defender minha herança na Terra. Ele tinha deixado tudo no meu nome, que Deus o tenha, pois sabia que eu manteria tudo seguro. Apesar de toda tradição, costume e prática que deixam as viúvas na miséria e fazem dos homens os únicos herdeiros, ele pôs cada centavo no meu nome, não em fideicomisso, não para um parente homem. Não favoreceu um homem, nenhum, mas a mim, sua mulher. Ele deixou tudo, integralmente, para mim. Imaginem só! Ele deu tudo para mim.

E jurei que não trairia meu querido Cavendish. Jurei, com minha mão no seu caixão, que guardaria os sacos de ouro debaixo da cama de casal, as terras que herdei dele, as velas da igreja nas minhas mesas e os quadros nas minhas paredes, e que cumpriria meu dever com ele, como sua boa viúva, lutando para provar que suas posses pertenciam a mim. Ele deixou sua fortuna para mim; devo fazer com que seus desejos sejam honrados. Eu me asseguraria de conservar tudo. Seria meu dever sagrado manter tudo.

E então, graças a Deus, as alegações contra mim foram interrompidas por mais uma morte real. Foi Deus, Ele próprio, que preservou minha fortuna protestante. A rainha Mary, a papista, teria posto suas garras em todas as terras da Igreja, se ela pudesse. Teria mandado reconstruir mosteiros e reconsagrar abadias, e certamente teria tirado tudo dos bons funcionários que só estavam cumprindo o seu dever — mas Deus rapidamente a chamou, e ela morreu antes de poder desapossar nós todos, e a nova governante foi a nossa Elizabeth.

Nossa Elizabeth, a princesa protestante que sabe o valor da boa propriedade assim como todos nós, que ama, como nós amamos, a paz, a terra e uma moeda confiável. Compreende muito bem o preço da nossa lealdade a ela. Seremos todos bons protestantes e súditos leais se ela nos deixar com a nossa riqueza roubada dos papistas e garantir que nenhum deles jamais suba ao trono e volte a ameaçar as nossas fortunas.

Aproximei-me dela desde os primeiros anos, tanto por cálculo quanto por preferência. Fui criada em uma casa protestante, a serviço da grande Lady Frances Grey, fui acompanhante de Lady Grey e servi a um Deus que reconhece o trabalho árduo. Eu estava em Hatfield quando meu amigo Robert Dudley trouxe, pessoalmente, a notícia de que a rainha estava morta e Elizabeth era a herdeira. Estive na sua coroação como uma bela e rica viúva (que Deus abençoe meu marido Cavendish por isso) e meu novo marido, Sir William St Loe, era o Mordomo Real.* Cruzamos olhares na noite do jantar de coroação, e percebi que ele me olhava e via uma mulher bonita de 30 anos, com grandes extensões de terra que eram, tentadoramente vizinhas às suas. O querido Cavendish me deixara tão próspera que talvez eu pudesse ter barganhado por um marido ainda melhor. Sir John Thynne, de Longleat, era uma possibilidade, e havia outros. Mas, para ser franca, William St Loe era um homem bonito, e gostei dele por ele mesmo. Ademais, apesar de Sir John ter Longleat, uma casa que qualquer mulher cobiçaria, as terras de William St Loe eram na minha Derbyshire natal, e isso fez o meu coração bater mais forte.

Com ele como meu marido, e uma boa rainha protestante no trono, eu sabia que não haveria interrogatório sobre a história de um par de castiçais de ouro que antes ficavam em um altar e, agora, na minha melhor mesa. Ninguém se preocuparia com cerca de trezentos belos garfos de prata, umas duas dúzias de jarros de ouro, algumas lindas taças venezianas e baús de moedas de ouro que apareceram de repente no registro de meus bens domésticos. Certamente, para o Deus protestante, a quem todos veneram e adoram, ninguém incomodaria uma viúva leal que não fez nada além de amar coisas belas que surgiram em seu caminho. Não haveria grande apreensão em relação a

---

*Cargo oficial exercido por um membro da nobreza inglesa. O detentor do cargo é responsável por atender ao monarca quando de sua coroação. (N. da T.)

terras que no passado pertenceram à Igreja e agora pertenciam a mim. Nem deveria haver. "Não deves amordaçar o boi que pisa no milho", costumava me dizer o meu Cavendish e, às vezes, meio de brincadeira: "O Senhor ajuda quem ajuda a si mesmo."

Mas nenhum de nós dois — juro por Nossa Senhora —, nenhum de nós, nem mesmo no auge de nossa ganância, teria aceitado o castelo de Tutbury sequer como presente. Custará mais reformá-lo do que demoli-lo e reconstruí-lo. Posso imaginar meu Cavendish examinando-o e me dizendo: "Bess, amada, um castelo é uma coisa muito bonita, mas qual a vantagem de possuí-lo?" E nós dois teríamos partido para um investimento melhor: algo que pudéssemos comprar barato e melhorar.

Quando me lembro de Cavendish, tenho de me impressionar por meu novo marido, o conde. Sua família é dona metade da Inglaterra há séculos, e sempre arrendou essa propriedade de Tutbury; mas a deixaram se arruinar a ponto de ela não ter mais serventia alguma, pois nenhum tolo se interessaria em adquiri-la. É claro que meu marido, o conde, não tem uma mente detalhista, nunca teve de se preocupar com a questão vulgar de lucro e prejuízo. Afinal, ele é um nobre, não um comerciante como o meu Cavendish. Não lutou para subir na vida, como o meu Cavendish precisou lutar, ou como eu tive a honra de lutar também. Meu marido, o conde, tem tantas terras, tantos criados, arrendatários e vassalos, que não faz ideia do lucro que obtém nem de seus custos. Cavendish ficaria doente se tivesse de lidar com algo assim. Mas é a maneira nobre. Não faço dessa forma, mas conheço o bastante para admirar o estilo.

Não que haja algo errado com a aldeia de Tutbury. A estrada que serpenteia por ela é ampla e muito bem construída. Há uma cervejaria moderadamente boa e uma estalagem que claramente tinha sido um albergue da Igreja para os pobres nos velhos tempos, antes de alguém fazer uma oferta e se apossar dele — embora, olhando para ela e os campos ao redor, duvido que tenha sido um bom negócio. Há boas fazendas, campos férteis e um rio fundo e de correnteza veloz. É terra baixa, não a região rural de que gosto: as colinas íngremes e os vales baixos de Derbyshire. É tudo plano, monótono, e o castelo de Tutbury repousa no alto de seu próprio outeiro como uma cereja sobre o pudim. A estrada para o castelo sobe essa pequena colina como uma trilha escalando um monte de esterco. No alto, há uma bela entrada construída de pedra e uma torre imponente que sugere algo superior, mas logo o visitante se decepciona. Dentro do muro úmido exterior, à sua esquerda praticamente se escora uma pequena casa de pedra, com um grande salão embaixo e aposentos privados em cima, uma cozinha e uma panificação ao lado. Esses, acreditem!, serão os apartamentos da rainha da Escócia, que nasceu no castelo de Linlithgow e foi criada no Château de Fontainebleau, e que talvez fique um pouco surpresa em se ver hospedada em um lugar que praticamente não recebe luz natural no inverno e onde se sente o mau cheiro do esterco das proximidades.

No outro lado do pátio, estão os alojamentos do zelador do castelo, onde eu e milorde supostamente nos aconchegaremos em um edifício feito de pedra e tijolos, com um grande salão embaixo, e aposentos em cima e, graças a Deus, pelo menos uma lareira decente, grande o suficiente para uma árvore de cada vez. E é isso. Nada disso bem conservado; o muro de pedra externo está prestes a desmoronar no fosso, as telhas estão soltas em cada telhado, há ninhos de corvos em cada chaminé. Se a rainha subir ao alto da torre do lado de seus aposentos, terá a vista de um campo plano como uma tábua de queijo. Há densas florestas e boa caça ao sul, mas o norte é uma campina insípida. Resumindo, se fosse um lugar bonito eu pressionaria milorde para reconstruí-lo e fazer uma boa casa para nós. Mas ele tem tido pouco interesse pelo castelo, e eu, nenhum.

Bem, estou me interessando agora! Avançamos colina acima com meus bons cavalos escorregando no lodo e os carreteiros gritando: "Vamos! Vamos!" para que retesem os tirantes e arrastem as carroças colina acima. As portas do castelo estão abertas, e entramos no pátio, deparando-nos com todos os serviçais boquiabertos, em roupas sujas, os assadores, descalços, os cavalariços, sem gorros, o grupo todo mais parecendo recém-libertado de uma galera turca do que a criadagem da casa de um nobre, esperando servir a uma rainha.

Salto do meu cavalo antes que alguém tenha a presença de espírito de vir me ajudar.

— Ouçam, servos desprezíveis — digo com irritação. — Temos de pôr este lugar em ordem até fim de janeiro. E vamos começar agora.

1569, janeiro, no caminho do castelo de Bolton para o castelo de Tutbury: George

Ela é uma praga, uma dor de cabeça, uma mulher cheia de caprichos, cheia de vontades; ela é um pesadelo, uma criadora de caso e uma grande, grande rainha. Não posso negá-lo. Em cada pedacinho seu, todos os dias, mesmo quando ela é mais problemática, mesmo quando é mais maliciosa, ela é uma grande, grande rainha. Nunca conheci uma mulher como ela. Nunca sequer vi uma rainha como ela antes. É uma criatura extraordinária: geniosa, temperamental, algo de ar e paixão, o primeiro mortal que conheci que posso reconhecer como verdadeiramente divino. Todos os reis e rainhas estão mais próximos de Deus do que homens e mulheres comuns, mas ela é a primeira, em minha experiência, que prova isso. Ela foi realmente tocada por Deus. Ela parece um anjo.

Não posso gostar dela. É frívola e caprichosa e teimosa. Um dia ela me pede para deixá-la galopar pelos campos para escapar do martírio de se arrastar pela estrada enlameada (sou obrigado a recusar). No dia seguinte, está doente e cansada demais para se mover. Não consegue enfrentar o frio, não tolera o vento gélido. Sua saúde é frágil, sente uma dor lombar constante. Acho que ela é frágil como qualquer mulher fraca. Mas, se é assim, como encontrou coragem e força para se pendurar em uma corda e descer pelas paredes do castelo de Bolton? Ou para cavalgar durante três dias até Whitehaven, na Inglaterra, após uma derrota amarga em Langside, na Escócia, três dias com nada além de mingau de aveia para comer, e mantendo o cabelo cortado curto como o de um garoto, para se disfarçar? Viagem árdua, dormindo mal, acompanhada de soldados grosseiros? De que poderes ela consegue subsistir que nós, meros mortais, não podemos? Deve ser o próprio Deus que lhe dá esse poder tremendo e sua natureza feminina que solapa a sua força com uma sutileza natural.

Devo dizer que ela não me inspira nem amor nem lealdade profunda. Eu nunca lhe juraria lealdade — como jurei à minha rainha. Ela é volátil: é toda fogo e luz. Uma rainha que quer manter suas terras precisa ter mais o pé no chão. Uma rainha que espera sobreviver ao ódio natural que todos os homens têm por mulheres que contrariam a lei de Deus e se estabelecem como líderes precisa ser como uma rocha, algo da terra. Minha rainha está enraizada em seu poder. Ela é uma Tudor, com todos os seus apetites mortais e sua cobiça mundana. Minha rainha Elizabeth é um ser dos mais sólidos, tão terrena quanto um homem. Mas esta é uma rainha que é só ar e anjos. Ela é uma rainha de fogo e fumaça.

Nesta jornada (que parece que nunca vai ter fim), ao longo de todo o caminho encontramos pessoas que saem às ruas para acenar em saudação a ela, para louvá-la, o que deixa uma difícil viagem dez vezes mais longa. Acho impressionante que, em pleno inverno, eles deixem suas lareiras para passar o dia inteiro nos cruzamentos das vias frias, aguardando a passagem da comitiva. Certamente ouviram os comentários infames a respeito da rainha. Cada freguês de cada taberna no reino se regalou com rumores que vazaram dos inquéritos, e ainda assim tive de despachar ordens adiante, aonde quer que fôssemos de que não deviam tocar os sinos das igrejas quando a rainha chegasse à aldeia, não deviam trazer seus bebês para que recebessem a sua bênção, não deviam trazer os doentes para que ela lhes curasse as escrófulas, não deviam espalhar ramos pelo seu caminho, como se ela cavalgasse em triunfo: uma blasfêmia tão grave quanto se ela fosse Jesus entrando em Jerusalém.

Mas nada do que digo os detém. Esse povo supersticioso e imprestável do norte está estupefato com essa mulher, que até então era tão distante quanto a lua. Eles a honram como se ela fosse mais do que uma rainha, mais do que uma mulher comum cuja reputação estava marcada por difamações. Eles a reverenciam como se soubessem mais do que eu — como se conhecessem uma verdade superior. Como se soubessem que ela é realmente o anjo que parece.

É uma questão de fé, não de sabedoria. Essas são pessoas obstinadas, que não concordam com as mudanças que a nossa rainha — Elizabeth — introduziu nas igrejas. Sei que conservam a antiga fé como podem, e que querem um padre no púlpito e a missa rezada à maneira antiga. Metade deles provavelmente continua a ouvir em segredo a missa dominical por trás de portas fechadas. Preferem ter sua fé, seu Deus e seu senso de Nossa Senhora zelando por todos a obedecer às novas leis inconstantes do país. O norte nunca se deixou impressionar com a reforma da religião, e agora que essa outra rainha passa por suas estradas, as pessoas demonstram sua verdadeira face: sua lealdade a ela, a persistência de sua fé. Eles são dela, de corpo e alma, e não sei se Cecil considerou isso quando ordenou que eu a levasse para Tutbury. Não sei se ele entende quão pouca influência a rainha Elizabeth, e sua fé, tem nesses condados do norte. Será que ele deveria tê-la levado mais para o sul? Seria ela amada intensamente aonde quer que fosse? Deus sabe que há papistas em toda a Inglaterra; talvez metade do país acredite que esta é a nossa verdadeira rainha, e a outra metade a amará ao vê-la.

Esta rainha, igualmente famosa por sua piedade e por sua lascívia, usa um rosário no cinto e um crucifixo no pescoço, onde às vezes percebo-a enrubescer. Ela fica ruborizada como uma menina. O próprio papa reza especialmente por ela, enquanto ela enfrenta um perigo mortal. Nos piores momentos, quando estamos praticamente cercados por uma multidão de pessoas sussurrando bons votos para ela, receio que prefiram esta rainha no trono e a igreja não reformada e inalterada a todos os benefícios que a rainha Elizabeth lhes propiciou.

Porque essas pessoas não são como a minha Bess — pessoas comuns que perceberam a sua oportunidade e arrebataram lucros durante tempos de mudança. Estas pessoas são os pobres que costumavam ir à abadia para curar suas feridas e seus medos, que gostavam da companhia dos padres no leito de morte e em batizados. Não gostam de ver igrejas sendo demolidas, santuários ficando inseguros, freiras e hospitais sendo expulsos. Não sabem onde rezar, agora que os altares foram destruídos; não sabem quem os ajudará, agora que não podem acender velas para os santos. Não entendem que a água benta não é mais benta, que as pias de água benta estão secas. Não sabem onde pedir santuário, já que as abadias foram fechadas; não sabem quem os alimentará em momentos de necessidade agora que as cozinhas dos mosteiros foram destruídas e os fornos se apagaram. Mulheres estéreis não podem partir em peregrinação a um poço sagrado, homens doentes não podem se arrastar até um altar. Eles se sentem roubados. Inegavelmente, lhes foi roubado quase tudo o que tornava suas vidas mais felizes. E acham que essa outra rainha maravilhosa, vestida de preto com um véu branco, tão sedutora quanto uma noviça, lhes trará de volta tudo o que é bom; e se aglomeram ao seu redor e lhe dizem que os bons tempos retornarão, que ela deve esperar, como eles vão esperar por ela, até que eu preciso gritar para os guardas os afastarem.

Talvez não passe da questão trivial de sua beleza. As pessoas tornam-se tão insensatas diante de uma mulher bonita que lhe atribuem todo tipo de magia por nada mais do que seus olhos escuros e seus espessos cílios escuros. Aproximam-se da estrada curiosos para olhar e então ali permanecem e a louvam, na esperança de vê-la sorrir. Ela ergue a mão em agradecimento. Preciso admitir que ela realmente age com uma graça extraordinária. Sorri para cada um deles, como em um uma saudação particular. Cada um que a vê fica estupefato: é dela para a vida inteira. Ela possui tal porte que ninguém sequer me pergunta qual das mulheres com capa é a rainha. É esbelta como um cavalo puro-sangue, mas é alta, alta como um homem. Comporta-se como uma rainha e atrai todos os olhares. Quando ela passa em seu cavalo, há um sussurro de admiração, como uma brisa, e essa adoração soprou à sua volta durante toda a sua vida. Sua beleza é levada como uma coroa, e ela ri e encolhe os ombros ligeiramente, diante da admiração que atrai para si, como se fosse um manto que alguém deixasse cair: arminho, em volta de seus ombros claros.

Jogam folhas de sempre-viva na estrada, diante dela, já que nesta época invernosa não possuem flores. A cada parada, alguém insiste em agraciá-la com potes de mel e conservas. As mulheres lhe estendem rosários para que ela o toque, como se fosse uma santa, e preciso fazer vista grossa, pois os rosários agora são proibidos por lei. Ou, de qualquer maneira, acho que são. As leis mudam com tanta frequência, que nem sempre consigo acompanhar. Minha própria mãe tem um rosário de coral, e durante a vida inteira meu pai acendeu diariamente uma vela diante de um crucifixo de mármore. Mas Bess os mantém escondidos em nosso cofre, misturados com os ícones que seu marido anterior roubou das abadias. Bess trata todos eles como bens rentáveis. Não pensa neles como bens sagrados; Bess não pensa em nada como sagrado. Essa é a nova maneira.

Mas quando passamos por um altar de beira de estrada onde antes havia uma estátua ou um crucifixo, hoje uma vela queima com uma luz discreta e valente, como se dissesse que a estátua pode estar quebrada e o crucifixo, descartado, mas a luz na estrada e a chama no coração ainda ardem. Ela insiste em fazer uma pausa diante desses altares vazios para reverenciá-los, e não consigo apressá-la porque há algo nesse gesto dela... algo na maneira como vira a cabeça, como se estivesse escutando, ao mesmo tempo que reza. Não consigo interromper essas breves comunhões embora saiba que, quando as pessoas a veem, ele serve de estímulo ao culto papista e à superstição. Percebo que essas pequenas preces a fortalecem como se alguém — quem? Sua mãe? Seu marido morto? Talvez outra Maria, a própria Mãe de Deus? — estivesse falando com ela no silêncio.

Como posso saber? Sou um homem que simplesmente obedece a seu rei. Quando o meu rei é papista, sou papista. Quando é protestante, sou protestante; se ele se tornasse muçulmano, acho que eu me tornaria também. Não penso nessas coisas. Nunca pensei nessas coisas. Tenho orgulho de ser um homem que não pensa nesse tipo de coisa. Minha família não luta por sua fé; permanecemos fiéis ao rei, e o Deus dele é o nosso Deus. Mas quando vejo o rosto dela à luz da vela de um ícone à beira da estrada e seu sorriso tão enlevado... bem, na verdade, não sei o que vejo. Se eu fosse simplório como o povo comum, acharia que vejo o toque de Deus. Acharia que vejo uma mulher que é bela como um anjo, porque ela é um anjo, um anjo na terra, simples assim.

Então, em algumas noites, ela ri na minha cara, futilmente como a garota que ela é.

— Sou uma grande provação para você — diz ela, em francês. — Não negue! Sei disso e lamento. Sou um grande incômodo para você, lorde Shrewsbury.

É incapaz de pronunciar o meu nome. Fala como uma francesa; ninguém diria que seu pai é escocês. Ela consegue dizer "o conde" muito bem. Consegue dizer "Talbot", mas "Shrewsbury" é simplesmente impossível para ela. Faz um biquinho com a boca ao tentar. Sai "Chowsbewwy", e é tão engraçado que quase me faz rir. Ela é encantadora, mas lembro que sou casado com uma mulher de grande valor e que sirvo a uma rainha de mérito inegável.

— De jeito nenhum — respondo friamente, e vejo seu sorriso de menina vacilar.

1569, janeiro, no caminho do castelo de Bolton para o castelo de Tutbury: Maria

Bothwell,
Estão me levando para outro castelo, Tutbury, perto de Burton-on-Trent. Serei hóspede do conde de Shrewsbury, mas não poderei partir.
Venha assim que conseguir se libertar.
Marie

Mantenho a cabeça baixa, cavalgo como uma freira a caminho da missa, mas por todo lugar que passo, vejo tudo. Cavalgo como Bothwell, o tático, me ensinou: sempre alerta a emboscadas, a oportunidades, ao perigo, mapeando a região mentalmente, como ele faria. Esta Inglaterra é meu reino, minha herança, e estas terras do norte serão o meu principal baluarte. Não preciso que cartas secretas do meu embaixador, o bom bispo John Lesley de Ross, me digam que metade do país já é meu, desejoso de se livrar da tirania da usurpadora, minha prima Elizabeth. Aonde quer que eu vá, vejo que as pessoas comuns querem retornar aos antigos costumes, os bons costumes; eles querem a Igreja restaurada e, no trono, uma rainha em que possam confiar.

Se fossem somente as pessoas comuns, aceitaria sua louvação, seus presentes, agradeceria sorrindo e saberia que nada podem fazer. Mas há muito mais do que elas. A cada parada na estrada, quando o vinho é trazido à mesa de jantar, algum serviçal deixa cair uma mensagem no meu colo ou põe um bilhete na minha mão. Shrewsbury é um guardião incompetente, que Deus o abençoe. Vigia a porta, mas se esquece completamente das janelas. Meia dúzia de lordes da Inglaterra me enviaram garantias de que nunca deixarão que eu seja mantida cativa, que não permitirão que eu seja mandada de volta à Escócia como uma prisioneira, e que juraram me libertar. Farão Elizabeth honrar sua palavra e me restituir ao trono ou a desafiarão em meu nome. Há uma conspiração contra Elizabeth ardendo discretamente, como um incêndio se espalhando por um campo de arbustos, oculto nas raízes. Ao hesitar me restaurar ao trono, ela foi longe demais para ter apoio de sua corte. Todos sabem que sou sua única herdeira legítima, e todos querem que eu tenha o controle de meu reino na Escócia e assegure a minha herança na Inglaterra. Isso nada mais é do que simples justiça; é o meu direito, e a nobreza da Inglaterra, assim como o povo, quer defender o meu direito. Qualquer rainha inglesa com um pouco de bom-senso deixaria isso claro para mim, claro para os lordes, claro para o país. Qualquer rainha com um pouco de bom-senso me nomearia sua herdeira e me colocaria de volta no trono da Escócia e ordenaria que eu esperasse até a sua morte. Se ela me tratasse com semelhante justiça, eu a honraria.

Para muitos deles, Elizabeth é uma pretendente ao trono, uma bastarda protestante que tirou proveito de seu cabelo ruivo Tudor e da minha ausência para se colocar onde eu deveria estar. Toda a Europa e metade da Inglaterra aceita que eu sou a verdadeira herdeira, descendente direta e legítima do rei Henrique VII, enquanto ela é uma bastarda reconhecida e, pior ainda, uma traidora renomada da rainha que a antecedeu, a sagrada Mary Tudor.

É uma vereda delicada aquela que devo percorrer. Ninguém vai me censurar se eu escapar dessa hospitalidade compulsória. Mas todos, até mesmo a minha família, até mesmo os inimigos de Elizabeth, me condenariam se eu provocasse uma rebelião em seu reino. Também ela estaria em seu direito ao me acusar de causar tumultos e, até mesmo, de traição, se eu armasse uma rebelião contra ela; e não me atrevo a correr esse risco. Esses lordes podem ser influenciados a me libertar, pois tenho de ser livre. Mas eles devem fazer isso por vontade própria. Não posso encorajá-los a se rebelar contra a soberana coroada. Na verdade, nem eu me rebelaria. Quem acredita com mais convicção do que eu que uma rainha consagrada deve reinar? Uma soberana legítima não pode ser questionada.

— Mas *ela* é uma soberana legítima? — me pergunta maliciosamente minha dama de honra Mary Seton, certa noite, enquanto descansamos em uma estalagem humilde na estrada para Tutbury, ciente de que está apenas repetindo minhas palavras.

— É — respondo com firmeza. De qualquer maneira, enquanto estivermos em suas terras e sem poder, a trataremos como tal.

— Filha de Ana Bolena, concebida fora do casamento quando o rei estava casado com uma princesa católica — lembra-me ela. — Declarada bastarda por seu próprio pai, e essa lei nunca foi revogada. Nem mesmo por ela... como se tivesse medo de fazer a pergunta... Herdeira do trono simplesmente porque o rei a nomeou em seu leito de morte, acima de seu filho, acima de sua filha legítima, as últimas palavras desesperadas de um homem assustado.

Viro-me para o fogo, atiro a mensagem mais recente, uma promessa de ajuda do irmão leal de Mary, lorde Seton, sobre a lenha, e a observo se queimar.

— Seja lá quem for, seja lá quem tenha sido a sua mãe, ou mesmo seu pai, mesmo que ele tenha sido o cantor Mark Smeaton, ela agora é uma rainha ungida — digo com firmeza. — Ela encontrou um bispo que a coroasse, e sendo assim ela é sagrada.

— Todos os outros bispos dela recusaram. Exceto um Judas, toda a Igreja a renegou. Alguns preferiram ser presos a coroá-la. Alguns morreram pela fé, e morreram renegando aquela mulher. Chamaram-na de usurpadora, uma usurpadora em seu trono.

— *Peut-être*. Mas agora ela está no trono, e eu nunca, nunca serei partidária de derrubar uma rainha ordenada. Deus permitiu que ela fosse rainha por alguma razão. Ela foi ungida com o óleo sagrado, tem a coroa na cabeça e o orbe e o cetro na mão. Ela é intocável. Não serei eu a derrubá-la.

— Deus a fez rainha, mas não a autorizou a ser tirana — observa Mary em tom baixo.

— Exatamente — digo. — Portanto ela pode governar seu reino, mas não pode me tiranizar. Serei livre.

— Amém — responde Mary, devotamente. Olho para o pedaço de papel se transformando em cinzas nas brasas vermelhas da lareira.

— Serei livre — repito. — Porque, afinal, ninguém tem o poder de me aprisionar. Nasci, fui criada, coroada, consagrada e casada com um rei. Ninguém em toda a cristandade é mais rainha do que eu. Ninguém no mundo é mais rainha que eu. Somente Deus está acima de mim. Apenas Ele pode me dar ordens, e a Sua ordem é que devo ser livre e assumir meu trono.

1569, inverno, castelo de Tutbury: Bess

Conseguimos. Eu consigo. Usando os homens que trouxe de Chatsworth — bons homens que me serviram bem, que sabem como gosto que as coisas sejam feitas —, usando as mulheres diligentes recrutadas em Tutbury e treinadas a fazer as coisas do meu jeito, espalhando pela casa as belas coisas que trouxe de Chatsworth, remendando, pregando, limpando, revestindo, da melhor forma que podemos. Pendurando tapeçarias sobre o reboco úmido, acendendo fogo em chaminés entupidas e exterminando pragas, envidraçando algumas janelas e bloqueando outras, cortinando passagens, fixando tábuas do assoalho. No fim, construímos um lugar que, se não é apropriado para uma rainha, pelo menos não pode — por si só — ser motivo de reclamação. A própria rainha, Elizabeth, envia-me bens da Torre para dar mais conforto a sua prima. De segunda mão, tenho de admitir, mas qualquer coisa que faça com que esses cômodos vazios e escuros pareçam menos um calabouço e mais uma casa deve ser considerada uma grande melhoria.

É uma bela obra esta que eu e meus trabalhadores fizemos. Não espero agradecimentos; um nobre como meu marido, o conde, acha que casas se erguem sozinhas, varrem seus chãos, e a mobília entra e se distribui por conta própria. Mas sinto prazer e orgulho do meu trabalho. Outros, neste reino, constroem navios e planejam aventuras em lugares distantes, atacam como piratas, descobrem novos países e trazem riqueza. Meu trabalho é mais perto de casa. Construo, organizo, administro com fim lucrativo. Mas não importa se se trata do trabalho de Sir Francis Drake ou do meu. Tudo é a serviço do Deus protestante, e tanto o meu piso limpo quanto o ouro na minha bolsa honram Seu Santo Nome.

A espera, a preparação febril, a chegada dos pertences da rainha, tudo gera uma sensação de ansiedade tal que, quando o garoto que coloquei no alto da torre grita "Estou vendo eles! Estão chegando!", a criadagem toda foge, como se temesse uma invasão espanhola em vez de uma jovem rainha. Sinto meu estômago se contrair como se estivesse com diarreia, e tiro o pano grosseiro que amarrei na cintura para proteger o vestido e desço ao pátio para receber essa hóspede indesejada.

Está nevando de novo, apenas ligeiramente, mas ela usa o capuz bem puxado para a frente para se proteger do mau tempo, de modo que à primeira vista só avistamos um grande cavalo e, sobre a sela, uma mulher coberta com mantos. Meu marido cavalga ao seu lado, e tenho uma sensação estranha, na verdade muito estranha, quando o vejo inclinar-se para ela enquanto os cavalos param. Ele se inclina como se quisesse poupá-la de qualquer desconforto ou esforço; dá a impressão de que a protegeria do vento frio, se pudesse. E por um momento me ocorre que no nosso namoro prático, nosso casamento sensato e nossa consumação animada na grande cama de casal, ele nunca me dedicou atenção como se me achasse frágil, como se desejasse me proteger, como se eu precisasse de proteção.

Porque não sou frágil. Porque não preciso de proteção. E sempre me orgulhei disso.

Sacudo a cabeça para afastar essa bobagem e me adianto rapidamente. Meu chefe da cavalaria de Chatsworth está segurando a cabeça do cavalo dela, e meu mordomo, o seu estribo.

— Bem-vinda a Tutbury, Sua Graça — eu digo.

É estranho voltar a dizer "Sua Graça" a uma jovem. Elizabeth tem sido a única rainha na Inglaterra há dez anos. Nós duas envelhecemos juntas, agora tenho 41 anos, e ela, 35, e aí está uma jovem, na faixa dos 20, com direito igual ao título. Ela é rainha por direito na Escócia, é herdeira ao trono da Inglaterra, e alguns até mesmo argumentariam que ela é a verdadeira rainha da Inglaterra. Agora há duas rainhas na Inglaterra: a que mantém o trono por nossa boa vontade e a outra que provavelmente o merece. E estou na estranha posição de servir a ambas.

Meu marido, o conde, já desmontou, e se vira para ela sem nem mesmo me cumprimentar — como deve fazer, como é certo e apropriado, embora me pareça um pouco estranho, por sermos casados há tão pouco tempo. Ela estende os dois braços para ele, e ele a tira da sela. Ao observar a descontração inconsciente nesse gesto, penso que provavelmente ele a ajudou a desmontar todo meio-dia e toda noite durante os dez dias dessa viagem. Ela deve ser leve como uma criança, pois ele a desce do cavalo com facilidade, como em uma dança. Sei que eu seria pesada para ele. Ela se vira para me cumprimentar, ainda em seus braços, a mão casualmente no seu ombro, enquanto estende a outra na luva de couro macio, e faço uma reverência profunda.

— Obrigada — diz ela. Sua voz é melodiosa, ela fala inglês como uma francesa: um sotaque que soa como o próprio som da perfídia e do glamour ao ouvido de ingleses honestos. — Agradeço a sua recepção, Lady Shrewsbury.

— Por favor, entre — digo, ocultando um sorriso ao ouvi-la pronunciar Shrewsbury de uma maneira ridiculamente afetada. Parece uma criança aprendendo a falar, com o seu "Chowsbewwy". Indico com um gesto seus aposentos. Um olhar apreensivo de relance de meu marido me pergunta se o lugar está habitável e respondo com um discreto movimento de cabeça. Ele pode confiar em mim. Sou sua parceira nesta aventura, como sou parceira neste casamento. Não o decepcionarei, nem ele a mim.

Há uma lareira acesa no salão, e ela se dirige para lá e se senta na grande poltrona de madeira que foi puxada para perto das chamas, para deixá-la confortável. Como o vento vem do leste, a chaminé não soprará de volta uma rajada de fumaça, se Deus quiser, e ela certamente vai admirar a mesa à sua frente, que está coberta com um belo tapete turco e meus melhores candelabros de ouro da abadia. As tapeçarias nas paredes são do bom e do melhor, tecidas por freiras, graças a Deus, e em seu quarto ela vai ver que o cortinado da cama é de brocado de ouro, a colcha é do melhor veludo vermelho, que no passado enfeitou a cama de algum prelado de grande importância.

Por toda parte há luz e calor, propiciados pelas grandes velas de cera quadradas que são dela por direito como rainha, e nas arandelas nas paredes de pedra, as tochas estão acesas. Ela põe o capuz para trás, e a vejo pela primeira vez.

Arquejo. Não consigo evitar. Realmente arquejo diante da mulher mais bela que já vi na minha vida. Seu rosto parece uma pintura, como se desenhado por um artista. Ela tem o rosto de um anjo. Tem o cabelo preto cheio, cortado como o de um menino, mas reluzindo na frente com a neve derretida. Tem as sobrancelhas escuras arqueadas e cílios tão longos que roçam em suas faces. Seus olhos são escuros, escuros e límpidos, e sua pele parece porcelana, alva e lisa sem uma única falha. Seu rosto é tão perfeito quanto de um anjo esculpido, um rosto sereno, impassível. Mas o que a torna extraordinária, diferente de qualquer outra pessoa que já vi, é o seu encanto. Ela sorri para mim e, de repente, parece luminosa, como um raio de sol, como um lampejo na água; ela é como algo belo que faz corações baterem mais rápido simplesmente por felicidade. Como o mergulho de uma andorinha em voo, que nos faz sentir a alegria da vida. Meu primeiro tolo pensamento é este: o sorriso dela é como o mergulho de uma andorinha em voo numa tarde de verão. Meu segundo pensamento é que a rainha Elizabeth vai odiá-la como veneno.

— É uma recepção muito gentil — diz ela em francês, e depois, ao perceber meu cenho franzir por não compreendê-la, fala em um inglês hesitante: — São muito gentis, obrigada. — Estende as mãos às chamas e então se levanta. Silenciosamente, sua dama de honra se adianta e desata as peles em torno de seu pescoço e tira seu manto molhado. Ela agradece com um movimento da cabeça. — Lady Shrewsbury, permita que eu apresente minhas damas de honra? Esta é Lady Mary Seton, e esta é Lady Agnes Livingstone — diz ela, e as mulheres e eu trocamos reverências, e sinalizo com a cabeça para um dos meus criados levar o manto molhado.

— Posso oferecer um refresco? — digo. Deixei Derbyshire quando era garota, e tenho estudado meu modo de falar desde então. Ainda assim, a minha voz parece alta demais, estranha na sala. Maldição, vivi nas casas mais importantes do país. Servi à rainha Elizabeth e considero Robert Dudley e William Cecil meus amigos pessoais, mas como desejo não ter falado quando ouço minhas palavras saírem com aquele sotaque grosseiro de Derbyshire. Enrubesci embaraçada. — Gostaria de uma taça de vinho ou cerveja aquecida para enfrentar o frio? — pergunto com mais cuidado com meu modo de falar, soando agora afetada e falsa.

— Do que você gostaria? — Vira-se para mim, parecendo genuinamente interessada em meus gostos.

— Eu tomaria um copo de cerveja aquecida — respondo. — Trouxe de minha cervejaria em Chatsworth.

Ela sorri. Seus dentes são pequenos e afiados, como os de um gatinho.

— *Parfait!* Vamos tomá-la, então! — diz ela, como se fosse uma bebida deliciosa. — Seu marido, o lorde, me disse que você é uma excelente administradora de suas casas. Tenho certeza de que tem tudo do melhor.

Faço sinal para o criado da copa e sei que ele providenciará tudo. Sorrio para George, que tirou sua capa de viagem e está em pé ao lado do fogo. Nós dois ficaremos em pé até ela nos convidar a nos sentarmos, e ao ver George, um conde em sua própria casa, em pé como um garoto diante de seu senhor, me dou conta, pela primeira vez, de que não recebemos um convidado em nossa casa, mas que nos unimos à corte de uma rainha e que daqui para a frente teremos de fazer tudo conforme ela quiser, e não como eu prefiro.

1569, inverno, castelo de Tutbury: Maria

— E o que acha de milady Bess? — Mary Seton me pergunta em francês, discretamente, com um quê de malícia em sua voz. — É como esperava? Pior?

Agora que se foram e estamos a sós nesses cômodos lamentáveis e pequenos, posso me recostar na minha cadeira e deixar a dor e a exaustão infiltrarem-se por meu corpo. Minha dor lombar está especialmente intensa hoje. Mary ajoelha-se aos meus pés e desata os cordões de minhas botas, e as remove delicadamente de meus pés frios.

— Ah, ouvi tanto sobre como é uma mulher inteligente e uma grande administradora que esperava encontrar, no mínimo, um banqueiro florentino — respondo, em tom de crítica.

— Ela não vai ser como Lady Scrope, no castelo de Bolton — me avisa Mary. Ela põe minhas botas para secar ao lado da lareira e volta a se sentar sobre os calcanhares. — Acho que ela não tem a menor simpatia por você e sua causa. Lady Scrope era uma boa amiga.

Encolho os ombros.

— Lady Scrope me achava a heroína de um conto de fadas — digo com irritação. Ela era uma daquelas que me vê como uma rainha de baladas. Uma rainha trágica com uma bela infância na França e, depois, uma viuvez solitária na Escócia. Um compositor de baladas me descreveria casada com o belo e fraco Darnley, mas desejosa que um homem forte viesse me salvar. Um trovador me descreveria como condenada desde o momento em que nasci, uma bela princesa nascida sob uma estrela sombria. Não importa. As pessoas sempre inventam histórias sobre princesas. Isso nos vem junto com a coroa. Temos de carregar da melhor maneira possível. Se uma garota é bela além de ser princesa, como fui durante toda a minha vida, então terá aliados piores do que inimigos. Durante quase toda a minha vida, fui adorada por tolos e odiada por pessoas de bom-senso, e todos inventam histórias a meu respeito, nas quais ou sou santa ou sou prostituta. Mas estou acima desses julgamentos, sou uma rainha. — Não espero simpatia de Lady Bess — digo causticamente. — Assim como o conde, ela é a criada mais leal de minha prima, a rainha. Do contrário não estaríamos hospedadas aqui. Tenho certeza de que ela fatalmente já formou uma opinião em relação a mim.

— Uma protestante convicta — me alerta Mary. — Criada na família Brandon, dama de companhia de Lady Jane Grey, me disseram. E seu ex-marido fez sua fortuna com a ruína dos mosteiros. Dizem que cada banco nesta casa pertenceu a uma igreja.

Não digo nada, mas a ligeira inclinação de minha cabeça manda que ela prossiga.

— Esse marido serviu a Thomas Cromwell no Tribunal de Confisco — prossegue ela em voz baixa. — E fez uma fortuna.

— O lucro seria grande com a destruição das casas religiosas e dos altares — digo pensativamente. — Mas achei que era o rei que ficava com o butim.

— Dizem que o marido de Bess levou sua comissão pelo trabalho, e mais um pouco — sussurra ela. — Aceitou propinas dos monges para poupar suas casas ou de outros para subavaliá-las. Dizem que aceitou propinas para fazer vista grossa ao contrabando do tesouro. Mas depois ele voltava e os expulsava de qualquer maneira, e pegava o tesouro todo que eles achavam ter salvado.

— Um homem duro — observo.

— Ela foi sua única herdeira — me conta. — Ela fez com que ele modificasse seu testamento de modo a deserdar o próprio irmão. Ele não deixou dinheiro sequer para os filhos que teve com ela. Quando morreu, deixou cada centavo de sua riqueza desonesta para ela, apenas no nome dela, e providenciou para que se tornasse uma Lady. Ele foi o trampolim para o casamento seguinte, e ela fez a mesma coisa: ficou com tudo o que ele possuía, deserdou seus parentes. Ao morrer, ele deixou tudo para ela. Foi assim que ela conseguiu a fortuna para se tornar condessa: seduzindo homens e os afastando de suas famílias.

— Portanto... uma mulher de poucos escrúpulos — observo, pensando em uma mãe que deserda os próprios filhos. — Uma mulher que é o principal poder na casa, que faz tudo em benefício próprio.

— Uma mulher ousada — diz Mary Seton de maneira reprovadora. — Sem respeito pelo marido e sua família. Uma mulher masculina. Mas uma mulher que sabe o valor do dinheiro. — Está pensando o mesmo que eu: que uma mulher que não tem escrúpulos de fazer fortuna com a destruição da Igreja de Deus pode certamente ser subornada a olhar para o outro lado uma vez, por apenas uma noite. — E ele? O conde de Shrewsbury?

Sorrio.

— Sabe, acho que ele é quase intocável. Tudo que parece importar para ele é a sua honra e sua dignidade. E, dentre todos os homens na Inglaterra, ele deve estar protegido por isso.

1569, inverno, castelo de Tutbury: Bess

— Quanto estamos recebendo por causa dela? — pergunto a George enquanto tomamos uma taça de vinho temperado sentados cada um de um lado da lareira em nosso quarto. Atrás de nós, as criadas preparam a nossa cama.

Ele tem um ligeiro sobressalto, e me dou conta de que, mais uma vez, fui brusca demais.

— Perdão — digo rapidamente. — Mas preciso saber para anotar no meu livro-caixa. A corte vai nos remunerar?

— Sua Majestade graciosamente me assegurou que vai arcar com todos os gastos — responde ele.

— Todos? — pergunto. — Devemos enviar a nota das despesas, mensalmente?

Ele encolhe os ombros.

— Bess, querida esposa... esta é uma honra. Servir é um privilégio que muitos buscam, mas somente nós fomos escolhidos. A rainha me assegurou que nos suprirá. É claro que nos beneficiaremos com o serviço a ela. Ela enviou bens da própria casa para a prima, não enviou? Temos móveis da própria rainha em nossa casa?

— Sim — digo, hesitante, percebendo o orgulho em sua voz. — Mas na verdade são algumas coisas velhas da Torre. William Cecil me escreveu dizendo que o séquito da rainha Maria devia ter trinta pessoas.

Meu marido confirma com a cabeça.

— Ela veio com pelo menos sessenta.

— Ah — responde ele. — Veio?

Por algum motivo que só os homens e, neste caso, um nobre, conhecem, ele conduziu uma comitiva de cem pessoas durante dez dias e não percebeu.

— Bem, nem todos esperam se hospedar aqui, suponho.

— Parte foi para a taberna na aldeia, mas a criadagem dela, damas de honra, atendentes, servos e cavalariços, estão sob o nosso teto, e todos comendo e bebendo às nossas custas.

— Ela tem de ser servida como uma rainha — diz ele. — Ela é uma rainha autêntica, não acha, Bess?

É inegável.

— É uma beldade — respondo. — Sempre achei que exageravam quando falavam dela como a rainha mais bela no mundo. Mas ela é tudo isso e mais. Seria linda se fosse uma plebeia, mas o seu porte e sua elegância... — Hesito. — Gosta muito dela?

O olhar que ele me lança é totalmente inocente, está surpreso com a pergunta.

— Gostar dela? Não pensei nisso. Bem, não, ela é excessivamente... — Ele se interrompe. — Ela é complicada. É um desafio. Em todos os lugares aonde fomos ela esteve cercada de traição e heresia. Como posso gostar dela? Ela só me trouxe problemas.

Oculto o meu prazer.

— E tem alguma ideia de quanto tempo ela vai ficar conosco?

— Ela retornará à Escócia no verão — responde ele. — O inquérito a inocentou de qualquer crime. Nossa rainha não tem dúvidas de que não há nada contra ela. Na verdade, ela parece ter sofrido uma grande injustiça. E seus lordes cometeram um grande erro ao fazê-la prisioneira e obrigarem-na a abdicar. Não podemos tolerar isso em um país vizinho. Derrubar uma rainha é subverter a ordem natural. Não podemos permitir que o façam. É contrariar a ordem de Deus. Ela tem de ser restituída, e os rebeldes, punidos.

— Vamos escoltá-la até a Escócia? — pergunto. Estou pensando em uma viagem real a Edimburgo, nos castelos e na corte.

— Nossa rainha terá de enviar um exército para garantir sua segurança. Mas os lordes concordaram com o seu retorno. O seu casamento com Bothwell será anulado, e todos os assassinos de seu marido lorde Darnley serão levados a julgamento.

— Ela voltará a ser rainha na Escócia? — pergunto. — Apesar de Cecil? — Tento disfarçar a dúvida em minha voz, mas ficaria muito surpresa se esse engenhoso conspirador, com uma rainha inimiga nas mãos, a enviasse discretamente para o seu país, com todo o conforto, com um exército para ajudá-la.

— O que Cecil tem a ver com isso? — pergunta ele, deliberadamente obtuso. — Não sei se Cecil é capaz de determinar quem é de sangue azul, embora ele pense comandar tudo o mais.

— Ele não pode querer que ela seja restituída ao trono — respondo à meia-voz. — Ele trabalhou anos para colocar a Escócia sob o poder da Inglaterra. Foi a política de sua vida.

— Ele não pode impedir — diz. — Não tem autoridade alguma para isso. E então será excelente, querida Bess, para nós, sermos amigos estimados de Maria I da Escócia, não acha?

Espero as duas garotas acabarem de virar as cobertas da cama, fazerem uma reverência e saírem do quarto.

— E, claro, ela é a herdeira da Inglaterra — digo em tom baixo. — Se Elizabeth enviá-la para a Escócia, estará reconhecendo-a como rainha e sua prima, e consequentemente como sua herdeira. Portanto supõe-se que, um dia, ela será a nossa rainha aqui. Se Elizabeth não conceber um filho.

— Deus salve a rainha — diz George imediatamente. — A rainha Elizabeth, quero dizer. Ela não é velha, é saudável, ainda não completou 40 anos. Ainda pode se casar e ter um filho.

Encolho os ombros.

— Maria da Escócia é uma jovem fértil de 26 anos. Provavelmente viverá mais tempo que sua prima.

— Silêncio — diz ele.

Mesmo na privacidade de seu quarto, entre dois súditos ingleses leais é traição discutir a morte da rainha. Na verdade, é traição até mesmo dizer as palavras "morte" e "rainha" na mesma frase. Tornamo-nos um país em que se enxerga traição em palavras. Tornamo-nos um país em que a gramática pode nos levar à forca.

— Acha que a rainha dos escoceses é realmente inocente do assassinato de lorde Darnley? — pergunto. — Viu a prova. Tem certeza de que ela não é culpada?

Ele franze o cenho.

— O inquérito foi encerrado sem chegar a uma decisão — responde. — E esse não é assunto para mexericos de mulheres.

Contenho-me irritada.

— Não estou perguntando para fazer fofoca — respondo respeitosamente. — É pela segurança e honra de sua casa. — Faço uma pausa. Agora ele está prestando atenção. — Se é a mulher que dizem ser, uma mulher que assassinaria o marido a sangue-frio e depois se casaria com o homem que realizou o ato para dar-lhe segurança e poder, então não há razão para acharmos que ela não se viraria contra nós, se fosse do seu interesse fazê-lo. Não quero que minha adega, em uma noite escura, seja abarrotada de pólvora.

Ele parece espantado.

— Ela é hóspede da rainha da Inglaterra, vai ser restituída ao próprio trono. Como pode achar que ela nos atacaria?

— Porque se é tão má quanto todos dizem, então é uma mulher que não se deterá diante de nada para conseguir o que quer.

— Não tenho a menor dúvida de que lorde Darnley, o próprio marido, estava conspirando contra ela. Ele se havia unido aos lordes rebeldes e era orientado pelo meio-irmão dela, lorde Moray. Acho que planejaram juntos derrubá-la e aprisioná-la, e colocar Darnley como rei consorte no trono. Seu meio-irmão governaria através dele. Ele era uma criatura fraca, todos sabiam disso.

Assinto. Eu conhecia Darnley desde que era menino, na minha opinião um menino terrivelmente mimado pela mãe.

— Os lordes leais à rainha conspiraram para matar Darnley, e Bothwell provavelmente era um deles.

— Mas ela sabia? — pergunto. — É a pergunta-chave: ela é uma mariticida? Ele dá um suspiro.

— Acho que não — responde sinceramente. — As cartas que a mostram ordenando o ato certamente são falsificações, as outras são duvidosas. Mas ela entrava e saía da casa enquanto estavam colocando a pólvora na adega, e com certeza não teria corrido o risco se conhecesse o perigo. Ela tinha planejado dormir lá naquela noite.

— Então por que se casou com Bothwell? — pergunto. — Se ele era um dos conspiradores? Por que recompensá-lo?

— Ele a sequestrou — responde meu leal marido em voz baixa, quase um sussurro. Está muito envergonhado com a vergonha da rainha. — Isso parece certo. Ela foi vista sendo levada por ele sem consentimento. E, quando voltaram a Edimburgo, ele conduziu o cavalo dela pela rédea para que todos vissem que era sua cativa, e não uma conspiradora.

— Então por que se casar com ele? — insisto. — Por que não o prendeu e o levou ao cadafalso assim que se viu segura em seu castelo?

Ele virou-se, é um homem recatado. Percebo suas orelhas enrubescendo. Ele não consegue me encarar.

— Ele não a sequestrou apenas — disse ele, sua voz bem baixa. — Achamos que a violou e a engravidou. Ela devia saber que estaria completamente arruinada como mulher e como rainha. A única coisa que podia fazer era se casar com ele e fingir que era com seu consentimento. Dessa maneira ela pelo menos manteve sua autoridade, embora estivesse arruinada.

Arquejo horrorizada. A pessoa de uma rainha é sagrada, um homem tem de ser convidado a lhe beijar a mão. Um médico não tem permissão para examiná-la, por mais que ela precise. Abusar de uma rainha é o mesmo que cuspir em um ícone sagrado. Nenhum homem de consciência se atreveria a fazê-lo. E dominar e forçar uma rainha é como fazer em pedaços a carapaça de sua santidade e poder.

Pela primeira vez, sinto pena dessa rainha. Pensei nela como um monstro de heresia e vaidade durante tanto tempo que nunca a considerei alguém que, sendo pouco mais que uma garota tentando governar um reino de lobos, acabaria forçada a se casar com o pior deles.

— Meu Deus, não se percebe nada disso nela. Como ela consegue suportar? É de admirar que sua alma não esteja em frangalhos.

— Como vê, ela não será nenhum perigo para nós — diz ele. — Ela foi vítima da conspiração, não uma das conspiradoras. É uma jovem em tremenda necessidade de amigos e de um lugar seguro.

Ouve-se uma batida na porta para avisar que minha criadagem está reunida na nossa câmara externa, pronta para as orações. Meu capelão já está entre eles. Realizamos orações com a criadagem todos os dias à noite e pela manhã. George e eu nos unimos a eles, minha cabeça ainda girando, e nos ajoelhamos nas almofadas que eu mesma bordei. Na minha, um mapa de minha querida Derbyshire, a de George mostra o brasão de sua família, com o cão de caça talbot. Toda a criadagem, do pajem ao mordomo, ajoelha-se sobre almofadas e curva a cabeça enquanto o capelão diz as preces da noite. Ele reza em inglês, de modo que possamos falar com Deus juntos na língua que todos entendemos. Ele reza pelo reino de Deus e pelo reino da Inglaterra. Reza pela glória do paraíso e pela segurança da rainha. Reza por milorde e por mim e por todas as almas aos nossos cuidados. Agradece a Deus as dádivas concedidas, como consequência de Elizabeth estar no trono e a Bíblia protestante estar nas igrejas. Esta é uma casa protestante devota, e duas vezes por dia agradecemos a Deus que nos recompensou tão magnificamente por sermos Seu povo, os melhores protestantes na cristandade. E assim lembramos a todos — inclusive a mim — as grandes recompensas que resultam de sermos uma casa protestante devota sob a proteção direta do Deus protestante.

Essa é uma lição que a rainha católica pode aprender comigo. Nós, protestantes, temos um Deus que nos recompensa direta, generosa, e imediatamente. É por nossa riqueza, nosso sucesso e nosso poder que sabemos que somos os escolhidos. Quem pode duvidar da bondade de Deus para comigo quando vê minha casa em Chatsworth, agora com três andares? Quem, se olhar meus livros-caixa com as cifras descendo com determinação até a última linha, pode duvidar que sou uma das eleitas, um do Filhos de Deus especialmente favorecidos?

1569, primavera, castelo de Tutbury: George

Embora eu passe os dias aguardando, estou surpreso por ainda não ter recebido da rainha instrução alguma para que me preparasse para a viagem à Escócia. Era minha expectativa que, a esta altura, eu já teria recebido ordens de organizar uma grande escolta para levar Maria I de volta à sua terra. Na ausência de qualquer mensagem, os dias prosseguem, o clima melhora, e começamos a viver juntos como uma casa, uma casa real. É uma grande honra, e tenho de cuidar para não ficar excessivamente orgulhoso da boa administração de minha mulher e da linhagem de minha hóspede. Ela parece estar gostando da estada conosco, e não consigo evitar a satisfação de sermos seus anfitriões na Inglaterra. Que benefícios podem resultar dessa amizade não vou me rebaixar a calcular, não sou um acompanhante contratado. Mas, claro, nem é preciso dizer que ser o amigo mais íntimo e de confiança da próxima rainha da Inglaterra só pode ser uma vantagem, mesmo para uma família já bem estabelecida.

Recebo uma mensagem não diretamente da rainha, mas de Cecil, dizendo que precisamos conservar a outra rainha só por mais alguns dias, enquanto os escoceses negociam seu retorno seguro ao reino e ao trono. E então, ela partirá. Os escoceses concordaram em aceitá-la de volta como rainha, e ela retornará a seu país com honra, neste mesmo mês.

O alívio que sinto é tremendo. Embora saiba que o nosso inquérito a inocentou e que a própria rainha está defendendo o nome de sua prima, eu estava apreensivo. Ela é tão jovem, e sem conselheiros. Não tem nem pai nem marido para defendê-la, e tantos inimigos alinhados contra ela! E quanto mais tempo passo com ela, mais torço por sua segurança, até mesmo por seu sucesso. Ela tem um jeito — nunca conheci uma mulher igual a ela —, um jeito de fazer todo mundo sentir que gostaria de lhe servir. Metade da minha casa está francamente apaixonada por ela. Se eu fosse solteiro, ou mais jovem, ou completamente tolo, diria que ela é encantadora.

O mesmo mensageiro de Londres me traz um embrulho de Thomas Howard, duque de Norfolk, e o abro devagar. Ele se opõe com tal paixão ao poder crescente de Cecil, à Inglaterra assustada que Cecil está gerando, que penso que esta missiva pode ser um convite para participar de alguma conspiração contra o secretário de Estado. Se ele estiver me convidando para enfrentar Cecil, vai ser difícil recusar. Na verdade, por minha honra, acho que não posso recusar. O homem tem de ser refreado, se não detido imediatamente e somos nós, os lordes, os que devemos fazê-lo. Por um momento, penso em procurar Bess, para que leiamos a carta juntos. Mas a curiosidade me domina, e abro o embrulho. Há um envelope selado com o bilhete:

Shrewsbury, por favor, passe esta carta a Maria da Escócia. É uma proposta de casamento minha, e tem a aprovação de todos os outros lordes. Confio em sua discrição. Ainda não contei a minha intenção para Sua Graça a rainha, mas Leceister, Arundel e Pembroke acham que é uma boa solução para a dificuldade presente restituí-la ao trono com uma relação inglesa, evitando um marido estrangeiro. Isto foi sugerido pelos próprios lordes escoceses, como uma maneira de garantir o retorno seguro com um inglês protestante confiável do seu lado. Espero que ela aceite se casar comigo. Creio ser esta a sua alternativa mais segura. Na verdade, a única alternativa.
Norfolk

Acho que devia ter levado isto para Bess.

1569, primavera, castelo de Tutbury: Bess

Nossos dias entraram em um ritmo ditado pela rainha, que governa este castelo como se fosse seu, o que acredito que seja direito dela. De manhã, ela reza e assiste à missa à sua própria maneira com seu secretário que, imagino, é um padre ordenado. Supostamente não sei nada sobre isso, e portanto não pergunto, embora me peçam para lhe servir quatro refeições diárias e peixe às sextas-feiras.

Deixei bem claro à minha criadagem que não devem participar, nem mesmo escutar as heresias que acontecem por trás das portas fechadas de seus aposentos, e assim espero confinar ali a confusão e aflição que sempre seguem a lei de Roma. Mas depois que ela termina os murmúrios heréticos e come seu desjejum em seus aposentos, gosta de passear a cavalo acompanhada do meu marido, o conde. Ela possui dez animais, que ocupam dez baias amplas das nossas cocheiras e se alimentam fartamente de nossa aveia. Ela monta de manhã com milorde e a guarda dele, enquanto eu vou para o pequeno gabinete que reservei para cuidar de meus assuntos, e me reúno com os administradores de todas as minhas propriedades e empreendimentos, que me apresentam relatórios por carta ou, quando há problemas, pessoalmente.

Esse é um sistema que eu mesma elaborei, baseado nas primeiras lições que recebi de meu querido Cavendish com os livros de administração doméstica. Cada palácio, cada casa tem seu próprio livro, cada qual tem de arcar com os próprios custos. Ao tratar cada pedaço de terra como um reino separado, garanto que cada um faça dinheiro. Talvez pareça óbvio — mas é único. Não conheço nenhum outro proprietário de terras que faça isso. Diferentemente de mim, os administradores de milorde que trabalham à maneira antiga misturam todas as suas contas, usam a terra como garantia para empréstimos, doam-na, compra-na, vendem-na, hipotecam-na e a legam aos herdeiros. Na melhor das hipóteses, sempre conseguem manter a sala do tesouro de milorde cheia de dinheiro. Mas na pior, nunca saberão quanto se ganha, quanto se empresta e quanto se deve. Mal administrada, toda uma fortuna pode escorrer pelos dedos de um proprietário e sair completamente das mãos da família. Eles nunca sabem se estão tendo lucro ou prejuízo, há uma contínua transformação de terra em dívida, em dinheiro, e de novo em terra. O valor da terra muda, até o valor da moeda muda, e isso está além do controle deles — nunca são capazes de saber com certeza o que está acontecendo. Essa é a maneira como a nobreza gere seus negócios, imponente, mas vagamente, enquanto eu dirijo o meu como a casa de uma mulher pobre e sei exatamente o quanto valho no fim de cada semana. Claro, eles começam com uma imensa fortuna. Tudo o que têm a fazer é não dissipar sua riqueza, ao passo que eu comecei do nada, e é fácil contar nada. Mas uma proprietária de terras como eu — uma recém-chegada — precisa vigiar cada centavo, cada hectare, precisa estar alerta a toda mudança. É uma visão diferente sobre terra, e minha visão é uma novidade. Nunca antes houve na Inglaterra um proprietário de terra como eu. Nunca no mundo, até onde sei, houve uma mulher empresária como eu.

Somente um comerciante em sua barraca, somente um sapateiro diante da forma de sapatos compreenderia o prazer que sinto ao saber quanto as coisas custam, quanto lucro elas podem render, como manter registro do balanço. Somente uma mulher que foi pobre conheceria a franca sensação de alívio que se tem ao examinar os livros-caixa da casa e constatar lucro. Não há nada que aqueça mais o meu coração do que saber que estou segura em minha casa, com dinheiro na minha sala do tesouro, com terra na minha porta, e com bons dotes ou bons casamentos para meus filhos. Para mim, não há nada melhor no mundo do que a sensação de ter dinheiro na bolsa e de que ninguém pode me roubar.

É claro que isso devia ser uma força, mas significa que qualquer prejuízo me afeta duramente. Na primeira semana em que tivemos a rainha dos escoceses como nossa hóspede, recebi uma carta do escritório do lorde tesoureiro informando que nos pagariam 52 libras por semana para abrigá-la. Cinquenta e duas! Por semana!

Depois de meu desânimo inicial, não posso dizer que estou surpresa. Qualquer um que tenha servido na corte sabe que a rainha Elizabeth é tão mesquinha com seu dinheiro quanto quando era uma princesa falida. Foi criada como uma garota que às vezes era herdeira, às vezes miserável, o que a deixou com um horrível hábito de avareza. Ela é tão severa quanto eu na vigilância de cada centavo. É pior do que eu, pois como rainha deve ser generosa, enquanto é meu papel, como súdita, obter lucro.

Examino a carta de novo. Calculo que ela esteja nos oferecendo aproximadamente um quarto do que estamos gastando atualmente pelo prazer de acolher e entreter a nossa hóspede. Eles, em Londres, calcularam que esta rainha seria servida por trinta pessoas e teria uma cocheira de seis cavalos. Na verdade, ela tem uma comitiva duas vezes maior, além de uma centena de agitadores, admiradores e seguidores que se instalaram em Tutbury e arredores, mas que nos visitam constantemente, sobretudo nas horas das refeições. Não estamos recebendo uma convidada com um séquito, estamos hospedando uma corte real inteira. Claramente o Tesouro terá de nos pagar mais. Claramente as damas de companhia da rainha escocesa terão de ser enviadas de volta para casa. Claramente terei de persuadir meu marido a fazer essas comunicações indesejadas, já que ninguém mais pode dizer às duas rainhas que o arranjo que fizeram é inviável. O problema é que George não vai gostar de fazer isso, sendo um lorde que nunca precisou lidar com dinheiro e que nunca em toda a sua vida escriturou um balancete. Tenho dúvidas quanto a se conseguirei sequer fazê-lo compreender que não podemos arcar com isso; não agora, não neste mês, certamente não até meados do verão.

Nesse meio-tempo, terei de enviar uma mensagem a meu administrador em Chatsworth para que leve algumas das peças menores de prata a Londres e as venda. Não posso esperar os pagamentos trimestrais dos aluguéis. Tenho de fazer compras em Tutbury e pagar criados extras, e para isso preciso de mais dinheiro do que ganho. Eu poderia rir de meu próprio senso de prejuízo quando lhe escrevo que deve vender meia dúzia de pratos de prata. Nunca os usei, mas são meus, guardados na minha sala de tesouro. Vendê-los como se fossem sucata é tão doloroso quanto uma perda pessoal.

Ao meio-dia, o grupo da caça retorna. Se trazem caça, a carne vai direto para as cozinhas e é um complemento essencial ao abastecimento desta grande casa. Almoçamos sempre na residência, no lado do pátio em que bate o sol, e à tarde a rainha muitas vezes se senta comigo em minha antecâmara, pois aí a luz é melhor para costurar, a sala é mais clara, suas damas podem se sentar com as minhas, e todas podemos conversar.

    Conversamos como as mulheres sempre fazem: inconsequentemente, mas com entusiasmo. Ela é a mulher mais habilidosa com a agulha que já conheci, é a única cuja habilidade e gosto por costura e bordado se comparam aos meus. Ela tem livros magníficos com modelos, que chegaram manchados, mas intactos, da viagem desde o castelo de Edimburgo. Debruça-se sobre eles como uma criança, me mostra as imagens e as explica para mim. Tem padrões para inscrições latinas e desenhos clássicos, todos significando coisas diferentes. São lindos e todos ocultam significados, alguns deles, códigos secretos, e ela diz que posso copiá-los.

    Seu desenhista junta-se a nós depois de alguns dias — tinha sido deixado no castelo de Bolton. Põe-se a trabalhar para nós duas, elaborando desenhos, e o observo enquanto esboça na tela, à mão livre, as maravilhosas flores simbólicas e animais heráldicos, sob as ordens dela. Ela lhe diz "E coloque uma águia sobre tudo isso", e o giz forma arcos como uma criança rabiscando na areia e, de repente, há uma águia! Com uma folha no bico!

    É admirável, eu acho, ter um artista como esse homem em seu séquito. Ela lhe dá pouca importância, como se fosse natural que um homem de grande talento, um artista realmente bom, não devesse fazer nada além de desenhos para ela bordar. Penso no rei Henrique, que usou Hans Holbein para fazer desenhos para suas máscaras que se rebentariam no dia seguinte ao da dança, e empregou grandes músicos para compor para a sua câmara; ou na maneira como poetas gastam seu talento escrevendo peças para a rainha Elizabeth. De fato, esses são luxos de reis. De todas as riquezas que cercaram essa jovem mimada desde a infância, o emprego de um homem tão talentoso é o que deixa mais claro para mim como a vida dela deve ter sido até agora. Tudo o que ela teve à sua volta foi supremo, o melhor do melhor. Todos que trabalham para ela ou compõem seu séquito são os mais talentosos, mais encantadores ou mais habilidosos. Até mesmo o desenho para o seu bordado tem de ser uma obra de arte antes de ela tocá-lo.

    Trabalhamos juntas em um novo baldaquino. Vai ficar sobre sua cadeira para proclamar sua realeza. Seu *tapissier* já começou a costurar o fundo vermelho-escuro. Em letras douradas, dirá: *En Ma Fin Est Mon Commencement*.

    — O que significa? — pergunto.

Ela está sentada na melhor cadeira, entre a janela e a lareira. Estou em uma cadeira mais baixa, embora essa seja a minha própria sala em minha própria casa, e nossas damas de honra estão sentadas em bancos próximos às janelas, por causa da luz.

— Era o lema de minha mãe — responde ela. — Significa: em meu fim está o meu começo. Tenho pensado nele, nesses dias conturbados, e decidi assumi-lo como meu. Quando perdi meu marido e deixei de ser a rainha da França, comecei minha vida como a rainha da Escócia. Quando fugi da Escócia, minha nova vida começou na Inglaterra. Em breve, uma nova fase de minha vida começará. Retornarei ao meu trono, talvez me case de novo. Em cada fim há um começo. Sou como uma rainha do mar, uma rainha das marés. Fico na maré baixa, mas também na maré alta. Um dia, deixarei de ser rainha, de qualquer reino na terra e serei rainha no paraíso, acima de todos os reinos.

Lanço um olhar de reprovação para as minhas damas, cujas cabeças empinam como coelhos ao ouvirem essa afirmação imprópria e papista.

— Quer fazer as letras douradas? — oferece ela. — A seda é uma delícia de se trabalhar.

Minhas mãos, sem querer, se estendem para tocá-la. A seda é muito delicada, nunca trabalhei com algo tão belo, e trabalhei com a agulha apaixonadamente por toda a minha vida.

— Como pode ser tão macia?

— É ouro trefilado — diz ela. — Linha de ouro de verdade. Por isso brilha tanto. Quer bordar com ela?

— Se assim quiser — digo, como se não fizesse muita diferença.

— Ótimo! — responde ela, e sorri como se sentisse genuinamente um grande prazer em trabalharmos juntas. — Comece por essa ponta e eu por esta, e aos pouquinhos vamos nos aproximando, cada vez mais.

Respondo com um sorriso, é impossível não se afeiçoar a ela.

— E, no fim, nos encontraremos no meio, cabeça com cabeça, e grandes amigas — prediz ela.

Aproximo minha cadeira e o belo tecido se divide em seu colo e no meu.

— Então — diz ela em tom baixo quando nos instalamos com o fio de ouro. — Fale-me da minha prima, a rainha. Frequentou sua corte muitas vezes?

Na verdade, sim. Não me vanglorio, mas lhe conto que fui dama de honra sênior na corte da rainha, a seu lado desde os primeiros dias de seu reinado, sua amiga quando ela não passava de uma princesa, amiga de seus amigos, informante leal de seu conselheiro.

— Ah, então deve conhecer todos os seus segredos — diz ela. — Fale-me dela. E de Robert Dudley. Ela foi mesmo tão loucamente apaixonada por ele como todos dizem?

Hesito. Mas ela inclina-se à frente para me cativar.

— Ele continua bonito? — pergunta em um sussurro. — Ela o ofereceu a mim em casamento, sabe, quando cheguei à Escócia. Mas eu sabia que ela nunca se separaria dele. Ela tem sorte de ter um amante tão fiel. É raro um homem que ame uma rainha. Ele consagrou sua vida a ela, não?

— Para sempre — digo. — Desde o momento em que ela assumiu o trono e formou sua corte. Ele foi para o lado dela e nunca mais a deixou. São unha e carne há tanto tempo que concluem as frases um do outro e têm uma centena de piadas secretas, e às vezes a vemos simplesmente relancear os olhos para ele, e ele sabe exatamente o que ela está pensando.

— Então por que ela não se casa com ele, já que ele está desimpedido? — pergunta. — Ela o tornou conde, de modo que pudesse oferecê-lo a mim. Se era bom o bastante para mim, deveria ser mais do que bom o bastante para se casar com ela.

Encolho os ombros.

— O escândalo... — digo bem baixo. — Depois da morte da sua mulher. O escândalo nunca se calou.

— Ela não pode desafiar o escândalo? Uma rainha de coragem pode enfrentar um escândalo.

— Não na Inglaterra — respondo, pensando que "provavelmente tampouco na Escócia". — A reputação de uma rainha é a sua coroa; se perde uma, perde a outra. E Cecil se opõe a ele — acrescento.

Ela arregala os olhos.

— Cecil manda nela até mesmo nisso?

— Ele não a domina — digo cautelosamente. — Mas nunca a vi contrariar um conselho seu.

— Ela confia nele para tudo?

Assinto com a cabeça.

— Era o seu administrador quando ela era princesa com poucos prospectos. Ele cuidava de sua pequena fortuna e a assistiu quando ela estava sob suspeita de traição a sua meia-irmã rainha Mary. Ele a manteve a salvo.

Orientou-a a se afastar dos rebeldes cujos planos a teriam destruído. Sempre ficou ao lado dela, e ela confia nele como um pai.

— Você gosta dele — ela adivinha pelo tom da minha voz.

— Ele tem sido um bom amigo, também — respondo. — Eu o conheço desde que era jovem e vivia com a família Grey.

— Mas ouvi dizer que é ambicioso para a sua própria família. Está construindo uma grande casa, buscando alianças, é isso? Comparando-se com a nobreza?

— Por que não? — pergunto. — Não é verdade que o próprio Deus nos manda usar nossos talentos? Nosso próprio sucesso não mostra que Deus nos abençoou?

Ela sorri e balança a cabeça.

— Meu Deus envia provações para aqueles que Ele ama, não riqueza. Mas percebo que o seu Deus pensa como um mercador. Mas quanto a Cecil... a rainha sempre faz o que ele manda?

— Ela faz o que ele aconselha — suavizo. — Quase sempre. Às vezes ela hesita por tanto tempo que ele fica louco de impaciência, mas geralmente seu conselho é tão bom e sua estratégia é tão bem planejada que acabam concordando.

— É ele que determina a sua política? Ele decide? — insiste ela.

Sacudo a cabeça.

— Quem pode saber? Eles se reúnem em particular.

— É uma questão de certa importância para mim — ela me lembra. — Pois acho que ele não é meu amigo. E foi um inimigo inveterado de minha mãe.

— Ela geralmente segue o seu conselho — repito. — Mas insiste em que é rainha em seu próprio país.

— Como ela consegue? — pergunta ela simplesmente. — Não sei como ela governa sem um marido. Um homem deve saber mais. Foi feito à imagem de Deus, tem uma inteligência superior. Afora tudo o mais, ele é melhor instruído, recebe um ensino superior ao de qualquer mulher. Seu espírito é mais corajoso, sua determinação é mais constante. Como ela pode sonhar em governar sem um marido ao lado?

Dou de ombros. Não posso justificar a independência de Elizabeth. De qualquer maneira, todos no país concordariam com ela. É a vontade de Deus que as mulheres sejam submissas aos homens, e a própria Elizabeth nunca argumenta contra isso. Simplesmente não o aplica a si mesma.

— Ela se diz um príncipe — digo. — Como se ser real transcendesse ser uma mulher. Ela é divinamente abençoada, Deus ordenou que ela governasse. Cecil reconhece a sua primazia. Quer ela queira ou não, foi colocada acima de todo mundo, e até dos homens, pelo próprio Deus. O que mais ela pode fazer?

— Poderia governar sob a instrução de um homem — responde simplesmente. — Ela deveria procurar um príncipe, um rei, ou até mesmo um nobre a quem pudesse confiar o bem do país e se casar com ele, tornando-o rei da Inglaterra.

— Não havia ninguém... — começo defensivamente.

Ela faz um pequeno gesto com a mão.

— Havia dezenas — diz ela. — Ainda há. Ela acaba de rejeitar o cortesão Habsburgo, não? Na França, soubemos de tudo sobre eles. Até mesmo mandamos nossos próprios candidatos. Todo mundo achava que ela encontraria um homem a quem poderia confiar o trono e então a Inglaterra estaria salva. Ele governaria e faria tratados com outros reis irmãos. Tratados que poderiam se basear na palavra de um homem honrado, e não nas opiniões inconstantes de uma mulher. E ela poderia ter filhos para sucedê-lo. O que seria mais natural e certo? Por que uma mulher não faria isso?

Hesito, não posso discordar. É o que todos achamos que aconteceria. É o que a rainha Mary Tudor, meia-irmã de Elizabeth, tentou fazer, obediente aos seus conselheiros mais sábios. É o que a rainha dos escoceses fez. É o que o Parlamento implorou de joelhos para que Elizabeth fizesse. É o que todo mundo espera que aconteça mesmo agora, rezando para que não seja tarde demais para ela conceber um menino. Como uma mulher pode governar sozinha? Como Elizabeth ousou fazê-lo? E se ela insistir nesse rumo não natural, como assegurará a sua sucessão? Muito em breve será tarde demais. Ela estará velha demais para ter um filho. E por maior que seja a realização de um reinado, de que adiantará um trono estéril? Qual a utilidade de um legado se não houver ninguém para herdá-lo? O que será de nós se ela deixar o reino em conflito? O que será de nós, súditos protestantes, sob o governo de um herdeiro papista? E o valor da minha propriedade então?

— Você é uma mulher que se casou mais de uma vez, não é? — A rainha me olha.

Eu rio.

— O conde é meu quarto marido, que Deus o abençoe e guarde — respondo. — Fui azarada a ponto de enviuvar três vezes. Amei e perdi três homens bons, e chorei por todos eles.

— Portanto, mais do que ninguém, não pode acreditar que uma mulher fique melhor sozinha, vivendo sozinha, somente com sua fortuna, sem marido nem filhos nem lar, estou certa?

Na verdade, está. Não acredito.

— Para mim, não houve escolha. Eu não tinha fortuna. Tive de me casar para o bem da minha família e para o meu próprio futuro. Meu primeiro marido morreu quando nós dois ainda éramos crianças, e me deixou um pequeno dote. Meu segundo marido foi bom para mim e me ensinou como dirigir uma casa e me deixou seu patrimônio. Meu terceiro marido, ainda mais. Deixou-me suas casas e todas as suas terras, tudo só para mim, em meu nome, de modo que eu pudesse ser uma mulher adequada para o conde, Shrewsbury, que me deu meu título e mais riqueza do que eu poderia imaginar quando era nada além de filha de uma pobre viúva em Hardwick.

— E filhos? — incitou-me ela.

— Dei à luz oito — respondo com orgulho. — E Deus foi bom comigo e ainda tenho seis vivos. Minha filha mais velha, Frances, tem um bebê, e lhe deram o nome de Bessie, por minha causa. Sou avó e mãe. E espero ter mais netos.

Ela assente com a cabeça.

— Então, deve pensar como eu, que uma mulher que se mantém solteira e estéril está agredindo Deus e sua própria natureza, e não pode prosperar.

Realmente penso assim, mas de jeito nenhum eu o admitiria a ela.

— Acho que a rainha da Inglaterra deve fazer como preferir — declaro com audácia. — E nem todos os maridos são bons maridos.

Falo sem propósito, mas a atinjo de tal modo que ela se cala e, para meu horror, vejo que desviou os olhos do bordado e que há lágrimas nos seus olhos.

— Não quis insultá-la — diz ela em tom baixo. — Sei muito bem que nem todos os maridos são bons maridos. De todas as mulheres no mundo, eu saberia disso melhor.

— Sua Graça, perdoe-me! — grito, aterrorizada com suas lágrimas. — Não quis afligi-la! Não estava pensando em Sua Graça! Não tive intenção de me referir à Sua Graça ou a seus maridos. Não sei nada de sua situação.

— Pois então deve ser a única, pois cada taberna na Inglaterra e na Escócia parece saber tudo sobre a minha situação — replica ela, passando as costas da mão nos olhos. Seus cílios estão molhados. — Deve ter ouvido coisas terríveis a meu respeito — diz ela com a voz firme. — Deve ter ouvido dizerem que cometi adultério com o conde de Bothwell, que o instiguei a assassinar meu pobre marido, lorde Darnley. Mas são mentiras. Sou completamente inocente, e rogo-lhe que acredite em mim. Pode me vigiar, me observar. Pergunte a si mesma se acha que sou o tipo de mulher que se desonraria por luxúria. — Ela vira seu belo rosto manchado de lágrimas para mim. — Pareço tal monstro? Serei tão tola a ponto de jogar fora honra, reputação e meu trono pelo prazer de um momento? Por um pecado?

— Sua vida foi muito conturbada — falo com a voz fraca.

— Casei-me ainda criança com o príncipe da França — diz ela. — Foi a única maneira de me manter a salvo das ambições do rei Henrique da Inglaterra, que teria sequestrado a mim e escravizado o meu país. Fui criada como uma princesa francesa, e não pode imaginar nada mais belo do que a corte francesa... as casas, os vestidos, a riqueza que me cercava. Era como um conto de fadas. Quando meu marido morreu, tudo acabou em um instante para mim, e então recebi a notícia de que minha mãe também tinha morrido. E naquele momento eu soube que teria de retornar à Escócia e reivindicar o meu trono. Nenhuma insensatez, acho. Ninguém pode me censurar por isso.

Sacudo a cabeça. Minhas damas estão paralisadas de curiosidade, as agulhas suspensas e as bocas abertas, para escutarem a história.

— A Escócia não é um país para ser governado por uma mulher sozinha — prossegue ela, em tom baixo, mas enfático. — Qualquer um que a conheça sabe que isso é verdade. Está partida por facções, rivalidades e alianças mesquinhas que duram o tempo de um assassinato, e então acabam. Não é um reino, é uma dispersão de tribos. Sofri ameaça de sequestro ou rapto desde o momento em que desembarquei. Um dos nobres piores pensou em me raptar e me casar com seu filho. Ele teria me desonrado e forçado o casamento. Tive de prendê-lo e executá-lo para provar a minha honra. Nada menos que isso satisfaria a corte. Tive de assistir à sua decapitação para provar a minha inocência. Eles são como homens selvagens, só respeitam o poder. A Escócia tem de ter um rei impiedoso no comando de um exército para mantê-la unida.

— E não pensou que Darnley...

Ela não consegue reprimir um risinho.

— Não! Agora não! Eu teria percebido de imediato. Mas ele tinha pretensão ao trono inglês, e jurou que Elizabeth o apoiaria se algum dia precisássemos de ajuda. Nossos filhos seriam herdeiros incontestáveis da Inglaterra tanto do seu lado quanto do meu, unificando a Inglaterra e a Escócia. E uma vez casada, eu ficaria a salvo de ataques. Não vi outra maneira de proteger a minha honra. Ele tinha partidários na minha corte quando chegou, embora depois eles se voltassem contra ele e o odiassem. Meu próprio meio-irmão instigou o casamento. E sim, me enganei absurdamente. Darnley era bonito, jovem, e todos gostavam dele. Era encantador e bem-educado. Tratava-me com tamanha cortesia que, por um momento, foi como estar de volta à França. Achei que seria um bom rei. Julguei, como uma menina, pela aparência. Era um rapaz tão bonito, comportava-se como um príncipe. Não considerei ninguém mais. Foi praticamente o único homem que conheci que se lavava! — Ela ri e eu também. As damas de honra dão um risinho admirado.

— Eu o conheci. Era um rapaz encantador quando queria.

Ela encolhe os ombros, um gesto completamente francês.

— Bem, sabe como é. Sabe por sua própria vida. Apaixonei-me por ele, *un coup de foudre*, eu era louca por ele.

Em silêncio, balanço a cabeça. Casei-me quatro vezes e nunca estive apaixonada. Para mim, casamento sempre foi um contrato cuidadoso e pensado, e nem mesmo sei o que significa *coup de foudre*, e nem gosto de como soa.

— E *voilà*, casei-me com Darnley em parte para ofender a sua rainha Elizabeth, em parte por política, em parte por amor, às pressas, e não demorei a me arrepender. Ele era um beberrão e sodomita. Uma ruína. Meteu na sua cabeça idiota que eu tinha um amante e caiu em cima do único bom conselheiro que eu tinha na minha corte, o único homem com quem eu podia contar. David Rizzio era meu secretário e conselheiro, o meu Cecil, para comparar. Um homem bom e leal em que eu podia confiar. Darnley levou seus capangas para os meus aposentos privados e o mataram na minha frente, em minha câmara, pobre David... — Ela se interrompe. — Não pude detê-los, e Deus sabe como tentei. Os homens foram buscá-lo e o pobre David correu para mim. Escondeu-se atrás de mim, mas o arrastaram. Teriam matado a mim também, um deles apontou uma pistola para a minha barriga, meu filho ainda não nascido agitou-se quando gritei. Andrew Kerr era o seu nome, não me esqueço e não o perdoo, apontou o cano da pistola para a minha barriga e o pé de meu filhinho o pressionou. Achei que ia atirar em mim e no filho que eu carregava dentro de mim. Achei que ia matar nós dois. Foi então que percebi que os escoceses são ingovernáveis, são homens ensandecidos.

Ela leva as mãos aos olhos como se mesmo agora tentasse não ver nada daquilo. Balanço a cabeça em silêncio. Não lhe conto que na Inglaterra sabíamos da conspiração. Poderíamos tê-la protegido, mas preferimos não fazê-lo.

Poderíamos tê-la avisado, mas não avisamos. Cecil decidiu que não devíamos avisá-la, e sim abandoná-la, isolada e em perigo. Soubemos que sua própria corte a traiu, que seu próprio marido se havia tornado corrupto, e isso nos divertiu: pensar nela sozinha com aqueles bárbaros. Achamos que ela seria obrigada a recorrer à ajuda da Inglaterra.

— Os lordes de minha corte mataram meu secretário diante de mim, e fiquei ali, tentando protegê-lo. Na minha frente, a princesa da França. — Ela sacode a cabeça. — Depois disso, a situação só se agravou. Tinham visto o próprio poder. Mantiveram-me cativa, disseram que me fariam em pedaços e jogariam esses pedaços da varanda do castelo de Stirling.

Minhas damas estão consternadas. Uma delas dá um leve suspiro de horror e quase desmaia. Lanço um olhar de reprovação para ela.

— Mas conseguiu escapar?

No mesmo instante ela dá um sorriso maroto, como um menino inteligente.

— Que aventura! Reconquistei Darnley e consegui que nos baixassem pela janela. Cavalgamos por cinco horas à noite, embora eu estivesse com seis meses de gravidez, e no fim da estrada, no escuro, Bothwell e seus homens estavam nos esperando, e fomos salvos.

— Bothwell?

— Ele era o único homem na Escócia em quem eu podia confiar — diz ela em tom baixo. — Depois eu soube que ele era o único homem na Escócia que nunca aceitara suborno de uma potência estrangeira. É um escocês leal à minha mãe e a mim. Sempre ficou ao meu lado. Levantou um exército para mim, retornamos a Edimburgo e banimos os assassinos.

— E o seu marido?

Ela encolhe os ombros.

— Deve conhecer o resto. Eu não podia me separar dele enquanto carregasse a criança. Dei à luz o meu filho e Bothwell o protegeu e a mim. Meu marido Darnley foi assassinado por seus antigos amigos. Planejaram me matar também, mas por acaso eu não estava na casa naquela noite. Não foi nada mais que sorte.

— Terrível, terrível — sussurra uma de minhas damas. Seriam capazes de virar papistas só por solidariedade.

— Sim, é verdade — digo a ela, rispidamente. — Vá buscar um alaúde e toque para nós. — E assim ela se afasta da conversa.

— Perdi meu secretário e meu marido, e meus principais conselheiros foram os assassinos — disse ela. — Não consegui ajuda de minha família na França, e o país estava tumultuado. Bothwell permaneceu ao meu lado, e seu exército nos manteve a salvo. Então ele nos declarou casados.

— Não se casaram? — perguntei com um sussurro.

— Não — responde rapidamente. — Não pela minha igreja. Não na minha fé. Sua mulher ainda vive, e agora outra, outra esposa, o jogou na prisão, na Dinamarca, por rompimento de compromisso matrimonial. Ela alega que se casaram anos atrás. Quem pode saber, em se tratando de Bothwell? Eu não.

— Você o amava? — pergunto, pensando que essa era uma mulher que já acreditou no amor.

— Nunca falamos de amor — diz ela simplesmente. — Nunca. Não formamos um par romântico compondo poesias e trocando prendas. Nunca falamos de amor. Nunca disse uma palavra de amor a ele, nem ele a mim.

Faz-se silêncio, e me dou conta de que ela na realidade não me respondeu.

— E depois? — pergunta com um sussurro, extasiada, uma de minhas damas bobocas.

— Depois, meu meio-irmão e seus aliados traiçoeiros convocaram seus exércitos para atacar Bothwell e a mim. E nós dois combatemos juntos, lado a lado, como camaradas. Mas eles venceram, simples assim. Nosso exército esvaziou-se gradativamente, com o nosso atraso. Bothwell teria lutado de imediato, e talvez os tivéssemos derrotado, mas eu desejava evitar o derramamento de sangue entre parentes. Permiti que nos atrasassem com conversações e falsas promessas, e meu exército se dispersou. Fizemos um acordo e Bothwell partiu. Prometeram-me um salvo-conduto, mas mentiram. Prenderam-me e abortei meus gêmeos, dois meninos. Obrigaram-me a abdicar enquanto eu ainda estava doente e arrasada de tristeza. Meu próprio meio-irmão reivindicou o meu trono, o traidor. Vendeu minhas pérolas, e eles têm o meu filho... meu menino... — Sua voz, até então baixa e firme, vacilou pela primeira vez.

— Vai revê-lo, com certeza — eu digo.

— Ele é meu — diz ela com um sussurro. — Meu filho. Seria criado para ser o príncipe da Escócia e da Inglaterra. Não por esses loucos hereges, não pelos assassinos de seu próprio pai, homens que não acreditam nem em Deus nem no rei.

— Meu marido disse que você será restituída ao trono neste verão, a qualquer dia — respondo. Não acrescento que acho que ele está enganado.

Ela ergue a cabeça.

— Vou precisar de um exército para reaver meu trono — diz ela. — Não se trata simplesmente de retornar a Edimburgo. Vou precisar de um marido para dominar os lordes escoceses e um exército para subjugá-los. Diga a Elizabeth, quando lhe escrever, que ela deve honrar nosso parentesco. Ela tem de me restituir ao trono. Serei novamente rainha da Escócia.

— Sua Majestade não se aconselha comigo — digo. Mas sei que está planejando sua restituição. — Mesmo que Cecil não, penso.

— Cometi erros — admite ela. — Não soube julgar bem por mim mesma. Mas talvez ainda possa ser perdoada. E pelo menos tenho um filho.

— Sua Graça será perdoada — falo sinceramente. — Se fez alguma coisa errada, e tenho certeza de... e de qualquer maneira, como diz, tem um filho, e uma mulher com um filho é uma mulher com futuro.

Ela reprime as lágrimas e assente com a cabeça.

— Ele será o rei da Inglaterra — murmura. — Rei da Inglaterra e da Escócia.

Fico em silêncio por um momento. É traição falar da morte da rainha, é traição especular sobre seu herdeiro. Lanço um olhar duro para as minhas damas, todas, sensatamente, de olhos baixos, para seus bordados, fingindo não estarem ouvindo.

O humor dela muda, tão rapidamente quanto o de uma criança.

— Ah, aqui estou eu, tão mórbida quanto um montanhês da Escócia! — exclama. — Lady Seton, peça a um pajem que cante para nós, e vamos dançar um pouco. Lady Shrewsbury vai achar que está em uma prisão ou de luto!

Rio, como se na verdade não estivéssemos de fato na prisão e enlutados, e mando trazerem vinho, frutas e os músicos. Quando milorde chega antes do jantar, nos encontra dançando em volta de uma roda com a rainha dos escoceses no meio, gritando as trocas de pares e rindo alto, enquanto nos confundimos e acabamos frente a frente com as parceiras erradas.

— Precisam ir para a direita! Para a direita! — grita ela. — *Gauche et puis à gauche!* — Ela gira para rir para ele. — Milorde, instrua sua mulher! Ela está zombando de mim como sua tutora de dança.

— É Sua Graça! — diz ele, seu rosto refletindo a alegria dela. — Não! Não! Realmente é Sua Graça. Não deve acusar a condessa, realmente não deve. *Gauche* significa esquerda em inglês, Sua Graça! E não direita. Tem-lhes ordenado a girarem para o lado errado.

Ela dá uma gargalhada, se joga nos meus braços e me beija da maneira francesa, nas duas bochechas.

— Ah, perdão, Lady Bess! Seu marido tem razão! Eu as instruí errado. Sou uma tola por não saber falar a sua língua difícil. Sua professora de dança é uma incompetente. Mas amanhã vou escrever à minha família em Paris e me mandarão um professor de dança e alguns violinistas, e ele nos ensinará, e todas dançaremos muito bem!

1569, primavera, castelo de Tutbury: George

Trago Bess para um canto, antes do jantar, e lhe digo:
— Nossa hóspede vai nos deixar. Será mandada de volta à Escócia. Soube hoje pelo próprio Cecil.
— Não! — exclama ela.
Não consigo evitar balançar a cabeça indicando que eu já sabia.
— Como eu falei — lembro-a, a rainha disse que ela deve ser restituída ao trono, e a palavra da rainha tem valor. Nós a levaremos de volta à Escócia. Ela retornará em triunfo. E estaremos lá com ela.
Os olhos de Bess cintilam.
— Isso vai ser ótimo para nós. Meu Deus, talvez ela nos dê uma grande propriedade na fronteira. Ela deve ter hectares por quilômetros.
— O reconhecimento que merecemos — corrijo-a. — E talvez um pequeno gesto de agradecimento. Mas o mensageiro trouxe-me mais uma coisa. — Mostro-lhe o envelope selado e a carta de Norfolk. — Acha que devo entregar a ela?
— O que diz a carta?
— Como posso saber? Está selada. Ele me escreveu dizendo que é uma proposta de casamento. Não posso me intrometer em um namoro.
— Com ela, pode. Não tirou o selo e o recolocou?
Às vezes, minha Bess me espanta.
— Esposa! — Tenho de me lembrar de que ela não nasceu nesta posição. Ela nem sempre foi, como é agora, uma condessa e uma Talbot.

Ela baixa o olhar na mesma hora, penitente.

— Mas milorde, não devemos saber o que o duque de Norfolk está escrevendo? Se entregar a carta a ela, será conivente com o que quer que ele estiver dizendo.

— Todos os outros lordes foram coniventes. Eles o apoiaram.

— Os outros lordes não foram instruídos pessoalmente pela rainha para guardá-la — observa Bess. — Os outros lordes não estão aqui, entregando cartas secretas.

Sinto-me profundamente incomodado. A rainha Maria é hóspede sob o meu teto, não posso espioná-la.

— Ele diz que Cecil sabe? — pergunta ela.

— Ele não confiaria em Cecil — respondo com irritação. — Todo mundo sabe que Cecil quer controlar tudo. Sua ambição é intolerável. É improvável que um Howard peça a William Cecil permissão para se casar.

— Sim, mas eu me pergunto o que Cecil acharia — sugere ela.

Isso me aborrece tanto que mal consigo responder:

— Milady, não me importa nem um pouco o que Cecil pensa. Não importa a Howard o que Cecil pensa. Não deveria lhe importar o que Cecil pensa. Ele é pouco mais que o administrador da rainha, como sempre foi. Não pode ter a pretensão de nos aconselhar, nós que somos lordes do reino há gerações.

— Mas, meu esposo, a rainha dá mais ouvidos a Cecil do que a qualquer outro. Devemos aceitar seus conselhos.

— Um Talbot nunca recorre a conselho de homens do tipo de William Cecil — digo com orgulho.

— É claro, é claro — me acalma ela, compreendendo finalmente que sou obstinado. — Portanto dê-me o envelope, por enquanto, e o devolverei depois do jantar, e então poderá entregá-lo entregará a ela.

Concordo com um movimento da cabeça.

— Não posso espioná-la, Bess. Sou seu anfitrião, estou numa posição honrosa e de confiança. Não posso ser seu carcereiro. Sou um Talbot. Não posso fazer nada que seja de forma alguma desonroso.

— É claro que não — responde ela. — Deixe tudo comigo.

Vamos jantar felizes e, pela primeira vez, a rainha come bem, já não se sente mal, e teve um dia alegre, cavalgando comigo, bordando com Bess e dançando. Depois do jantar, Bess dá uma saída para cuidar de algum assunto da casa, enquanto a rainha e eu jogamos cartas. Quando Bess volta para a antecâmara, me chama à parte e diz que acha que tenho razão, e que a rainha deve receber a carta.

Sinto-me profundamente aliviado por ela concordar comigo. Não posso ser submisso neste casamento. Bess vai ter de aprender que sou o senhor da minha casa. Ela pode agir como se fosse responsável por tudo, do jeito que ela gosta; nunca atrapalho. Mas ela tem de saber que o administrador não é o senhor. Ela pode ser minha mulher e a administradora da casa, mas nunca será o chefe. Nós somos os Talbot, sou um Conselheiro Privado, sou o conde de Shrewsbury. Não posso fazer nada desonroso.

Fico feliz que Bess tenha usado a razão. Não posso reter cartas para uma rainha, uma hóspede na minha casa. Norfolk é um nobre, sabe qual é o seu dever. Não posso me rebaixar ao nível de um Cecil e espionar meus amigos e minha família.

1569, primavera, castelo de Tutbury: Maria

Depois do jantar no salão da residência dos Shrewsbury, o conde pergunta se pode falar comigo por um momento, e vamos até uma janela como se para olhar o pequeno pátio lá fora, onde há um poço, um canteiro de horta para ervas, e alguns criados folgando. Meu Deus, este lugar é pobre e feio.

— Tenho ótimas notícias — diz ele, olhando gentilmente para mim. — Soube, esta tarde, por William Cecil. Tenho o prazer de dizer que recebi ordens para organizar o seu retorno à Escócia. Sua Graça será restituída ao trono.

Por um momento, seu rosto afetuoso se turva. Não vejo claramente. Então sinto sua mão delicada no meu cotovelo.

— Está se sentindo fraca? — pergunta ele. — Quer que chame Bess?

Pisco os olhos.

— Estou tão aliviada — digo, com franqueza. — Estou simplesmente tão aliviada. É como se... Meu Deus, milorde. Trouxe-me as melhores notícias da minha vida. Meu coração... meu coração...

— Está se sentindo mal?

— Não — respondo, admirada. — Acho que estou bem pela primeira vez desde que você me conheceu. Meu coração parou de doer. A dor desapareceu. Posso ter esperança de ser feliz, de novo.

Ele me sorri radiante.

— Também estou muito feliz — diz ele —, eu também. É como se uma sombra tivesse abandonado a Inglaterra, a mim... Vou providenciar uma guarda e os cavalos que a escoltarão até a Escócia. Podemos partir em um mês.

Sorrio para ele.

— Sim. Assim que pudermos. Mal posso esperar para ver o meu filho, mal posso esperar para estar de volta ao lugar a que pertenço. Os lordes me aceitarão e me obedecerão? Eles deram sua palavra?

— Eles a receberão como rainha — assegura-me ele. — Reconhecem que a abdicação foi ilegítima e forçada. E há mais uma coisa que lhe dará mais segurança.

Espero. Viro a cabeça e sorrio para ele, mas tomo cuidado para não parecer ansiosa demais. É sempre bom ir devagar com homens tímidos, eles se assustam com uma mulher perspicaz.

— Recebi uma carta destinada a Sua Graça — diz ele, de sua maneira desajeitada. — Do duque de Norfolk, Thomas Howard. Será que já a esperava?

Inclino minha cabeça, o que pode querer dizer "sim" ou "não", e sorrio de novo para ele.

— Não tenho muita certeza sobre o que devo fazer — prossegue ele, falando mais para si mesmo do que para mim. — A carta é para Sua Graça. Mas foi mandada para mim.

Mantenho o sorriso.

— Qual é a sua dúvida? — pergunto amavelmente. — Se é minha a carta?

— É o conteúdo — diz ele, sério. — Pela honra, não posso entregar uma carta que contenha material impróprio. Mas, pela honra, não posso ler uma carta dirigida a outra pessoa. Especialmente a uma dama. Especialmente a uma rainha.

Juro que tenho vontade de pegar esse rosto perturbado nas mãos e beijá-lo até o acalmar.

— Milorde — digo delicadamente —, deixe-me resolver isso. — Estendo a minha mão. — Vou abri-la e lê-la na sua frente. Milorde mesmo verá a carta. E se achar que não é conveniente que eu a veja, então poderá pegá-la de volta e eu a esquecerei, e nenhum mal será causado. — Estou louca para ver a carta, mas ele nunca perceberá isso por minha mão firme e meu sorriso dócil e paciente.

— Muito bem — concorda ele. Estende a carta e se afasta um pouco, põe as mãos para trás, como uma sentinela em serviço, e fica todo empertigado, constrangido por precisar ser ao mesmo tempo guardião e anfitrião.

Vejo imediatamente que o lacre foi retirado e recolocado. Foi feito com muito cuidado, mas fui espionada durante toda a minha vida, e pouca coisa me escapa. Enquanto rompo o selo e desdobro o papel, não dou qualquer sinal de que sei que minha carta foi aberta e lida por outra pessoa.

Meu Deus, foram necessários todos os longos anos de treinamento como uma princesa francesa para manter meu rosto completamente imóvel e calmo. Em minhas mãos tenho uma carta de tamanha importância que as palavras dançam diante de meus olhos enquanto a leio e releio. É muito breve. É, acho, meu salvo-conduto, a garantia para eu escapar desta muralha imunda, e voltar para o meu trono, para o meu filho, para a liberdade. Ross avisou-me de que isto chegaria, e eu estava esperando. É uma proposta de casamento. É a minha chance de ser feliz mais uma vez.

— Sabe o que ele diz? — pergunto ao lorde Shrewsbury, discretamente de costas para mim.

Ele se vira.

— Ele escreveu-me uma carta em anexo dizendo que estava lhe propondo casamento — responde. — Mas não pediu permissão à rainha.

— Não preciso de sua permissão para me casar — replico imediatamente. — Não sou sua súdita, ela não tem autoridade sobre mim.

— Não, mas sobre ele sim. Qualquer um que seja parente próximo do trono tem de obter a permissão da rainha. E Sua Graça já não é casada?

— Como seu inquérito provou, meu casamento com lorde Bothwell foi forçado e é inválido. Será anulado.

— Sim — responde ele hesitante. — Mas eu não sabia que Sua Graça tinha rejeitado lorde Bothwell.

— Ele forçou o casamento — digo friamente. — Foi realizado sob coação. É inválido. Estou livre para me casar com outro.

Ele hesita diante dessa clareza repentina, e me lembro de sorrir.

— Acho que é uma excelente solução às nossas dificuldades — falo animadamente. — Sua rainha certamente ficará tranquila comigo, com seu próprio primo como meu marido. Ficará segura de minha afeição por ela e por seu país. Ela pode contar com a lealdade desse marido. E lorde Howard pode me ajudar a retornar ao meu trono na Escócia.

— Sim — repete ele. — Mas ainda assim.

— Ele tem dinheiro? Diz que é um homem rico? Vou precisar de uma fortuna para pagar soldados. — É risível o melindre com que Shrewsbury trata o tema delicado da riqueza.

— Não posso dizer. Nunca pensei nisso. Bem... ele é um homem de recursos — admite ele finalmente. — Suponho que seja certo afirmar que ele é o maior proprietário de terras no reino depois da rainha. Ele possui toda Norfolk e tem grandes propriedades também no norte. E pode levantar um exército, e conhece muitos dos lordes escoceses. Confiam nele, um protestante, mas há alguns na família dele que professam a fé de Sua Graça. Provavelmente ele é a escolha mais segura para ajudá-la a conservar o seu trono.

Sorrio. É claro que sei que o duque é dono de toda Norfolk. Ele comanda a lealdade de milhares de homens.

— Ele diz na carta que os próprios lordes escoceses sugeriram o meu casamento com ele. É certo?

— Acredito que acharam que isso lhe daria...

Um homem para governar acima de mim, penso com amargura.

— ...um parceiro e um conselheiro de confiança — diz Shrewsbury. — O duque diz que os outros pares aprovam a ideia?

— Foi o que ele me escreveu.

— Inclusive Sir Robert Dudley? O grande amigo da rainha?

— Sim, é o que ele diz.

— Então, se Robert Dudley dá sua benção a essa proposta, a aprovação da rainha é certa, não? Dudley nunca se envolveria em nada que pudesse desagradá-la.

Ele assente com um movimento da cabeça. Esses ingleses são tão lentos que quase ouvimos seus cérebros girando como as pás de um moinho.

— Sim. Sim. É praticamente certa. Tem razão. É verdade.

— Logo, podemos supor que embora o duque ainda não tenha contado seus planos à sua prima, a rainha, ele o fará em breve, com a certeza de que ela ficará feliz por ele, e de que todos os lordes de seu reino e do meu aprovam o casamento?

De novo, ele faz uma pausa para refletir.

— Sim. Quase certamente, sim.

— Então talvez tenhamos aqui a solução para os nossos problemas — digo. — Escreverei ao duque aceitando sua proposta e perguntando o que planeja para mim. Pode providenciar para que a carta seja entregue?

— Sim — responde ele. — Não há nada errado em lhe escrever uma resposta, já que todos os lordes e Dudley sabem...

Concordo com um gesto da cabeça.

— Se William Cecil soubesse, eu ficaria mais tranquilo — diz ele, quase para si mesmo.

— Ah, milorde tem de lhe pedir permissão? — pergunto tão inocentemente quanto uma criança.

Ele inflama-se, como eu sabia que faria.

— Não! Eu não respondo a ninguém a não ser à própria rainha. Sou Procurador Real da Inglaterra. Sou membro do Conselho Privado. Nenhum homem está acima de mim. William Cecil não tem qualquer poder sobre meus atos.

— Então o que William Cecil sabe e o que aprova são igualmente indiferentes para nós dois. — Encolho ligeiramente os ombros. — Ele não é nada mais do que um servidor real, não é? — Observo-o assentindo de maneira ansiosa. — Apenas o secretário de Estado da rainha, não é mesmo?

Ele assente mais uma vez, com veemência.

— Então, como sua opinião pode me afetar, uma rainha legítima? Ou a milorde, um par do reino? E deixarei para milorde Norfolk decidir a hora certa de notificar os servidores da rainha, inclusive Cecil. Sua Graça, o duque, deve fazer a comunicação aos servidores quando julgar apropriado.

Caminho de volta para o meu lugar perto da lareira e retomo meu bordado. Bess ergue o olhar quando me sento. Minhas mãos estão tremendo de excitação, mas sorrio calmamente, como se seu marido estivesse falando do tempo e da possibilidade de caçar amanhã.

Graças a Deus, graças a Deus, que respondeu às minhas preces. Essa é a maneira de me levar de volta, rapidamente e em segurança, ao meu trono na Escócia, ao meu filho, e com um homem ao meu lado, alguém cuja ambição e poder de família poderão defender minha segurança na Escócia e assegurar meus direitos na Inglaterra. O primo da própria rainha! Estarei casada com o primo de Elizabeth, e nossos filhos serão descendentes dos Stuart e da linhagem dos Tudor.

Ele é um homem bonito; sua irmã, Lady Scrope, me garantiu isso quando esteve comigo no castelo de Bolton. Disseram, então, que os lordes escoceses leais a mim o abordariam e perguntariam se ele defenderia minha causa. Disseram que ele poderia penetrar clandestinamente no jardim do castelo de Bolton, para me ver. Disseram que, se ele me visse, certamente se apaixonaria por mim e decidiria imediatamente ser meu marido e rei da Escócia.

Que bobagem! Eu usava o meu melhor vestido e caminhava no jardim todos os dias, meus olhos baixos e meu sorriso pensativo. Pelo menos sei como ser encantadora, foi a minha primeira lição.

Ele deve ser um homem justo — foi juiz nos inquéritos e deve estar a par de cada coisa negativa dita a meu respeito, mas não deixou que isso ficasse no seu caminho. Ele é protestante, é claro, mas isso será bom quando tivermos de lidar com os escoceses e atestar meus direitos como herdeira da Inglaterra. E o melhor de tudo é que ele está acostumado a lidar com uma mulher que é rainha. Foi criado como parente de Elizabeth, que era princesa e herdeira do trono. Ele não vai me intimidar como Bothwell nem me invejar como Darnley. Vai entender que sou rainha e que preciso dele como marido, aliado e amigo. Talvez, pela primeira vez na minha vida, estarei com um homem que possa me amar como mulher e me obedecer como rainha. Talvez, pela primeira vez, estarei casada com um homem em quem possa confiar.

Meu Deus, tenho vontade de dançar de alegria! Sentada em minha cadeira, mantendo uma postura reservada, sinto os dedos dos pés batendo dentro dos meus sapatos de seda por puro prazer. Eu sabia que me recuperaria dessa derrota, sabia que no meu fim estaria o meu começo. O que eu não esperava era que acontecesse tão facilmente, tão agradavelmente, e tão cedo.

1569, primavera, castelo de Tutbury: Bess

A William Cecil.
Prezado Sir,
Envio-lhe em anexo a cópia de uma carta enviada pelo duque de Norfolk para a nossa hóspede. A carta foi-lhe entregue por meu marido com os selos intactos e nem ele nem ela sabem que a vi e copiei para você. Agradeceria a sua discrição a este respeito, assim como pode estar certo da minha.
Sua amiga,
Bess

1569, primavera, castelo de Tutbury: Maria

Meu marido Bothwell,
O primo da rainha, Thomas Howard, duque de Norfolk, me propôs casamento e prometeu usar sua fortuna e exército para me restituir ao trono da Escócia. Se formos abençoados com filhos, serão duplamente herdeiros do trono da Inglaterra, por minha ascendência e pela dele. Evidentemente, para eu me casar com ele preciso estar livre dos votos que lhe fiz, portanto peço que requeira a anulação do nosso casamento imediatamente, com base em que ele me foi imposto à força, e farei o mesmo. Continuo pedindo a sua liberdade ao rei da Dinamarca. Ele terá de libertá-lo quando eu for restituída como rainha, e nos reencontraremos na Escócia.
Sou, como sempre fui,
    sua,
    Marie

1569, abril, castelo de Tutbury: Bess

Chega uma mensagem de Cecil dizendo que a rainha deve se preparar para sua viagem à Escócia. Em primeiro lugar, seremos liberados deste aprisionamento em Tutbury. Ele diz que finalmente poderemos levá-la para um palácio digno de recebê-la, onde poderemos viver como uma família de nobres e não como ciganos errantes num abrigo arruinado.

Tudo vai mudar. A rainha vai desfrutar de mais liberdade, poderá receber visitas, poderá passear a cavalo. Viverá como uma rainha e não como a suspeita de algum crime. Cecil até mesmo diz que os gastos com sua hospedagem serão acertados, os atrasados serão pagos e nossas reivindicações serão atendidas em um futuro breve. Nós devemos lhe oferecer a honra e a hospitalidade que uma rainha merece, e ela partirá para Edimburgo no fim do mês e será restaurada no solstício de verão.

Bem, admito que me enganei. Achei que Cecil nunca a deixaria partir, mas estava errada. Achei que ele a manteria na Inglaterra e provocaria um inquérito fraudulento atrás do outro até encontrar ou forjar provas suficientes para aprisioná-la para sempre. Achei que ela terminaria seus dias na Torre em uma reclusão longa e sórdida. Mas me enganei. Ele deve ter outro plano em mente. Ele é sempre astuto demais; nós, amigos e aliados, temos de prestar muita atenção só para conseguir acompanhá-lo. Quem pode saber o que ele pretende agora?

Talvez seja o casamento com Norfolk; talvez ele tenha passado a achar que uma rainha legítima, ungida por Deus, não pode ser mantida para sempre em prisão domiciliar. Ou talvez milorde tenha razão e Cecil esteja perdendo terreno como conselheiro da rainha Elizabeth. Sua estrela, que voou cada vez mais alto por tanto tempo, talvez esteja eclipsando. Talvez todos os outros lordes que se ressentiram com a influência exercida por ele poderão impor sua vontade, e meu velho amigo Cecil terá de se curvar à sua autoridade de novo, exatamente como fez quando éramos jovens em ascensão. Meu filho Henry, que serve na corte dos Dudley, me escreveu dizendo que pensava que era esse o caso. Disse que Cecil, recentemente, divergiu duas vezes de um nobre e levou a pior nas duas vezes. O escândalo do ouro espanhol o prejudicou muito. Até mesmo a rainha admite que ele agiu errado e que teremos de devolver aos espanhóis o ouro que Cecil roubou.

"Ainda assim, mantenha sua amizade com ele, como eu farei", respondo cautelosamente a Henry. "Cecil planeja a longo prazo, e a rainha gosta daqueles que a protegeram quando ela era princesa."

Todos nós em Tutbury devemos nos mudar para o grande palácio de meu marido, em Wingfield, com a rainha escocesa que está radiante com a chance de sair daqui. Nada é atribulação demais para ela; a própria rainha providencia o envio de seus bens em carroças, e seus objetos, roupas e joias estão prontos ao amanhecer. Suas aves de estimação estão em caixas, ela jura que seu cachorro se sentará no arção de qualquer um. Ela cavalgará adiante com meu marido, o conde. Como sempre, seguirei com os bens da casa. Eu os seguirei como sua criada. Cavalgarei na lama revolvida pelos cascos de seus cavalos.

Faz uma bela manhã quando partem, e os pássaros da primavera estão cantando, cotovias levantam voo no ar quente sobre o charco. Começa a chover quando a bagagem termina de ser carregada e está pronta para partir. Puxo o capuz para cobrir a cabeça, monto meu cavalo e conduzo a comitiva para fora do pátio e colina barrenta abaixo.

Avançamos extremamente devagar. Meu marido, o conde, e a rainha podem cavalgar a trote largo nas margens cobertas de relva, e ele conhece bem as trilhas e os atalhos pela floresta, e a conduz chapinhando pelos córregos. Terão uma viagem agradável pela região, com meia dúzia de acompanhantes. Galoparão nos brejos altos e descerão para as trilhas sombreadas à margem dos rios, onde as árvores formam uma avenida verde. Mas eu, preocupada com as carroças e a bagagem, tenho de ir tão devagar quanto a carroça mais pesada consegue se arrastar pelas vias enlameadas. Quando perdemos uma roda, todos paramos por várias horas, na chuva, para fazermos o conserto. Quando um cavalo começa a mancar, temos de parar para tirá-lo do varal e alugar outro na aldeia mais próxima. É um trabalho árduo, e eu talvez o faria de má vontade se tivesse nascido na alta sociedade. Mas não, nasci e fui criada como uma trabalhadora, e ainda sinto um grande prazer em fazer um trabalho duro, e fazê-lo bem. Não finjo ser uma dama ociosa. Trabalhei para fazer a minha fortuna e tenho orgulho disso. Sou a primeira mulher na minha família a sair da pobreza por esforço próprio. Na verdade, sou a primeira mulher em Derbyshire a possuir uma grande propriedade por mérito próprio. Até onde sei, sou a primeira mulher a usar meu próprio julgamento para fazer e conservar uma fortuna. Por isso amo a Inglaterra de Elizabeth; porque uma mulher como eu, nascida tão humilde quanto eu, pode fazer e conservar sua própria fortuna.

Os últimos quilômetros da viagem a Wingfield seguem o curso do rio. É noite quando chegamos e, pelo menos, a chuva passou. Estou encharcada, mas de qualquer maneira, posso afastar meu capuz e olhar à minha volta, o belo acesso à casa favorita de milorde. Cavalgamos pelo vale com frangos-d'água debandando na água do rio, e quero-quero gritando no céu noturno, depois fazemos uma curva e vemos, do outro lado da água, o belo palácio de Wingfield, ascendendo sobre as árvores, como um reino celestial. Sob ele, o pântano permanece coberto por fios de névoa, e posso ouvir o coaxar de sapos e os bramidos dos abetouros. Acima da água há um cinturão espesso de árvores, os freixos finalmente se tornando verdes, os salgueiros sussurrando em moitas densas. Um tordo canta um trinado agudo no crepúsculo, e uma coruja passa rápido por nós, um vulto branco como um fantasma.

Esta é uma propriedade Talbot, pertencente a meu marido, herdada de sua família, e sempre que a vejo penso como me casei bem: esse palácio é uma das grandes casas que posso considerar um lar. É uma catedral, é uma gravura de pedra cercada de céu. As altas janelas arqueadas são ornatos de pedra branca, torreões etéreos contra o céu noturno, sobre uma floresta que lembra nuvens encapeladas de um verde vivo, e as gralhas crocitam e se acomodam para a noite enquanto percorremos a trilha barrenta em direção à casa e os grandes portões são abertos de par em par.

Mandei metade da minha criadagem na frente para preparar a chegada da rainha e de meu marido, o conde, de modo que quando entraram no pátio juntos, horas antes, se depararam com o sol vespertino e uma banda de músicos. Quando adentraram o salão, havia duas grandes lareiras acesas, em cada uma das extremidades, para aquecê-los, e os criados e arrendatários estavam alinhados, fazendo reverência. Quando chego, no crepúsculo, com o resto da mobília, dos objetos de valor, retratos, vasos de ouro e outros tesouros, eles já estão jantando. Entro e os encontro sentados à mesa alta, só os dois, ela no lugar de meu marido, seu baldaquino sobre sua cadeira, com 32 pratos diante de si, e meu marido sentado em uma cadeira inferior, logo abaixo dela, servindo-a de uma grande terrina de prata, retirada de uma abadia, com a concha de ouro do próprio abade.

Nem mesmo me veem quando chego aos fundos do salão, e estou para me unir a eles quando algo me faz hesitar. A poeira da estrada está no meu cabelo e no meu rosto, minhas roupas estão úmidas, estou com barro das botas até os joelhos, e cheiro a suor de cavalo. Hesito, e quando meu marido, o conde, ergue o olhar, aceno e aponto para a escadaria para o nosso quarto, como se não estivesse com fome.

Ela parece tão viçosa e jovem, tão mimada em seu veludo preto e linho branco, que não consigo me unir a eles à mesa do jantar. Ela teve tempo de se lavar e se trocar. Seu cabelo escuro parece a asa de uma andorinha, lustroso e enfiado sob o capuz branco. Seu rosto, alvo e liso, é belo como um retrato quando ela olha para o salão, levanta sua mão para mim e dá seu sorriso sedutor. Pela primeira vez na minha vida me sinto desmazelada. Pior ainda, sinto-me... velha. Nunca senti isso antes. Em toda a minha vida, no cortejo de quatro maridos, sempre fui uma noiva jovem, mais jovem do que quase todos na casa. Sempre fui a jovem bonita, habilidosa nas atividades do lar, boa em dirigir as pessoas que trabalham para mim, esmerada ao me vestir, elegante, com uma sabedoria além de minha idade, uma jovem com toda a vida pela frente.

Mas hoje à noite, pela primeira vez, me dou conta de que não sou mais uma mulher jovem. Aqui, em minha própria casa, em meu próprio salão, onde eu deveria estar mais à vontade em meu conforto e meu orgulho, percebo ter-me tornado uma mulher mais velha. Não, na verdade nem mesmo isso. Não sou uma mulher mais velha; sou uma mulher velha, uma velha de 41 anos. Passei da idade de conceber. Subi tão alto quanto podia, minha fortuna está no seu ápice, minha aparência agora só declinará. Não tenho futuro, sou uma mulher cujo tempo está quase acabando. E Maria da Escócia, uma das mulheres mais belas no mundo, com idade para ser minha filha, nascida princesa, ungida rainha, está jantando sozinha com meu marido, em minha própria mesa, e ele está se inclinando para ela, para perto, para mais perto, e de olhos em sua boca, e ela está sorrindo para ele.

1569, maio, solar de Wingfield: George

Estou esperando com os cavalos no pátio do solar quando as portas se abrem e ela sai, vestida para montar, em um veludo áureo. Não sou homem de reparar nessas coisas mas acho que ela está com um vestido novo, ou uma touca nova, ou algo dessa natureza. O que de fato vejo é que, na luz pálida do sol de uma bonita manhã, ela está, de certa maneira, dourada. O belo pátio é como uma caixa de joias em volta de algo raro e precioso, e me pego sorrindo para ela como um bobo, eu acho.

Ela desce com leveza os degraus de pedra, em suas pequenas botas de couro vermelho, e vem na minha direção, confiante, com a mão estendida para me cumprimentar. Em todas as outras vezes sempre beijei sua mão e a fiz subir na sela sem pensar no assunto, como qualquer cortesão faria para sua rainha. Mas hoje me sinto, de repente, desajeitado, meus pés parecem grandes demais. Receio que o cavalo se afaste enquanto a levanto, e chego a achar que a estou segurando muito apertado ou de modo grosseiro. Ela tem uma cintura tão fina, não pesa nada, mas é alta, o topo de sua cabeça bate no meu rosto. Sinto o suave perfume de seu cabelo debaixo de sua touca de veludo. Não sei por que sinto-me quente, corando como um menino.

Ela olha atentamente para mim.

— Shrewsbury? — pergunta. Pronuncia "Chowsbewwy?" e rio de puro encanto com o fato de ela ainda não conseguir pronunciar meu nome.

No mesmo instante sua expressão se ilumina com uma risada.

— Ainda não consigo dizê-lo? — pergunta. — Ainda não está certo?

— Shrewsbury — eu digo. — Shrewsbury.

Seus lábios assumem forma para pronunciar o nome, como se ela estivesse me oferecendo um beijo.

— Showsbewy — diz ela, e ri. — Não consigo. Posso chamá-lo de outro nome?

— Chame-me de Chowsbewwy — digo. — É a única pessoa que já me chamou assim.

Ela se posiciona à minha frente e ponho as mãos em concha para ela apoiar o pé. Ela segura na crina do cavalo e a ergo, com facilidade, para a sela. Ela monta de maneira diferente de todas as mulheres que conheci: à maneira francesa, uma perna de cada lado. Quando minha Bess a viu montar pela primeira vez, e viu a malha de cânhamo que a rainha usa debaixo de sua roupa de montar, jurou que haveria uma revolta se ela saísse assim. É tão indecente.

— A própria rainha da França, Catarina de Médici, monta dessa maneira, e todas as princesas de França. Está me dizendo que ela e todas nós fazemos errado? — perguntou a rainha Maria, e Bess ficou vermelha como um pimentão e pediu perdão, e disse que lamentava, mas que era estranho aos olhos ingleses, e por que a rainha não montava em uma sela extra atrás de um cavalariço, já que não queria montar de lado?

— Porque dessa maneira, posso cavalgar tão rápido quanto um homem — respondeu Maria, e foi o fim da conversa, apesar do murmúrio de Bess de que não seria vantagem nenhuma para nós se ela pudesse ultrapassar todos os seus guardas.

A partir desse dia, ela cavalga em sua própria sela, uma perna de cada lado, como um rapaz, com seu vestido se agitando nas duas laterais do cavalo. Cavalga, como avisou a Bess, tão rápido quanto um homem, e há dias que tenho de fazer grande esforço para manter seu ritmo.

Certifico-me de que sua bota de couro está firme no estribo e, por um segundo, mantenho seu pé em minha mão. Tem um pé tão pequeno e abaulado que, ao segurá-lo, sinto uma ternura estranha por ela.

— Está firme? — pergunto. Ela monta um cavalo potente, e sempre receio que seja demais para ela.

— Firme — responde ela. — Venha, milorde.

Subo para a minha sela e faço sinal para os guardas. Mesmo agora, com os planos para o seu retorno à Escócia em andamento, seu casamento planejado com Norfolk, seu triunfo prestes a acontecer, recebo ordens para cercá-la de guardas. É um absurdo que uma rainha da sua importância, uma hóspede no país de sua prima, sofra tamanho insulto, cercada de vinte homens sempre que deseja sair a cavalo. Ela é uma rainha, pelo amor de Deus; ela deu sua palavra. Não confiar nela é insultá-la. Tenho vergonha de fazer isso. Ordens de Cecil, é claro. Ele não compreende o que significa a palavra de honra de uma rainha. O homem é um tolo, e me faz parecer um tolo também.

Descemos a colina, sob os ramos de árvores, e viramos para cavalgar ao longo do rio, pela floresta. Subimos a encosta e saímos do bosque quando vejo um grupo de cavaleiros vindo na nossa direção. São cerca de vinte homens, e puxo as rédeas de meu cavalo e olho para trás, para o caminho pelo qual viemos, e me pergunto se conseguiremos voltar para casa antes que eles nos alcancem ou se se atreveriam a atirar em nós.

— Cerrar fileiras — grito rispidamente aos guardas. Busco a espada, mas evidentemente não a carrego comigo, e me amaldiçoo por me sentir excessivamente confiante nestes tempos perigosos.

Ela ergue o olhar para mim, a cor em sua face, seu sorriso firme. Não tem medo, essa mulher.

— Quem são eles? — pergunta, como se fosse uma questão de interesse e não de risco. — Não podemos vencer um combate, acho que não, mas podemos escapar deles.

Estreito os olhos e vejo os estandartes tremulando e, então, rio aliviado.

— Ah, é Percy, milorde Northumberland, meu caro amigo, e seu parente, milorde Westmorland, e seus homens. Por um momento, achei que estávamos em apuros!

— Ah, que fortúnio — grita Percy vindo na nossa direção. — Que acaso mais oportuno! Estávamos indo visitá-lo em Wingfield. — Tira o chapéu com um floreio. — Sua Graça — diz ele, curvando a cabeça para ela. — É uma honra. Uma grande honra. Uma honra inesperada.

Não fui avisado dessa visita, e Cecil não me disse o que fazer se recebesse visitantes nobres. Hesito, mas estes sempre foram meus amigos e parentes, não posso tratá-los como estranhos à minha porta. O hábito de hospitalidade está arraigado demais em mim para que não os cumprimente com prazer. Minha família é de lordes do norte há gerações, todos nós mantemos as portas abertas e uma boa mesa tanto para estranhos quanto para amigos. Agir de qualquer outra maneira seria se comportar como um mercador sovina, como um homem mesquinho demais para ter uma casa grande e uma grande comitiva. Além do mais, gosto de Percy e estou feliz em vê-lo.

— É claro — digo — que são bem-vindos como sempre. — Viro-me para a rainha e peço permissão para apresentá-los. Ela os cumprimenta friamente, com um discreto sorriso reservado, e penso que talvez ela estivesse gostando do passeio e não quisesse que o nosso tempo juntos fosse interrompido.

— Se nos perdoam, prosseguiremos nosso passeio — digo, tentando fazer o que quer que ela deseje. — Bess os receberá. Mas não retornaremos logo. Sua Graça preza o passeio e acabamos de começá-lo.

— Por favor, não mudem seus planos por nossa causa. Podemos acompanhá-los? — pergunta-lhe Westmorland, com um gesto de reverência.

Ela assente com a cabeça.

— Se assim deseja. E poderão me contar todas as notícias de Londres.

Ele se coloca ao seu lado e o ouço conversar para entretê-la e, ocasionalmente, a risada dela. Percy emparelha seu cavalo com o meu e nós todos engatamos um trote rápido.

— Notícias importantes. Ela será libertada na semana que vem — me diz ele com um largo sorriso. — Graças a Deus, hein, Shrewsbury? Esse foi um tempo terrível.

— Tão cedo assim? A rainha vai libertá-la tão cedo? Cecil me disse que seria somente no verão.

— Na próxima semana — confirma ele. — Graças a Deus. Vão mandá-la de volta para a Escócia na semana que vem.

Quase faço o sinal da cruz, de tão agradecido por esse final feliz para ela, mas reprimo o gesto e estendo a mão para ele, que a aperta, nós dois sorrindo.

— Tenho andado tão preocupado com o destino dela... Percy, não faz ideia de como ela sofreu. Tenho me sentido um bárbaro, mantendo-a tão confinada.

— Não creio que qualquer homem de fé na Inglaterra tenha dormido bem desde aquele primeiro maldito inquérito — diz ele abruptamente. — Por que não a recebemos como uma rainha e lhe oferecemos um abrigo seguro sem fazer perguntas, só Deus sabe. O que Cecil pensou que estava fazendo ao tratá-la como uma criminosa, só o diabo sabe.

— Obrigar-nos a julgar a vida privada de uma rainha — lembrei-lhe. — Fazer com que todos nós participássemos de semelhante inquérito. O que ele queria que encontrássemos? Três vezes inimigos dela trouxeram em segredo cartas asquerosas e pediram que os juízes as lessem em segredo e chegassem a um veredito com base em provas que ninguém mais podia ver. Como alguém poderia fazer isso? A uma rainha como ela?

— Graças a Deus você não fez, pois a sua recusa derrotou Cecil. A rainha sempre quis ser justa com sua prima, e agora encontrou uma saída. A rainha Maria está salva. E a perseguição de Cecil voltou aos luteranos, onde é o seu lugar.

— É o desejo da própria rainha? Eu sabia que ela faria a coisa certa!

— Ela se opôs a Cecil desde o começo. Sempre disse que a rainha dos escoceses devia recuperar seu trono. E agora convenceu Cecil.

— Louvado seja Deus. O que vai acontecer?

Ele se interrompe quando ela adianta seu cavalo à nossa frente e se vira para me chamar.

— Chowsbewwy, posso galopar aqui?

A trilha à sua frente é nivelada, coberta de grama, e sobe a colina de maneira uniforme. Meu coração sempre vai parar na minha boca quando ela dispara feito um ataque da cavalaria, mas o solo está firme e ela estará segura.

— Não rápido demais — respondo, como um pai preocupado. — Não vá rápido demais — e ela brande seu chicote como uma menina, gira o cavalo e parte em disparada, com seus guardas e Westmorland atrás, sem chance de alcançá-la.

— Deus meu! — exclama Percy. — Ela sabe cavalgar!

— É sempre assim — digo, e a seguimos com um longo e esbaforido galope, até ela parar, e nós todos chegarmos aos tropeços ao seu lado e nos deparar-mos com ela rindo, o chapéu caído de lado, o cabelo escuro basto se soltando.

— Foi muito bom! — diz ela. — Chowsbewwy, eu o assustei de novo?

— Por que não pode cavalgar a um passo normal?! — exclamo, e ela ri de novo.

— Porque adoro ser livre — diz ela. — Adoro sentir o cavalo se estender e ouvir o barulho de seus cascos, ter o vento no meu rosto e saber que podemos avançar, avançar sem parar, avançar para sempre.

Ela vira seu cavalo pois não pode avançar para sempre, pelo menos não hoje, e conduz o caminho de volta ao castelo.

— Rezo toda noite para vê-la restituída ao trono — digo, em voz baixa, ao meu amigo Percy, e espero que ele não perceba a ternura em minha voz. — Ela não é uma mulher para ser confinada em um único lugar. Ela realmente precisa ser livre. Mantê-la em um lugar pequeno é como trancar um falcão em uma gaiola. É cruel. Sinto-me seu carcereiro. Tenho-me sentido cruel.

Ele me olha de lado, como se considerando alguma coisa.

— Mas nunca deixaria Sua Graça escapar — sugere ele à meia-voz. — Nunca faria vista grossa se alguém viesse salvá-la.

— Sirvo à rainha Elizabeth — respondo simplesmente. — Assim como a minha família serviu a cada rei da Inglaterra desde Guilherme da Normandia. E, como nobre inglês, dei minha palavra. Não sou livre para fazer vista grossa. Estou preso pela honra. Mas isso não me impede de gostar dela. Não me impede de desejar vê-la onde deveria estar: livre como um pássaro no céu.

Ele assente com a cabeça e comprime os lábios em reflexão.

— Ouviu falar que ela vai se casar com Howard e que eles retornarão à Escócia juntos?

— Ela me concedeu a honra de me contar. E Howard me escreveu. Quando a rainha deu sua bênção ao casamento?

Percy balança a cabeça.

— Ela ainda não sabe. Seu humor fica tão complicado em relação a casamentos de outrem que Howard está esperando o momento certo de lhe contar. Dudley diz que ele vai tocar no assunto quando chegar a hora, mas Howard está adiando demais. Correm rumores, é claro, e Norfolk já teve de negar duas vezes. Provavelmente lhe dirá na viagem de verão. Dudley sabe desde o começo, e diz que introduzirá a ideia aos poucos. Faz sentido para todo mundo, garante a segurança dela quando retornar ao trono.

— O que Cecil pensa disso?

Ele me dá um sorriso rápido e sutil.

— Cecil não sabe nada sobre isso, e há quem ache que deva permanecer na ignorância até a questão estar assinada e selada.

— Seria uma pena ele aconselhá-la contra. Ele não é amigo de Howard — digo, cautelosamente.

— É claro que ele não é amigo de Howard, nem seu, nem meu. Cite o nome de um único amigo de Cecil! Quem gosta ou confia nele? — pergunta abruptamente. — Como um de nós poderia ser amigo dele? Quem é ele? De onde veio? Quem o conheceu antes de ela o tornar o administrador de tudo? Mas esse é o fim do poder de Cecil — diz Percy em voz baixa. — Howard espera afastá-lo, tudo faz parte do mesmo plano. Howard espera nos livrar de Cecil, de sua hostilidade em relação aos espanhóis, e salvar a rainha dos escoceses de sua malignidade, vê-lo reduzido à corte, talvez expulso completamente.

— Completamente?

— Thomas Cromwell subiu mais alto e Thomas Cromwell foi despojado de sua posição por um Howard em uma reunião do Conselho Privado. Não acha que isso poderia acontecer outra vez?

Tento reprimir o sorriso, mas em vão. Ele pode perceber o meu prazer só em pensar nisso.

— Gosta dele tão pouco quanto nós! — diz Percy triunfante. — Nós o derrubaremos, Shrewsbury. Está conosco?

— Não posso fazer nada que conflite com a minha honra — começo.

— É claro que não! Eu proporia algo assim? Somos seus pares. Howard, Arundel, Lumley e nós dois juramos ver a Inglaterra novamente nas mãos de governantes dignos. A última coisa que queremos é nos rebaixar. Mas Cecil nos humilha de todas as formas. A frugalidade que ele quer na corte, a hostilidade em relação à rainha dos escoceses, a perseguição de todos que não são completamente puritanos e... — ele baixa a voz — e o recrutamento constante de espiões. Um homem não pode sequer pedir uma refeição em uma taberna em Londres sem que alguém mande o cardápio a Cecil. Ele tem espião até mesmo dentro de sua própria casa. Sabe tudo sobre todos nós. E recolhe as informações, as junta, e espera a hora de usá-las, quando lhe for conveniente.

— Ele não pode ter nada sobre mim — digo com firmeza.

Percy ri.

— Quando se recusou a chamar a rainha dos escoceses de prostituta em seu inquérito — ele provoca — virou inimigo dele a partir daquele momento. Ele terá uma pasta de papéis mencionando o seu nome, mexericos furtivos, rumores propagados por maus arrendatários, inveja de seus devedores, e quando a hora lhe convier ou quando ele quiser humilhá-lo, levará tudo à rainha e dirá que não se pode confiar em você.

— Ela nunca...

— Ele terá seus criados pessoais na Torre no dia seguinte, e uma confissão, conseguida deles sob tortura, de que você é admirador secreto da rainha Maria.

— Nenhum criado meu...

— Homem algum no mundo pode resistir à roda por muito tempo, nem à prensa ou à dama de ferro. Sabia que agora arrancam as unhas das mãos dos prisioneiros? Penduram-nos pelos pulsos. Nenhum homem no reino consegue suportar essa dor. Todo suspeito diz o que quiserem que diga em não mais de três dias.

— Ele não usaria esse tipo de coisa em homens honestos...

— Shrewsbury, ele usa. Não sabe como é em Londres agora. Ninguém consegue detê-lo. Ele usa os meios que quer e diz à rainha que vivemos tempos perigosos que demandam medidas perigosas. E ela fica com tanto medo e é persuadida de tal modo que o deixa fazer as temeridades que ele desejar. Ele tem um exército inteiro de agentes secretos que cumprem suas ordens e sabem de tudo. Homens são presos à noite e levados à Torre ou a casas secretas, sem a ordem de prisão de nenhum juiz de paz. É tudo baseado na ordem de Cecil.

"Nem mesmo a Câmara Estrelada ordena essas detenções — prossegue ele —, a rainha não as assina, ninguém a não ser Cecil as autoriza. É tudo feito em segredo, baseado somente em sua palavra. A rainha confia nele e na sua equipe de informantes e torturadores, e os prisioneiros saem cambaleando da Torre tendo jurado informar Cecil pelo resto de suas vidas. Ele está fazendo uma Inquisição espanhola em ingleses inocentes. Quem pode afirmar que ele não começará a nos queimar? Ele está destruindo as nossas liberdades. É inimigo tanto dos lordes quanto do povo, e temos de detê-lo. Ele vai nos destruir, ele vai destruir a rainha. Um homem genuinamente leal à rainha deve ser inimigo de Cecil."

Os cavalos esticam o pescoço quando subimos a colina para o solar, e afrouxo as rédeas e não digo nada.

— Sabe que tenho razão — diz ele.

Solto um suspiro.

— Ela vai fazer dele um barão.

Meu cavalo se retrai quando dou um puxão nas rédeas.

— Nunca.

— Vai. Ela o cobre de bens e o cobrirá de honras também. E pode esperar um pedido pela mão de sua enteada para o filho dele. Talvez a rainha solicite que case sua Elizabeth com o anão Robert Cecil e sua corcunda. Cecil vai se tornar ilustre. Terá um título comparável ao seu. E nenhum de nós estará seguro para falar o que pensa na própria casa. Ele está nos transformando em um reino de espiões e suspeitos comandados exclusivamente por ele.

Fico tão chocado que perco a fala por um momento.

— Ele precisa ser detido — diz Percy. — Ele é outro Wolsey, outro Cromwell. Mais um pretensioso que veio do nada graças a um servilismo bajulador. É mau conselheiro, é uma voz perigosa. E como os outros dois, ele será derrubado por nós, lordes, se agirmos unidos. Ele precisa ser derrubado antes de se tornar poderoso demais. Juro que ele é um perigo ao bem-estar do povo da Inglaterra. Não podemos permitir que ele se torne um lorde do reino.

— Um barão? Tem certeza de que ela o fará barão?

— Ela lhe paga uma fortuna. Temos de detê-lo antes que se torne grande demais.

— Eu sei — respondo gravemente. — Mas um barão!

A rainha já passou pelo portão de entrada. Outro terá de ajudá-la a desmontar. Não posso me apressar para chegar a tempo de erguê-la e segurá-la.

— Vai jantar conosco? — pergunto. Não consigo ver quem está segurando seu cavalo e quem a desmonta. — Bess ficará feliz em vê-lo.

— Cecil vai saber que estivemos aqui — diz ele. — Fique atento.

— Posso convidar quem eu quiser para jantar na minha casa — exclamo.

— A rainha comerá separada de nós, em seus próprios aposentos. Não há perigo. O que isso tem a ver com Cecil?

— Tudo tem a ver com ele na Inglaterra, hoje — replica ele. — Em quatro dias ele vai saber que estivemos aqui, e tudo o que dissermos à mesa será relatado a ele, palavra por palavra. Somos tão prisioneiros quanto ela, quando ele nos espiona em nossa própria mesa. Sabe o nome do espião em sua casa? Há pelo menos um; provavelmente dois ou três.

Penso em minha mulher e em sua afeição por Cecil.

— Bess confia nele — digo. — Ele não poria alguém para espioná-la. Nunca colocaria um espião na casa dela.

— Ele espiona todo mundo — insiste ele. — Você, Bess, nós. Ele precisa cair. Temos de derrubá-lo. Concorda? Está conosco?

— Sim — digo devagar. — Sim. Vamos fazer com que a rainha da Inglaterra volte a ser aconselhada por seus pares e não por um homem nascido para ser um criado, apoiado por espiões.

Percy estende, devagar, sua mão.

— Está conosco? — pergunta ele. — Jura?

— Estou com vocês — digo. — Ele não pode ser barão. Não posso vê-lo enobrecido, é errado. É ir contra a natureza. Derrubarei Cecil com vocês. Nós, os lordes, unidos. Seremos novamente senhores do reino, juntos.

1569, maio, solar de Wingfield: Bess

— Não podem jantar aqui — digo simplesmente.

Meu marido, o conde, ergue o sobrolho, e percebo que minha apreensão me fez falar com o sotaque de Derbyshire.

— Lamento, milorde — digo rapidamente. — Mas não podem jantar aqui. Não devia ter cavalgado com eles. Deveria ter-lhes dito para seguirem seu caminho. Deveria tê-la trazido para casa assim que os viu.

Ele olha para mim como se eu parecesse uma criada recalcitrante.

— São meus amigos — diz ele, com desvelo. — Lordes da Inglaterra. É claro que a minha porta está aberta para eles. Seria uma vergonha não recebê-los bem em minha própria casa. Minha porta está sempre aberta para eles.

— Não acho que Cecil...

Sua expressão se fecha.

— Cecil não dá ordens em minha casa, em nenhuma de minhas casas — diz ele. — Vou entreter meus amigos como quiser e minha esposa mostrará boa vontade para com eles.

— Não se trata de boa vontade — respondo. — Não se trata nem mesmo de minha obediência. É uma questão de segurança da rainha da Escócia. O que os impedirá de passar informação para ela? O que impedirá de conspirarem com ela? O que impedirá que fujam com ela?

— O fato de serem meus convidados — diz ele com cuidado, como se eu fosse idiota demais para compreender um tom normal. — É uma questão de honra. Se não pode compreender isso, não compreende nada sobre mim e meu mundo. Bess, seu terceiro marido, St. Loe, era um cavalheiro, ainda que os outros não. Não sabe que nenhum cavalheiro conspira contra outro enquanto partilha seu pão?

— Provavelmente estão deslumbrados com ela — digo irritada. — Como metade dos tolos na Inglaterra.

— Ela vai se casar com o duque de Norfolk — diz ele, a voz muito calma e controlada em contraste com o meu tom brusco. — Vai se casar com ele e retornar ao seu reino como rainha. O futuro dela está assegurado, não há necessidade de conspirações e fuga.

— Talvez — respondo hesitante.

— Ela será restituída. O próprio Percy me disse. Foi feito um acordo com os lordes protestantes da Escócia. Ela garantirá a segurança deles e da fé protestante. Em troca, ela assistirá a missa privadamente. Os lordes protestantes da Escócia estão preparados para recebê-la de volta, como rainha, se ela for uma mulher casada, com um rei consorte que siga a fé deles e possua nobreza, fortuna e força incontestáveis. Acreditam que Thomas Howard propiciará uma aliança segura com a Inglaterra e será um grande rei consorte para a Escócia. Planejaram isso com Howard no ano passado, em York. E acham que ele a orientará e terá um filho com ela.

Calo-me, raciocinando rapidamente.

— E a nossa rainha concordou com tudo isso?

Sua hesitação me diz tudo.

Eu sabia! Sabia que ninguém se atreveria a dizer a ela. Ela odeia casamentos e qualquer outra coisa que afaste a sua corte. Para dizer a verdade, ela odeia não ser o centro de atenções, e uma noiva no dia do casamento rivaliza até mesmo com a rainha da Inglaterra. E posso jurar por minha vida que ela nunca concordará em ver o seu próprio primo Thomas Howard ascender à posição de um rei seu rival! Howard sempre foi um problema para ela; ela nunca o amou como primo, sempre invejou seu orgulho e suas terras. Ela nunca vai querer vê-lo subir tão alto. Ela invejará o seu trono. Eu seria capaz de apostar dinheiro quanto a ela preferir vê-lo morto a seus pés a ter seu trono herdado por um filho dele. É uma rainha invejosa, nunca quer que outra pessoa tenha riqueza ou poder. Ela tem de ser suprema. Nunca deixaria seu primo, seu jovem primo, superá-la. Desde que vi a carta de Howard com a proposta, eu soube que ela proibiria o casamento assim que ficasse sabendo.

— Ela nunca vai permitir — digo rispidamente.— E Cecil nunca apoiará nada que vá tornar Howard rei da Escócia. Cecil e Howard são rivais pelo poder há anos. Nem Cecil nem Elizabeth permitirão que Howard conquiste a grandeza. Nenhum dos dois toleraria que ele fosse rei.

— Cecil não governará este país para sempre — diz meu marido, surpreendendo-me com sua autoridade. — Os dias do servo na cadeira do senhor terminaram.

— Não pode afirmar isso.

— Sim, Bess, posso.

— Cecil é muito mais que um servo. Ele planejou cada parte do reinado de Elizabeth, ele orienta tudo o que ela faz. Ele é mais do que um criado. Ele fez da Inglaterra o que ela é hoje. Ele é o guia de Elizabeth. Metade do que ela pensa foi ensinado por ele.

— Não, não é. E em breve ele não será nem mesmo isso.

1569, maio, solar de Wingfield: Maria

O lorde de Westmorland passou-me várias mensagens de Londres enquanto cavalgávamos juntos, e sussurrou as notícias no caminho de volta para casa.

Graças a Deus, estou salva, meu futuro nunca pareceu mais radiante. O meu casamento com Thomas Howard seguirá adiante. Meu embaixador, bispo Lesley, está redigindo o acordo. Os lordes escoceses aceitarão Thomas Howard como rei e me restituirão ao trono com ele ao meu lado. E ele é um homem fértil de somente 30 anos, ele já tem filhos. Não tenho a menor dúvida de que teremos filhos juntos, outro filho para o trono da Escócia, uma filha para eu amar. Howard prometeu despachar dinheiro dos espanhóis para mim. Contrabandearão moeda de ouro para ele, e ele a enviará para mim. Fico contente, é um bom teste. Se vai dispor do ouro por mim, isso dá prova do seu amor. Além disso, quando recebe cartas cifradas da Espanha e envia dinheiro para mim, dá o primeiro passo em minha causa, e ele verá que um passo leva a outro. Não é nenhum tolo, deve ter pensado nisso. Deve estar determinado a ser meu marido e rei da Escócia, fico feliz por isso.

Uma mulher que foi casada com Bothwell nunca toleraria um homem indiferente. Na verdade, uma mulher casada com Bothwell estará arruinada para qualquer outro. Deus sabe como adoro sua ambição. Adoro como ele encara suas oportunidades. Adoro como ele se lança como uma flecha no coração de qualquer questão. Nunca conheci um homem tão valente, ele arriscaria qualquer coisa para alcançar seu objetivo. Lembro-me da noite que fugi de Edimburgo depois que Rizzio foi morto. Darnley estava comigo, mais parecendo uma criança assustada do que um marido, e cavalgamos pela escuridão, desesperados para escapar dos lordes escoceses que tinham matado Rizzio e que teriam me matado também. Lembro-me do terror que senti quando dobramos uma curva e vimos quatro cavaleiros bloqueando o nosso caminho, imensos contra o céu do amanhecer.

Darnley gritou:

— Salvem-se! — e esporeou na direção da charneca. Mas eu avancei na direção deles, e então reconheci Bothwell, me esperando, com um castelo seguro atrás dele e um cavalo extra ao seu lado, descendo a estrada para me saudar, pronto para lutar com qualquer um que ameaçasse a minha segurança.

Ele, que nunca era gentil, ergueu-me delicadamente de minha sela e me carregou em seus braços para o castelo, subiu a escada para um quarto e me deitou na cama. Ele, que nunca foi terno, lavou meu rosto e minhas mãos, e tirou minhas botas. Ele, que era um assassino conhecido, desatou a frente do meu vestido e pôs o ouvido sobre minha barriga redonda para escutar a batida do coração, sorriu para mim e disse:

— Está tudo bem. Juro. Ele está ileso; posso escutá-lo, posso senti-lo se mover. Ele está vivo, um pequeno e forte rei da Escócia.

E eu, que nunca o amei, baixei a mão para tocar em seus cachos bastos e escuros e respondi:

— Graças a Deus você é leal.

— Graças a Deus, a senhora veio a mim — respondeu ele.

É melhor para mim não pensar nele. É melhor para mim nunca pensar nele. Mas é bom que Howard também seja ambicioso.

Westmorland tem outras notícias para me sussurrar enquanto cavalgamos. Felipe da Espanha mostra-se amigo, declarou que não devo mais ser mantida como prisioneira. Meu embaixador mantém contato com o embaixador espanhol, que tem uma rede de conspiradores na Inglaterra preparados para me libertar se eu não for para a Escócia ainda neste mês. Reaverei meu trono escocês por acordo, mas que Elizabeth esteja ciente. Tenho amigos poderosos, e metade da Inglaterra se levantaria por mim se eu a convocasse, e a Espanha está construindo uma armada de navios. Elizabeth não se atreverá a adiar ainda mais. Os espanhóis insistirão para que eu seja tratada de maneira justa. Os espanhóis pretendem que eu seja rainha da Inglaterra e que a herege Elizabeth seja derrubada.

Espero até ficar sozinha em meu quarto para abrir minhas cartas. A do bispo Lesley está em código, vou decifrá-la pela manhã, mas há uma mensagem de Thomas Howard escrita em francês, e um anel. Que homem amável, que homem gentil! Mandou-me um anel por nosso noivado, e o pego e o admiro. É um diamante, uma pedra maravilhosa, lapidada, e brilha com uma alvura ígnea. Está à altura de uma rainha, está à altura de mim. Levo-a aos lábios e a beijo em seu nome. Esse homem vai me salvar, esse homem vai me restituir ao meu reino, esse homem vai me amar e, pela primeira vez na minha vida, terei um amante com a força de um homem e a educação de um igual. Não um príncipe menino, não um endemoniado como Bothwell. Serei amada por um marido que passou sua vida em cortes, que é parente de monarcas da Inglaterra e que me quer e me ama tanto como mulher quanto como rainha.

Fico feliz que tudo isso tenha sido feito para mim, sem a menor ajuda de Elizabeth. Ela é uma tola. Se tivesse ficado do meu lado quando cheguei à Inglaterra, poderia ter promovido este casamento e me restituído ao trono, e eu ficaria em dívida com ela para sempre. Eu a amaria em dobro como prima. Seríamos amigas por toda a vida. Agora, eu nunca a perdoarei. Quando estiver de novo em meu trono, ela vai saber que tem uma inimiga na sua fronteira, e que meus amigos são os espanhóis, que me apoiam, e os franceses, que são meus parentes, os lordes do norte, que têm sido leais, e os papistas da Inglaterra, que esperam que eu herde e que os bons tempos retornem. Meu novo marido virá vê-la como um amigo relutante e um primo não confiável. Vou persuadi-lo a esquecer a lealdade a ela e a pensar somente em si mesmo e em mim. Formaremos um casal real poderoso e juntos libertaremos a Escócia e faremos alianças com as grandes potências papistas. Então, ela vai se arrepender de ter-me tratado como suspeita, se arrependerá de não ter-me tratado como uma irmã. Então ela ficará só em um de seus palácios frios e saberá que todos a deixaram para ir para a corte de sua herdeira.

Vou para a escrivaninha e escrevo uma carta a meu noivo agradecendo o anel e prometendo meu amor e fidelidade. Será um cortejo a distância, minhas cartas terão de prender a sua atenção até que ele possa me encontrar. Prometo-lhe meu coração, minha fortuna, asseguro-lhe de meu amor por ele. Quero que se apaixone por mim por carta. Tenho de seduzi-lo com cada palavra. Escreverei cartas que o divirtam e o intriguem. Eu o farei rir e incitarei seu desejo. Só me sentirei realmente segura quando perceber que ele se apaixonou por mim e me quer também pelo desejo, além da ambição.

Deito-me cedo. Para dizer a verdade, apesar das cartas e do anel de diamante, estou ardendo de ressentimento. Sinto-me excluída do jantar desta noite, e sinto-me profundamente insultada por Bess, a condessa de lugar nenhum, sentada na mesa alta com meus amigos Northumberland e Westmorland, e música tocando, e bom vinho sendo servido, quando estou aqui, praticamente só com Mary e Agnes e apenas uma dúzia de cortesãs. Estou acostumada a ser a dama mais importante na sala. Em toda a minha vida, sempre fui o centro em todas as ocasiões; nunca antes tinha sido deixada de fora. Antes de me deitar, à meia-noite, escapo de meus aposentos e vou até o alto da escada. No salão abaixo as velas ainda estão acesas, e todos ainda se divertem. É um ultraje eu não ter sido convidada, é um absurdo que haja dança e eu não esteja presente. Não me esquecerei dessa exclusão, não a perdoarei. Talvez Bess pense que é seu triunfo, mas é perturbar a ordem correta, e ela vai se arrepender.

1569, junho, solar de Wingfield: Bess

A rainha da Escócia me convence, enquanto espera a guarda que a escoltará a Edimburgo, a dar uma volta com ela pelos jardins do solar de Wingfield. Ela não sabe nada de jardinagem, mas gosta muito de flores, e lhe digo seus nomes em inglês quando passamos pelos caminhos de cascalho entre as sebes baixas. Entendo porque seus criados e cortesãos a amam: ela é mais do que encantadora, ela é terna. Às vezes ela até me lembra minha filha Frances, que casei com Sir Henry Pierrepoint e que agora me deu minha netinha Bessie. A rainha pergunta sobre ela, sobre os meus três filhos e as duas outras filhas.

— É formidável ter uma família grande — elogia-me.

Concordo com a cabeça. Nem mesmo tento esconder meu orgulho.

— E todos se casarão bem — prometo. — Meu filho mais velho, Henry, já está casado com minha enteada Grace Talbot, filha de meu marido, e minha filha Mary casou-se com meu enteado Gilbert Talbot.

A rainha ri.

— Ah, Bess! Como é inteligente conservando o dinheiro na família!

— Esse foi o nosso plano — admito. — Mas Gilbert é um rapaz maravilhoso, eu não poderia imaginar um marido melhor para a minha filha, e ele é muito amigo de meu filho Henry, estão na corte juntos. Gilbert será o conde de Shrewsbury quando milorde não estiver mais entre nós, e é bom pensar em minha filha herdando meu título e vivendo aqui como condessa, como eu.

— Eu gostaria tanto de ter uma filha — diz ela. — Eu lhe daria o nome de minha mãe, acho. Perdi meus últimos bebês. Concebi gêmeos, eu teria tido dois meninos. Mas depois da última batalha, quando me capturaram, eu os perdi.

Fico consternada.

— Filhos de Bothwell?

— Filhos de Bothwell — diz ela. — Pense só nos homens que se tornariam! Gêmeos, os filhos de Bothwell e Maria Stuart. A Inglaterra nunca mais dormiria em paz! — Ela ri, mas sua voz sai embargada.

— Foi por isso que aceitou casar-se com ele? — pergunto em tom muito baixo. — Porque sabia que estava grávida?

Ela assente com a cabeça.

— A única maneira de manter minha reputação e minha coroa era demonstrar coragem, deixar Bothwell fazer o casamento e me recusar terminantemente a discutir o assunto com quem quer que fosse.

— Ele deveria morrer por causa disso — digo com firmeza. — Na Inglaterra, os homens são enforcados por estupro.

— Somente se a mulher se atreve a denunciar o estuprador — responde ela secamente. — Somente se ela puder provar que não consentiu. Somente se um júri acreditar na palavra de uma tola contra a palavra de um homem resoluto. Somente se o júri não acreditar piamente que todas as mulheres são seduzidas com facilidade e que, ao dizerem "não", querem dizer "sim". Até mesmo na Inglaterra a palavra de um homem tem precedência. Quem se importa com o que uma mulher diz?

Estendo a mão para ela. Não consigo evitar. Nasci pobre, sei como o mundo pode ser perigoso para uma mulher desprotegida.

— Tem certeza de que pode salvar sua reputação e reivindicar o trono? Pode retornar à Escócia e ficar segura, dessa vez? Não usarão essa vergonha contra Sua Graça?

— Sou rainha — diz ela com determinação. — Vou anular o casamento com Bothwell e esquecê-lo. Nunca mais eu nem ninguém mencionará esse fato novamente. Será como se nunca tivesse acontecido. Retornarei à Escócia como rainha ungida, casada com um grande nobre. Essa será a minha segurança, e o resto do escândalo será esquecido.

— Pode decidir o que o povo diz da senhora?

— Sou rainha — responde ela. — Um dos talentos de uma rainha é fazer o povo pensar bem de sua pessoa. Se eu for realmente bem-dotada e afortunada, farei a história pensar bem de mim também.

1569, agosto, solar de Wingfield: Maria

Adoro este verão. É o meu primeiro na Inglaterra, e também meu último, pois no próximo estarei de novo na Escócia, minha escolta deve vir me buscar qualquer dia destes. Rio ao pensar que sentirei saudades deste calor, e que me lembrarei deste período como uma gloriosa temporada de lazer. Lembra-me a minha infância na França, quando eu era uma princesa francesa e herdeira dos tronos da França, da Inglaterra e da Escócia, e não havia nenhuma dúvida de que eu herdaria todos os três. Nós, as crianças reais da privilegiada corte da França, costumávamos passar o verão no interior e tínhamos permissão para cavalgar, fazer piqueniques, nadar no rio, dançar nos campos e caçar sob a grande lua amarela da estação. Costumávamos sair de barco pelo rio e pescar. Costumávamos ter competições de arco e flecha no começo das manhãs e depois celebrar com um desjejum dos vencedores. Meu então futuro marido, o pequeno príncipe Francis, era meu companheiro de brincadeiras, meu amigo; e o seu pai, o belo rei Henrique II da França, era o nosso herói, o homem mais bonito, o rei mais glamoroso, o mais encantador de todos. E eu era a sua favorita. Chamava-me *mignonette*. A bela princesa, a menina mais bonita da França.

Éramos todos mimados, era-nos permitido tudo o que quiséssemos, mas até mesmo no meio de tanta riqueza e liberdade o rei me considerava de maneira especial. Ensinou-me a diverti-lo, ensinou-me a deleitá-lo, ensinou-me — talvez sem saber — que a habilidade mais importante que uma mulher pode aprender é como encantar um homem, como orientá-lo, como fazê-lo jurar subserviência, sem que ele suspeite de que foi enfeitiçado. Ele acreditava no poder das mulheres dos trovadores e, apesar de meus tutores, e certamente apesar de sua esposa irritável, Catarina de Médici, ensinou-me que uma mulher pode se tornar o pináculo do desejo de um homem. Uma mulher pode comandar um exército, se for sua figura de proa, seu sonho: sempre desejável, nunca atingível.

Quando ele morreu, e seu filho morreu, e minha mãe morreu, e fui para a Escócia sozinha, desesperada por algum conselho em relação a como me comportar nesse país estranho e selvagem, foi seu ensinamento que me guiou. Achei que eu deveria ser uma rainha que os homens poderiam adorar. Achei que, se conseguisse ser uma rainha que eles admirassem, então encontraríamos uma maneira de eu os governar, e que eles estariam felizes em se submeter a isso.

Esta época em Wingfield, sabendo que meu futuro se abre à minha frente, sabendo que retornarei à Escócia reconhecida como rainha, é como voltar a ser menina, sem par no encanto, beleza e inteligência, confiante de que meu reino será meu, que tudo sempre deve ser perfeito para mim. E, exatamente como na França, sou admirada e mimada. Os criados de Shrewsbury fazem de tudo por mim. Nenhum luxo é extravagante demais para mim. E todo dia, quando ele sai comigo para cavalgarmos, me traz uma pequena lembrança: um pouquinho do barro do ninho de uma andorinha com duas grandes pérolas dentro em vez de ovos, um ramalhete de rosas com um cordão de ouro ao redor das hastes, fitas prateadas, um livro de poemas em francês, luvas de couro perfumadas, um broche de diamante.

Os termos para o meu retorno à Escócia foram finalmente acertados. William Cecil, antes meu inimigo declarado, mudou de opinião — sabe-se lá por quê — e tomou meu partido. Negociou com meu meio-irmão, lorde Moray, e com lorde Maitland, e forjou um bom acordo, que ele está confiante de que será respeitado. Retornarei à Escócia como rainha genuína e reconhecida. Terei liberdade para praticar a minha fé. O país será protestante, como eles dizem preferir, mas não haverá perseguição nem aos papistas nem aos puritanos. Meu filho será educado como um protestante.

Parte disso eu mudarei quando voltar ao trono. Não tenho intenção de educar um filho herege cujo destino não é outro além do inferno. Os lordes que assinaram a favor da minha restauração agora eram meus inimigos há apenas um ano, e terei minha vingança. Tenho uma lista dos homens que juraram, juntos, assassinar meu marido, e os levarei ao tribunal, não devem pensar que escaparão. Bothwell estará ao meu lado e terá suas próprias contas a acertar. Mas por enquanto posso assinar este acordo com a consciência limpa, pois ele me restitui ao trono. O Santo Pai me perdoará por qualquer acordo que eu assine, contanto que este sirva ao bem maior, que é meu retorno ao trono. Na verdade, eu assinaria um acordo com o próprio diabo, se me fizesse voltar ao trono. Nada é mais importante para mim, para a Santa Igreja e para o futuro da Escócia do que o meu retorno.

Uma vez no trono, poderei punir meus inimigos e educar meu povo contra a heresia. Estando lá, poderei construir meu poder com meus amigos e aliados na Inglaterra, de modo que quando Elizabeth morrer, ou quando ela enfrentar invasão — e os dois são igualmente inevitáveis — estarei preparada para assumir meu segundo trono.

Cecil não escreve nada sobre o meu noivado com Howard, mas certamente não o desconhece. Sei que os lordes escoceses jamais aceitariam minha volta sem um homem ao meu lado; meu casamento seria uma precondição para o meu retorno. Eles têm tanto medo de mulheres em geral, e de mim em particular, que não descansarão até me verem em um casamento firmado e consumado, e tendo jurado obediência ao meu marido. Ficariam aterrorizados se eu lhes desse Bothwell como rei consorte. Confiam em Thomas Howard de uma maneira como nunca confiarão em mim, porque ele é protestante, porque ele é um homem.

Eles vão ver. Vão ver o erro que cometeram. Eu me casarei com ele e o farei rei consorte, e eles verão que farei o que quero, e usarei Bothwell para me vingar.

Escrevo lealmente a Thomas Howard, e minhas cartas são tão sedutoras quanto consigo torná-las. Graças a Deus, uma coisa eu sei: como provocar um homem. Não fui uma princesa francesa à toa, eu realmente sei como fazer um homem se apaixonar, mesmo a centenas de quilômetros de distância. Sei como atraí-lo, me afastar, avançar, fazer promessas, renegar, encantar, intrigar, confundir, seduzir. Sou irresistível em pessoa, e posso ser encantadora no papel. Escrevo-lhe diariamente e o provoco cada vez mais, para garantir que ele seja meu.

Como parte dessa campanha de sedução e compromisso, bordei para ele uma almofada especial, que penso que o divertirá. Mostra uma videira estéril sendo aparada com um facão, e ele vai entender que me refiro à linhagem estéril dos Tudor, que poderá ser interrompida para que nossos filhos assumam o trono. Ninguém pode me culpar pelo desenho — embora seja um belo tapa na solteirona Elizabeth! — já que é uma citação da Bíblia. O que poderia ser mais inocente e de bom gosto? "A virtude floresce com golpes" é a citação que bordei ao redor da imagem. Norfolk perceberá a sutil insinuação de traição e, se for homem, se excitará com a palavra provocadora "golpes".

Quando viu o desenho, Bess compreendeu de imediato, e ficou deliciosamente escandalizada, e jurou que eu não me atreveria a bordá-lo.

Eu me atrevo! Atrevo-me a fazer qualquer coisa! Que as videiras estéreis sejam podadas. Que Elizabeth, a bastarda, seja derrubada. Sou uma mulher fértil de 26 anos, só concebi filhos homens. Howard é um homem que já tem filhos homens. Quem pode ter dúvidas de que meu filho James, ou nossos futuros filhos — Stuart-Howard — assumirão o trono vazio de Elizabeth?

1569, agosto, solar de Wingfield: Bess

Uma nota de Cecil entregue confidencialmente:

Não, não está enganada em relação às minhas intenções, querida Bess. Estou tão disposto a instalá-la no trono da Escócia quanto a apontar uma pistola para o coração da Inglaterra e destruir tudo o que amo.

Cada carta secreta entre ela e nossos terríveis inimigos que chega às minhas mãos me convence do enorme perigo que ela significa. Quantas cartas me escapam, só ela sabe, somente o próprio diabo que a dirige sabe. Aguarde notícias de sua prisão por traição.

C

1569, agosto, solar de Wingfield: Maria

Ah, Deus, sou uma tola, e agora uma tola de coração partido. Fui amaldiçoada por minhas estrelas, traída por meus amigos, e abandonada por meu Deus.

Esse novo golpe quase me destrói. A dor no flanco é tão grande que mal suporto pôr o pé no chão, é como se me tivessem apunhalado. É o ferimento de Rizzio sangrando no meu corpo. É o meu estigma.

Hamilton, meu amigo e espião na Escócia, me escreve dizendo que meu meio-irmão lorde Moray de repente renegou o acordo e agora se opõe ao meu retorno. Ele não apresentou qualquer justificativa e, na verdade, não pode ser outra que não covardia, ganância e deslealdade. Os ingleses estavam à beira de assinar o tratado com ele. Eu já dei a minha palavra. Mas ele, na última hora, voltou atrás. Ele está com medo e diz que não me aceitará de volta no país. Que Deus o perdoe! É um homem perverso e hipócrita, mas esta última crueldade me surpreende.

Eu já devia saber. Deveria estar preparada para sua desonestidade. É um usurpador que me tirou do meu trono, um bastardo gerado por um erro de meu pai. Eu já devia saber que ele não iria querer o retorno de sua verdadeira rainha. O que mais posso fazer a não ser subjugá-lo e substituí-lo e, assim que puder, decapitá-lo?

O choque me faz adoecer. Não consigo evitar o choro. Fico na cama e com raiva e aflição escrevo a Elizabeth dizendo que o meu irmão é completamente falso, uma criança concebida por engano, na luxúria, uma procriação indevida que resultou em desonra. Então me lembro de que ela também é uma bastarda gerada por um erro, também ocupando o meu trono, e rasgo a carta, e forjo lentamente, com muito esforço, algo mais respeitoso e amoroso e peço-lhe o grande favor de sua generosidade, de sua honra, para defender meus direitos como rainha, como uma irmã, como a única mulher no mundo capaz de entender e de se solidarizar com a minha situação.

Meu Deus, que ela me escute e compreenda que deve, à luz do poder divino, por sua honra, me ajudar. Não pode permitir que eu seja derrubada de meu trono, que seja derrubada para o nada. Sou rainha três vezes! Sou sua prima! Devo terminar minha vida sob prisão domiciliar, aleijada de dor e fraca de tanto chorar?

Bebo um gole de cerveja na taça ao meu lado, me acalmo, não pode ser, não pode ser. Deus me escolheu e me chamou para ser rainha; não posso ser derrotada. Toco a campainha para chamar Mary Seton.

— Sente-se comigo — digo quando ela chega. — Vai ser uma longa noite para mim. Meus inimigos estão agindo contra mim, e meus amigos não fazem nada. Tenho de escrever uma carta.

Ela pega um banco ao lado da lareira e põe um xale em volta dos ombros. Vai esperar comigo pelo tempo que for preciso. Sentada em minha cama, apesar da minha dor, escrevo de novo, usando nosso código especial para pressionar meu noivo, o duque, a dizer a Elizabeth que decidimos nos casar, e que cada lorde na corte apoia esse compromisso. Escrevo com ternura, incitando-o a ser corajoso nesse nosso revés. Nunca falo no meu próprio bem-estar, sempre falo em "nós".

Se ele se mantiver firme, conseguiremos. Se ele for capaz de convencer Elizabeth a apoiar o nosso casamento e a nós, o tratado ainda poderá avançar. Talvez Moray não goste do meu retorno, especialmente com um marido forte ao meu lado, mas ele não pode recusá-lo se Elizabeth for minha amiga. Meu Deus, se ela pelo menos cumprisse seu dever e fosse uma boa prima para Thomas Howard, uma boa prima para mim, então eu seria restituída e nossos problemas chegariam ao fim. Meu Deus, como pode ela não fazer a coisa certa por mim? Qualquer monarca na Europa estenderia a mão para me salvar. Por que não ela?

Então escrevo ao único homem no mundo em que confio:

Bothwell,
Venha, por favor, venha.
Marie

1569, setembro, solar de Wingfield: George

Logo quando tenho o bastante com que me preocupar — a rainha dos escoceses adoece de tristeza e nenhuma explicação chega da corte. Minhas cartas continuam sem resposta porque a corte está viajando e meu mensageiro tem de percorrer metade da Inglaterra para encontrá-la, e ouvir que a rainha não está trabalhando naquele dia, mas que ele pode esperar — no meio de tudo isso, meu administrador me procura com a expressão grave e diz que uma dívida que tenho há anos venceu e que tenho de pagar 2 mil libras no dia de São Miguel.

— Pois então, pague! — respondo com impaciência. Ele pegou-me a caminho da cocheira, e não estou disposto a me atrasar.

— Foi por isso que o procurei, milorde — diz ele incomodado. — Não há fundo suficiente no tesouro aqui em Wingfield.

— Então mande para uma das outras casas — digo. — Devem ter dinheiro.
Ele nega com a cabeça.

— Não têm?

— Foi um ano de muitas despesas — responde ele, com cuidado. Não diz mais nada, mas é a mesma velha canção que Bess me canta: as despesas com a rainha e o fato de a corte nunca nos ter reembolsado.

— Podemos estender a dívida por mais um ano? Só o tempo de nos reequilibrarmos? — pergunto. — Até voltarmos ao normal?

Ele hesita.

— Eu tentei. Os termos são mais rigorosos, pagaríamos mais juros, mas pode ser feito. Querem a floresta do lado sul do rio como garantia.

— Faça isso, então — decido rapidamente. Não posso ser perturbado com negócios, e esta é uma dificuldade temporária até a rainha nos pagar o que deve. — Estenda a dívida por mais um ano.

1569, setembro, solar de Wingfield: Bess

Recebi uma carta de meu filho Henry, um observador astuto que me manda notícias. A corte está em viagem de verão, o que parece ter-se tornado um pesadelo de suspeitas e ciladas. O verão costumava ser o ponto alto do ano da corte, quando éramos todos jovens, felizes, apaixonados, e caçávamos todos os dias e dançávamos todas as noites. Nossos medos estragaram tudo, nós mesmos destruímos nossas alegrias, nossos inimigos não precisaram fazer nada. Ninguém para além de nossas fronteiras precisa nos ameaçar com a destruição, já estamos morrendo de medo das nossas próprias sombras.

Palácio de Titchfield,
Hampshire

Querida mamãe,
A rainha há muito sabia de um acordo entre Norfolk e Maria da Escócia, e milorde Robert acaba de confessá-lo por eles.
O duque Thomas Howard renegou sua pretensa noiva e o compromisso diante da rainha, e agora fugiu da presença de Sua Graça sem permissão, e está tudo em grande alvoroço. Dizem que ele foi levantar um exército para salvar a outra rainha da sua guarda. Lorde Robert diz que um exército levantado por ele e conduzido por ela seria imbatível, já que ninguém pegaria em armas contra a rainha Maria. Diz que, contra Norfolk e os papistas da Inglaterra, Elizabeth não sobressairia e nós estaríamos arruinados.

Lorde Robert mandou lhe dizer para que peça à rainha dos escoceses para escrever à sua prima confessando o noivado e pedindo perdão. Disse que ela também deve escrever ao duque e mandá-lo retornar à corte para enfrentar a rainha. Sua Majestade está furiosa — como todos sabemos que ela ficaria —, mas sem Norfolk aqui, não há ninguém para explicar que o casamento é uma boa solução. Ele disse que Norfolk tem de enfrentar a rainha com coragem, vencer sua raiva, se casar com a rainha Maria e levá-la para a Escócia.

Mamãe, devo dizer que todos aqui estão com muito medo de que esse seja o começo de uma sublevação em apoio à sua hóspede. Eu lhe rogo que tome cuidado com sua própria segurança. É muito provável que um exército se ponha contra você para salvá-la. Gilbert e eu pedimos para ir para casa ao seu encontro e de milorde papai para ajudar na defesa.

Seu filho obediente,
Henry

Em um pós-escrito apressado, Robert Dudley acrescentou:

A rainha está fora de si por causa do que parece uma conspiração de seus dois primos contra ela. Bess, você tem de convencer sua rainha a tranquilizar Elizabeth antes de ela ficar seriamente angustiada e nós todos passarmos a ser suspeitos de traição.

Com afeto,
Dudley
E queime esta, Bess. Temos espiões por toda parte. Às vezes temo por minha própria segurança.

Vou aos aposentos da rainha no lado oeste do palácio e a encontro escutando música. Ela contratou um novo tocador de alaúde, uma despesa extra para mim, e ele está tocando e cantando para ela. A música é muito bonita, o que me daria um certo conforto em troca da cama, comida e salários que devo prover para ele, seus dois criados, e dois cavalos.

Quando Sua Graça vê minha expressão, faz sinal para ele ficar em silêncio.

— Lady Shrewsbury?

— Más notícias da corte — digo sem rodeios. E ali está! Eu vejo! Um lampejo atravessa seu rosto, instantaneamente oculto, como o clarão de uma tocha em um quarto escuro. Ela espera alguma coisa, espera que algo aconteça. Há uma conspiração de fato, e Dudley está enganado ao pensar que ela é inocente, e Cecil tem razão em alertar a rainha. Meu Deus, e se ela estiver tramando uma guerra contra nós?

O sorriso que ela me lança é completamente sereno.

— Lamento muito ouvir isso. Diga-me, Sua Graça a rainha está bem?

— Ela soube da proposta de casamento do duque de Norfolk — respondo simplesmente. — E está muito decepcionada por ele se haver comprometido sem consultá-la.

Ela ergue os sobrolhos.

— Ele ainda não fez isso? — pergunta.

— Não — respondo brevemente. — E quando ela lhe pediu uma explicação, ele partiu sem permissão.

A rainha baixa os olhos como se lamentasse, depois os ergue de novo.

— Ele partiu? Para longe?

Mordo o lábio irritada com essa momice, que pode diverti-la, mas não a mim.

— Robert Dudley sugere que Sua Graça escreva para a rainha e explique o noivado, e que escreva para o duque e o convença a voltar à corte e tranquilizar sua rainha e prima.

Ela ergue a cabeça e sorri para mim.

— Certamente seguirei o conselho de Robert Dudley — diz ela com doçura. — Mas milorde duque, Thomas Howard, fará o que achar melhor. Não posso lhe dar ordens. Sou sua noiva, sua futura esposa, não sua dona. Não sou uma esposa que acredita que deva ser mandona. Sua própria rainha deve lhe dar ordens. Eu não posso. Ela não lhe ordenou que retornasse à corte?

— Ordenou, mas ele não obedeceu — respondo rispidamente. — E seu afastamento da corte parece uma confissão de culpa. A próxima coisa que dirão é que fugiu para levantar um exército.

De novo, percebo, embora um movimento de seus cílios tente ocultar o lampejo de esperança. Então é isso o que ela quer. Ela quer a guerra, no coração da nossa corte, no coração do nosso país. Dudley está enganado e Cecil tem razão em temê-la. Deus meu, estou abrigando e entretendo uma inimiga que destruirá a todos nós. Ela espera que Norfolk lidere uma insurreição. Maldita! Ela quer arruinar a paz da Inglaterra para conseguir um marido e um trono.

— Nem mesmo pense isso — aviso abertamente. — Thomas Howard nunca levantaria um exército contra Elizabeth. O que quer que ele lhe tenha escrito, o que quer que lhe tenham dito, o que quer que Sua Graça deseje: não pense isso. Ele nunca conduzirá um exército contra a rainha, e ninguém o seguiria contra ela.

Falo resolutamente, mas acho que ela percebe o medo em minha voz. A verdade é que toda Norfolk e maior parte do leste da Inglaterra ficaria ao lado do duque, qualquer que fosse a causa, e todo o norte é solidamente papista e devotado à rainha papista. Mas a sua beleza é impenetrável. Não posso dizer o que ela está pensando enquanto sorri para mim.

— Deus nos livre — murmura devotamente.

— E Sua Graça — falo mais delicadamente, como se ela fosse minha filha, mal aconselhada e não entendendo os poderes reunidos contra ela —, precisa contar com a rainha para a sua restituição. Se tudo correr bem, a rainha vai superar as objeções dos escoceses e conquistar seu retorno ao trono. O acordo está quase selado. E então, poderá se casar com o duque. Por que não assegurar à rainha a sua lealdade agora e esperar que ela lhe envie de volta à Escócia? Sua restauração está próxima. Não se arrisque.

Ela arregala os olhos.

— Realmente acha que ela me enviará de volta em segurança?

— Tenho certeza — minto. Então me contenho. Há algo em seu olhar escuro e confiante que me faz hesitar. — É o que penso, e, de qualquer maneira, os nobres assim o exigirão.

— Mesmo que me case com o primo dela e o torne rei?

— Acredito que sim.

— Posso confiar nela?

É claro que não.

— Pode.

— Apesar da traição do meu meio-irmão?

Eu não sabia que ela estava recebendo notícias da Escócia, mas não estou surpresa.

— Se a rainha apoiá-la, ele não conseguirá se opor — respondo. — Portanto, Sua Graça deve escrever a ela e prometer sua amizade leal.

— E o secretário Cecil agora quer que eu retome meu trono na Escócia? — prossegue ela, em tom meigo.

Sinto-me constrangida e sei que pareço constrangida.

— A rainha vai decidir — respondo sem convicção.

— Espero que sim — diz ela. — Pelo meu bem, pelo de todos nós. Porque, Bess, não acha, como o seu amigo Robert Dudley, que ela deveria ter providenciado um exército para me escoltar de volta à Escócia assim que cheguei? Não acha que ela deveria ter honrado sua palavra para comigo imediatamente? Não acha que ela deveria defender uma rainha sem delongas? Uma rainha igual a ela?

Incomodada, não digo nada. Estou dividida. Ela tem o direito de ser mandada de volta à Escócia, Deus sabe que ela tem o direito de ser nomeada herdeira do trono da Inglaterra. É uma mulher jovem com poucos amigos, e não consigo deixar de sentir pena dela. Mas ela está planejando alguma coisa, eu sei. Ela está fazendo Norfolk dançar conforme sua música, e qual foi a dança que lhe ensinou? Ela tem Robert Dudley em seu grupo, e a maior parte da corte da rainha bate os pés ao ritmo de sua música. Quantos dançarinos estão aprendendo os passos? Qual será o próximo movimento que ela coreografou para todos nós? Meu Deus, ela me deixa tão amedrontada por mim mesma e por meus bens. Só Deus sabe o que os homens veem nela.

1569, setembro, solar de Wingfield: George

Sou um dos homens mais importantes da Inglaterra, quem se atreve a me acusar? O que ousam dizer de mim? Que não cumpri meu dever? Que tramei contra minha própria rainha? Contra o meu próprio país? Serei carregado para a Torre e acusado? Atenderei a outro inquérito, agora não como juiz, e sim como prisioneiro? Estão pensando em me levar a julgamento? Forjarão testemunhos contra mim? Vão me mostrar a roda e dizer que é melhor eu assinar um documento já?

Há perversidade no ar, Deus sabe disso: agouros, preságios de maus tempos. Uma mulher pariu um bezerro perto de Chatsworth, a lua estava escarlate em Derby. O mundo vai virar de cabeça para baixo e os homens de família, homens de honra, serão envergonhados. Não posso suportar isso. Procuro rapidamente Bess, com a carta, essa carta desgraçadamente insultante de Cecil, apertada na mão. Estou furioso.

— Fui traído! Sou suspeito! Como ele pode pensar isso de mim? Mesmo que pensasse isso, como se atreveu a dizê-lo? Como ousa me escrever isso? — Irrompo na lavanderia em Wingfield onde ela está tranquila, cercada de lençóis, dúzias de criadas à sua volta, emendando.

Ela olha com calma, se levanta, e me leva imediatamente para o corredor do lado de fora da sala. Belos quadros emoldurados, de santos e anjos sem nome, sorriem para nós como se não estivessem nem um pouco perturbados por terem sido retirados de retábulos de altares pelo falecido marido de Bess, para se tornarem rostos anônimos sorridentes em nossa galeria. Serei como eles, eu sei, serei extirpado de minha moldura e ninguém saberá quem eu sou.

— Bess — falo com a voz entrecortada, quase chorando, e me sinto fraco como uma criança. — A rainha...

— Que rainha? — pergunta ela logo. Relanceia os olhos pela janela para a varanda onde a rainha dos escoceses caminha com seu cachorrinho ao fulgor do sol de fim de verão. — A nossa rainha?

— Não, não, a rainha Elizabeth. — Nem mesmo noto o poder do que acabamos de dizer. Estamos nos tornando traidores em nossos corações sem nem mesmo percebermos. — Meu Deus! Ela não! Não a nossa rainha. A rainha Elizabeth! A rainha Elizabeth sabe tudo sobre o noivado!

Bess estreita os olhos.

— Como sabe?

— Cecil diz que Dudley contou a ela. Ele deve ter achado que ela aceitaria.

— E não aceitou?

— Ordenou a prisão de Norfolk — respondo, segurando a carta. — Cecil me escreveu. Norfolk é acusado de traição, o primo da própria rainha, o homem mais importante da Inglaterra, o único duque. Ele fugiu para Kenninghall para levantar um exército com seus arrendatários e marchar para Londres. Cecil diz que é... que é... — Fico sem fôlego. Sem conseguir falar, agito a carta. Ela coloca a mão no meu braço.

— O que Cecil diz?

Estou engasgado com minhas palavras.

— Diz que o noivado do duque foi parte de uma conspiração traidora dos lordes do norte para salvar a rainha. E nós... e nós...

Bess fica branca como o pano em sua mão.

— O noivado não fez parte de conspiração alguma — diz ela rapidamente. — Todos os outros lordes sabiam tanto quanto nós...

— Traição. A rainha está chamando de conspiração traidora. Norfolk é suspeito, Throckmorton foi preso. Throckmorton! Pembroke, Lumley, e até mesmo Arundel estão confinados na corte, sem permissão de irem para casa, sem permissão de avançarem mais de 40 quilômetros além da corte, onde quer que a corte esteja. Sob suspeita de traição! Westmorland e Northumberland receberam ordens de se apresentarem em Londres imediatamente, sob pena de...

Ela dá um breve assobio entre dentes, como uma mulher chamando galinhas, e dá alguns passos como se fosse tirar os quadros das paredes e escondê-los para mantê-los seguros.

— E nós?

— Só Deus sabe o que vai acontecer conosco. Mas metade da corte está sob suspeita, todos os lordes... todos os meus amigos, meus parentes... ela não pode acusar nós todos... Não pode suspeitar de mim!

Ela sacode a cabeça, como um boi que fica atordoado por um golpe de martelo.

— E nós? — insiste ela, como se não pudesse pensar em mais nada.

— Ela convocou todo o Conselho do Norte à corte sob pena de morte. Suspeita até mesmo do conde de Sussex. Sussex! Ela disse que o interrogará pessoalmente. Ela jura que ele vai lhe dizer o que os condes do norte estão planejando. Cecil diz que qualquer um que até mesmo falar com a rainha dos escoceses é um traidor! Disse que qualquer um que sentir pena dela é um traidor. Mas isso é todo mundo. Todos nós achamos que a rainha deveria ser restituída ao...

— E nós? — repete ela em um sussurro.

Mal consigo responder.

— Temos de levar a rainha Maria de volta a Tutbury. Ordens da rainha. Ela acha que não acredita que possamos mantê-la aqui. Diz que não somos de confiança. Ela suspeita de mim. — As palavras me ferem só em pronunciá-las. — Suspeita de mim. De mim.

— De o quê?

Suas palavras são como uma faca. Nem mesmo corrijo sua fala, sou incapaz de aperfeiçoá-la.

— Cecil diz que sabe que os lordes do norte se encontraram com ela. Sabe que jantaram conosco e passaram a noite aqui. A visita deles não foi autorizada, e ele me diz que não devíamos tê-los deixado entrar. Diz que sou culpado de negligência, para não dizer coisa pior. Ele se atreve a dizer uma coisa dessa a mim. Diz que sabe que passei as cartas de Norfolk para ela e as dela para ele. Diz que eu não devia ter feito isso. Praticamente me acusa de ser conivente com Norfolk, praticamente me acusa de tramar com ele e com os lordes do norte para libertar a rainha. Chama-os de traidores, condenados à morte, e diz que sou aliado deles.

Bess sibila, como uma serpente.

— Praticamente diz que sou culpado de traição. — A palavra terrível cai entre nós como um machado.

Ela sacode a cabeça.

— Não. Ele não pode dizer que não lhe servimos. Ele foi informado. Sabia de tudo que acontecia. Nunca entregamos a ela uma carta que ele não visse. Ela nunca falou com ninguém sem que o informássemos.

Estou com tal pressa de confessar meus erros que não escuto o que ela está dizendo.

— Mas, Bess, você não sabe. Havia uma conspiração. *Há* uma conspiração. Não contra a rainha, que Deus nos livre. Mas contra Cecil. Norfolk e os outros lordes nos unimos contra Cecil. — Estou tão perturbado que ouço minha voz tremer, e não consigo controlá-la. — Não tinha nada a ver com a rainha dos escoceses. Tratava-se de derrubar Cecil. Eles me procuraram e jurei agir com eles. Eu disse que me uniria a eles para derrubar Cecil. Westmorland e Northumberland me convidaram para me associar a eles. Concordei. Eu disse que Cecil tinha de ser humilhado.

Seus olhos escuros astutos fixam-se acusadoramente no meu rosto.

— Conspirou contra Cecil! — exclama ela. — Não me contou...

— Sabe que não sou amigo dele...

— Pode amá-lo ou odiá-lo, mas não me disse que se havia unido a uma conspiração contra ele!

— Você não entende. — Soa fraco, até mesmo aos meus próprios ouvidos.

— Sei que um homem governa a Inglaterra, um homem aconselha a rainha, e esse homem é Cecil. Sei que a minha segurança e a sua dependem de ele nunca duvidar da nossa lealdade à rainha e a ele.

Engulo em seco. Sinto vontade de vomitar.

— Nós, os lordes...

— Galos em um monte de esterco — responde ela, desbocada como a filha de fazendeiro que ela é. — Velhos galos sobre um velho monte de esterco.

— Nós, os antigos lordes, os verdadeiros lordes da Inglaterra, achamos que Cecil está indo longe demais. Que deveríamos advertir a rainha.

— Armando o norte contra ela? Levantando o leste conduzido por Norfolk? Convocando uma rebelião de papistas? Destruindo a segurança e paz do reino?

— Não, não — digo rapidamente. — Esse nunca foi o plano. Nunca falaram nada parecido com isso. Queríamos colocar Cecil no lugar em que ele deveria estar: administrador da rainha, não seu principal conselheiro, não o principal consultor do trono. Ela deveria escutar seu primo, deveria escutar a nós, deveria ser guiada por nós, lordes, pares do reino, os líderes naturais por escolha de Deus, os homens que Deus designou para governar...

Bess bate os pés enfurecida.

— Você nos arruinou com essa insensatez — me ataca, estridente como uma megera. — Juro por Deus, milorde, que julgou errado. Passou dos seus limites. É capaz de dizer a diferença entre apoiar Howard e atacar Cecil, mas Cecil não. Ele vai juntar todos esses fios individuais em uma corda grossa de uma conspiração, e enforcará a todos com ela.

— Não pode saber disso.

A cabeça dela se ergueu.

— É claro que sei. Qualquer um de bom-senso sabe! Eu o conheço. Sei como ele pensa. Ele é o único homem que sabe o que a Inglaterra pode ser, que faz planos para este país. Ele é o único homem que pensa não nos velhos tempos, mas no que virá, que olha para a frente e não para trás. A rainha é guiada por ele dia e noite. Quem seria tolo o bastante para acreditar que a rainha alguma vez iria se opor a ele? Ela nunca se opôs! Nunca contestou um conselho dele! Ela é sua criatura. É Cecil quem governa. Ela senta-se no trono, mas o poder fica com Cecil.

— Exatamente! — interrompo. — Ele é poderoso demais.

— Escute a si mesmo! Sim! Pense! Já o disse! Ele é poderoso demais. É muito poderoso para que você e aqueles idiotas o derrubem. Mesmo agindo juntos. E se ele achar que você está contra ele, o destruirá. Vai engendrar para a rainha uma história longa e enforcará os lordes do norte pela traição de planejarem uma insurreição, punirá Norfolk pela traição de seu noivado, e o jogará na Torre para sempre, por ter tomado parte nas duas.

— Eu não sabia de nada. Tudo com que concordei foi com o desejo de ver Cecil rebaixado. Tudo o que eu disse foi que estava com eles para derrubar Cecil.

— Falou com os lordes do norte sobre o casamento de Norfolk com Maria da Escócia? — pergunta ela, tão apaixonadamente quanto uma mulher forçando seu marido a confessar que tem uma amante secreta. — Quando vieram naquela noite, concordou com eles que seria muito bom para Norfolk, para vocês todos, e péssimo para Cecil? Disse que seria bom para ela assumir o trono na Escócia com ele como seu marido? Concordou com que a rainha não ficasse sabendo? Disse qualquer coisa parecida com isso?

— Sim — admito, tão relutantemente quanto um marido infiel. — Sim, acho que disse.

Ela joga o guardanapo que segurava no chão com a linha e a agulha. Nunca a vi ser descuidada com seu trabalho antes.

— Então, você nos destruiu — diz ela. — Cecil não precisa juntar tudo em uma única conspiração. Na verdade, são diferentes fios da mesma trama. Entregou as cartas de Norfolk para ela, permitiu que ela se encontrasse com os lordes do norte, falou com eles sobre o casamento e concordou em conspirar com eles contra o conselheiro da rainha e sua política.

— O que acha que eu deveria ter feito de diferente? — gritei para ela, assustado. — Sou pela Inglaterra! A antiga Inglaterra, como era. Meu país, meu velho país! Não quero a Inglaterra de Cecil, quero a Inglaterra de meu pai! O que mais eu devia fazer a não ser derrubá-lo?

O rosto que ela vira para mim parece de pedra, se pedra pudesse ser amarga.

— Devia manter a mim e a minha fortuna a salvo — responde ela, sua voz trêmula. — Vim para você com uma boa fortuna, uma grande fortuna, e que era sua pelo casamento, toda sua. Uma esposa não pode ter nada em seu próprio nome. Uma esposa tem de confiar a sua riqueza ao marido. Confiei a você a minha. Confiei que a manteria segura. Quando nos casamos, todas as minhas propriedades se tornaram suas, tudo o que você me dá é uma pensão de esposa. Confiei a você minha riqueza, minhas casas, minhas terras, meus negócios. Dei tudo a você para que ficassem seguros, para mim e meus filhos. Isso é tudo o que lhe pedi. Manter a mim e a minha fortuna a salvo. Eu me ergui por esforço próprio. Milorde prometeu manter minha fortuna a salvo.

— E a terá toda de volta — juro. Estou furioso com ela, pensando em dinheiro mesmo em uma hora como esta. — Vou me libertar dessa sombra sobre meu nome, vou limpar o meu nome e o nome da minha casa. E terá a sua fortuna de volta, ela será sua de novo. Viverá separada em sua própria casa preciosa e contará suas preciosas moedinhas. E se arrependerá, e seu grande amigo Cecil, de algum dia ter duvidado de mim.

O rosto dela enruga no mesmo instante.

— Ah, não diga isso, não diga isso — sussurra ela. Vem para mim e, ao sentir o perfume de seu cabelo e o toque de sua mão, abro os braços e ela cai neles, se aperta a mim, chora no meu peito, uma mulher fraca, afinal.

— Pronto — digo. — Pronto, pronto. — Às vezes exijo demais dela. É apenas uma mulher e tem ideias estranhas, assustadas. Não pode pensar claramente como um homem, e não tem nenhuma instrução, nenhuma leitura. É apenas uma mulher: todo mundo sabe que mulheres não têm estabilidade mental. Eu deveria protegê-la do mundo mais amplo da corte, e não me queixar de que lhe falta o entendimento de um homem. Acarinho seu cabelo macio e sinto, das minhas entranhas ao meu coração, o meu amor por ela.

— Irei a Londres — prometo baixinho. — Levarei você e a rainha a Tutbury, e assim que o novo guardião dela chegar para me substituir, irei a Londres e direi à rainha pessoalmente que eu não sabia nada da conspiração. Não sou culpado de trama alguma. Todo mundo sabia o que eu sabia. Direi que tudo que fiz foi rezar para o retorno da Inglaterra do seu pai. A Inglaterra de Henrique, não a Inglaterra de Cecil.

— De qualquer maneira, Cecil sabia, o que quer que ele diga agora — declara Bess com indignação, retirando-se dos meus braços. — Ele sabia dessa conspiração muito antes de ela ser armada. Sabia do contrato de casamento tanto quanto qualquer um de nós. Poderia ter-lhe dado fim em dias, antes mesmo que tivesse começado.

— Está enganada. Ele não podia saber. Só soube agora, quando Dudley contou à rainha.

Ela sacode a cabeça impacientemente.

— Ainda não percebeu que ele sabe tudo?

— Como poderia? A proposta foi uma carta de Howard à rainha, levada por um mensageiro dele, lacrada. Como Cecil teria sabido?

Ela recua de meus braços e seu olhar desvia-se do meu.

— Ele tem espiões — diz ela vagamente. — Em toda parte. Tem espiões que verão todas as cartas da rainha dos escoceses.

— Não teria como. Se Cecil soubesse de tudo desde o primeiro momento, por que não me falaria disso? Por que não contaria à rainha imediatamente? Por que deixaria para agora e me acusaria de ser cúmplice em uma conspiração?

Seus olhos castanhos estão turvos, ela olha para mim como se eu estivesse longe, muito longe.

— Porque ele quer punir você — responde ela calmamente. — Ele sabe que não gosta dele. Afinal não foi nem um pouco discreto a esse respeito; todo mundo sabe que não gosta dele. Chama-o de administrador e filho de administrador em público. Não lhe deu o resultado que ele queria do inquérito da rainha. Aí, ele descobre que se uniu a Norfolk e aos outros em uma conspiração para removê-lo de sua posição. Depois fica sabendo que encorajou a rainha a se casar com Norfolk. E então ouve que os inimigos declarados dele, os lordes do norte, Westmorland e Northumberland, visitaram-no e a rainha, e foram bem-recebidos. Por que está surpreso que agora ele queira derrubá-lo? Não quer derrubá-lo? Meu marido não começou a batalha? Não vê que será ele a encerrá-la? Você não se pôs em posição de ser acusado?

— Mulher! — repreendo-a.

Bess volta o olhar para mim. Agora, não se mostra meiga e não está mais chorando. Está sendo direta e crítica.

— Farei o que puder — diz ela. — Sempre farei o que puder para a nossa segurança e nossa fortuna. Mas que isto seja uma lição para você. Nunca aja contra Cecil. Ele comanda a Inglaterra, tem uma rede de espiões que cobre todas as casas no país. Ele tortura seus suspeitos e os faz trabalhar para ele. Conhece todos os segredos, vê tudo. Vê o que acontece com os inimigos dele? Os lordes do norte serão mandados para o cadafalso, Norfolk pode perder a sua fortuna, e nós... — ela ergue a carta... — estamos sob suspeita, no mínimo. É bom que você deixe claro para a rainha e para Cecil que não sabíamos nada do que os lordes do norte planejavam, que eles não nos disseram nada, que não sabemos nada do que eles estão planejando agora, e se certifique de dizer que Cecil tinha uma cópia da cada carta que Norfolk enviou, no momento que a rainha dos escoceses as recebia.

— Ele não tinha — protesto como um idiota. — Como poderia?

— Tinha — replica ela rispidamente. — Não somos tão idiotas a ponto de fazer qualquer coisa sem a permissão de Cecil. Eu me assegurei disso.

Levo um bom tempo para compreender que o espião na minha casa, que trabalha para um homem que odeio, cuja queda planejei, é minha amada mulher. Preciso de mais um momento para entender que fui traído pela mulher que amo. Abro a boca para maldizê-la pela deslealdade, mas me calo. Ela provavelmente salvou nossas vidas nos mantendo do lado vencedor: ao lado de Cecil.

— Foi você que contou a Cecil? Copiou a carta para ele?

— Sim — responde ela direto. — É claro. Informei-o. Faço isso há anos. — Ela se afasta na direção da janela e olha para fora.

— Não achou que estava sendo desleal a mim? — pergunto. Estou exausto, não posso nem mesmo sentir raiva dela. Mas não consigo reprimir a curiosidade. Ela me trair e confessar sem a menor vergonha! Como pode ser tão impudente!

— Não — responde ela. — Não acho que estava sendo desleal, pois não fui desleal. Estava servindo a você, embora não tenha perspicácia para perceber. Informando Cecil, mantive a nós e a nossa riqueza seguros. Como isso pode ser desleal? Como isso se compara a conspirar com outra mulher e seus amigos contra a paz da rainha da Inglaterra na casa de sua própria esposa? Como isso se compara a favorecer a fortuna de outra mulher às custas da segurança da sua própria esposa? Como isso se compara a atender obsequiosamente outra mulher, todos os dias de sua vida, pondo sua própria esposa em risco? Dissipando a sua fortuna? Colocando suas terras em perigo?

A amargura em sua voz me espanta. Ela continua a olhar pela janela, a boca cheia de veneno, a expressão dura.

— Bess... minha mulher... não pode pensar que a favoreço acima de você... Ela nem mesmo vira a cabeça.

— O que vamos fazer com ela? — pergunta. Aponta para o jardim com um movimento da cabeça, e me aproximo mais um pouco da janela e vejo a rainha dos escoceses, ainda lá fora, com uma capa sobre os ombros. Está caminhando ao longo da varanda para olhar para a floresta frondosa no vale do rio. Com as mãos acima dos olhos, protege a vista do sol baixo do outono. Pela primeira vez me pergunto por que ela anda e olha para o norte, dessa maneira, todos os dias. Estará esperando ver a poeira levantada pelos cavalos de um exército bem armado, liderado por Norfolk, que vem para salvá-la e levá-la pela estrada de Londres? Ela pensa virar o país de cabeça para baixo mais uma vez, com uma guerra de irmão contra irmão, rainha contra rainha? Ela permanece na luz dourada da tarde, sua capa ondulando atrás de si.

Há algo na posição de sua cabeça, como uma bela figura em um pedestal, que nos faz ansiar por um exército no campo embaixo dela, um exército que a salve e a leve embora. Embora ela seja minha prisioneira, anseio que escape.

Ela é bela demais para esperar em uma torre sem ser resgatada. Parece uma princesa em um conto de fadas, não se pode ver a sua imagem sem querer que ela se liberte.

— Ela precisa ser livre — digo imprudentemente. — Quando a vejo assim, sei que ela precisa ser livre.

— Certamente é um problema mantê-la — replica Bess realisticamente.

1569, setembro, castelo de Tutbury: Maria

Bothwell,
estão me levando para o castelo de Tutbury. Os lordes do norte e Howard se sublevarão para me defender em 6 de outubro. Se puder vir, comandará o exército do norte e combateremos juntos de novo, com tudo para vencer. Senão, deseje-me sorte. Preciso de você. Venha.
Marie

Juro por Nossa Senhora que esta é a última vez que serei levada de volta à detestável prisão do castelo de Tutbury. Vou quieta agora, mas é a última vez que me levarão pela estrada sinuosa até essa prisão malcheirosa, onde o sol nunca brilha no meu quarto e o vento frio sopra regularmente sobre as planícies. Elizabeth espera que o frio e a umidade daqui me matem, ou que eu padeça de alguma doença provocada pela névoa fétida que vem do rio. Mas está enganada. Eu vou viver mais que ela. Juro que viverei mais que ela. Ela terá de me assassinar se quiser vestir luto por mim. Não vou enfraquecer e morrer porque lhe convém. Entrarei no castelo agora, mas sairei à frente do meu próprio exército. Invadiremos Londres e aprisionarei Elizabeth, e veremos quanto tempo ela vai resistir em um castelo úmido de minha escolha.

Podem me levar às pressas de volta, podem me fazer voltar até o castelo de Bolton se quiserem, mas sou uma rainha de marés, e a correnteza está muito veloz para mim agora. Não me manterão prisioneira por mais de uma semana. Não podem me manter. Esse é o fim para os Shrewsbury; eles ainda não sabem, mas estão prestes a ser destruídos. Os lordes do nortes virão me buscar, comandados por Norfolk. A data está marcada, 6 de outubro, e meu reinado começará a partir desse dia. Estaremos preparados, eu já estou pronta. Então, meus carcereiros serão meus prisioneiros, e os tratarei como eu quiser.

Norfolk deve estar convocando seus arrendatários agora, milhares responderão ao seu chamado. Os lordes do norte reunirão seu grande exército. Tudo o que os Shrewsbury vão conseguir trazendo-me para cá, para a sua masmorra mais desgraçada, é me aprisionar em um lugar onde serei facilmente encontrada. Todo mundo sabe que estou sendo mantida em Tutbury, todo mundo conhece a estrada para o castelo. O exército do norte chegará daqui a algumas semanas, e os Shrewsbury poderão escolher entre morrer defendendo seu castelo sujo ou entregá-lo a mim. Sorrio ao pensar nisso. Eles virão a mim pedir para que os perdoe e me lembrar de que sempre me trataram generosamente.

Respeito o conde: ninguém pode deixar de admirá-lo. E gosto de Bess, ela é uma boa mulher, embora muito vulgar. Mas esse será o fim deles, talvez sua morte. Qualquer um que se puser no meu caminho, entre mim e minha liberdade, terá de morrer. E 6 de outubro é o dia, eles deverão estar preparados, como eu estou: para a vitória ou a morte.

Não escolhi essa estrada. Procurei Elizabeth por necessidade, como uma parenta implorando a sua ajuda. Ela tratou-me como uma inimiga, e agora trata seus próprios lordes e seu próprio primo como inimigos. Todos que pensam que ela é uma grande rainha devem perceber isso: em seu triunfo, ela foi desconfiada e mesquinha. No perigo, é tomada pelo pânico. Ela me levou ao desespero e levou-os à rebelião. Só poderá culpar a si mesma quando invadirem seu castelo e a jogarem na Torre, e a colocarem no cadafalso de sua mãe. Ela e seu principal conselheiro Cecil têm mentes angustiadas e tão desconfiadas que imaginaram a própria ruína e, portanto, a provocaram. Como pessoas desconfiadas e amedrontadas sempre fazem: sonharam com o pior e o tornaram real.

Recebo uma carta do meu embaixador, o bispo John Lesley de Ross, que está em Londres, observando o deslindamento do poder de Elizabeth. Encontrei-a enfiada na minha sela quando montamos apressados para a viagem a Tutbury. Mesmo na pressa aterrorizada de partir do solar de Wingfield para o castelo de Tutbury, houve tempo para um homem leal servir a mim. Os cavalariços dos Shrewsbury já estão do meu lado. Bess e seu marido são traídos em sua própria casa. O lugar está cheio de espiões, bem pagos com o ouro espanhol, esperando para me servir. A mensagem de Lesley, escrevinhada em uma mistura de francês e código, me fala do pânico em Londres, de Elizabeth sofrendo um frenesi de medo diante dos relatos, de hora em hora, de uma sublevação que está se deflagrando por todo o país.

> *Os lordes do norte receberam ordens de se apresentarem a Elizabeth em Londres sob pena de morte, e eles a desafiaram. Estão convocando seus homens, e assim que tiverem um exército partirão em defesa de Sua Graça. Confirmaram a data de 6 de outubro. Esteja pronta.*
>
> *Norfolk também está pronto. Ele desobedeceu à ordem de comparecer à corte e fugiu para a casa dele, Kenninghall, em Norfolk, para reunir seu exército. Todo o leste da Inglaterra marchará com ele.*
>
> *A corte abandonou a viagem de verão e precipitou-se de volta a Londres; estão preparando o castelo de Windsor para um cerco. Bandos armados estão sendo convocados para defender Londres, mas não será possível reuni-los e armá-los a tempo. Metade dos cidadãos está escondendo seus bens e saindo da City. O lugar fica deserto à noite, ocupado apenas pelo medo. Os espanhóis trarão um exército saído da Holanda dentro de algumas semanas para defender a sua causa, e eles enviaram ouro pelo banqueiro Ridolfi, que passei para Norfolk para pagar seus soldados.*
>
> *A vitória será nossa, é uma questão de semanas.*
>
> *Ross*

Amasso a carta e a ponho no bolso; vou queimá-la assim que pararmos para o jantar. Cavalgo com as mãos frouxas nas rédeas, sem prestar nenhuma atenção ao cavalo. Imagino Elizabeth, minha prima, correndo para o castelo de Windsor, passando o olhar pela sua corte e vendo em cada rosto o sorriso francamente entusiástico de traição. Sei como é. Eu mesma já o experimentei. Ela sentirá, como eu em Holyrood, que não há ninguém em quem possa confiar, saberá, como eu em Dunbar, que o seu apoio está se esvaindo e seus seguidores estão prometendo sua lealdade ao mesmo tempo que a abandonam. Agora ela sabe que até mesmo Dudley, seu amigo de infância e amante durante anos, tramou com Norfolk para me salvar. Seu próprio amante, seu próprio primo, e todos os lordes do Conselho Privado estão do meu lado. Cada lorde de sua corte quer me ver libertada. As pessoas comuns são minhas de corpo e alma. Ela é traída por todos. Quando subiu ao trono, chamaram-na de "nossa Elizabeth", e agora ela perdeu o amor dessas pessoas.

Penso em Shrewsbury cavalgando sério ao meu lado, em como corre para me ajudar a desmontar, seu prazer silencioso em minha companhia ao jantar, seus pequenos presentes e cortesia constante. Ele é vassalo jurado dela, mas eu o conquistei. Conquistei todos os lordes da Inglaterra para o meu lado. Eu sei. Posso perceber isso em Shrewsbury e em todos os homens na casa de Bess. Todos anseiam por me libertar.

1569, outubro, castelo de Tutbury: Bess

Metade das coisas de que precisamos foi deixada para trás, em Wingfield, e não posso comprar legumes frescos com amor nem dinheiro em um raio de 35 quilômetros. A região rural está esvaziada e os homens fugiram para se unir ao exército do norte, que está se reunindo em Brancepath, sob o comando do conde de Westmorland, jurando lealdade à rainha dos escoceses e uma guerra santa a favor da Igreja de Roma. O país já está em pé de guerra, e quando mando meu administrador ao mercado, ele diz que não lhe venderão nada; sente-se como se fosse o inimigo.

É aterrador pensar que lá, no ermo do norte, há escudeiros, a pequena nobreza e lordes convocando seus arrendatários, reunindo seus amigos, armando seus seguidores e mandando-os marchar sob a bandeira das cinco chagas de Cristo em busca de mim, para vir à minha casa, para libertar minha prisioneira. Acordo à noite ao mais leve ruído, durante o dia não paro de subir na muralha do castelo para olhar a estrada, o tempo todo vejo uma nuvem de poeira e penso que são eles chegando.

Levei minha vida inteira como uma mulher reservada, em bons termos com meus vizinhos, uma boa senhoria para meus arrendatários, uma patroa justa. Agora me vejo em discordância com meu próprio pessoal. Não sei quem é um inimigo secreto, não sei quem libertaria a rainha se pudesse, quem se lançaria contra mim se se atrevesse. Isso faz com que me sinta como uma estranha em minha própria terra, uma recém-chegada em meu próprio país. As pessoas que penso serem meus amigos e vizinhos podem estar do outro lado, podem estar contra mim, podem até mesmo ser meus inimigos. Meus amigos, até mesmo meus parentes, podem pegar em armas contra mim, podem me ver como traidora da verdadeira rainha, minha prisioneira.

Ela própria é acanhada como uma noviça em um convento, com um plano de fuga escondido na manga, e meu marido, credulamente, comenta comigo: "Graças a Deus ela não tentou se libertar. Pelo menos não sabe nada sobre a insurreição."

Pela primeira vez em minha vida de casada, olho para ele e penso: "Tolo."

É um momento ruim quando uma esposa acha seu marido um tolo. Tive quatro maridos e tive momentos ruins com todos eles, mas nunca antes fui casada com um homem cuja estupidez pudesse me custar minhas casas e minha riqueza.

Não consigo suportar. Desperto à noite e tenho vontade de chorar por causa disso. Nenhuma infidelidade seria pior. Mesmo com a mais bela mulher da cristandade sob meu teto, percebo que penso mais na possibilidade de meu marido perder minha fortuna do que de ele partir o meu coração. O coração de uma mulher pode ser reparado ou amaciado ou endurecido. Mas quando se perde a casa, é difícil consegui-la de novo. Se a rainha Elizabeth tirar Chatsworth de nós para punir meu marido por deslealdade, sei que nunca mais porei os pés nela.

Tudo bem ele tramar contra Cecil como uma criança com amigos travessos, tudo bem fazer vista grossa para a rainha dos escoceses e suas cartas intermináveis. Tudo bem ter prazer na companhia de uma jovem com idade de ser sua filha, uma inimiga do reino. Mas ir tão longe a ponto de agora a corte não pagar o que nos deve! Não é questão de discutir a respeito das contas, sequer respondem aos meus registros. Chegar ao ponto de fazer com que questionem nossa lealdade! Ele não pensa em nada? Ele não olha à frente? Ele não sabe que os bens de um traidor são imediatamente, sem direito a apelação, confiscados pela Coroa? Ele não sabe que Elizabeth daria seus próprios rubis se pudesse tirar Chatsworth de mim? Ele não lhe deu motivos com sua indiscrição estúpida com os lordes do norte? Ele não é exatamente um tolo? Um tolo imprevidente? E dissipando minha herança tão rapidamente quanto a dele mesmo? Meus filhos casaram-se com filhos dele, minha fortuna está a seus cuidados, ele vai jogar tudo fora por que não pensa no futuro? Poderei um dia perdoá-lo por isso?

Fui casada antes e reconheço o momento em que a lua de mel acaba, em que se vê um marido admirado como ele é: um mero mortal. Mas eu nunca senti que meu casamento tivesse acabado. Nunca antes vi um marido como um tolo e desejei que ele não fosse meu senhor, e que minha pessoa e minha fortuna estivessem seguras sob minha própria guarda.

1569, outubro, castelo de Tutbury: George

Por mais que eu viva, nunca me esquecerei deste outono. Cada folha que cai me priva de meu orgulho. À medida que as árvores se desfolham, vejo os ossos da minha vida revelados no escuro, no frio, sem o vislumbre dissimulador da folhagem. Eu me enganei. Entendi tudo errado. Cecil é mais do que um administrador, muito mais. Ele é um proprietário de terras, é um bailio. É bailio de toda a Inglaterra, enquanto eu não passo de um pobre arrendatário que confundiu sua longa vida aqui, o lar de sua família, seu amor pela terra, com propriedade alodial. Achei que era dono destas terras, mas descobri que não possuo nada. Poderia perder tudo amanhã. Sou como um camponês — menos ainda, sou um invasor de terra alheia.

Achei que se nós, os lordes da Inglaterra, víssemos uma maneira melhor de governar este país do que a prontidão eterna de Cecil para a guerra, o ódio eterno de Cecil contra todos os herdeiros de Elizabeth, o pavor eterno de Cecil de fantasmas nas sombras, o medo louco que Cecil tem dos papistas, então poderíamos derrubá-lo e aconselhar a rainha. Achei que poderíamos mostrar a ela como tratar com justiça a rainha dos escoceses, fazer amizade com os franceses e aliança com a Espanha. Achei que poderíamos ensiná-la como viver como uma rainha com orgulho, não como uma usurpadora assombrada pelo terror. Achei que poderíamos lhe oferecer tamanha confiança no seu direito ao trono que ela se casaria e produziria um herdeiro. Mas eu estava enganado. Como Bess amavelmente me diz: eu estava estupidamente enganado.

Cecil está determinado a jogar na Torre todos aqueles que discordam dele. A rainha só dá ouvidos a ele e teme traição onde só houve desavença. Agora, ela não consultará nenhum dos lordes, desconfia até mesmo de Dudley. Ela decapitaria sombras, se pudesse. Quem sabe as vantagens que Cecil pode obter com isso? Norfolk se afastou da corte da própria prima, levado à rebelião; os lordes do norte estão concentrando tropas em suas terras. Para mim, até agora, ele reservou apenas a vergonha de ser visto com desconfiança e ser substituído.

Somente vergonha. Somente esta profunda vergonha.

Estou extremamente aflito com o rumo que os eventos tomaram. Bess, que está gélida e amedrontada, talvez tenha razão e eu realmente tenha sido um tolo. A opinião de minha esposa sobre mim é mais uma mancha que vou ter de aprender a aceitar nessa estação de frio e treva.

Cecil me informa em uma carta breve que dois lordes de sua escolha virão tirar a rainha escocesa de mim e se encarregarão de sua custódia. Depois deverei ir a Londres a fim de ser interrogado. Não diz mais nada. Na verdade, por que ele me explicaria qualquer coisa? Um administrador explica alguma coisa a um arrendatário? Não, simplesmente dá suas ordens. Se a rainha Elizabeth acha que não pode confiar a mim a guarda da rainha dos escoceses, então ela decidiu que não sou apto para lhe servir. A corte vai saber o que ela pensa de mim, o mundo vai saber o que ela pensa de mim. O que parte meu coração, meu coração orgulhoso imutável, é que agora eu sei o que ela pensa de mim.

Ela pensa mal de mim.

Pior do que isso é a dor secreta, íntima, da qual não posso me queixar nunca, não posso sequer admitir para outra alma. A rainha dos escoceses será afastada de mim. Eu talvez nunca mais a veja.

Talvez não a veja nunca mais.

Fui desonrado por uma rainha e serei privado da outra.

Não acredito que eu sinta tão intensamente essa perda. Acho que me acomodei ao papel de seu guardião, de mantê-la em segurança. Estou acostumado a acordar pela manhã e relancear os olhos para o seu lado do pátio, ver suas venezianas fechadas se ela ainda estiver dormindo, ou abertas se já tiver despertado. Habituei-me a cavalgar com ela de manhã e almoçar com ela à tarde. Tornei-me tão dominado por seu canto, seu amor por jogos de cartas, sua alegria ao dançar, pela constante presença de sua beleza extraordinária, que não consigo imaginar como viverei sem ela. Não posso acordar de manhã e passar o dia sem ela. Deus é minha testemunha, não posso passar o resto da minha vida sem ela.

Não sei como isso aconteceu. Certamente não fui desleal a Bess nem à minha rainha, certamente não mudei minha fidelidade a esposa ou monarca, mas não consigo evitar procurar a rainha dos escoceses todos os dias. Sinto saudade quando não a vejo, e quando ela chega — descendo a escada correndo para o pátio das cavalariças, ou andando devagar na minha direção, com o sol atrás de si — percebo que sorrio como um menino, cheio de alegria por vê-la. Nada mais do que isso, uma alegria inocente por ela andar na minha direção.

Não consigo entender que eles virão para afastá-la de mim e que não devo dizer uma palavra de protesto. Ficarei calado, e a levarão embora, e eu não protestarei.

Chegam ao meio-dia, os dois lordes que a tirarão de mim, adentram ruidosamente o pátio, precedidos por seus próprios guardas. Dou-lhes um sorriso amargurado. Eles vão descobrir como sai caro manter esses guardas: comida, água e vigilância contra suborno. Vão descobrir como ela não pode ser guardada, por mais que paguem. Que homem pode resistir a ela? Que homem lhe recusaria o direito de passear a cavalo uma vez ao dia? Que homem pode impedir que ela sorria para o seu guardião? Que poder pode evitar que o coração de um jovem soldado se agite quando ela o cumprimentar?

Vou ao encontro deles, envergonhado pela presença deles, e pelo pequeno pátio sujo, e então me retraio ao reconhecer seus estandartes e ver os homens que Cecil escolheu para me substituir na guarda dessa jovem. Meu Deus, por mais que me custe, não posso entregá-la a eles. Tenho de recusar.

— Milordes — gaguejo, o horror atrapalhando minha fala. Cecil mandou Henry Hastings, conde de Huntingdon, e Walter Devereux, conde de Hereford, como seus sequestradores. Daria no mesmo mandar dois assassinos italianos com luvas envenenadas.

— Lamento por isso, Talbot — diz Huntingdon direto, ao desmontar com um resmungo de desconforto. — Está um verdadeiro inferno em Londres. Não se pode saber o que vai acontecer.

— Inferno? — repito. Penso rapidamente se serei capaz de dizer que ela está doente, ou se ouso mandá-la de volta a Wingfield em segredo. Como posso protegê-la deles?

— A rainha mudou-se para Windsor, por segurança, e armou o castelo para um cerco. Está intimando todos os lordes da Inglaterra a se apresentarem à corte, todos suspeitos de vilania. Você também. Lamento. Tem de se apresentar imediatamente, depois de nos ajudar a transferir sua prisioneira para Leicestershire.

— Prisioneira? — Olho para a cara inflexível de Hastings. — Para a sua casa?

— Ela não é mais uma convidada — diz Devereux friamente. — É uma prisioneira. É suspeita de tramar traição com o duque de Norfolk. Queremos que ela fique em um lugar onde possa ser mantida confinada. Uma prisão.

Olho em volta do pátio, para o único portão com porta levadiça, para a estrada que sobe a colina.

— Mais confinada do que isso?

Devereux ri abruptamente e diz, quase que para si mesmo:

— De preferência um poço sem fundo.

— Sua casa demonstrou ser pouco confiável — diz Hastings bruscamente. — Mesmo que você não o seja. Nada provado. Nada declarado contra você, pelo menos ainda não. Talbot, lamento. Não sabemos até onde foi a sujeira. Não podemos dizer quem são os traidores. Temos de ficar vigilantes.

Sinto o calor subir à minha cabeça e, por um instante, não vejo nada, na intensidade de minha ira.

— Homem algum jamais questionou a minha honra. Nunca antes. Homem algum jamais questionou a honra da minha família. Não em quinhentos anos de serviço leal.

— Estamos perdendo tempo — interrompe abruptamente o jovem Devereux. — Você será interrogado sob juramento, em Londres. Quanto tempo é preciso para ela se aprontar?

— Vou perguntar a Bess — digo. Não consigo falar com eles, minha língua está seca em minha boca. Talvez Bess saiba como podemos atrasá-los. Minha raiva e minha vergonha são demais para que eu diga uma palavra. — Por favor, entrem. Descansem. Vou perguntar.

1569, outubro, castelo de Tutbury: Maria

Ouvi o barulho de homens montados e corri para a janela, meu coração acelerado. Esperava ver Norfolk no pátio, ou os lordes do norte com seu exército, ou até mesmo — meu coração dá um salto ao pensar na possibilidade de ser Bothwell, fugido da prisão, que com um grupo de fronteiriços teria vindo me salvar.

— Quem é? — pergunto com urgência. O mordomo da condessa está do meu lado em minha sala de jantar, nós dois olhando pela janela para os dois homens em trajes de viagem e seu exército de quatro dúzias de soldados.

— Aquele é o conde de Huntingdon, Henry Hastings — responde ele. Seu olhar desvia-se do meu. — Milady necessitará de meus serviços.

Faz uma reverência e se dirige à porta.

— Hastings? — pergunto, minha voz ansiosa de medo. — Henry Hastings? Por que ele está aqui?

— Não sei, Sua Graça. — O homem faz uma cortesia e se dirige de novo para a porta. — Voltarei assim que souber. Mas agora tenho de ir.

Aceno com a mão.

— Vá — digo. — Mas volte logo. E procure milorde Shrewsbury e lhe diga que quero vê-lo. Diga-lhe que quero vê-lo com urgência. Peça que venha imediatamente.

Mary Seton vem para o meu lado, seguida de Agnes.

— Quem são esses lordes? — pergunta ela, olhando para o pátio e, depois, para a minha face lívida.

— Aquele ali é o que chamam de herdeiro protestante — respondo, com os lábios frios. — É da família Pole, dos Plantageneta, primo da rainha.

— Ele veio para libertá-la? — pergunta ela em dúvida. — Ele está do lado da rebelião?

— Dificilmente — respondo com amargura. — Se eu morresse, ele estaria um passo mais próximo do trono. Seria herdeiro do trono da Inglaterra. Tenho de saber para que ele veio. Não será boa notícia para mim. Vá e veja se descobre alguma coisa, Mary. Escute nas cavalariças e veja o que consegue descobrir.

Assim que ela sai, vou para a escrivaninha e redijo um bilhete.

Ross — saudações a você e aos lordes do norte e seu exército. Mande que se apressem. Elizabeth mandou seus cães, e eles me levarão daqui se puderem. Diga a Norfolk que corro grande perigo.

M

1569, outubro, castelo de Tutbury: Bess

Podem ficar com ela. Podem levá-la e que se danem. Ela não nos trouxe nada além de problemas. Mesmo que a levem agora, a rainha nunca pagará o que nos deve. Daqui até Wingfield, e de lá para cá, com uma corte de sessenta pessoas, talvez mais quarenta vindo para as refeições. Os cavalos dela, suas aves de estimação, seus tapetes, móveis, vestidos, seu novo alaudista, seu *tapissier*. Tratei de seu pessoal melhor do que trato do meu. Jantar todas as noites com 32 pratos, os cozinheiros dela, as cozinhas dela, a adega dela. Vinho branco da melhor safra, só para lavar seu rosto. Ela precisa ter seu próprio provador, para o caso de alguém querer envenená-la. Por Deus, eu mesma o faria. Duzentas libras é o que ela nos custa por semana, em comparação ao subsídio de 52, e nem isso recebemos. Agora é que ele nunca será pago mesmo. Ficaremos milhares de libras mais pobres quando isso terminar, eles a levarão, mas não pagarão por ela.

Pois bem, podem ficar com ela, e eu vou cuidar da dívida. Vou anotá-la na parte inferior da página, como se fosse calote de devedor falecido. É melhor nos livrarmos dela e nos aproximarmos da falência do que ela permanecer aqui e me arruinar. É melhor registrá-la como morta e considerar fundo perdido.

— Bess. — George está na porta do meu escritório, encostado à porta, a mão no coração. Está pálido e trêmulo.

— O que foi? — Levanto-me imediatamente da mesa, largo a pena, e pego suas mãos. Seus dedos estão gélidos. — O que foi, meu amor? Conte-me. Está passando mal? — Mortes súbitas me privaram de três maridos. Este, meu marido mais ilustre, o conde, está lívido feito um cadáver. No mesmo instante esqueço que cheguei a pensar mal dele, no mesmo instante o pavor de perdê-lo me aperta como uma dor. — Está passando mal? Está com dor? Meu amor, o que foi? Qual é o problema?

— A rainha mandou Hastings e Devereux para buscá-la — diz ele. — Bess, não posso deixá-la ir com eles. Não posso. É o mesmo que mandá-la para a morte.

— Hastings não... — começo.

— Sabe que sim — me interrompe ele. — Sabe que é por isso que a rainha o escolheu. Hastings é o herdeiro protestante. Ele a colocará na Torre, ou na sua própria casa, e ela nunca mais sairá. Anunciarão que ela está com a saúde debilitada, depois que ela piorou, e então que está morta.

A desolação em sua voz é terrível para mim.

— Ou vão matá-la durante a viagem e dizer que caiu do cavalo — prevê ele. Seu rosto está molhado de suor, sua boca está retorcida de dor.

— Mas e se a rainha ordenou?

— Não posso deixá-la ir para a morte.

— Se for ordem da rainha...

— Não posso deixá-la ir.

Respiro fundo.

— Por que não? — pergunto. Desafio-o a me responder. — Por que não pode deixá-la partir?

Vira-se de costas para mim.

— Ela é minha hóspede — responde vacilante. — Uma questão de honra...

Olho para ele com a expressão dura.

— Você aprende a deixá-la ir — digo rispidamente. — Honra não tem nada a ver com isso. Obrigue-se a deixá-la ir, mesmo que seja para a sua morte. Convença-se a fazê-lo. Não podemos impedi-los de levá-la e, se protestarmos, só conseguiremos agravar nossa situação. Eles já acham que você é desleal, e se tentar salvá-la de Hastings terão certeza de que ela o conquistou para o lado dela. Eles o verão como traidor.

— Isso é mandá-la para a morte! — repete ele, sua voz falhando. — Bess! Você tem sido sua amiga, tem passado os dias com ela. Não pode ser tão insensível a ponto de entregá-la a seu assassino!

Relanceio os olhos para a minha escrivaninha, para as cifras em meu livro. Sei o quanto ela nos custou até agora. Se a defendermos contra a rainha, perderemos tudo. Se a rainha achar que somos demasiadamente simpáticos à outra rainha, nos destruirá. Se ela nos acusar de traição, perderemos nossas terras e tudo o que possuímos. Se formos considerados culpados de traição, a pena é a forca. Nós dois morreremos por causa do coração mole de meu marido. Não posso arriscar.

— Quem se importa?

— O quê?

— Eu disse: "Quem se importa?" Quem se importa se a levarem e a decapitarem em um campo e jogarem seu corpo em uma vala? Quem se importa com ela?

Faz-se um silêncio horrível na sala. Meu marido me olha como se eu fosse um monstro. O Tolo e o Monstro se encaram, e penso no que nos tornamos. Vinte e um meses atrás éramos felizes recém-casados, satisfeitos com o contrato que tínhamos feito, gostando um do outro, os líderes de uma das famílias mais importantes do reino. Agora nosso coração e nossa fortuna estão arruinados. Arruinamos a nós mesmos.

— Vou dizer a ela para se preparar — falo asperamente. — Não podemos fazer mais nada.

Ele continua a resistir. Pega a minha mão.

— Não pode deixá-la ir com Hastings — diz ele. — Bess, ela é nossa hóspede, ela bordou com você, comeu conosco e caçou comigo. Ela é inocente de qualquer incorreção, sabe disso. É nossa amiga. Não podemos traí-la. Se ela partir com Hastings, tenho certeza de que nunca chegará à casa dele viva.

Penso na minha Chatsworth e na minha fortuna, e isso me acalma.

— Será feita a vontade de Deus — digo. — E a rainha tem de ser obedecida.

— Bess! Tenha pena da jovem que ela é! Tenha pena dessa bela jovem sem amigos.

— Será feita a vontade de Deus — repito, pensando firme na minha nova porta da frente e no pórtico com as flores esculpidas no reboco e no saguão de entrada de mármore. Penso nas novas cavalariças que quero construir. Penso nos meus filhos, bem casados, já bem colocados na corte, nas dinastias que fundarei, nos netos que terei e nos casamentos que farei para eles. Penso em como cheguei longe e no quanto ainda espero avançar. Eu preferia ir para o inferno a perder a minha casa. — Vida longa à rainha.

1569, outubro, castelo de Tutbury: Maria

A condessa entra em meus aposentos, sua expressão tão cordial quanto impassível.

— Sua Graça, vai viajar de novo. Vai ficar feliz em ir embora daqui, eu sei.

— Ir para onde? — pergunto. Percebo o medo em minha voz, ela o perceberá também.

— Ashby-de-la-Zouche, Leicestershire — responde ela concisamente. — Com o conde de Huntingdon.

— Prefiro ficar aqui, vou ficar aqui.

— Tem de ser como a rainha ordena.

— Bess...

— Sua Graça, não posso fazer nada. Não posso recusar uma ordem de minha soberana a seu respeito. Sua Graça não deve pedir isso de mim. Ninguém pode pedir isso de mim.

— O que Huntingdon vai fazer comigo?

— Ora, vai hospedá-la melhor do que podemos fazer aqui — diz ela, de maneira tranquilizadora, como se estivesse narrando um conto de fadas para uma criança.

— Bess, escreva para Cecil, por mim, pergunte se posso ficar aqui. Peço-lhe... não, eu ordeno que lhe escreva.

Ela mantém o sorriso no rosto, mas é forçado.

— Ora, Sua Graça nem mesmo gosta daqui! Deve ter-se queixado do cheiro de esterco dezenas de vezes. E a umidade! Leicestershire vai lhe convir muito mais. É uma região maravilhosa para a caça. Talvez a rainha a convide para a corte.

— Bess, tenho medo de Henry Hastings. Ele só pode desejar o meu mal. Deixe-me ficar com você. Exijo. Ordeno. Escreva a Cecil e diga que estou exigindo permanecer com lorde Shrewsbury.

Mas a maneira como pronuncio o nome de seu marido, "Chowsbewwy", desencadeia sua raiva.

— A senhora gastou metade da fortuna de meu marido, minha fortuna — esbraveja. — A fortuna que eu trouxe para ele com o casamento. Custou a reputação dele perante a rainha. Ela duvida de nossa lealdade por causa da senhora. Ela o intimou a se apresentar em Londres para ser interrogado. O que acha que farão com ele? Acham que protegemos Sua Graça. — Faz uma pausa, e percebo o fulgor maligno de seu ciúme, uma mulher mais velha que inveja minha juventude, minha aparência. Eu não imaginava que ela sentia isso. Não sabia que ela percebe como seu marido se comporta comigo. — Acham que meu marido está do seu lado. Não será difícil encontrar testemunhas que confirmem a simpatia que ele lhe guarda. Excepcional simpatia.

— *Alors,* Bess, você sabe muito bem...

— Não, eu não sei — interrompe ela gelidamente. — Não sei nada sobre os sentimentos dele a seu respeito, ou dos seus a respeito dele, nada da sua suposta magia, seu suposto encanto, sua famosa beleza. Não sei por que ele não consegue lhe dizer "não", por que ele esbanja sua riqueza com a senhora, até mesmo a minha fortuna. Não sei por que ele arriscou tudo para tentar libertá-la. Por que não a vigiou mais rigorosamente, a manteve em seus aposentos, reduziu sua corte. Mas ele não pode mais fazer isso. A senhora terá de se resignar. Pode tentar seus encantos com o conde de Huntingdon e ver qual o efeito.

— Huntingdon é homem da rainha Elizabeth — digo em desespero. — Sabe disso. É parente dela. Ele quis se casar com ela. É o herdeiro de seu trono depois de mim e de meu filho. Acha que posso cativá-lo?

— Por Deus, sinta-se livre para tentar — responde ela causticamente, faz uma reverência e se dirige à porta.

— Ou o quê? — pergunto. — Ou o quê? O que será de mim sob sua guarda? Está me mandando para a morte, e sabe disso. Bess! *Bess!*

1569, novembro, castelo de Tutbury: George

Não consigo dormir. Tampouco comer. Não consigo me sentar quieto nem sentir qualquer prazer em sair a cavalo. Consegui quatro dias de segurança para ela argumentando que não tinham uma guarda forte o bastante, que com o exército do norte em marcha — quem sabe onde? — não se arriscariam a levá-la. Poderiam levá-la direto para uma emboscada. Ninguém sabe quantos homens se uniram aos lordes do norte. Ninguém sabe onde estão agora. Hastings, resmungando, convocou mais de seus homens.

— Por que se dar esse trabalho? — me pergunta Bess, com gelo em seus olhos castanhos. — Já que ela vai ter de ir embora? Por que providenciar uma guarda mais segura? Achei que queria salvá-la.

Quero lhe dizer: "Porque eu diria qualquer coisa para mantê-la sob o mesmo teto comigo por mais um dia." Mas isso não faria o menor sentido. Portanto respondo:

— As notícias que chegam de toda parte são que Westmorland e Northumberland estão ativos e seu exército tem mais de 2 mil soldados. Não quero que tenham problemas. Não vai nos adiantar muito se saírem daqui para uma emboscada.

Bess assente, mas não parece convencida.

— Não a queremos presa aqui — diz ela. — O exército vai ficar em volta dela como vespas atraídas por um pote de geleia. É melhor ela partir do que o exército nos sitiar aqui. Quanto mais cedo ela for, melhor será. Não a queremos aqui. Não queremos que seu exército venha buscá-la aqui.

Concordo com a cabeça. Os recém-casados que éramos apenas meses atrás não a queriam aqui, interrompendo a nossa felicidade. Mas nós? Agora estamos divididos por nossas vontades. Bess só pensa em como manter segura a si mesma e a sua fortuna durante esse tempo perigoso. E, por alguma razão, eu não consigo pensar. Não consigo planejar absolutamente nada. Devo estar de novo com a gota. Nunca me senti tão avoado, tão cansado, e tão doente. Parece que passo horas olhando pela janela para o outro lado do pátio, onde as venezianas dela estão fechadas. Devo estar enfermo. Não consigo pensar em mais nada a não ser que só me restam quatro dias com ela sob meu teto, e nem mesmo consigo imaginar uma razão para atravessar o pátio e ir falar com ela. Quatro dias, e talvez eu os passe como um cachorro sentado em frente a uma porta fechada sem saber como entrar. Estou uivando dentro de minha cabeça.

1569, novembro, castelo de Tutbury: Bess

Ao amanhecer, ouço baterem no portão da casa. Acordo no mesmo instante, certa de que é o exército do norte que veio salvá-la. George não se move, jaz feito uma pedra, embora eu saiba que está completamente desperto: parece que ele não dormiu nada nesses últimos dias. Fica deitado e escuta com os olhos fechados, não fala comigo nem me dá qualquer oportunidade de falar com ele. Mesmo agora, com o barulho na porta, ele não se move — é um homem que, durante toda a vida, teve alguém para abrir a sua porta. Saio irritada da cama, cubro minha nudez com um robe, ato os cordões, corro para a porta e desço a escada, até onde o porteiro está abrindo o portão, e um cavaleiro, sujo de lama, entra no pátio, seu rosto lívido na luz do amanhecer. Graças a Deus é um mensageiro de Londres e não uma força do norte. Graças a Deus não vieram para salvá-la, sem ninguém aqui para enfrentá-los, a não ser eu de camisola, e meu marido na cama, deitado como em uma lápide.

— Nome? — pergunto.
— De Cecil.
— O que é?
— Guerra — responde ele brevemente. — A guerra, finalmente. O norte se levantou, os lordes Westmorland e Northumberland se declararam contra a rainha, seus homens estão em marcha, suas bandeiras, desfraldadas. Estão marchando sob a bandeira das cinco chagas de Cristo, todo os papistas do país estão se congregando para se unir a eles. Juraram restaurar a verdadeira

religião, pagar decentemente os trabalhadores e... — ele faz um movimento com a cabeça na direção dos aposentos reais — e libertá-la e colocá-la de volta em seu trono.

Fecho mais o robe no pescoço, o ar está terrivelmente gélido. A névoa que vem da campina é úmida como chuva.

— Estão vindo para cá? Tem certeza?

— Com certeza. Para cá. Suas ordens — diz ele, tirando da bolsa uma carta amassada para mim. Com um suspiro de alívio, como se somente um papel pudesse me salvar, reconheço a letra de Cecil.

— A que distância eles estão? Qual o tamanho do exército? — pergunto enquanto ele desmonta.

— Graças a Deus, não os vi, a caminho daqui, mas quem pode saber? — responde ele sucintamente. — Alguns dizem que eles tomarão York primeiro, outros, Durham. Podem tomar York e restaurar o reino do norte. Serão as grandes guerras de novo, mas piores. Duas rainhas, uma cruzada entre duas fés, dois exércitos, e uma luta até a morte. Se os espanhóis desembarcarem seu exército para lutar por ela, o que podem fazer em dias a partir da Holanda espanhola, estará tudo acabado, e estaremos todos mortos.

— Pegue o que quiser na cozinha, mas não conte nada a eles — digo-lhe e volto ao meu quarto às pressas. George está sentado na cama com uma expressão sombria.

— Mulher? — pergunta ele.

— Leia isto — digo, entregando-lhe a carta e subindo na cama.

Ele pega o envelope e rompe o selo.

— O que está acontecendo?

— O mensageiro disse que o exército dos lordes do norte está em marcha — respondo brevemente. — Declararam guerra. Estão vindo resgatá-la.

Ele me lança um rápido olhar e abre a carta.

— É de Cecil. Diz que temos de fugir para o sul imediatamente. Temos de levá-la para o castelo em Coventry já, para proteção. Ele nos dará instruções a partir de lá. Temos de ir para o sul antes que a resgatem. Temos de partir imediatamente. — Levanta-se da cama com um pulo. — Soe o alarme — diz ele. — Vou convocar a guarda e levá-la imediatamente. Vá encontrá-la e diga-lhe que se prepare para sairmos o quanto antes.

Paro à porta, tomada por um pensamento mordaz.

— Aposto que ela está ciente de tudo — falo, de súbito. — Eles devem ter-lhe contado quando estiveram aqui. Quando deixou que conversassem em particular. Eles confidenciaram com ela. Ela deve ter recebido cartas secretas. Provavelmente, esperou-os durante esta semana inteira.

— Apenas faça com que se apronte para partir.

— E se ela não quiser ir?

— Então, terei de amarrá-la a seu cavalo. Um exército de cinquenta homens pode dominar este lugar em uma hora. E metade de nossos criados a libertaria por amor, e abriria os portões para ela. Se fizerem um cerco, estaremos perdidos.

Fico tão feliz por ouvir a sua brutalidade planejada em relação a ela que estou praticamente no lado de fora do quarto quando me ocorre uma possibilidade.

— Mas espere, milorde. Espere! E se vencerem?

Ele para de se vestir, segurando os cordões de suas calças com as mãos.

— Se vencerem?

— E se o exército do norte dominar o norte? E se Westmorland e Northumberland forem vitoriosos e entrarem em Londres? E se os espanhóis chegarem para apoiá-los? E se Howard trouxer o leste do país e o povo da Cornualha se levantar pela antiga religião, e os galeses também? E se derrotarem Elizabeth e estivermos aprisionando a futura rainha? E se estivermos amarrando a futura rainha da Inglaterra em seu cavalo? Então, seremos traidores e morreremos na Torre.

Meu marido sacode a cabeça perplexo.

— Sirvo à rainha — diz ele simplesmente. — Dei minha palavra como um Talbot. Tenho de fazer como o meu rei manda. Não sirvo ao lado que acho que sairá vencedor. Sirvo ao rei. Custe o que custar. Se Maria I da Escócia for vitoriosa e se tornar Maria da Inglaterra, então passarei a servir a ela. Mas até lá, sirvo à rainha coroada, Elizabeth.

Ele não entende nada além de lealdade e honra.

— Sim, sim, depois que ela for coroada rainha você muda de lado, e então isso será honrado. Mas como nós, nossos filhos e nossas fortunas estarão seguras? Agora? Nestes tempos perigosos? Quando tudo está incerto? Quando não podemos saber qual rainha será coroada em Londres?

Ele balança a cabeça.

— Não há nenhuma segurança — replica ele. — Hoje, não há segurança para ninguém na Inglaterra. Simplesmente, tenho de obedecer à Coroa.

Então eu acordo o castelo e a guarda. O grande sino ressoa como um coração estrondeando de medo. Mando que corram à cozinha e que carreguem as carroças com todos os nossos mantimentos. Grito para o mordomo que embale os bens mais valiosos, já que teremos de levá-los junto, e então vou aos aposentos dela, aos aposentos da outra rainha, tremendo de raiva por ela ter provocado todo esse problema terrível hoje, e tantos outros problemas nos dias que se seguirão.

E enquanto corro, abro o pequeno papel que chegou para mim, com meu nome rabiscado, no pacote que veio de Londres. É de Cecil.

Se você correr o risco de ser capturada pelo exército do norte, ela deve ser morta. Hastings fará isso, ou se estiver morto, você deve passar essa ordem a seu marido, no nome da rainha. Ou a qualquer outro em cuja lealdade confiar, cujo silêncio você possa garantir. Se não restar ninguém vivo além das mulheres, você terá de fazer isso pessoalmente. Carregue um punhal. Queime esta.

1569, novembro, castelo de Tutbury: Maria

Finalmente! Meu Deus! Finalmente! Quando ouvi o sino dobrar, soube no mesmo instante que a guerra tinha começado. Finalmente vieram me salvar, e a apenas um dia de ser sequestrada pelo bruto Hastings. Acordo e me visto, o mais rápido que posso, minhas mãos tremendo ao atar os cordões, e começo a arrumar as coisas que devo levar comigo, a queimar as cartas do meu embaixador, do meu noivo, do embaixador espanhol, de seu agente Ridolfi, de Bothwell. Espero a condessa ou Shrewsbury chegar e implorar que eu me apresse, me apresse para fugir deste castelo que eles não podem defender. Vou viajar com eles. Obedecerei às suas ordens. Não me atrevo a desafiá-los e correr o risco de Hastings me arrancar deles. Minha única segurança é permanecer com Shrewsbury até meu exército nos alcançar.

Não deixarei Shrewsbury até que eu esteja a salvo com o meu próprio exército. Não me atrevo. Ele tem sido o meu único amigo na Inglaterra, não vi nenhum outro homem em quem pudesse confiar. E ele sempre foi bom comigo. Sempre foi honrado. Uma mulher com um homem assim ao seu lado estará segura. Só Deus sabe como anseio estar segura.

Westmorland jurou que viria me buscar onde quer que eu estivesse. Apenas se tomarmos a estrada para Londres e para a Torre devo escapar. Se Elizabeth, em seu medo, tentar me encarcerar onde ela própria esperou sua sentença de morte, terei de fugir.

Não preciso resistir a eles, pois enquanto esta guerra estiver sendo travada, não importa aonde me levem. Os lordes exigirão minha liberdade como parte do acordo com Elizabeth, onde quer que eu esteja escondida. Exigirão o direito à nossa religião, o direito à minha liberdade, e com o norte armado, ela será obrigada a concordar. O norte sempre foi outro reino, o poder de Elizabeth nunca se firmou além de Trent. Nenhum Tudor jamais se aventurou para além de York. Se os povos do norte a desafiarem, ela terá de fazer um acordo com eles, apesar de suas preferências.

Para além de tudo isso há um plano, um plano ambicioso que eu não sanciono. Não ouso sancioná-lo. Não farei guerra contra uma rainha em seu trono. Mas evidentemente todos acham que, se houver uma batalha e eles tiverem êxito, então poderão entrar em Londres. Podem me levar para o trono da própria Inglaterra. É o que Felipe da Espanha e seu embaixador querem. É por isso que seu banqueiro Roberto Ridolfi pagou uma fortuna em ouro espanhol. Para me colocarem não somente no trono da Escócia, mas também no da Inglaterra. Não é nada mais que meu direito. Elizabeth é uma bastarda renegada do finado rei Henrique, eu sou neta da filha dele. Sou a verdadeira herdeira e deveria estar no trono. Fui criada para reivindicá-lo. Chamam de "a Grande Empresa da Inglaterra" e juram que pode acontecer. Se os ingleses se erguerem em defesa de sua fé, consentirão um acordo que deixa uma herege no trono para governá-los? Qual a razão de uma rebelião contra Elizabeth, a menos que a derrubemos para sempre? O povo da Inglaterra quer uma rainha de sua fé, uma rainha comprometida com a tolerância e justiça que restaurarão a igreja e os antigos costumes da Inglaterra.

Esse não é o meu plano, não conspiro traição. Nunca encorajaria rebelião contra uma rainha ungida, por mais que ela tenha traído a mim, por mais falsa que seja a sua reivindicação. Mas já vivi o bastante para saber que todas as coisas são decididas por Deus. Quando a correnteza é forte, carrega todos os barcos. Se Deus nos concede uma grande vitória e o exército do norte invade Londres, então é Deus quem me dá o trono da Inglaterra, e serei uma filha ingrata se o recusar.

Penso em Elizabeth fugindo para o castelo de Windsor com guardas duplas posicionadas nos portões, a milícia de Londres chamada às armas, em confusão para encontrar suas armas, batedores disparando estrada do norte acima, aterrorizados com que a qualquer momento o exército do norte marche para o sul e exija o exílio ou a morte dela, e percebo que me controlo com todas as forças para não rir alto ao pensar no medo dela.

Agora ela sabe como é quando o povo se volta contra você. Agora ela conhece o terror que senti quando soube que se atreveriam a travar guerra contra a própria rainha ungida deles. Permitiu que meu povo se levantasse contra mim, sem punição. Ela permitiu que soubessem que poderiam se rebelar contra mim, sua governante eleita por Deus, e me derrubar do trono. E agora o povo se rebela contra ela, e se a derrubarem, quem irá salvá-la? Ela devia ter pensado nisso antes! Aposto que ela está apavorada, olhando o rio pela janela, apertando os olhos à procura de qualquer sinal dos navios espanhóis. Ela é propensa ao medo, neste momento deve estar morta de pavor. Os franceses juraram me apoiar, os espanhóis são meus amigos leais. O próprio Santo Padre reza por mim e diz que devo ser restituída. Mas Elizabeth? Quem é amigo de Elizabeth? Uma ralé de huguenotes na França, um par de príncipes alemães, quem mais? Ninguém! Ela está só. E agora está enfrentando, sozinha, seus próprios compatriotas.

Faço tudo o que me mandam, guardo minhas roupas, encaixoto meus livros e joias, dou minha nova tapeçaria para Mary carregar para mim, e desço correndo a escadaria até as cavalariças, com o sino dobrando em alerta, as criadas gritando e os cachorros latindo.

Está chovendo uma garoa fria, o que significa que as estradas estão enlameadas e que a viagem será extremamente vagarosa. Os soldados estão pálidos à luz da alvorada, receando que a pólvora se molhe e que tenham de enfrentar os cavaleiros do norte sem armas. Todos, menos eu, parecem mortos de medo.

Anthony Babington, o jovem pajem mais gentil de Bess, se aproxima de mim quando estou subindo para a minha sela e sussurra a senha que me diz que posso confiar nele: "Girassol."

É a *impresa* de minha meninice, meu símbolo, o girassol que se vira para a luz, o calor e a esperança.

— Mande-lhes uma mensagem, se puder, dizendo para onde estou indo — sussurro, sem olhar para ele, enquanto ele aperta a cilha de meu cavalo e ajeita as rédeas para mim. — Não sei aonde estão me levando. Para o sul, em algum lugar.

Seu rosto honesto de menino sorri radiante para mim. Que Deus abençoe a criança. Seus olhos castanhos estão repletos de adoração.

— Mas eu sei — diz ele alegremente. — Ouvi milorde falar. Coventry. Vou dizer a eles.

— Mas tome cuidado — alerto-o. — Não se arrisque. É jovem demais para ter a cabeça perdida.

Ele enrubesce.

— Tenho 8 anos — diz ele bravamente. — E estou a serviço desde os 6.

— É um rapaz de coragem — digo-lhe e vejo seu rubor infantil.

Na estrada, durante todo o caminho, enquanto cavalgamos o mais rápido a que nos atrevemos na luz cinza de um alvorecer de inverno, vejo os homens olhando para a esquerda e para a direita, atentos ao som de tambores e trombetas, assustados e alertas ao grande exército dos homens do norte. Temem contornar uma curva na estrada e se deparar com um muro de homens, esperando para me resgatar. Temem que nesse instante mesmo seus cavaleiros estejam se aproximando de nós, vindo pela retaguarda, nos alcançando não importa quão rápido cavalguemos. Sabem que descendo a estrada atrás de nós há homens que juraram restaurar a verdadeira religião e a verdadeira rainha, um exército em marcha sob o estandarte de Cristo, em Seu nome, chegando para vingar o sacrilégio contra a sua igreja, a traição contra a sua rainha, o pecado contra a história do seu país. Meus capturadores sabem que estão errados, sabem que são em menor número e que já estavam derrotados desde o começo. Marcham rápido, quase correm, as cabeças baixas e os rostos macilentos. São homens completamente aterrorizados.

Agnes, Mary e eu cavalgamos lado a lado em silêncio, um sorriso secreto ocasionalmente passando entre nós, e fazemos um esforço para não rirmos alto. Olho à frente, e lá está o pobre Shrewsbury, o rosto duro de preocupação, os olhos no horizonte. Do seu lado, milorde Hastings, a cara fechada, uma espada do lado, um punhal de assassino oculto em sua capa. Ele não vai gostar da experiência de correr de uma força maior, vai odiar o mau cheiro que seus homens exalam enquanto percorrem em pânico a estrada.

Alvoroçada atrás de nós, deixada muito mais para trás do que o habitual, está a terrível condessa Bess, organizando os suprimentos que nos seguirão, sem dúvida enviando mensageiros a Londres em busca de notícias, angustiada para acabar no lado certo, desesperada para saber qual será o lado certo. Não poderei tê-la em minha casa independentemente do lado para o qual ela vire sua casaca. Não me esqueço de que ela iria me entregar a Hastings. Não me esqueço de que ela teme que eu queira seu marido. Desprezo uma mulher ciumenta, e passei a vida perseguida pelos temores de mulheres menos belas.

Ela estava no pátio quando montamos nossos cavalos, estava ao meu lado quando seu marido me levantou para a minha sela, atenta para não nos deixar um momento a sós. Estava lá mesmo antes do pajem Babington. Ela pegou minha mão e ergueu seu rosto tenso para mim.

— Juro que estará segura — prometeu-me em voz baixa. — Se estiver em perigo, virei libertá-la. Se Cecil mandar uma mensagem dizendo que deve Sua Graça ser levada à Torre, eu lhe ajudarei a escapar em segurança. Estou do seu lado. Sempre estive do seu lado.

Não deixo que perceba minha alegria. *Non, vraiment!* É claro que não espero que ela me salve, é tão mentirosa! Essa promessa não passa de sua tentativa de manter os dois lados ao mesmo tempo. Mas sua atitude me mostra que ela pensa que o exército do norte vai vencer. Qualquer que seja a notícia que tenha recebido de Londres, é um aviso de que a situação está ruim para os homens de Elizabeth, tão ruim que Bess quer que eu saiba que ela é minha amiga. Ela tem as notícias de Londres no bolso e quer ser minha aliada. Estou observando Bess, a condessa de Shrewsbury, virar as costas para tudo no que acredita, desesperada para estar do lado vencedor. Não gargalho, nem mesmo deixo que ela perceba como acho graça. Aperto sua mão delicadamente.

— Tem sido uma boa amiga para mim, condessa — digo com doçura. — Não me esquecerei da condessa e de seu marido quando recuperar o que é meu.

1569, novembro, na estrada partindo do castelo de Tutbury: Bess

Quando uma mulher acha que seu marido é um tolo, o casamento acabou. Talvez se separem em um ano, ou dez, talvez vivam juntos até a morte. Mas se ela o acha um tolo, nunca mais o amará.

É no que penso enquanto sacolejo na estrada para o sul, minha cabeça baixa contra o gélido chuvisco de granizo, Tutbury abandonado atrás de mim, uma batalha, ou pior ainda, uma derrota, à minha frente. Um assassinato ordenado a mim, e um julgamento de traição pendendo sobre minha cabeça. Esta tragédia aconteceu a mim. A mim, que achava ter escolhido tão bem, que achava que terminaria a minha vida como condessa, com um marido que eu admirava, em uma casa que é uma das melhores da Inglaterra. Agora cavalgo atrás de um comboio de carroças que transportam meus bens mais valiosos, aflita para guardá-los em algum lugar seguro antes que sejamos saqueados, encurralada entre dois exércitos em marcha, e tudo isso porque meu marido é um tolo.

Uma mulher tem de mudar de natureza se for se tornar uma esposa. Tem de aprender a refrear sua língua, a reprimir seus desejos, a moderar seus pensamentos e a passar seus dias dando prioridade a outro. Ela tem de pô-lo em primeiro lugar até mesmo quando anseia servir a si mesma ou a seus filhos. Tem de pô-lo em primeiro lugar até mesmo quando anseia julgar por si mesma. Tem de pô-lo em primeiro lugar até mesmo quando sabe o que é melhor. Ser uma boa esposa é ser uma mulher com uma vontade de ferro, que você mesma transformou em um freio para restringir a própria capacidade. Ser uma boa esposa é se tornar escrava de uma pessoa inferior. Ser uma boa esposa é amputar o próprio poder, exatamente como os pais de mendigos amputam os pés de filhos para o benefício da família.

    Se um marido é infiel, uma boa esposa faz de conta que não vê. Sendo os homens o que são, ela não está perdendo grande coisa: a excitação efêmera de ser colocada contra uma parede ou ser comprimida sobre a relva úmida. Se ele é um apostador, ela pode perdoá-lo e pagar suas dívidas. Se é genioso, ela pode ficar fora de seu caminho, ou acalmá-lo, ou brigar com ele. Qualquer coisa que a faça passar o dia em segurança, até ele pedir desculpas, aos prantos — como maridos violentos quase sempre fazem. Mas se um marido põe em risco a casa, a fortuna e a prosperidade de sua esposa, se ele põe em risco exatamente o que ela dedicou a vida para acumular, então não vejo como poderia perdoá-lo. A única razão para se ser uma esposa é conseguir uma casa, uma fortuna e os filhos que as herdarão. E o perigo terrível de ser uma esposa é que o marido possui tudo: tudo que ela traz consigo para o casamento, tudo o que ela herda ou ganha durante o casamento. Pela lei do país, uma esposa não pode possuir nada independentemente de seu marido, nem sua casa, nem seus filhos, nem a si mesma. Ao se casar, ela passa tudo para a guarda dele. Portanto, se um marido destrói o que ela traz para ele — se perde a casa, gasta a fortuna, deserda os filhos, a violenta —, ela não pode fazer nada a não ser empobrecer gradualmente. Ele é um tolo e receio que ela nunca mais volte a amá-lo. E ela foi uma tola ao escolhê-lo.

    E, sim. Esse é o meu caso. Permito que ele aposte, sem reprová-lo, evito seus momentos ocasionais de irritação, até mesmo faço de conta de que não vejo a sua adoração pela jovem rainha. Mas não posso perdoá-lo por ter colocado minha casa em risco. Se ele for julgado culpado de traição, será decapitado, seus bens serão confiscados, e perderei Chatsworth e tudo que meus outros maridos e eu construímos juntos. Não posso perdoá-lo por ter corrido esse risco. Estou mais assustada com isso do que a possibilidade de ele ser decapitado. Perder Chatsworth será perder o trabalho da minha vida. Perder Chatsworth seria perder o próprio senso de mim mesma. Ele é um tolo, e eu sou a Sra. Tolo, e ele me fará a Sra. Tolo sem casa, o que é pior.

1569, novembro, na estrada partindo do castelo de Tutbury: Maria

Bothwell, escrevo às pressas — estão me levando para Coventry. Chegou a nossa hora! Posso prometer uma luta para vencer. Venha, se puder, venha a qualquer custo. Venha já!
M

Westmorland tem um exército de mais de mil homens no castelo de Brancepath, e uma mensagem colocada na palma de minha mão quando paramos para jantar diz que os homens de Northumberland já se reuniram a eles. Agora são 2 mil — é um exército capaz de tomar o norte, é um exército numeroso o bastante para tomar Londres.

Estão a caminho para me libertar, Norfolk marchando para o norte, ao encontro deles a partir de Kenninghall, e os três exércitos sagrados — o dele, o de Northumberland e o de Westmorland — carregando o estandarte das cinco chagas de Cristo, se reunirão e descerão a estrada até Coventry para me salvar.

Não espero nem mesmo uma grande batalha. Shrewsbury tem uns duzentos homens conosco, e Hastings, não mais de quarenta. Nenhum deles aguenta um combate. Metade deles é católica, muitos deles são simpáticos à minha causa, percebo isso em seus sorrisos acanhados, quando cavalgo no meio deles, e na maneira como baixam a cabeça em reverência quando me aproximo. Quando passamos por um santuário abandonado à margem da estrada, metade deles faz o sinal da cruz e seus oficiais fingem ignorância. São homens que foram batizados na igreja papista, por que iriam querer qualquer mudança? Por que morreriam para defender uma mudança que só lhes trouxe decepção?

No crepúsculo do nosso primeiro dia de viagem Shrewsbury recua para cavalgar ao meu lado.

— Não estamos longe — diz ele, de maneira encorajadora. — Não está cansada demais?

— Um pouco — respondo. — E com muito frio. Onde vamos passar a noite?

— Ashby-de-la-Zouche — diz ele. — O castelo de lorde Hastings.

Sou dominada pelo medo.

— Pensei... — Começo e reprimo o pensamento. — Vamos ficar lá? Não quero ficar lá. Não quero ficar na casa dele.

Ele estende a mão para mim e toca a minha luva. É delicado como uma menina.

— Não, não, passaremos lá apenas uma noite. Depois, prosseguiremos.

— Ele não vai me manter lá? Não vai me trancafiar quando chegarmos?

— Ele não pode fazer isso. Sua Graça continua sob minha custódia.

— Milorde não vai me entregar a ele? Diga ele o que disser?

Ele sacode a cabeça.

— Devo levá-la a Coventry e mantê-la segura. — Interrompe-se. — Eu não deveria lhe dizer o nosso destino. Não diga a suas damas ou a seus criados, por favor.

Concordo com a cabeça. Nós todos já sabemos.

— Prometo que não. E vai ficar ao meu lado?

— Sim — responde ele gentilmente.

A estrada faz uma curva à nossa frente e trotamos na direção da casa que se assoma, escura na escuridão da tarde de inverno. Trinco os dentes. Não tenho medo de Hastings, não tenho medo de ninguém.

Shrewsbury vem aos meus aposentos depois do jantar para ver se estou confortável e sendo bem atendida. Quase espero que ele me ofereça a liberdade, que me proponha algum tipo de fuga. Mas ele não faria isso. É um homem de honra e determinado. Mesmo perdendo, não tentará recuperar seus prejuízos. Está arruinado nesta noite, e ainda assim sorri para mim com sua cortesia habitual, e percebo a afeição em seu rosto cansado.

— Está confortável? — pergunta, passando o olhar pela bela mobília que Bess descarregou e reuniu às pressas nos cômodos vazios. — Desculpe a acomodação deficiente.

— Estou bem — digo. — Mas não compreendo por que temos de viajar nessas condições, nem aonde estamos indo.

— Há alguma inquietação nos condados do norte, e queremos garantir a sua segurança — diz ele. Desloca o peso de uma perna para a outra, não consegue me encarar. Eu seria capaz de amar esse homem por sua franqueza incontrolável. Acho que é o primeiro homem que conheço que é incapaz de dizer uma mentira.

— Há uma certa agitação — diz ele, com relutância. — A rainha está preocupada com a lealdade do norte. Nada com que Sua Graça precise se preocupar. Mas ficarei com a senhora até alcançarmos o nosso destino em segurança.

— Corro perigo? — arregalo os olhos.

Ele enrubesce.

— Não. Eu nunca a levaria para o perigo.

— Milorde Shrewsbury, se os condes do norte vierem me buscar, seus amigos queridos e meus, me deixará ir? — Falo com um sussurro, aproximando-me dele, e colocando minha mão sobre a sua. — Deixará eu ir, para que possa ser livre? São seus amigos, são meus amigos também.

— Sabe sobre isso?

Assinto com a cabeça.

Ele olha para as botas, para o fogo, para a parede. Para toda parte, menos para mim.

— Sua Graça, estou comprometido por minha palavra, não posso trair a causa da minha rainha. Não poderei deixá-la ir até ela me ordenar.

— Mas e se eu estiver em perigo?

Shrewsbury sacode a cabeça, mais pela confusão do que em recusa.

— Eu preferia morrer a deixar alguém tocar em um fio de seu cabelo — jura. — Mas não posso trair minha rainha. Não sei o que fazer. Sua Graça, não sei. Não sei o que fazer. Não posso ser falso com minha rainha. Jurei lealdade a ela. Nenhum homem da minha estirpe jamais traiu seu rei. Não posso trair meu juramento.

— Mas não vai deixar lorde Hastings me levar? Não vai deixar que me sequestre de sua guarda?

— Não, não vou permitir isso. Não agora. Não nestes dias perigosos. Vou mantê-la a salvo. Mas não posso libertá-la.

— E se ele tiver ordens para me matar?

Ele se retrai como se um punhal atingisse o seu coração em vez do meu.

— Ele não faria algo assim. Nenhum homem conseguiria.

— E se ele tiver de fazer? Se for ordenado?

— A rainha nunca ordenaria um crime desse. É inconcebível. Ela me disse, ela tem a intenção de ser sua parente, de tratá-la com justiça. Ela mesma me falou, que quer ser sua amiga.

— Mas Cecil...

Sua expressão se fecha.

— Ficarei com a senhora. Eu a manterei segura. Darei minha vida pela senhora. Eu... — engasga com o que quer dizer.

Recuo. Então é como sua mulher receia, e ela foi tola em me dizer. Ele apaixonou-se por mim e está dividido entre sua antiga lealdade à sua rainha e seus sentimentos por mim. Retiro minha mão da dele. Não é certo atormentar um homem tão sério. Além do mais, já tive o bastante dele. Quando a hora chegar, acho que ele me deixará ir. Realmente acho. Independentemente do que diz agora, acredito que está tão envolvido em minha causa que desobedecerá a sua rainha, desonrará seu nome orgulhoso, agirá como traidor de seu país quando chegar a hora. Quando o exército do norte nos cercar e exigir que eu seja entregue a eles, tenho certeza de que me deixará ir. Eu sei, eu o conquistei. Ele é meu, completamente. E nem mesmo sabe disso ainda. Mas eu o conquistei de sua rainha e de sua mulher. Ele é meu.

1569, novembro, castelo de Ashby-de-la-Zouche: Bess

É impossível conseguir notícias confiáveis, a região rural está tomada por mexericos e terror, as aldeias estão vazias de homens, que partiram para se unir ao exército do norte. As mulheres deixadas para trás, as expressões estúpidas inflamadas de esperança, juram que os bons tempos vão retornar. Esses bons tempos imaginários serão o meu fim e a destruição da minha fortuna. Se essa outra rainha, Maria Stuart, vencer e se tornar a única rainha, não me olhará com bondade. E a primeira coisa que fará será restaurar a antiga Igreja. Eles vão querer seus edifícios de volta, vão querer sua riqueza restaurada. Vão querer os castiçais de ouro da minha mesa, os cristais venezianos, os garfos, o jarro e a concha de ouro. Vão querer minhas terras, minhas minas, minhas pedreiras e meus rebanhos de carneiros. Quando a rainha dos escoceses estiver no trono, vai se lembrar muito bem de mim como a mulher que fingiu amizade, mas que a atacou com seu ciúme em uma noite fatal. Minhas promessas de ser sua salvadora causarão pouca impressão, quando toda a Inglaterra for sua melhor amiga. Se o exército do norte conquistar a Inglaterra e colocar a sua rainha no trono, perderei minhas casas, minha fortuna, meu lugar no mundo e tudo pelo que lutei.

Meu marido não poderá me ajudar, ele também cairá. Meus amigos não me protegerão. Somos todos protestantes, toda a nossa riqueza é recente, todos construímos nas terras dos mosteiros, jantamos com a prataria da igreja. Todos seremos obrigados a devolver nossos bens, e seremos derrubados juntos. Meus filhos ficarão na miséria, não herdarão nada além de dívidas. A antiga Igreja e sua nova rainha tirarão tudo de mim, e ficarei mais pobre do que minha mãe. E jurei nunca mais cair tão baixo.

Acompanho as carroças com os bens e provisões o mais rápido que posso, me sentindo mais como uma camponesa pobre fugindo de um exército do que uma condessa mudando-se de um belo castelo para outro.

E o tempo todo temendo por minha casa e por meus filhos. Minha mãe e minha irmã estão em Chatsworth, bem no caminho da marcha do exército do norte. Nenhum exército conduzido por nobres como Westmorland ou Northumberland machucaria mulheres, mas certamente pegarão meu gado e meus carneiros, marcharão por minhas plantações de trigo e acamparão em minha floresta. E Henry, meu filho, e Gilbert, meu enteado, estão na corte com a rainha, e loucos por uma aventura. Rezo para que Robert Dudley proíba terminantemente que partam. Henry, em particular, é alvoroçado, louco por qualquer agitação, se oferecerá à rainha como batedor ou para se unir aos cidadãos de Londres em sua defesa. Robert é meu amigo verdadeiro, sei que manterá meus filhos em segurança. Rezo a Deus para que os proteja. Eles são a minha herança, tanto quanto minhas casas, e tudo corre perigo nesta noite.

Como eu gostaria de estar com meu marido, o conde, meu George. Tolo ou não, nesta crise sinto terrivelmente a sua falta. Sua fé leal e determinação em cumprir o seu dever para com sua rainha me acalma e me impede de gritar de pânico diante da mudança súbita de nossos destinos. Ele não planeja, prevê, trapaceia e se entrega ao terror, como eu. Ele não tem que defender carroças carregadas de bens roubados. Não tem falsas promessas na sua consciência e um punhal em sua bolsa. Ele não prometeu segurança à rainha apesar de ter recebido ordens de matá-la. Conhece o seu dever e o cumpre, nem mesmo precisa pensar sobre o que deve fazer. Não é inteligente como eu, não é pérfido como eu.

Talvez esteja apaixonado pela rainha da Escócia. Talvez tenha gostado de sua aparência, e quem pode culpá-lo? Eu mesma admito que nunca vi mulher tão bonita. Talvez ele tenha apreciado sua companhia. Por que não? Ela é tão encantadora quanto qualquer francesa criada na vaidade e ociosidade. Talvez como homem, como um homem tolo, ele a deseje. Bem, não será o primeiro a cometer esse erro.

Mas isso não o descontrola, que Deus o abençoe. Quando a rainha Elizabeth enviou-lhe uma ordem, ele cumpriu imediatamente o que lhe foi ordenado. Disse que amarraria a outra rainha a seu cavalo, se fosse preciso. Amo-o por isso. Tem fé e lealdade. Ele é constante, enquanto tudo o que tenho é fome de riqueza e pavor de voltar a ser pobre. Ele é um nobre de honra e eu sou uma mulher gananciosa. Eu sei.

E é claro que é mais fácil para ele. Como estaria tão contaminado de medos como eu? Ele não tem a minha avidez por terra e o meu medo da perda. Ele não foi criado por uma viúva falida, não precisou economizar e viver como um serviçal até conseguir uma posição. Nunca teve de escolher os amigos com base no que fariam por ele, nunca teve de se vender para a melhor proposta, sim, e ao mesmo tempo promover o leilão. Ele nem sequer sabe que esses castiçais de ouro em sua mesa eram do mosteiro, assim como os rebanhos de carneiro em sua terra. Sua pureza é fundada e protegida pela minha ganância e meu cálculo. Faço o trabalho difícil e ingrato no nosso casamento e nesta noite, pela primeira vez, gostaria de ser tão pura quanto ele.

Na primeira noite, paramos no castelo em Ashby-de-la-Zouche, uma das casas de Hastings, e embora a rainha Maria só vá ficar por uma noite, tem de ser servida regiamente, e cabe a mim assegurar que assim seja. Mais do que nunca quero que ela veja que estamos fazendo o melhor que podemos. Tenho de enviar batedores para garantir que a casa esteja pronta para a sua chegada. Hastings deixou-a fechada enquanto ficou na corte, portanto meus criados tiveram de abri-la, arejar os cômodos e acender as lareiras. Depois tive de alcançá-los o mais rápido possível, para que a carroça com seus bens especiais fosse descarregada e tudo colocado em seu quarto, tudo estivesse pronto para o seu jantar. Preciso arrumar seu quarto de maneira apropriada a uma rainha antes de sequer sonhar em me sentar para comer. Seu tapete turco especial tem de estar estendido no chão sob sua cama, seus próprios lençóis de linho cheirando a lavanda devem forrar sua cama, uma muda de roupa tem de estar para o dia seguinte, duas mudas de roupa branca, engomadas e passadas, e seu cachorrinho deve ser lavado e passeado.

Mas durante todo o tempo que me exaspero com o sumiço de seus lenços de renda belga, espero notícias de que o exército está se aproximando rapidamente. Meu comboio de carroças se arrasta lentamente na retaguarda, sempre atolando na lama espessa ou sendo obrigado a contornar rios acima do nível devido à água da chuva de inverno, e tenho de cuidar de tudo enquanto nos deslocamos para Coventry. Estou desprotegida, a guarda toda está ao redor dela, duas horas à frente. Se o exército do norte nos alcançar amanhã, será a mim que encontrarão primeiro, com uma carroça carregada de tesouros papistas, absolutamente indefesa. A qualquer momento eles podem nos atacar, e tudo o que terei com que me proteger será um tapete turco, uma dúzia de lençóis de linho e o estúpido cachorrinho da rainha.

1569, novembro, castelo de Ashby-de-la-Zouche: George

Estão tomando as cidades do norte uma a uma, reunindo soldados e equipando-os para um cerco. O reino do norte se desenrola diante deles como um tapete de boas-vindas, parecem incontroláveis. Não é uma campanha, é uma marcha triunfante. O exército do norte é aclamado por onde passa. O tempo úmido não os retarda, são celebrados como se fossem a própria primavera. Uma breve mensagem de Cecil a Hastings (pois, ao que parece, não sou confiável para receber as notícias) nos avisa que tomaram a grande cidade de Durham sem disparar um tiro. Ordenaram que uma missa fosse celebrada na catedral, derrubaram o livro de orações protestante e recolocaram o altar no lugar certo. O povo aflui para ser abençoado e os padres resplandeceram em seus hábitos. As estátuas estão reaparecendo nos santuários, as velas estão acesas, os bons tempos retornaram, o país será livre. Eles restauraram a antiga fé na terra dos bispos, e mais uma vez os arcos da catedral ressoaram a verdadeira palavra de Deus em latim. Centenas foram assistir à missa, outros milhares souberam dela e se encheram de alegria, afluindo às suas próprias paróquias para de novo soar os sinos e mostrar que a nova ordem foi invertida de novo, e correndo em busca de suas foices e seus forcados, desesperados para travar uma guerra ao lado dos anjos. Os padres que foram obrigados, sob pena de morte, a exibir a Bíblia onde todos pudessem vê-la, como se fosse um livro comum, mas esconder a hóstia sagrada, agora podem voltar a obedecer às ordens da igreja, guardando a Bíblia e expondo a hóstia sagrada a todos que forem adorá-la. Os altares de pedra retornaram, as pias de água benta voltaram a ficar cheias, as igrejas são acolhedoras novamente, com o murmúrio das preces. Mais uma vez é possível se comprar uma missa para a alma de um ente querido, mais uma vez pode-se pedir abrigo e proteção. A antiga religião retornou e o povo pode se confortar nela. A paz de Elizabeth e a religião de Elizabeth estão desmoronando, e Bess e eu cairemos nas ruínas.

Cecil informa, numa bravata frágil, que a rainha Elizabeth está mandando um exército para o norte, e que se agruparam e marcham o mais rápido possível. Mas sei que serão insuficientes e que chegarão tarde demais. Serão homens de Kent, homens de Wiltshire, estarão cansados quando chegarem, e estarão longe de casa. Não se sentirão propensos a combater os homens do norte, em suas próprias terras, orgulhosos de sua própria religião. Os sulistas terão medo. Nós, do norte, somos conhecidos como duros, homens que não fazem prisioneiros. Quando o norte se levanta, ninguém consegue nos resistir. Os que se lembram das histórias dos anos mais amargos da guerra de York contra Lancaster vão preferir ficar em casa e deixar que as rainhas rivais combatam entre si. Ninguém quer participar de mais uma guerra entre o norte e o sul. Somente os nortistas estão ansiosos por um combate porque sabem que Deus está do lado deles, e eles não têm nada a perder, estão seguros de que vencerão.

Muitos — tanto sulistas quanto nortistas — acreditarão que a rainha Maria tem todo direito à liberdade e deve lutar por ela. Alguns, eu sei, acharão que ela tem direito ao trono inglês e não se unirão a um exército contra ela. Não marcharão contra uma herdeira legítima do trono. Quem ergueria uma espada contra uma parenta do bom rei Henrique? A neta de sua irmã amada? Uma Tudor autêntica como essa deveria ser defendida por todos os ingleses. Portanto centenas, talvez milhares virão do norte para lutar por ela e pela antiga religião, e pelos costumes que eles amam. A maior parte do país gostaria de retornar aos antigos costumes, e esta é a sua grande chance. Os condes levantaram o estandarte das Chagas Sagradas de Cristo. O povo afluirá a ela.

Cecil não tem notícias de Howard, e o seu silêncio nos demonstra a extensão de seu medo. Quando o duque levar seus homens ao campo de batalha, excederão em número quantos Elizabeth conseguir armar. Ele vai aparecer com metade da Inglaterra ao seu lado. A família Howard comanda quase todo o leste do país há gerações, como príncipes em sua própria liberdade. Quando os Howard se declaram pelo rei no trono, metade do país os segue, tão imediatamente quanto cães de caça obedecem ao toque da corneta. Quando os Howard rejeitam um rei, é para anunciar um usurpador. Quando Howard empunhar seu estandarte pela rainha Maria, será o fim de Elizabeth.

Cecil está com medo, aposto minha honra nisso. Ele não admite, mas escreve de Windsor, o que significa que entregaram Londres para armar o único castelo que poderiam defender. Isso é pior do que qualquer outra coisa de que me lembre. O rei Henrique nunca abandonou Londres. Tampouco seu pai a abandonou. Até mesmo a rainha Mary, enfrentando Wyatt e uma poderosa rebelião protestante, nunca entregou Londres. A pequena rainha Jane se trancafiou na Torre. Mas a rainha Elizabeth abandonou a sua capital e está se preparando para um cerco, sem esperança de receber ajuda de fora. Pior ainda: exércitos estrangeiros se reúnem contra ela. Nenhum rei na cristandade virá socorrer Elizabeth, eles a verão cair e ficarão felizes com sua morte. É o que Cecil está colhendo ao semear sua política de desconfiança. Ele e sua rainha fizeram dos franceses inimigos, odeiam os espanhóis, estão separados de seu próprio povo, são estranhos em seu próprio reino. Ela aliou-se a piratas, mercadores, puritanos e informantes pagos, e agora declara guerra à nobreza do seu reino, que deveria aconselhá-la.

Eu devia estar no castelo de Windsor, eu devia estar lá com meus pares, com minha rainha. Ela devia se aconselhar com seus pares, homens que serviram ao trono por gerações, homens que durante séculos pegaram em armas pela segurança do rei inglês. Ela não deveria depender desse escrevente Cecil que veio não se sabe de onde e até ontem não era ninguém. Como ele pode aconselhar cautela e bom-senso quando ele próprio está cheio de terror? Como ele pode unir o povo quando foram seus medos e espiões que nos separaram e nos tornaram inimigos uns dos outros? Como os lordes podem aconselhá-la se ela acusou a maioria deles de traição? Os melhores homens da Inglaterra estão na Torre ou sob prisão domiciliar.

Deus sabe que quero servir-lhe agora, na hora do seu terror. Deus sabe que eu lhe diria para não se armar, não reunir soldados, eu lhe diria para solicitar a amizade da rainha dos escoceses e conferenciar com ela, prometer seu retorno à Escócia, tratá-la como uma boa prima e não uma inimiga. Mais do que qualquer outra coisa, eu a aconselharia a não escutar mais Cecil, que vê inimigos em toda parte e, desse modo, faz inimigos em toda parte.

Bem, não posso servir à rainha sitiada no castelo de Windsor, mas a servirei aqui. Esta é a minha tarefa, e não é uma tarefa fácil. Devo servir-lhe aqui guardando a mulher que tomaria o seu trono, escapando, se puder, do exército que deseja libertá-la, rezando ao meu Deus à minha própria maneira — verdade seja dita, não sei mais se sou papista ou protestante e não sei como pode se saber, e não me importo — que esta guerra possa ser, por um milagre, evitada e que primos não guerreiem mais com primos na Inglaterra. E depois de dizer essa prece, faço outra em nome da doce rainha: "Santa Maria, Mãe de Deus, protege-a. Mantém sua filha a salvo. Mantém seu anjo a salvo. Mantém a minha querida a salvo. Mantém-na a salvo."

1569, novembro, Coventry: Maria

Uma mensagem do meu embaixador, o bispo Lesley, apertada no punho do pequeno Anthony Babington, é deixada cair no meu colo no nosso alojamento temporário em Coventry, a melhor casa da cidade e um lugar pequeno, pobre e sujo:

> *Escrevo às pressas grandes notícias. A nossa campanha está em andamento. Roberto Ridolfi retornou da Holanda espanhola e viu a armada. Estão prontos para zarpar em seu apoio. Desembarcarão em Hartlepool ou Hull, as duas cidades se declararam do seu lado, e então os soldados espanhóis marcharão para libertá-la. Elizabeth reuniu um exército relutante composto de mercadores e aprendizes de Londres, mas o seu avanço é lento, perdem homens a cada parada, não há fome de batalha.*
>
> *Seu próprio exército é triunfante, todas as cidades no norte abrem seus portões, uma atrás da outra. O Conselho do Norte de Elizabeth está preso em York, incapaz de sair da cidade, cercado por nosso exército. Seu líder, o conde de Sussex, permanece leal a Elizabeth, mas não tem homens para conseguir sair da cidade, e o condado ao redor pertence à senhora. O seu exército domina agora todas as cidades e aldeias a leste dos Peninos. A verdadeira religião foi restaurada em cada paróquia do norte, o reino do norte está às suas ordens, e Sua Graça deverá ser libertada em dias, e mandada de volta à Escócia, ao seu trono.*

Leio apressada, não consigo parar de sorrir. Ele me informa que os condes do norte fizeram uma jogada inteligente. Declararam que não se rebelarão contra Elizabeth, não se trata de traição, enfatizam que não é uma rebelião. A batalha é contra seus malignos conselheiros e suas políticas. Insistem apenas em que a Igreja seja restaurada e a religião Católica Apostólica Romana volte a ser praticada livremente na Inglaterra, e que eu retorne ao trono da Escócia e seja reconhecida como herdeira do trono da Inglaterra. É a moderação dessas exigências, assim como sua justeza, que atraem apoio. Triunfamos. Nenhum homem na Inglaterra recusaria semelhante programa. Só nos falta um arauto de Elizabeth sob uma bandeira branca, pedindo para conferenciar.

O bispo Lesley incita-me a ser paciente, a não fazer nada que leve Elizabeth e seus espiões a pensarem que mantenho contato com o exército do norte. Devo ser como uma joia, transportada silenciosamente de um lugar para outro até encontrar seu engaste final.

"*Deus vobiscum*", conclui. "Deus esteja convosco. Agora, não vai demorar."

Sussurro *Et avec vous, et avec vous*, e com você também, e jogo a carta no fogo da pequena lareira.

Esperarei, embora anseie por cavalgar à frente do exército do norte. Terei de ser resgatada, embora deseje conquistar eu mesma minha liberdade. Vou ter paciência e vou esperar aqui, enquanto o pobre Shrewsbury fica de lá para cá nas muralhas da cidade e nunca para de olhar para o norte, para o caso de virem me buscar. Vou ter paciência e saber que esse jogo cruel de espera e medo que Elizabeth jogou comigo de repente virou-se a meu favor, e em dias, em não mais de uma semana, retornarei a Edimburgo na liderança do exército do norte, e reivindicarei o meu trono e meus direitos. E então será ela quem terá de esperar e temer, e eu que decidirei se devo ser generosa com ela. Sou como um navio precioso que teve de aguardar fora do porto por tanto tempo, e agora sinto que a maré voltou e o navio está sendo delicadamente puxado, a correnteza está fluindo rapidamente a meu favor, e estou indo para casa.

1569, novembro, Coventry: Bess

Não é porque estamos longe de nossas terras que alguém vá comer menos, mas tudo agora tem de ser comprado a preço de mercado, e o ouro que trouxe comigo está se escasseando perigosamente. Não se consegue legumes frescos nem frutas, por causa do inverno, porém mesmo frutas secas e legumes da estação são caros demais para nós.

Escrevo a Cecil pedindo que me mande dinheiro para suprir o pessoal da rainha, notícias do exército do norte e a certeza de que sabe que lhe somos leais. Escrevo a Henry pedindo notícias da corte e mandando que fique com Robert Dudley. Mando, como sua mãe, que nem mesmo sonhe em pegar em armas pela rainha e que não venha a mim. Se Cecil soubesse o terror que sinto, a pequenez de minha reserva de moedas, o esgotamento de minha coragem, sentiria pena e me responderia imediatamente.

Se meu marido, o conde, é suspeito, como metade dos lordes da Inglaterra são, então meu destino pende na balança com ele, com o exército do norte e com a rainha dos escoceses. Se o exército do norte nos atacar em breve, não há esperança de que vençamos. Não poderemos nem mesmo defender esta pequena cidade contra eles. Teremos de deixar que levem a rainha, e George e eu estaremos igualmente perdidos quer a coloquem no trono da Escócia, quer no trono da Inglaterra. Porém, estaremos também perdidos, seremos desonrados e acusados se o exército inglês nos alcançar primeiro e tirar a rainha dos escoceses de nós, já que não somos dignos de confiança para guardá-la.

Meu maior arrependimento, meu mais profundo arrependimento nesses dias angustiantes é termos, um dia, concordado em receber a rainha dos escoceses, é eu ter achado que poderíamos lidar com ela, é eu ter achado que poderia lidar com meu marido e ela na casa. Meu segundo arrependimento é que quando ele disse que devolveria todas as minhas terras para me punir por eu ter duvidado de sua capacidade, não respondi prontamente "Sim!", e providenciei para que tudo fosse logo assinado. Pois se — que Deus não permita — George for sequestrado pelos escoceses, ou acusado pelos ingleses, ou morto em combate, ou fugir com a rainha dos escoceses por amor a ela, perderei Chatsworth, minha casa em Chatsworth, minha querida casa de Chatsworth. E prefiro morrer a perder Chatsworth.

Mal acredito que, após uma vida me casando para tirar vantagens, juntando pequenas frações de terras, armazenando pequenos tesouros, no fim eu seja dona de uma das casas mais importantes da Inglaterra e coloque tudo em risco pelo capricho da boa vontade de Elizabeth e do bom comportamento de sua prima, a outra rainha. Quando Elizabeth já demonstrou boa vontade em relação a outra mulher? Quando Maria já se comportou bem? Minha fortuna depende das duas mulheres e não confio em nenhuma delas. Minha fortuna está sendo guardada por um homem que serve a uma e ama a outra, e é um tolo para barganhar. E devo ser a mais tola dos três para estar afundando no atoleiro que eles criaram.

1569, novembro, Coventry: George

Finalmente notícias de Durham, mas não são boas para nós. O exército do norte está marchando para o sul. Assistiram à missa na catedral de Durham e celebraram seu triunfo com um imponente *Te Deum*, e agora partiram com seus estandartes pela grande estrada do norte. Temos de supor que estão vindo libertar a rainha. Foram vistos na estrada, em Ripon, e dizem que são 4 mil soldados da infantaria. Mas a sua grande força é a cavalaria: são quase 2 mil montados, e esses são os fascinantes jovens das casas do norte, endurecidos por anos de ataques na fronteira, treinados na justa, loucos por lutar, ardorosos em sua fé, e todos apaixonados pela rainha da Escócia. São liderados por Westmorland e Northumberland, até mesmo a condessa de Northumberland cavalga com o exército, jurando que podemos todos morrer combatendo, mas que não podemos perder essa única grande chance de restaurar a verdadeira fé.

Quando ouço isso, realmente vacilo. Sinto meu coração se exaltar por um momento ao pensar nos estandartes tremulando e na marcha do exército pela verdadeira igreja. Se pelo menos eu pudesse estar com eles, meus amigos, se pelo menos eu tivesse a convicção deles. Se eu pudesse libertar a rainha e levá-la ao encontro deles. Que dia esse não seria! Partir com a rainha ao encontro do seu exército! Mas quando imagino isso, baixo a cabeça e me lembro do meu dever para com a rainha Elizabeth. Dei minha palavra de Talbot. Não sou capaz de uma desonra. Preferiria a morte à desonra. É preciso.

Nesse meio-tempo, Hastings continua a me assegurar de que o exército de Elizabeth está a caminho do norte, mas ninguém sabe dizer por que está demorando tanto nem onde se encontra. Meus próprios homens estão inquietos, não gostam dessa cidadezinha suja de Coventry. Tenho de lhes pagar a metade do seu salário, pois estamos com muito pouco dinheiro. Bess faz o que pode, mas os suprimentos de comida são deficientes, e metade dos homens está com saudades de casa, e a outra metade anseia por se unir ao inimigo. Alguns já estão fugindo.

Lorde Hunsdon — primo leal da rainha — foi detido em Newcastle pelos partidários da rainha Maria, não pode ir para o oeste para libertar York, que está à beira do desespero. O nordeste todo se declarou a favor de Maria. Hunsdon está descendo cautelosamente o litoral, esperando chegar a Hull, pelo menos. Mas há rumores terríveis de que os espanhóis talvez desembarquem em Hull, e a cidade certamente os apoiará. O conde de Sussex está encurralado em York, não se atreve a partir. Todo Yorkshire se declarou a favor do exército do norte. Sir George Bowes resistiu sozinho e montou um cerco na pequena cidade mercante de Barnard Castle. É a única cidade que declarou apoiar Elizabeth, a única cidade no norte da Inglaterra que prefere sua causa à da rainha dos escoceses. Mas ainda assim, todos os dias, seus homens fogem do castelo para se unir aos papistas.

Cada dia que o exército de Elizabeth gasta em seu avanço relutante, o exército do norte cresce em número e confiança, e marcha cada vez mais rápido, seus homens sendo saudados como heróis libertadores. Cada dia que o exército de Elizabeth se atrasa, o exército do norte mais se aproxima de nós, e a cada dia aumenta a chance de chegar primeiro e levar a rainha dos escoceses, e então a guerra se encerrará sem nenhuma batalha, e Elizabeth será derrotada em seu próprio país por seu próprio primo, sem nenhuma espada desembainhada em sua defesa. Belo fim de um reinado breve! Uma conclusão rápida para o experimento breve e fracassado com uma rainha solteirona de fé protestante! Será o terceiro filho de Henrique que não conseguirá resistir. Por que não tentar a neta de sua irmã? Essa rainha será o segundo Tudor protestante desastroso, por que não voltarmos aos antigos costumes?

E com tudo isso, Bess me repassa um mexerico de seu mordomo em Chatsworth, que me dá um vislumbre de esperança nesses tempos desesperançados. Ele conta que meia dúzia dos agricultores arrendatários que fugiram quando o estandarte do norte foi levantado retornaram, com os pés feridos, mas orgulhosos, dizendo que a rebelião tinha terminado. Disseram que marcharam sob as Cincos Chagas de Cristo, que viram a elevação da hóstia na catedral de Durham, que a catedral fora consagrada de novo e que todos os pecados foram perdoados, que os bons tempos chegaram, que os salários serão aumentados e que Maria da Escócia assumirá o trono da Inglaterra. Eles foram saudados como heróis em suas aldeias e agora todos acreditam que a batalha terminou, e que a rainha dos escoceses venceu.

Isso deu-me uma esperança momentânea de que essas pessoas simples e crédulas se satisfizessem com a captura de Durham e o estabelecimento do antigo reino do norte, e se dispersassem. Então poderíamos negociar. Mas sei que estou apenas consolando a mim mesmo. Quem me dera que tivéssemos notícias confiáveis. Eu queria ter certeza de que poderia mantê-la a salvo.

Hastings prediz que os lordes do norte vão estabelecer um reino do norte e esperar o exército de Elizabeth no terreno que escolherem. Têm a vantagem de ser em maior número, também escolherão o campo de batalha. Têm uma cavalaria, e o exército de Elizabeth quase não tem cavalos. Os jovens cavaleiros do norte farão os aprendizes de Londres em pedaços. Hastings está pesaroso com esse prospecto, mas qualquer coisa que atrase a batalha é boa notícia para mim. Pelo menos não terei de enfrentar meus conterrâneos, meus amigos Westmorland e Percy, em um combate hoje ou amanhã. Temo o momento em que terei de mandar homens de Derbyshire afiarem suas foices para atacar homens de Westmorland e Northumberland. Temo o dia em que terei de mandar homens dispararem em seus primos. Tenho certeza de que meus homens recusarão.

Abomino pensar nessa guerra. Achei que Deus me chamaria para defender minha terra dos espanhóis ou dos franceses, mas nunca sonhei que acabaria lutando contra ingleses como eu. Ameaçar um compatriota, um homem que foi meu amigo durante toda a minha vida irá me partir o coração. Meu Deus, Westmorland e Northumberland têm sido companheiros, conselheiros e parentes durante toda a minha vida. Somos primos de terceiro grau, parentes por afinidade há cinco gerações. Se os dois e suas famílias marcham sob o estandarte das Cinco Chagas de Cristo, não consigo acreditar que não estou ao seu lado. Sou seu irmão, deveria estar ao lado deles.

A batalha acontecerá e terei de observar de frente os seus estandartes, seus amados e familiares estandartes, e vê-los como inimigos. Vai chegar o dia em que verei rostos ingleses honestos do outro lado, e ainda assim darei ordens a meus homens para se prepararem para resistir a um ataque assassino. Mas não vai ser hoje. Graças a Deus não será hoje. Mas a única razão para não ser hoje é porque eles não querem. Eles estão escolhendo o momento. Já fomos derrotados.

1569, véspera de Natal, Coventry: Maria

Meu capelão tranca minha porta, e meus criados e eu celebramos a missa nesta noite especial como se fôssemos cristãos escondidos nas catacumbas de Roma, cercados pela perfídia. E como eles, sabemos, com total convicção, que embora os ímpios pareçam tão poderosos, embora pareçam dominar o mundo, será a nossa visão que triunfará, e a nossa fé crescerá até se tornar a única fé.

Ele termina as orações, envolve os objetos sagrados e os coloca em uma caixa, e sai silenciosamente. Somente o seu sussurro de "Feliz Natal" me desperta de minha prece.

Levanto-me e apago as velas diante do pequeno altar.

— Feliz Natal — digo a Agnes e a Mary, e beijo-as no rosto. Meus criados saem, um por um, parando para me fazer uma reverência e sussurrar seus votos. Sorrio e então o quarto fica silencioso, aconchegante.

— Abra a janela — digo a Agnes, e me debruço para fora. As estrelas parecem luzir como diamantes na escuridão do céu. Procuro a estrela polar e penso em meu exército dormindo embaixo dela, vindo me buscar. Ocorre-me uma história que Bothwell me contou certa vez, e respiro fundo o ar frio e solto um assobio longo como o zunir de uma rajada de vento na noite.

— O que está fazendo? — pergunta Mary, jogando um xale em meus ombros.

— Estou assobiando para chamar uma tempestade — respondo, sorrindo ao pensar em quando Bothwell chamou sua própria tormenta com um assobio na noite anterior a Carberry Hill. — Estou chamando uma tempestade que vai me impulsionar até o meu trono.

1569, dezembro, Coventry: Bess

Uma estação fria e pouca chance de alegria em um banquete de Natal para a minha criadagem, neste ano. É o segundo Natal meu e de milorde a ser estragado por essa outra rainha. Queria nunca ter ouvido falar nela, quanto menos ter pensado que poderia lucrar servindo a ela. Longe de minha casa, separada de meus filhos, sem notícias de minha mãe, de minha irmã ou de minha casa, esperamos apreensivos a chegada do exército do norte. Hastings envia batedores três vezes ao dia, para ver se pelo menos conseguimos ter alguma ideia de onde eles estão agora e de quando nos alcançarão, mas na metade das vezes avançam cegos na cerração e na chuva, e poderiam estar a centímetros do exército do norte e não o verem.

A cidade está fortificada o melhor possível, mas ninguém tem a menor dúvida de que não podemos resistir a um cerco imposto por um exército de quase 6 mil homens. Temos um punhado de homens de cuja lealdade não podemos depender, e tampouco os cidadãos de Coventry nos defenderão. Também eles querem ver a rainha libertada. Não somos populares aqui, somos um exército de ocupação.

Não posso deixar de me inquietar por minha mãe e minha irmã em Chatsworth. Minhas filhas estão seguras no sul, servindo junto a amigos, aprendendo a dirigir uma grande casa e travando amizades que lhes serão úteis no futuro, e meu filho Charles está na escola. Mas o exército do norte pode passar por Chatsworth, e embora minha mãe tenha determinação e coragem para expulsá-los de minha terra, o que acontecerá se os soldados se ofenderem? Preocupo-me demais com Henry, meu filho, e Gilbert, meu enteado, que estão na corte. Não consigo parar de pensar que podem meter na cabeça se oferecerem como voluntários para marchar com o exército da rainha e irem para o norte enfrentar os inimigos dela. Se meu filho Henry combater contra o exército do norte, juro que eu mesma decapitarei a rainha escocesa. Tenho certeza de que Robert Dudley não o deixará ir, tenho certeza de que a rainha proibirá. Mas, ainda assim, acordo várias vezes à noite, sobressaltada, certa de que meu menino se ofereceu ao perigo e está, neste mesmo momento, marchando para o norte para encontrar um exército irrefreável de traidores.

Hastings recebeu uma carta de Londres prometendo reforço e sugerindo otimismo, mas dando a notícia desastrosa de que Barnard Castle caiu. Sir George Bowes resistiu pela rainha, mas seus homens arriscaram seus pescoços saltando as muralhas do castelo para se unir aos rebeldes. Um deles até mesmo quebrou a perna em sua determinação de mudar de lado, e a população da cidade abriu os portões e convidou os rebeldes a entrar, cantando os antigos hinos enquanto eles avançavam. Celebraram a missa nas igrejas, recolocaram à vista de todos as pias de água benta, o ouro, a prata, até mesmo os quadros e os vitrais. Declararam o retorno da fé na praça do mercado, e todas as mulheres de fazendeiros levaram seus filhos para serem, por fim, batizados apropriadamente.

Será como era antes, eu sei: a igreja no centro da vida, os mosteiros e abadias com sua riqueza, a fé restaurada. É como se o mundo se cerzisse de novo, como um tecelão habilidoso refazendo um pano desfiado. Mal acredito que não voltarei ao passado eu mesma, de volta ao meu terceiro bom marido, William St. Loe, de volta ao meu segundo bom marido, William Cavendish, que me deu Chatsworth e roubou os castiçais dourados da abadia, de volta à minha primeira terra, de volta à minha infância, a quando me casei com meu primeiro marido para escapar da vida de menina pobre sem perspectiva, em Hardwick, onde minha mãe nem mesmo tinha a escritura de nossa casa.

Comento com a rainha, durante o jantar, que todas as noites desse terrível tempo de espera eu sonho que estou voltando à minha infância, e seu rosto se ilumina, como se fosse uma perspectiva maravilhosa.

— Se eu pudesse desejar qualquer coisa, seria voltar ao tempo na França — diz ela. — Voltar a ser uma princesinha na França.

Sorrio sem entusiasmo, como se concordando. Só Deus sabe como também eu gostaria que ela estivesse lá.

1569, dezembro, Coventry: George

A rainha está hospedada na melhor casa da cidade, e isso não é bom o bastante para ela. Bess e eu estamos acomodados na casa ao lado, as coisas estão empilhadas nos quartos, os criados dormem em bancos. Os cavalariços estão dormindo nos estábulos com os cavalos, os homens de Hastings foram impostos nas casas de gente pobre na cidade inteira. O estoque de alimentos do mercado se esgotou, e o mau cheiro nas ruas e nos esgotos é insuportável. Vamos ter de nos mudar, independentemente do perigo, ou doenças se alastrarão por esses alojamentos apinhados. Hastings escreveu a Cecil, mas a resposta veio para mim em nossos pobres aposentos, trazida por mais um de seus jovens sem nome. O fato de agora ser eu o seu correspondente e Hastings ser ignorado me diz tudo de imediato. Cecil deve estar desesperado. Ele levou a rainha à beira da derrota e agora precisa negociar com a outra rainha.

Sua amizade com a rainha da Escócia vai nos servir agora. Recebi a informação de que os rebeldes tomaram o porto de Hartlepool, para que sirva de cabeça de ponte para o desembarque dos espanhóis. A frota espanhola virá da Holanda e desembarcará seu exército para apoiar o exército do norte. Não temos uma força que possa enfrentá-los, nem como reunir uma.

Nesse caso, você deverá proteger a rainha dos escoceses a qualquer custo e começará as negociações com ela para se chegar a um acordo. Diga a Bess, Devereux e Hastings para a manterem segura a qualquer preço. Todos os nossos planos anteriores foram urgentemente mudados — assegure-se de que eles compreendam isso. Em vez de ser um perigo para nós, ela agora é a nossa única esperança para uma trégua. Ela tem de ser mantida a salvo e, se possível, tornar-se amiga e uma futura aliada.

Descubra o que ela aceitará. Apoiaremos o seu retorno ao trono da Escócia, e a garantiremos como herdeira do trono da Inglaterra, se for preciso. Ela teria de garantir a liberdade religiosa, mas poderia praticar a própria fé como rainha. Qualquer marido que escolher terá de ser submetido à aprovação do Conselho Privado. Ela pode ficar com Norfolk, se ainda o quiser.

Como pode ver, considero grave a nossa situação, extremamente grave. Estou antecipando a nossa derrota pelo exército do norte e temos de persuadir a rainha Maria a não derrubar a rainha Elizabeth. Estamos contando com milorde para convencê-la de um acordo que mantenha a rainha Elizabeth no trono. Quando a armada espanhola chegar e desembarcar seu exército, estaremos perdidos. Não podemos reunir uma defesa contra tamanha força. Não podemos nem mesmo reunir tropas para atacar o exército do norte. Tudo dependerá do acordo que puder fazer com a rainha Maria. Por favor, use toda a sua diligência, Shrewsbury. Podemos ter tido nossas diferenças no passado, mas por favor esqueça-as agora.

Isso é para salvar a vida da rainha Elizabeth e seu trono, e tudo o que fizemos por ela e por Deus.

Isso não deveria ser nenhuma surpresa. Afinal, tenho ficado de vigia há dias, esperando um inimigo invencível. Mas ainda assim, estou chocado, tão chocado que mal consigo segurar a carta. Meus dedos estão tremendo.

Farei o que ele manda. Assim que os espanhóis desembarcarem, iniciarei as conversações com a rainha Maria, como um suplicante fala com um vencedor. Implorarei pela vida e liberdade da rainha Elizabeth. Terei de ver se consigo persuadi-la a ser generosa. Mas, com toda franqueza, não posso ver por que ela seria misericordiosa quando nenhuma misericórdia foi demonstrada em relação a ela.

Quando a rainha Maria comandar o exército do norte e o exército espanhol juntos, ela comandará a Inglaterra. Não posso imaginar por que ela simplesmente não assumiria o seu trono. E então seria rainha Maria da Inglaterra e Escócia, e Elizabeth se tornaria a outra rainha e novamente uma prisioneira.

1569, dezembro, Coventry: Maria

Estou tremendo de animação e não consigo ocultá-la. Não consigo assumir uma expressão serena ou uma voz calma. Sou um princesa francesa, deveria estar sob absoluto autocontrole, mas tenho vontade de dançar pelo quarto e gritar de prazer. Parece que a tempestade que convoquei caiu sobre a Inglaterra como uma grande onda no mar. Meu exército venceu em todo o norte, e hoje capturou o porto de Hartlepool para a armada espanhola, que vai desembarcar lá. O papa vai se declarar a meu favor e vai ordenar que todo católico apostólico romano da Inglaterra pegue em armas para me defender. Não consigo esconder minha alegria e meu entusiasmo, de modo que peço a Mary Seton que comunique que estou doente e que devo permanecer no meu quarto. Não me atrevo a deixar que alguém me veja.

Hartlepool é um porto de águas profundas, e a frota espanhola terá de fazer apenas uma viagem curta da Holanda até lá. Pode navegar durante a noite e estar aqui amanhã. Podem estar no mar neste momento, neste mesmo instante. Quando o exército espanhol desembarcar, bastará que atravesse o país para chegar a mim. Agora conto meu tempo de cativeiro em dias.

Ouço baterem na porta de meus aposentos e uma voz em tom baixo do outro lado. É Shrewsbury, eu reconheceria seu tom acanhado em qualquer lugar. Mary Seton me diz que ele veio perguntar sobre a minha saúde.

— Deixe-o entrar — digo, e me levanto da cadeira, ajeitando minhas saias. Relanceio os olhos para o espelho. Estou corada e meus olhos estão brilhando. Ele vai pensar que estou com febre, e não empolgada.

— Sua Graça — diz ele, entra e faz uma reverência.

Dou-lhe minha mão para que a beije.

— Meu caro Shrewsbury.

Ele sorri por causa da minha pronúncia de seu nome e olha atentamente meu rosto.

— Soube que não estava passando bem. Fiquei preocupado. Mas vejo que está mais bela que nunca.

— Tenho um pouco de febre — respondo. — Mas não creio que seja algo sério.

Mary Seton vai até a janela, ficando fora do nosso caminho.

— Quer ver um médico? Eu poderia mandar buscar um médico em Londres. — Ele hesita. — Não, não posso prometer isso. Não tenho certeza de que conseguiríamos alguém para fazer a viagem nestes tempos conturbados. Posso ver se há algum médico local digno de confiança?

Sacudo a cabeça.

— Amanhã estarei bem, tenho certeza.

— Estes são tempos difíceis — diz ele. — Não é de admirar que não esteja passando bem. Eu gostaria de levá-la de volta ao solar de Wingfield para os 12 dias do Natal. Sua Graça ficaria mais confortável lá.

— Podemos ir para Wingfield? — pergunto, pensando se ele tem novas informações. Será que sabe onde está o meu exército agora? Será que pode realmente me levar para uma casa que não pode ser defendida?

— Espero que sim — responde ele, e por seu tom hesitante, percebo que estão avançando e nos alcançando, que ele sabe que foi derrotado, e Wingfield e o Natal são seu sonho de paz comigo, não um plano de verdade.

— Ah, será o nosso segundo Natal juntos — exclamo, e observo a cor vir à tona lentamente sob sua pele.

— Eu não sabia então... — começa ele, e se cala. — Se a senhora for levada — diz ele, e se corrige logo em seguida. — Quando a levarem de mim...

— Eles estão perto? — pergunto com um sussurro. — Milorde está esperando por eles?

Ele assente com a cabeça.

— Não posso afirmar.

— Não resista — digo com urgência. — Eu não suportaria que se ferisse por minha causa. Eles são em número imensamente maior, sabe disso, e os homens de Coventry não pegarão em armas por Elizabeth. Por favor, simplesmente se renda.

Ele sorri, um pouco triste.

— Tenho de cumprir meu dever para com a rainha. Sua Graça sabe disso.

— Eu também não posso lhe contar algumas coisas — digo em um sussurro. — Também tenho segredos. Mas sei que são uma força, uma força invencível. Quando chegarem, quero que prometa que vai me procurar, que virá para o meu lado, e eu o protegerei.

— Sou eu quem deveria protegê-la — responde ele. — É o meu dever e também o meu... o meu...

— O seu o quê? — Penso que ele vai dizer "desejo", e então, estaremos muito próximos de uma declaração. Sei que não devo erguer meus olhos e meu rosto para ele, mas ergo, e avanço um passo, de modo que ficamos próximos como amantes.

— É o meu hábito — diz ele simplesmente. — Tenho o hábito da obediência à minha rainha. E sou obrigado. É o meu compromisso com a rainha Elizabeth. — E se afasta de mim, os olhos baixos. — Só vim ver se Sua Graça precisava de um médico — diz ele, seu olhar dirigido às suas botas. — Fico feliz por encontrá-la bem. — Faz uma reverência e sai.

Deixo que se vá. Estou segura de seu amor não admitido por mim, ele é meu, mesmo que não saiba disso. Serei resgatada pelo exército que se aproxima cada vez mais. Meu futuro marcha na minha direção, passo a passo, e os rapazes do norte em seus belos cavalos velozes estão vindo para me salvar de Elizabeth. O melhor exército da Europa está vindo em seus grandes navios. Estou prestes a reconquistar o que é meu.

Se Bothwell escapou, está a caminho, por terra, por mar, a pé, a cavalo, a navio. Se tiver de se arrastar sobre as mãos e os joelhos, ele se arrastará. Essa é uma batalha que ele não perderá. Ele odeia os ingleses como um homem possuído, odeia-os como o homem de fronteira que é. Sua família invadiu terras inglesas e sofreu o ataque inglês durante séculos. Ele fará qualquer coisa para ameaçá-los. Derrotá-los em uma batalha aberta seria o prazer de sua vida.

Nós nos encontraremos de novo, em um campo de batalha. Ele deixou-me depois do terrível longo dia em Carberry Hill, e me disse tudo. Previu que os lordes escoceses rebeldes dariam sua palavra por minha segurança e pela sua, mas trairiam seu juramento assim que ele estivesse fora de vista. Disse que o denunciariam como criminoso e me prenderiam. Implorou que eu permitisse que ele lutasse para nos tirar dali, para que fugíssemos juntos. Mas eu achei que era mais sábia. Disse que eles não podiam me fazer mal, que eu era de sangue real. Eles não se atreveriam a me fazer mal, eu tinha certeza de que estaria segura. Ninguém podia me tocar, minha pessoa era sagrada, e ele era meu marido, ninguém ousaria tocar nele.

Ele tirou o chapéu com violência e praguejou, disse que sabia que me machucariam — meu nome e minha coroa não me protegeriam. Disse que eu era uma tola, que o meu rapto não tinha me ensinado nada. Será que eu não via? Eu não percebia? A mágica da realeza é uma ilusão que pode ser destruída por um homem sem consciência. Ele gritou comigo: se eu achava que ele era o único estuprador da Escócia? Eu deixaria a sua proteção agora?

Em resposta, perdi a paciência. Esbravejei que ele estava enganado, que até mesmo o mais perverso dos lordes escoceses reconhecia seu rei. Disse que eles nunca fariam mal a alguém de sangue real, que podiam ficar com raiva, mas que não eram completamente loucos — não seriam capazes de pôr a mão em mim.

E então ele me contou. Contou na minha cara a verdade que eu tinha jurado descobrir, mas que temia ouvir. Contou-me que ele e os lordes rebeldes tinham feito uma aliança e jurado um pacto para matar Darnley, que tinha sangue real tanto quanto eu. Tinham-se reunido e assinado um acordo para matar Darnley, que era consorte de uma rainha, pai do príncipe, e ele próprio de sangue real. Bothwell pôs suas mãos pesadas nos meus ombros e disse:

— Marie, preste atenção, seu corpo não é sagrado. Se um dia chegou a ser, já não é mais. Eu o tive. Todos sabem que a tive, e sem seu consentimento. Todos sabem que você é uma mulher mortal. Você pode ser estuprada, pode ser seduzida. Você pode ser morta. Você pode ser colocada em uma prisão, pode andar para o cadafalso e sua cabeça pode ser colocada no tronco. Eu ensinei isso a eles. Que Deus me perdoe, eu não me dei conta de que essa lição eles aprenderiam. Achei que a poria em segurança ao torná-la minha, mas tudo o que fiz foi romper seu feitiço. Eu lhes mostrei o que pode ser feito. Mostrei-lhes que um homem pode fazer o que quiser com você, com ou sem seu consentimento.

Nem mesmo o ouvi. Naquele momento em que ele me contava a verdade de uma maneira como nunca tinha feito antes, eu não estava escutando. Simplesmente disse:

— O quê? Fale os nomes. Diga-me quem foram os regicidas que mataram Darnley. São homens mortos.

Em resposta, ele pôs a mão dentro de seu gibão e tirou o pacto que tinham jurado, dobrado cuidadosamente e guardado para esse momento. Ele disse:

— É para você. Talvez seja a última coisa que eu possa fazer por você. Isto é para você. Prova a sua absoluta inocência no assassinato dele e a nossa culpa. Este é o meu presente de despedida para você.

E então foi embora sem dizer adeus. Sem dizer nem mais uma palavra.

O papel era o pacto, e nele estavam os nomes de quase todos os grandes lordes de minha corte, os assassinos traiçoeiros, rebeldes, inclusive meu meio-irmão James. Juraram se unir para matar meu marido, Darnley.

E — *voilà* — o nome de Bothwell era o primeiro. Era tão culpado quanto qualquer um dos outros. Era isso o que ele estava tentando me dizer naquele dia em que me deixou. Que eles todos poderiam decidir matar uma pessoa real sagrada, exatamente como eu, uma pessoa de sangue real sagrado, como eu. Qualquer homem sem consciência poderia fazer isso. Bothwell também.

1569, dezembro, Coventry: George

Não consigo dormir nesta cidade suja. O barulho dos nossos soldados continua durante a noite toda como um ruído surdo de descontentamento, e os gritinhos roucos das garotas da cidade perfuram o ar da noite como os regougos de raposas.

Visto-me à luz de vela, deixo Bess dormindo. Quando estou saindo silenciosamente do quarto, vejo-a se mexer e sua mão atravessar a cama para onde geralmente me deito. Finjo não vê-la se mexer. Não quero falar com Bess. Não quero falar com ninguém.

Não sou eu mesmo. O pensamento me faz estacar quando desço os degraus rangentes da escada e saio pela porta da frente. Uma sentinela na entrada, ao me ver, apresenta armas de forma desajeitada e me deixa passar. Não sou mais o mesmo. Não sou o marido que eu era, nem o servidor da rainha. Não sou mais um Talbot, reputado pela lealdade e firmeza de propósito. Não mais me adéquo às minhas roupas, à minha posição, à minha dignidade. Eu me sinto soprado para todos os lados, me sinto derrubado por essas ventanias da história. Sinto-me como um menino impotente.

Se a rainha dos escoceses triunfar, o que é provável que aconteça hoje ou amanhã, terei de negociar a paz com ela como a minha nova rainha. O pensamento nela como rainha da Inglaterra, em suas mãos frias segurando as minhas quando eu me ajoelhar na sua frente para oferecer-lhe meu voto de lealdade, é tão poderoso que paro de novo e me apoio no muro da cidade, para me firmar. Um soldado que passa pergunta: "Está tudo bem, milorde?" E respondo: "Sim. Está tudo bem. Não foi nada." Sinto o meu coração batendo forte no meu peito ao pensar em me declarar como seu homem, a seu serviço, e jurar por minha honra ser seu vassalo até a morte.

Fico tonto ao pensar nisso. Se ela vencer, o país será virado de cabeça para baixo de novo, mas o povo mudará rapidamente. Metade quer os velhos costumes de volta, a outra metade obedecerá. A Inglaterra terá uma jovem e bela rainha, Cecil terá desaparecido, o mundo ficará completamente diferente. Será como a alvorada. Como uma cálida alvorada de primavera, esperança fora de época, no meio do inverno.

E então me lembro. Se ela chegar ao trono, será com a morte ou derrota de Elizabeth, e Elizabeth é a minha rainha e eu sou vassalo dela. Nada pode mudar isso até sua morte ou rendição. E jurei dar a minha vida para impedir um ou outro.

Contorno os muros da cidade até o portão sul e faço uma pausa breve para escutar. Tenho certeza de que ouvi cascos de cavalos, e agora a sentinela olha pelo visor e grita:

— Quem vem lá? — E ao ouvir a resposta gritada, abre uma metade do portão de madeira.

É um mensageiro, que logo desmonta, olhando em volta.

— Lorde Shrewsbury? — diz ele à sentinela.

— Estou aqui — respondo, avançando devagar, como um homem sem pressa de receber más notícias.

— Mensagem — diz ele, em um quase sussurro. — Do meu senhor.

Não preciso perguntar o nome do seu senhor, e ele não me dirá o seu. É um dos jovens elegantemente vestidos e bem pagos do bando secreto de Cecil. Estendo a mão para aceitar o papel e faço sinal para que vá às cozinhas que foram instaladas no matadouro, onde os fornos já estão acesos e o pão está assando.

Cecil é breve como sempre.

Não faça nenhum acordo com a rainha dos escoceses ainda, mas a mantenha segura. A frota espanhola, na Holanda, está armada e pronta para zarpar, mas ainda não zarpou. Continua no porto. Fique preparado para trazê-la para Londres o mais rápido possível assim que eu der a ordem. Cecil

1569, dezembro, Coventry: Maria

— Chegou uma carta enquanto Sua Graça estava dormindo. — Agnes Livingstone me acorda com um toque delicado no meu ombro, de manhã cedo. — Um dos soldados a trouxe.

Meu coração se sobressalta.

— Dê-me.

Ela a estende. É um pedaço de papel de Westmorland, sua letra pequena está borrada pela água da chuva. Nem mesmo em código. Diz para eu manter minha fé e minhas esperanças, que ele não será derrotado, que não se esquecerá de mim. Se não for desta vez, será em outra. Que eu verei a Escócia de novo, que serei livre.

Sento-me na cama com esforço e faço sinal a Agnes para aproximar mais a vela, para que eu veja se há mais alguma coisa escrita no papel. Estava esperando que ele me dissesse quando viriam me buscar, que falasse de seu encontro com os espanhóis. Esta mensagem parece uma oração, e eu esperava um plano. Se fosse uma mensagem de Bothwell, ele teria dito onde eu deveria estar e a que horas, teria dito o que eu devia fazer. Não teria dito para eu manter as esperanças nem que não se esqueceria de mim. Nunca falamos assim um com o outro.

Se tivesse sido uma mensagem de Bothwell, não teria esse tom pesaroso. Bothwell nunca pensou em mim como uma princesa trágica. Ele pensa em mim como uma mulher de verdade em perigo. Não me adora como uma obra de arte, uma coisa bela. Serve a mim como soldado, ele me toma como um homem endurecido, me salva como um vassalo salva um monarca em necessidade. Não acho que ele algum dia tenha me prometido algo que não tentasse realizar.

Se tivesse sido Bothwell, não teria havido uma despedida trágica. Teria havido um grupo de cavaleiros arrebatados vindo à noite, armados para matar e certos da vitória. Mas Bothwell está perdido para mim, na prisão de Malmö, e tenho de confiar na proteção desse Shrewsbury, na determinação de Norfolk, e na ousadia de Westmorland, três homens assustados, hesitantes, que Deus os amaldiçoe. São mulheres em comparação ao meu Bothwell.

Digo a Agnes para segurar a vela perto e ponho a mensagem acima da chama, esperando ver a escrita secreta de alume ou sumo de limão se tornar marrom com o calor. Nada. Chamusco meus dedos e os afasto. Ele não me mandou nada além desse bilhete de arrependimento, de nostalgia. Não é um plano, é um lamento, e não suporto sentimentalismo.

Não sei o que está acontecendo, esta mensagem não me esclarece nada, não me transmite nada além de pavor. Estou com muito medo.

Para me consolar, sem esperança de resposta, escrevo ao homem que é completamente livre de sentimentalismo.

Receio que Westmorland tenha me traído e os espanhóis não tenham zarpado e a bula do papa destronando Elizabeth não tenha sido publicada. Sei que você não é nenhum santo. Pior ainda, sei que é um assassino. Sei que é um criminoso que merece o cadafalso e que sem dúvida queimará no inferno.

Por isso venha. Não sei quem mais me salvaria se não você. Por favor, venha. Você é, como sempre foi, minha única esperança.

Marie

1569, dezembro, Coventry: Bess

Hastings se depara comigo nas muralhas da cidade, olhando para o norte, um vento cáustico soprando em meu rosto, fazendo meus olhos lacrimejarem como se eu estivesse chorando, me sentindo desolada como o próprio dia cinzento. Gostaria que George estivesse aqui para colocar seu braço ao redor da minha cintura e me fazer sentir segura de novo. Mas acho que ele não toca em mim desde o dia em Wingfield, quando eu lhe disse que era a espiã que Cecil tinha colocado em sua casa.

Como queria ter notícias de Chatsworth, de minha mãe e minha irmã. Queria receber alguma carta de Robert Dudley me dizendo que meus dois meninos estão seguros. Queria, mais do que tudo no mundo, receber um bilhete, uma frase, uma única palavra de encorajamento de Cecil.

— Notícias de lorde Hunsdon — diz Hastings brevemente. Um papel adeja em sua mão. — Finalmente. Graças a Deus estamos salvos. Meu Deus, estamos salvos. Louvado seja Deus, estamos salvos.

— Salvos? — repito. Relanceio os olhos para o norte de novo, um gesto que todos nós fazemos, atentos a que em uma tarde, contra o horizonte cinza, veremos o cinza mais escuro de 6 mil homens marchando na nossa direção.

Ele agita a mão na direção do norte.

— Não precisa mais procurá-los. Não estão lá! — exclama ele. — Não estão vindo!

— Não estão vindo?

— Retrocederam para se encontrarem com os espanhóis em Hartlepool, e os espanhóis os abandonaram.

— Abandonaram? — Parece que tudo o que consigo fazer é repetir o que diz, como um coro.

Hastings ri e, em sua alegria, pega minha mão como se fosse me tirar para dançar.

— Abandonaram! Abandonaram, madame Bess! Os malditos espanhóis! Abandonaram-nos, como era de se esperar! Não vieram encontrá-los e os decepcionaram!

— Decepcionaram?

— Alguns desistiram e voltaram para casa. Westmorland e Northumberland estão cavalgando separadamente. O exército deles está dispersando.

— Estamos salvos?

— Estamos salvos.

— Acabou?

— Acabou!

O alívio nos torna amigos. Ele estende os braços e eu o aperto como se fosse meu irmão.

— Graças a Deus — digo baixinho. — E sem uma batalha e sem uma gota de sangue de parentes derramada.

— Amém — diz ele também em tom baixo — Uma vitória sem uma batalha, uma vitória sem nenhuma morte. Deus salve a rainha.

— Não consigo acreditar!

— É verdade. O próprio Cecil me escreveu. Estamos salvos. Contrariando todas as probabilidades, estamos salvos. A rainha protestante mantém seu trono e a outra rainha está à nossa mercê. Seus aliados atrasaram, seus amigos dispersaram, seu exército se desfez. Graças a Deus. Graças ao Deus da nossa fé.

— Por que os espanhóis não vieram?

Hastings sacode a cabeça, sem parar de rir.

— Quem pode saber? Quem pode saber? O principal é que faltaram ao encontro, ela está arruinada. Seu exército está desencorajado, os milhares de homens desapareceram. Vencemos! Graças a Deus, que sorri para nós, seus escolhidos.

Ele me gira e ri alto.

— Meu Deus, poderemos lucrar muito com isso — diz ele, indo, em um único instante, da devoção à ambição.

— Terra?

— As propriedades de Westmorland e as terras de Northumberland devem ser confiscadas e divididas — diz ele. — Serão acusados de traição, suas casas serão dadas aos que foram leais. Quem mais leal do que você e eu, hein, condessa? Acha que vai obter mais uma casa imponente com isso? O que acha da metade de Northumberland?

— Não é mais do que já paguei — digo.

— Ricamente recompensados — observa ele com intenso prazer. — Seremos ricamente recompensados. Deus nos abençoa, não é? Louvado seja Deus.

1569, dezembro, Coventry: George

Eu deveria estar feliz, eu deveria estar cantando um hino, mas não consigo sentir prazer com a derrota dela. Está claro, agora, que o meu coração esteve dividido nesses dias difíceis, e acho que não voltei a ser um homem inteiro. Eu deveria estar feliz como os outros: o alívio de Bess é flagrante, Hastings transformou sua cara dura com um sorriso. Somente eu finjo felicidade. Não a sinto. Que Deus me perdoe, sinto tanta pena dela. Sinto sua derrota como se fosse minha própria causa que estivesse perdida.

Vou ao seu quarto e bato na porta. Mary Seton a abre e seus olhos estão vermelhos de chorar. Percebo no mesmo instante que a rainha sabe de sua queda, talvez saiba mais do que eu. Tem recebido cartas secretas mesmo aqui, mesmo em Coventry, e não posso culpá-la por isso.

— Já sabem, então — digo simplesmente. — Acabou.

Ela assente com um movimento da cabeça.

— Ela vai querer vê-lo — diz Mary Seton em tom baixo, e segura a porta aberta.

A rainha está sentada em sua cadeira ao lado da lareira, o baldaquino está brilhando dourado à luz das velas. Quando entro, ela está imóvel como uma pintura, seu perfil delineado em ouro pela incandescência do fogo. A cabeça está ligeiramente inclinada, suas mãos estão apertadas no seu colo. Ela poderia ser uma estátua de ouro intitulada "Pesar".

Dou um passo na sua direção, não sei o que lhe dizer nem o que espero poder lhe dar. Mas, quando me movo, ela ergue a face para mim e se levanta com um único movimento gracioso. Sem palavras, ela vem a mim, abro os braços e a envolvo. Isso é tudo o que posso fazer: abraçá-la em silêncio, e beijar sua cabeça trêmula.

1569, dezembro, Coventry: Bess

Então, acabou. Meu bom Deus, mal posso acreditar que acabou e que meus bens estão a salvo em minhas carroças e que posso voltar para casa. Tenho uma casa aonde ir. Mal acredito. Mas é verdade. Acabou. Acabou, e nós vencemos.

Eu deveria ter previsto isso, deveria ter previsto se tivesse mantido o controle. Mas sou uma vulgar e autêntica filha de fazendeiro, e tudo que pude pensar foi em enterrar a prataria, e não na vontade e inteligência dos exércitos rivais. O exército de Elizabeth finalmente chegou, em sua marcha morosa, a Durham, procurou um inimigo contra o qual lutar e viu que já não havia nenhum, que desapareceu como a cerração pela manhã. O grande exército do norte marchou ao encontro da armada espanhola, em Hartlepool, e não encontrou nada. No mesmo instante duvidaram de todos os planos. Tinham jurado restaurar a antiga igreja, portanto celebraram a missa, e acharam que estava feito. Queriam libertar a rainha dos escoceses, mas nenhum deles sabia com certeza aonde ela tinha ido, e estavam contando com os piqueiros espanhóis e o ouro espanhol. Não tinham intenção de enfrentar o exército de Elizabeth sem isso; para dizer a verdade, queriam escapar para suas casas e desfrutar a paz e a prosperidade que tinham sido possíveis com Elizabeth. Não queriam ser eles os que iniciariam mais uma guerra entre parentes.

Coitados. Os espanhóis tiveram dúvidas em relação a eles e não quiseram arriscar seu exército e seus navios até terem certeza da vitória. Atrasaram a partida, e enquanto hesitavam, o exército do norte esperava em Hartlepool, aguçando os olhos para avistar, por cima das cristas brancas das ondas, as velas ainda mais brancas, sem ver nada além do horizonte cinzento e gaivotas rodopiando, com o borrifo frio do mar do Norte soprando em seus rostos desapontados. Então souberam que o duque de Norfolk se havia entregado a Elizabeth e escrito a Westmorland e a Northumberland implorando que não marchassem contra a sua rainha. Ele baixou a cabeça e foi para Londres, embora seus próprios arrendatários se pendurassem no rabo de seu cavalo e no couro dos estribos e lhe suplicassem que lutasse. Portanto não houve nenhuma frota espanhola, nenhum grande exército liderado pelo duque de Norfolk. O exército do norte teve a vitória em suas mãos, mas não sabiam disso, e não a arrebataram.

Cecil escreve a Hastings advertindo-o de que o país não está em paz, de que não deve confiar em ninguém; mas Westmorland fugiu para a Holanda e Northumberland atravessou a fronteira para a Escócia. A maior parte dos homens retornou às suas aldeias, com uma grande história para contar e recordações para o resto de suas vidas, e nada, no fim, realizado. Até mesmo a filha vulgar de um fazendeiro sabe que, muitas vezes, quanto maior o estardalhaço menor a proeza. E anúncios grandiosos não significam feitos grandiosos.

Deixe-me lembrar também, em minha própria defesa, que a filha vulgar do fazendeiro, que enterra a prata e não compreende nada, pelo menos tem a prata segura quando as grandes campanhas chegam ao fim. O exército se dispersou. Os líderes fugiram. E eu e minha fortuna estamos salvas. Acabou. Que Deus seja louvado, acabou.

Levaremos a rainha de volta a Tutbury para mantê-la segura antes de Hastings levá-la para a Torre de Londres, ou aonde quer que ele receba ordens de levá-la. E os carreteiros quebraram alguns bons cristais venezianos meus e perderam uma carroça completamente, que carregava algumas tapeçarias e tapetes, mas o pior de tudo isso é que não há nenhuma carta de Cecil endereçada a nós. Continuamos deixados em silêncio, nenhuma palavra de agradecimento da nossa rainha pelo nosso triunfo em proteger a rainha escocesa do perigo. Se não a tivéssemos levado embora às pressas, o que teria acontecido? Se ela tivesse sido capturada pelos rebeldes, o norte todo não teria ficado a favor dela? Salvamos Elizabeth como se tivéssemos encontrado e derrotado o exército do norte, cinquenta contra 6 mil. Sequestramos a figura de proa dos rebeldes, e sem ela, eles não eram nada.

Sendo assim, por que Elizabeth não escreve para agradecer a meu marido, o conde? Por que não paga o que nos deve pela guarda da rainha? Por que não nos promete as propriedades de Westmorland? Diariamente, registro sua dívida em meu livro-caixa, e esse corre-corre pelo país também não saiu nada barato. Por que Cecil não escreve um de seus bilhetes afetuosos para demonstrar seu reconhecimento?

E quando estamos de volta a Tutbury com apenas alguns cristais quebrados, uma terrina de sopa perdida, e faltando uma carroça cheia de tapeçarias, para atestar a nossa fuga aterrorizada — por que continuo a não me sentir segura?

1570, janeiro, castelo de Tutbury: George

Não há paz para mim. Nenhuma paz em casa, onde Bess contabiliza nossos prejuízos diariamente, e me traz o total em páginas muito bem escritas, como se a mera exatidão significasse que serão pagos. Como se eu pudesse levá-los à rainha, como se alguém se importasse com que eles estivessem nos arruinando.

Nenhuma paz no meu coração, já que Hastings só está esperando que a região rural seja declarada segura para tirar a outra rainha de mim, e não posso nem falar com ela, nem pedir por ela.

Nenhuma paz no país, onde não posso contar com a lealdade de ninguém, os arrendatários estão rabugentos e claramente planejando mais um estrago, alguns ainda não estão em casa, continuam a perambular com exércitos de gentalha, ainda uma promessa de mais distúrbios.

Leonard Dacre, um dos principais lordes do norte, que esteve em Londres durante todo esse tempo, retornou à sua casa, em vez de ver que a batalha tinha se encerrado e estava perdida; até mesmo com o grande exército de Elizabeth aquartelado à sua porta, ele reuniu seus arrendatários, dizendo que precisava que defendessem a paz da rainha. Imediatamente, como sempre, guiado pela dupla inspiração de seu medo e de seu talento para fazer inimigos, Cecil aconselha a rainha a prender Dacre sob a suspeita de traição, e, obrigado a se defender, o lorde levanta seu estandarte e marcha contra a rainha.

Hastings abre a porta de minha câmara privada sem avisar, como se eu também fosse um traidor.

— Soube de Dacre? — pergunta.

Balanço a cabeça.

— Como ia saber? Achei que ele estava em Londres.

— Ele atacou o exército de lorde Hunsdon e saiu ileso. Jurou que vai levantar o norte.

Sinto um medo opressor por ela.

— De novo não! Ele vai vir para cá?

— Só Deus sabe o que está fazendo.

— Dacre é um homem leal. Ele não enfrentaria o exército da rainha.

— Ele acaba de fazer isso, e agora é um criminoso fugindo para salvar a pele, como os outros condes do norte.

— Ele é tão leal quanto...

— Quanto você? — insinua Hastings.

Percebo que fechei os punhos.

— Você é hóspede na minha casa — lembro-lhe, minha voz tremendo de raiva.

Ele assente com a cabeça.

— Desculpe. Estes são tempos conturbados. Tudo o que queria era simplesmente pegá-la e partir.

— Ainda não é seguro — digo rapidamente. — Quem pode saber onde os homens de Dacre estão? Não pode levá-la deste castelo até o campo se tornar seguro. Levantarão o norte de novo, se a raptarem de você.

— Eu sei. Terei de esperar ordens de Cecil.

— Sim, ele vai mandar em tudo agora — digo, sem poder esconder a mordacidade. — Graças a vocês, ele não terá rival. Fizeram de um mordomo o nosso senhor.

Hastings balança a cabeça, satisfeito consigo mesmo.

— Ele não tem igual — diz. — Nenhum homem tem uma visão melhor do que a Inglaterra pode ser. Sozinho, viu que tínhamos de nos tornar um país protestante, que tínhamos de nos separar dos outros. Ele viu que temos de impor ordem na Irlanda, que temos de subordinar a Escócia, e que temos de nos estender ao exterior, aos outros países do mundo, e torná-los nossos.

— Um homem ruim para ter como inimigo — observo.

Hastings cai na gargalhada.

— É o que eu diria. E a sua amiga, a outra rainha, vai aprender isso. Sabe quantas mortes Elizabeth ordenou?

— Mortes?

— Execuções. Como punição pela sublevação.

Sinto-me gelar.

— Eu não sabia que ela tinha ordenado alguma. Certamente haverá julgamentos por traição para os líderes somente, e...

Ele balança a cabeça.

— Sem julgamentos. Aqueles cuja participação no levante contra ela é conhecida, serão enforcados. Sem julgamento. Sem apelação. Sem interrogatório. Ela disse que quer setecentos homens enforcados.

Fico calado, atônito.

— Isso significa um homem de cada aldeia, cada pequeno povoado — falo com a voz fraca.

— Sim — diz ele. — Não se armarão de novo, isso é certo.

— Setecentos?

— Cada guarnição terá a sua cota. A rainha ordenou que sejam enforcados nos cruzamentos de cada aldeia e que os corpos não devem ser baixados. Devem permanecer na forca até apodrecer.

— Será maior o número de mortos com essa punição do que o de mortos na insurreição. Não houve batalha, nenhum sangue foi derramado. Não lutaram com ninguém, dispersaram sem dar um tiro ou empunhar a espada. Eles se entregaram.

Ele ri mais uma vez.

— Então talvez agora aprendam a não se rebelarem mais.

— Tudo o que vão aprender é que os novos governantes da Inglaterra não se importam com eles como os lordes se importavam. Tudo o que aprenderão é que se pedem para que a sua fé seja restaurada, ou que as terras comuns sejam livres para o pasto, ou que seus salários não sejam reduzidos, devem esperar ser tratados como inimigos por seus próprios conterrâneos e receber a morte como resposta.

— Eles são o inimigo — diz Hastings bruscamente. — Ou já se esqueceu? Eles são o inimigo. São o meu inimigo, o inimigo de Cecil e o inimigo da rainha. Não são o seu inimigo?

— Sim — digo de mau grado. — Sigo a rainha, aonde quer que ela vá. — E penso: Sim, eles se tornaram meus inimigos agora. Cecil os tornou meus inimigos, embora antes fossem meus amigos e meus compatriotas.

1570, janeiro, Castelo de Tutbury: Maria

Meu marido Bothwell — retornei a Tutbury, estou aprisionada sem esperança de ser libertada. Meu exército dispersou. Gostaria de ver você.
Marie

Eu não mandava chamar milorde Shrewsbury desde o nosso retorno da miserável Coventry para este lugar miserável, quando ele vem me ver sem anunciar e pergunta se posso falar com ele por um momento. Seu rosto está tão cansado e tão triste que, por um segundo, me encho de esperança de que ele soube de uma derrota de sua rainha.

— Algum problema, milorde?

— Não — diz ele. — Não. Não para mim e para a minha causa. Mas tenho notícias sérias para Sua Graça.

— Norfolk? — pergunto com um sussurro. — Está vindo, finalmente?

Ele balança a cabeça.

— Ele não se rebelou com os condes do norte. Ele foi para a corte. Acabou decidindo obedecer à sua rainha. Submeteu-se à sua vontade. Ele é seu vassalo e se pôs à sua mercê.

— Ah — eu digo. Contenho-me para não dizer mais nada. Meu Deus, que tolo, que covarde, que vira-casaca. Maldito Norfolk por sua estupidez, que será a minha ruína. Bothwell nunca teria ameaçado uma insurreição para se entregar logo no começo. Bothwell teria combatido. Bothwell nunca fugiu de uma luta na sua vida. Um pedido de desculpas o teria sufocado.

— E lamento dizer que lorde Dacre fugiu para a Escócia.

— Sua rebelião terminou?

— Está tudo acabado. O exército da rainha controla o norte, e seus carrascos estão enforcando homens em cada aldeia.

Assinto com a cabeça.

— Lamento por eles.

— Eu também — diz ele brevemente. — Muitos deles receberam ordens de obedecer a seu suserano, e não fizeram nada mais do que cumprir o seu dever. Muitos devem ter pensado que estavam cumprindo a vontade de Deus. São homens simples que não compreenderam as mudanças que aconteceram neste país. Terão de morrer por não entenderem a política de Cecil.

— E eu? — pergunto com um sussurro.

— Hastings vai levá-la assim que as estradas estiverem em condições para uma viagem — diz ele, em voz bem baixa. — Não posso impedi-lo. Só o mau tempo o está prendendo aqui, agora. Assim que a neve diminuir, ele a levará embora. Estou sob suspeita. Rezo a Deus para que eu não seja mandado para Londres, para a Torre, acusado de traição enquanto a senhora estiver sendo tirada de mim e levada para Leicester.

Percebo que estou tremendo ao pensar que serei separada dele.

— Não vai nos acompanhar?

— Eu não terei permissão.

— Quem vai me proteger quando me tirarem de seus cuidados?

— Hastings será o responsável por sua segurança.

Nem mesmo escarneço disso. Simplesmente lhe lanço um longo olhar assustado.

— Ele não lhe fará mal.

— Mas, milorde, quando o verei de novo?

Ele levanta-se da cadeira e apoia a testa no alto console de pedra da lareira.

— Não sei, Sua Graça, minha querida rainha. Não sei quando nos veremos de novo.

— Como vou conseguir? — Ouço como minha voz se torna pequena e fraca. — Sem milorde... e sem Lady Bess, é claro. Como farei?

— Hastings vai protegê-la.

— Ele vai me encarcerar em sua casa, ou pior.

— Só se a acusarem de traição. Sua Graça não pode ser acusada de crime algum, se estava apenas planejando sua fuga. Só correria perigo se estivesse incitando a rebelião. — Ele hesita. — É fundamental que não se esqueça disso. Tem de manter a diferença clara em sua mente, se chegar a ser interrogada. Eles não podem acusá-la de traição a menos que consigam provar que estava tramando a morte da rainha. — Faz uma pausa, baixando a voz. — Se não queria mais nada além de sua liberdade, então é inocente de qualquer acusação. Lembre-se disso, se alguém perguntar. Sempre diga que estava apenas planejando a sua liberdade. Não podem tocá-la, se insistir que estava somente planejando sua fuga.

Balanço a cabeça compreendendo.

— Entendo, tomarei cuidado com o que disser.

— E ainda mais cuidado com o que escrever — diz ele, em tom muito baixo. — Cecil presta muita atenção a registros escritos. Nunca coloque seu nome em nada que ele possa classificar de traição. Ele vai vigiar suas cartas. Nunca receba nem escreva nada que ameace a segurança da rainha.

Assinto com a cabeça. Há um silêncio.

— Mas qual é a verdade? — pergunta Shrewsbury. — Agora que acabou tudo, a senhora conspirou com os lordes do norte?

Deixo que veja o brilho divertido em minha expressão.

— É claro que sim. O que mais me restava fazer?

— Não é um jogo! — reage ele com irritação. — Eles estão no exílio, um deles acusado de traição, e centenas de homens morrerão.

— Podíamos ter vencido — digo obstinadamente. — Estava tão perto. Sabe disso, milorde achou que nós venceríamos. Havia uma chance. Não me compreende, Chowsbewwy. Tenho de ser livre.

— Houve uma grande chance. Sei disso. Mas a senhora perdeu — digo com pesar. — E os setecentos homens que devem morrer perderam, e os lordes do norte que serão executados ou exilados perderam, e o duque mais importante da Inglaterra, lutando pela própria vida e por seu nome, perdeu... e eu a perdi.

Levanto-me e me sento ao seu lado. Se ele virar a cabeça agora, vai me ver olhando para ele, meu rosto erguido para o seu beijo.

— Eu a perdi — repete ele, se afasta de mim, faz uma reverência e se dirige à porta. — E não sei como farei, como farei sem a senhora.

1570, janeiro, castelo de Tutbury: Bess

Não parecemos um castelo de vitoriosos. Hastings está carrancudo e ansioso para ir para casa. Fala em partir e inspecionar os enforcamentos pessoalmente, como se a vida de nossos arrendatários fosse uma questão de passatempo: outro tipo de matança, quando está nevando demais para se caçar. A rainha está pálida e adoentada, queixa-se de uma dor do lado, em sua perna, tem dores de cabeça e senta-se na escuridão de seus aposentos com as venezianas fechadas, impedindo a entrada da luz fria do inverno. O golpe foi muito duro para ela. Bem feito!

 E milorde está calado e grave como se alguém tivesse morrido na casa, trata silenciosamente dos seus assuntos, quase como se andasse na ponta dos pés. Mal nos falamos, a não ser sobre o trabalho da casa e questões familiares. Não o ouvi rir sequer uma vez desde quando estávamos em Wingfield, quando era verão e achávamos que a rainha voltaria ao seu trono na Escócia em questão de alguns dias.

 A justiça de Elizabeth está castigando nossas terras como um inverno rigoroso. A notícia das execuções planejadas vazou e homens estão desaparecendo das aldeias durante a noite, não deixando nada além das marcas de seus pés na neve, abandonando esposas como viúvas, sem ninguém para quebrar o gelo da água do poço. As coisas não serão mais as mesmas por aqui; não por uma geração. Nós estaremos arruinados se os homens jovens e fortes fugirem e seus filhos assumirem seu lugar na forca.

Não pretendo saber como governar um país, sou uma mulher sem instrução, e não ligo para nada, a não ser manter minhas terras, construir minhas casas, manter meus livros-caixa, e elevar meus filhos à melhor posição que puder encontrar para eles. Mas sei bem como dirigir uma fazenda, e sei quando uma terra está arruinada, e nunca vi nada mais triste e lamentável do que as propriedades do norte nesse ano implacável de 1570.

1570, janeiro, castelo de Tutbury: Maria

Babington, o doce pajem Anthony Babington, me traz meu cachorrinho, que insiste em escapar dos meus aposentos para se perverter no pátio das cavalariças, onde há uma certa cadela de guarda de quem ele é o mais devotado admirador. É um cachorro danado, e por mais encantos que tenha a cadela das cavalariças, ele deveria demonstrar um pouco mais de discriminação. Digo-lhe isso, beijando a cabecinha sedosa enquanto Babington o segura e diz, o rosto escarlate:

— Lavei-o para a senhora, e o enxuguei, Sua Graça.

— Você é um bom garoto — respondo. — E ele é um mau cachorro. Você devia ter-lhe batido.

— Ele é pequeno demais — responde ele, constrangido. — Pequeno demais para apanhar. É menor do que um gatinho.

— Bem, obrigada por trazê-lo de volta para mim — falo aprumando o corpo.

Anthony põe a mão dentro do gibão e tira um envelope que enfia debaixo do cachorro e passa os dois para mim.

— Obrigada, Babington — falo em voz alta. — Estou em dívida com você. Não corra riscos — digo baixinho. — Isso é mais grave do que trazer um cachorro travesso para casa.

Ele fica vermelho, como o menino que ele é.

— Eu faria qualquer coisa... — gagueja.

— Então faça isto — advirto-o. — Não corra nenhum risco sério por mim. Faça somente o que puder fazer sem ameaçar a sua segurança.

— Eu daria a minha vida pela senhora — diz precipitadamente. — Quando eu crescer e for um homem, vou salvá-la eu mesmo, pode contar comigo. Irei elaborar um plano, será chamado de conspiração Babington, todo mundo a conhecerá, e eu a salvarei.

Ponho a ponta dos dedos em seu rosto animado.

— E agradeço-lhe por isso — digo em tom baixo. — Mas não se esqueça de tomar cuidado. Pense: preciso de você livre e vivo para me servir. Vou procurá-lo quando for um homem, Anthony Babington.

Ele sorri e faz uma reverência profunda, como se eu fosse uma imperatriz, e depois parte em disparada, as pernas compridas como as de um potro em um campo. Um garoto tão doce que me faz pensar em meu filho, o pequeno James, e no homem em que espero que ele se torne.

Levo o cachorro e o envelope à minha câmara privada, onde fica o meu altar de aletas duplas. Tranco a porta e olho para o envelope de Babington. Vejo o selo intacto do bispo Lesley de Ross, que escreveu de Londres.

Sofro profundamente ao lhe dizer que milordes Westmorland e Northumberland, e o duque de Norfolk estão arruinados. Norfolk entregou-se e está na Torre, acusado de traição. Que Deus o ajude. Northumberland se unirá a ele assim que o trouxerem. Ele estava levantando um exército na Escócia para defendê-la, mas seu perverso meio-irmão capturou-o e o vendeu a Elizabeth. O resgate deve ter custado trinta moedas de prata.

Westmorland desapareceu, e dizem que fugiu para a Europa, talvez para a França, talvez para a Holanda, e a condessa de Northumberland com ele. Ela montou à frente de seu exército, bendita seja, e agora paga um preço alto. Será uma viúva no exílio. A esposa de Westmorland foi para a sua casa de campo em desespero e declarou que não sabia nada sobre a conspiração, e que tudo o que deseja é viver tranquilamente, em paz. Ela espera que a sede de vingança dos Tudor a ignore.

Seu noivo, Norfolk, certamente será acusado de traição, que Deus o proteja e à senhora. Cecil vai se deleitar com a queda de seus inimigos, e temos de rezar para que o rei Felipe da Espanha ou seus primos franceses se empenhem em garantir a sua segurança enquanto esses homens corajosos enfrentam a acusação e morrem pela senhora. Sua Graça é o terceiro ponto dessa conspiração, e não tenho a menor dúvida de que qualquer prova apresentada contra Norfolk a envolverá. Deus queira que não se atrevam a chegar perto da senhora, embora todos que a amam estejam correndo perigo de vida.

Tenho mantido contato constante com De Spes, o embaixador espanhol, para a sua proteção. Mas seu servidor leal, Roberto Ridolfi, que emprestou dinheiro a Norfolk e me trouxe o ouro espanhol e a promessa de apoio do Santo Padre, desapareceu da face da Terra. Temo terrivelmente por ele. Acho que temos de supor que ele foi detido. Mas por que o deteriam e não viriam me buscar? Rezo para que ele esteja escondido em segurança e não cativo ou morto.

Eu mesmo temo por minha vida e segurança. À noite, a cidade parece um pátio às escuras, cheio de espiões, cada passo ecoa, cada passante é vigiado. Ninguém confia no próprio vizinho, e todos ficam atentos a cada esquina. Queira Deus que a rainha seja misericordiosa e que Cecil não destrua esses pobres homens que capturou. Queira Deus que a deixem onde a senhora está, com seu fiel guardião. Escreverei novamente assim que puder. Gostaria de lhe transmitir melhores notícias e ter mais coragem, mas permaneço o seu amigo e criado leal, John Lesley.

Juro que nunca a abandonarei, não agora, neste momento em que tanto precisa.

Devagar, jogo as páginas, uma por uma, na pequena grelha. Enegrecem, chamejam, espiralam, e observo a fumaça subir pela chaminé, e junto com ela a minha esperança. Os lordes do norte foram derrotados defendendo a minha causa, Norfolk está na Torre. Sua vida está nas mãos de sua prima Elizabeth. Preciso acreditar que ela nunca destruirá um parente, seu próprio primo. Certamente ela não o matará pelo simples insulto de me amar, de me querer para sua esposa.

Pego o anel de diamante que ele me enviou e o pressiono em meus lábios. Estamos noivos, ele deu a sua palavra e eu a minha, e não o isentarei do compromisso. Ele enviou-me este anel valioso, e estamos ligados por juramento. Além disso, se sobrevivermos a isso, se ele sobreviver à acusação e escapar do cadafalso, então a nossa causa continuará válida. Por que ela não o apoiaria como rei consorte da Escócia? Por que ele não teria filhos comigo? Por que eles não herdariam os tronos da Inglaterra e da Escócia? Ele continua sendo a minha melhor opção. De qualquer maneira, até Bothwell conseguir escapar, não terei outra.

Pego o código em números que está escondido na Bíblia no altar e começo a escrever uma carta a meu marido, Norfolk. Enviarei a carta ao bispo Lesley, e espero que ele consiga fazê-la chegar a meu amado. Se ele continuar leal a mim e Elizabeth poupá-lo, ainda poderemos conseguir a Escócia mediante um acordo, já que não a obtivemos pela guerra.

Querido Marido, rezarei por você todos os dias, jejuarei uma vez por semana até que seja libertado. Eu sou sua e você é meu, e serei sua até a morte. Que Deus perdoe os que ficaram contra nós, pois eu nunca os perdoarei. Seja corajoso, seja fiel, e eu também serei. Talvez nossos amigos se levantem em nosso nome e finalmente vençamos. Talvez conquistemos nosso trono em paz. Talvez possa persuadir Elizabeth, assim como tentarei persuadi-la, a autorizar que nos casemos e a nos restituir, seus primos queridos, ao nosso trono. Rezarei para que assim seja. Rezarei pelo dia em que se tornará meu marido de verdade, como juramos que seria, e eu serei de novo a rainha da Escócia.

Sua esposa perante Deus,
Maria

Selo a carta e a deixo preparada para uma oportunidade de despachá-la clandestinamente. Em seguida, Agnes vem me aprontar para a cama. Minha camisola foi mal passada, então a recuso e escolho outra. Depois, rezamos juntas, e então a dispenso. O tempo todo, meus pensamentos são como uma doninha na jaula, se contorcendo na tentativa de escapar, dando voltas e voltas. Penso em Bothwell, outro animal enjaulado. Penso nele percorrendo a extensão de seu quarto, andando de lá para cá. Penso nele olhando pela janela gradeada o luar refletido nas águas escuras do estreito de Malmö, observando o céu, atento a tempestades, arranhando mais uma marca na parede para assinalar mais uma noite cativo. Hoje completamos 887 noites separados, mais de dois anos e meio. Ele saberá disso nesta noite, como eu sei. Ele não vai precisar riscar a parede para saber há quanto tempo está separado de mim. Ele será um lobo enjaulado, será uma águia com as asas amarradas. Mas será ele mesmo, não conseguirão quebrá-lo. O lobo continua ali, ainda lobo apesar da jaula. A águia está pronta para voar, inalterada. Antes de dormir, escrevo para ele, que está insone, pensando em mim.

Bothwell, minha estrela está eclipsando. Meus amigos estão presos ou exilados, meus espiões estão escondidos, meu embaixador está com medo. Mas não me desespero. Não me rendo. Espero por você, e sei que virá.

Não espere uma recompensa. Não espere nada de mim, nós dois sabemos o que somos um para o outro, e isso permanecerá o nosso segredo.

Espero por você, e sei que virá.

Marie

1570, janeiro, castelo de Tutbury: George

Os dias de inverno se arrastam. Hastings continua aqui, passa seu tempo saindo a cavalo para supervisionar o enforcamento de homens chamados de rebeldes e oferecidos à forca como sacrifício pagão a algum deus implacável. Mal suporto me afastar do terreno do castelo, não sou capaz de enfrentar os olhares acusadores das viúvas em Tutbury. Dentro dessa área, é claro, não tem nada para fazer.

Bess mantém-se ocupada com os relatos de seus administradores e seus intermináveis cadernos de contabilidade. Ela está ansiosa por retornar a Chatsworth e reunir Henry e seus outros filhos. Mas não podemos partir antes de Hastings levar a rainha dos escoceses, e todos aguardamos as ordens.

Quando chegam, não são as que esperávamos. Procuro Bess na saleta que ela ocupou com seus registros, e levo a carta de Cecil na mão.

— Recebi ordens de me apresentar na corte — digo em voz baixa.

Ela imediatamente, ergue o olhar para mim, um livro ainda aberto à sua frente, a tinta secando na pena, a cor desaparecendo de seu rosto até ficar branco como a página diante de si.

— Milorde vai ser acusado?

— Seu querido amigo Cecil não se dá ao trabalho de me dizer — respondo com mordacidade. — Recebeu notícias dele? Sabe de alguma coisa? Devo ir diretamente para a Torre? É uma acusação de traição? Forneceu provas contra mim?

Bess hesita diante de meu tom feroz e lança um olhar para a porta. Também ela agora receia pessoas escutando às escondidas. Espiões devem estar espionando espiões.

— Ele não me escreve mais — responde ela. — Não sei por quê. Talvez não confie mais em mim também.

— Tenho de ir imediatamente — falo. — O mensageiro que trouxe isto veio com uma guarda de seis homens. Estão comendo na cozinha e esperando para me escoltar a Londres.

— Está sendo detido? — pergunta ela com um sussurro.

— Está maravilhosamente vago. Ele me diz que devo partir de imediato com uma escolta — respondo com certo sarcasmo. — Se é para garantir a minha segurança ou a minha chegada, não especificaram. Faria o favor de preparar um alforje para mim?

No mesmo instante, ela se levanta e se apressa na direção do nosso quarto. Ponho a mão em seu braço.

— Bess, se eu for para a Torre, farei o que puder para salvar a sua fortuna da ruína da minha. Vou procurar um advogado, transferir minha fortuna para você. Não será a viúva de um traidor morto. Não vai perder a sua casa.

Ela sacode a cabeça e seu rosto enrubesce.

— Não estou pensando em minha fortuna agora — diz ela, a voz bem baixa. — Penso em você. Meu marido. — Seu rosto está tenso de medo.

— Pensa em mim antes de pensar em sua casa? — pergunto, tentando fazer disso uma piada. — Bess, isso realmente é amor.

— É amor — enfatiza ela. — *É* amor, George.

— Eu sei — respondo baixinho. Pigarreio. — Disseram que não tenho permissão para me despedir da rainha da Escócia. Pode por favor transmitir a ela meus cumprimentos e dizer-lhe que lamento não poder lhe dar adeus?

No mesmo instante eu a sinto se enrijecer.

— Direi a ela — responde friamente, e se afasta.

Eu não devia prosseguir, mas preciso. Estas podem ser as últimas palavras minhas à rainha dos escoceses.

— E diga-lhe para tomar cuidado, avise-a que Hastings será um guardião rigoroso. Alerte-a contra ele. E diga-lhe que lamento, que lamento muito.

Bess vira-se.

— Vou arrumar suas coisas — diz ela gelidamente. — Mas não posso me lembrar de tudo isso. Eu direi a ela que você partiu, que pode ser julgado por traição devido a sua generosidade em relação a ela, que ela nos custou a nossa fortuna e a nossa reputação, e que ainda pode custar a sua vida. Não creio que conseguirei lhe dizer que você lamenta, que lamenta muito por ela. Acho que as palavras me causariam náusea.

1570, janeiro, castelo de Tutbury: Bess

Pego suas coisas e as jogo nos alforjes com uma fúria frígida, e envio um criado em um cavalo de carga, com comida para o primeiro dia, de modo que não precise contar com a comida ruim das hospedarias de Derbyshire. Providencio para que leve na bolsa sua nova meia e uma muda de roupa de baixo, um bom sabão e um pequeno espelho de viagem para que possa se barbear na estrada. Dou-lhe uma folha de papel com as contas mais recentes caso alguém na corte se interesse em ver que nos arruinamos ao cuidar da rainha dos escoceses. Faço uma mesura e me despeço dele com um beijo, como uma boa esposa, e o tempo todo as palavras que ele queria que eu dissesse à rainha, o tom de sua voz quando falou dela, o calor em seu olhos quando pensou nela me devoram por dentro, como se eu tivesse vermes.

Nunca imaginei que eu era uma mulher apaixonada, uma mulher ciumenta. Fui casada quatro vezes, duas vezes com homens que claramente me adoravam: homens mais velhos que me mimavam, homens que me prezavam acima de todas as outras. Nunca na minha vida eu tinha visto o olhar de meu marido se dirigir a outra, e não consigo me conformar com isso.

Separamo-nos friamente e em público, pois ele parte do pátio e, embora estivessem proibidos de se ver privadamente, a rainha chega, como que casualmente, quando a guarda está montando. Devereux e Hastings vêm assistir à partida do pequeno grupo. Porém, mesmo que estivéssemos a sós, acho que não teria sido melhor. Eu podia gritar ao pensar que esse era o meu querido marido, o homem que apenas dois anos atrás eu adorava chamar "meu marido, o conde", e agora ele pode estar partindo para a própria morte, e nos separamos com um beijo seco e um adeus frio.

Sou uma mulher simples, não um escrivão treinado ou um erudito. No entanto, independentemente dos erros que disserem que Elizabeth cometeu para com a Inglaterra, posso testemunhar que esses anos de seu reinado arrancaram meu próprio coração.

1570, janeiro, castelo de Tutbury: Maria

Vejo da minha janela que o grande cavalo de Shrewsbury foi selado para uma viagem, e então vejo que há uma guarda armada esperando por ele. Jogo um xale sobre a cabeça e desço, sem nem mesmo trocar de sapatos.

Vejo de imediato que ele está indo sozinho. Bess está lívida e parece adoentada. Hastings e Devereux não estão vestidos para viajar, claramente ficarão aqui. Tenho muito medo de que ele tenha sido convocado à corte, ou talvez até que tenha sido detido.

— Vai viajar, milorde? — pergunto, tentando soar descontraída, despreocupada.

Ele olha para mim como se fosse me agarrar na frente de todos. Está louco por mim. Coloca as mãos para trás como se para impedi-las de me pegarem.

— Fui chamado à corte — diz ele. — Milorde Hastings vai mantê-la segura em minha ausência. Espero retornar logo.

— Ficarei aqui até o seu retorno?

— Acredito que sim — responde ele.

— E vai retornar?

— Espero que sim.

Sinto minha boca estremecer. Tenho tanta vontade de gritar que ele não vá ou que irei com ele. Não suporto ficar aqui com sua mulher furiosa e com o frio Hastings. Para dizer a verdade, tenho medo dos dois.

— Vou esperar por milorde — é tudo o que me atrevo a dizer na frente de todos. — E desejo-lhe uma viagem segura e agradável.

O sorriso retorcido que ele me dá ao se curvar sobre minha mão me diz que ele não espera ter nenhuma das duas coisas. Tenho vontade de lhe sussurrar que volte logo, mas não me atrevo. Ele aperta minha mão, é tudo o que pode fazer, e então se vira e monta rapidamente em seu cavalo. Em um segundo — tudo acontece rápido demais — os guardas se agitam e ele está atravessando o portão. Mordo o lábio para não gritar.

Viro-me e sua mulher está olhando para mim com a expressão dura.

— Espero que ele volte em segurança para você, Bess — falo.

— Sua Graça sabe que o perdi, quer ele retorne quer não — replica ela, e se vira, dando-me as costas, o que não deveria fazer, e vai embora, sem fazer uma reverência, o que é pior.

1570, janeiro, castelo de Windsor: George

É uma longa e fria viagem, e nenhuma boa companhia na estrada. Atrás de mim está uma despedida inadequada e, à frente, a certeza de um acolhimento rude. Separado da rainha da Escócia, sem nem mesmo saber se ela está em segurança, chego à corte da rainha da Inglaterra e percebo que estou em desgraça.

Toda manhã e toda noite, meu primeiro e último pensamento é nela, minha rainha perdida, a outra rainha, e me torturo de culpa. Sinto como se lhe tivesse falhado. Embora eu saiba muito bem que não poderia mantê-la comigo, não com Hastings e suas ordens de levá-la, não com Cecil determinado a separá-la de mim. Mas ainda assim... ainda assim.

Quando eu lhe disse que estava indo para Londres, seus olhos se obscureceram de medo, mas na frente de Bess, Hastings e Devereux ela não poderia dizer nada a não ser que me desejava uma boa viagem e um retorno seguro.

Achei que talvez pudesse ter ido vê-la em particular, enquanto Bess estava preparando minhas coisas. Achei que poderia lhe dizer como me sentia, agora que nos separaríamos. Achei que poderia, pela primeira vez, falar o que sentia no meu coração; mas não pude. Sou casado com outra mulher, e jurei lealdade a outra rainha. Como poderia falar de amor com a rainha dos escoceses? O que tenho a lhe oferecer livremente? Nada. Nada. Quando eu estava no pátio, pronto para me despedir, estavam todos lá, Bess, e os dois lordes e todos os espiões e criados do castelo, ansiosos por ver como eu a deixaria e como ela reagiria. Sem poder lhe dizer adeus de outra maneira que não com uma mesura e uma despedida formal. O que pensei que poderia lhe dizer na frente de sua damas de honra e com minha mulher olhando? Com Hastings tentando esconder um sorriso e Devereux parecendo entediado, batendo o chicote na bota? Desajeitado, expressei meu desejo por seu bem-estar e ela olhou para mim como se fosse suplicar que a ajudasse. Olhou para mim em silêncio, posso jurar que havia lágrimas em seus olhos, mas ela não deixou que corressem. É uma rainha, nunca mostraria medo na frente deles. Segui seu exemplo, fui frio e polido. Mas espero que ela tenha percebido que meu coração se revolvia por ela. Ela simplesmente olhou para mim como se eu pudesse salvá-la se o quisesse. E Deus sabe que provavelmente minha expressão transparecia meu sentimento — um homem que decepcionou a mulher que ele jurou proteger.

Não pude nem mesmo assegurá-la de que estaria a salvo. Todos os homens que chegaram a falar em sua defesa à rainha Elizabeth, que tentaram equilibrar o conselho de Cecil, de medo e suspeita, estão agora em desgraça. Alguns deles estão na Torre, outros estão exilados e nunca mais mostrarão a cara na Inglaterra. Alguns foram condenados à morte, e suas mulheres se tornarão viúvas e suas casas serão vendidas. E fui chamado a me apresentar à rainha, ordenado a abandonar minha prisioneira, ordenado a entregá-la a seu inimigo. Fui convocado à corte como se não merecesse a confiança de que iria de boa vontade. Estou sob a sombra da suspeita e me considero um afortunado por ser chamado a me apresentar na corte e não diretamente na Torre.

Levamos quase uma semana para chegar. Um dos cavalos machuca a pata e não conseguimos alugar outro, algumas das estradas estão intransitáveis com a nevasca e precisamos desviar pela região alta, onde os ventos do inverno cortam como faca. As rajadas de neve cravam no meu rosto, e estou tão infeliz por meu fracasso em ser leal e meu fracasso em ser desleal, que preferiria continuar viajando para sempre no frio a chegar a Windsor no começo do inverno escuro e receber uma acolhida fria e acomodação desconfortável.

A corte está com o humor sombrio, o canhão continua carregado e apontando na direção de Londres. Ainda estão se recuperando do medo de que o exército do norte os ataque, estão com vergonha do seu pânico. Tomo um chá de cadeira por três dias enquanto Cecil decide se a rainha tem tempo para ser aborrecida por mim. Espero na câmara de audiências real, o tempo todo alerta à convocação, fazendo cera com os outros homens que ela não pode ser perturbada em receber. Pela primeira vez, não sou admitido assim que meu nome é mencionado. Meu nome está em baixa também com meus pares, até mesmo com aqueles que achei que eram meus amigos. Como no salão, não na câmara privada, e saio a cavalo sozinho, ninguém pede a minha companhia. Ninguém sequer se detém para conversar comigo, ninguém me cumprimenta com prazer. Sinto como se carregasse uma sombra, um mau cheiro. Recindo a traição. Todo mundo tem medo e ninguém quer ser visto com alguém que é duvidoso, que recende a suspeita.

Cecil me cumprimenta com sua equanimidade usual, como se nunca em toda a sua vida tivesse suspeitado que eu conspirasse contra ele, como se nunca tivesse implorado que eu fizesse amizade com a rainha dos escoceses e salvasse a todos nós, como se agora não estivesse maquinando a minha queda. Ele me diz que a rainha está muito absorta com o prejuízo da insurreição, e que me receberá assim que puder. Diz que Norfolk, que o embaixador da rainha, o bispo Lesley de Ross e o embaixador espanhol estavam mancomunados no planejamento e financiamento da sublevação, e que sua culpa deve ser uma garantia da cumplicidade da rainha dos escoceses.

Respondo, rigidamente, que acho muito improvável que Norfolk, primo da própria rainha Elizabeth e que foi favorecido desde que ela subiu ao poder, fizesse algo para derrubar sua parente. Talvez tivesse querido libertar sua noiva, mas isso está longe de ser uma rebelião contra a sua rainha e prima. Cecil pergunta se tenho alguma prova. Ele ficaria muito feliz em ver algumas cartas ou documentos que eu ainda não tivesse divulgado. Não consigo sequer lhe responder.

Volto para os aposentos que me deram na corte. Poderia ficar em nossa casa de Londres, mas não tenho coragem de abri-la para uma estada tão curta; além disso, percebo que reluto em anunciar a minha presença na City. Minha casa sempre foi um centro de orgulho da minha família, é aonde vamos para demonstrar nossa grandeza, e agora não sinto a menor grandeza: estou envergonhado. Simples assim. Eu me rebaixei tanto entre as tramas dessas duas rainhas e seus conselheiros que nem mesmo quero dormir em minha própria cama com o emblema esculpido na cabeceira. Não quero sequer passar por minhas colunas de pedra com meu brasão esculpido em cada pedra. Eu abriria mão de toda essa fachada, se pudesse voltar a ficar em paz comigo mesmo. Se simplesmente eu pudesse sentir mais uma vez que sei quem sou, quem é minha própria mulher e quem é minha rainha. Essa insurreição acabou apenas derrubando a minha paz de consciência.

Vejo o filho de Bess, Henry, e meu próprio filho, Gilbert, mas eles ficam constrangidos com a minha presença, e desconfio que tenham ouvido falar que traí minha mulher com a rainha dos escoceses. Os dois são muito queridos por Bess, e é natural que tomem seu partido contra mim. Não ouso me defender e, depois de lhes perguntar como estão e se estão endividados, deixo que se vão. Os dois estão bem de saúde e têm dinheiro, acho que devia me sentir feliz.

No terceiro dia de espera, quando acham que já sofri o bastante, uma das damas de honra vem me comunicar que a rainha me receberá em seus aposentos privados depois do jantar. Percebo que não consigo comer. Sento-me no meu lugar habitual à mesa no salão, com meus pares, mas eles não falam comigo, e mantenho a cabeça baixa como um pajem açoitado. Assim que posso, deixo a mesa e volto à sala de audiências para aguardar. Sinto-me como uma criança, desejando uma palavra de carinho, mas certo de que levarei uma surra.

Pelo menos, posso me tranquilizar com o fato de que não serei preso. Devo sentir um certo consolo com isso. Se ela fosse me deter por traição, faria isso em uma reunião do conselho, de modo que todos pudessem assistir à minha humilhação como uma advertência a outros tolos. Eles me privariam dos meus títulos, me acusariam de deslealdade e me mandariam embora com o capuz rasgado e cercado de guardas. Não, essa será uma humilhação privada. Ela vai me acusar de tê-la desapontado e, ainda que eu mencione meus feitos e prove que nunca fiz nada que contrariasse seus interesses, ou suas ordens, em resposta ela citará minha indulgência enquanto guardião da rainha e as crenças cada vez mais firmes de que estou praticamente apaixonado por Maria Stuart. E, na verdade, se eu for acusado de amá-la, não poderei negar francamente. Acho que não vou negar. Nem mesmo desejo negar. Um lado meu, um lado louco, anseia por proclamar esse amor.

Como pensei, é o mexerico sobre essa intimidade que irrita a rainha mais do que qualquer outra coisa. Quando finalmente sou admitido em sua câmara privada, com suas damas escutando abertamente, e Cecil ao seu lado, essa é a primeira questão que ela levanta.

— Eu teria achado que, de todos os homens, você, Shrewsbury, não seria suscetível a um rosto bonito — diz ela bruscamente assim que entro na sala.

— Não o sou — respondo com firmeza.

— Não é suscetível? Ou ela não tem um rosto bonito?

Se ela fosse um rei, esse tipo de pergunta não seria proferida com tal ciúme. Nenhum homem é capaz de responder a perguntas desse tipo de modo que satisfaça uma mulher de quase 40 anos, cuja sua melhor aparência já ficou há muito tempo para trás, a respeito de sua rival: a mulher mais bela do mundo e que ainda não chegou aos 30.

— Tenho certeza de que sou um tolo. — digo calmamente. — Mas não sou um tolo por ela.

— Deixou que ela fizesse o que quisesse.

— Deixei que fizesse o que achei ser direito — respondo, cansado. — Deixei que saísse a cavalo, de acordo com as ordens que recebi, para o benefício de sua saúde. Ela adoeceu quando estava sob meus cuidados, e o lamento. Deixei que se sentasse com minha mulher e que bordassem juntas, fazendo companhia uma à outra. Sei comprovadamente que nunca conversaram de nada além de trivialidades.

Percebo o brilho em seus olhos ao ouvir isso. Sempre se orgulhou de ter a inteligência e instrução de um homem.

— Tagarelice de mulheres — insinuo desdenhosamente e percebo que balança a cabeça aprovando. — E ela jantava conosco quase todas as noites, porque queria companhia. Está acostumada a ter muitas pessoas ao seu redor. Está acostumada a ter uma corte, e agora não tem nenhuma.

— Sob o seu baldaquino! — exclama ela.

— Quando Sua Graça a pôs sob minha proteção, ordenou que eu a tratasse como uma rainha em atividade — observo o mais delicadamente possível. Tenho de manter o controle, seria a morte até mesmo eu levantar a voz. — Devo ter-lhe escrito, e a Cecil, dezenas de vezes perguntando se poderia reduzir a sua criadagem.

— Mas nunca fez isso! Ela é servida por centenas de pessoas!

— Elas sempre retornam — respondo. — Mando-as embora e digo a ela que terá menos criados e damas de honra, mas eles nunca partem. Esperam alguns dias e retornam.

— Ah? Eles a amam tanto assim? Ela é tão amada assim? Seus servidores a adoram a ponto de lhe servirem por nada?

Essa é outra armadilha.

— Talvez não tenham para onde ir. Talvez sejam criados pobres que não conseguem encontrar outro senhor. Não sei.

Ela assente com a cabeça.

— Muito bem. Mas por que deixou que ela se encontrasse com os lordes do norte?

— Sua Graça, eles esbarraram conosco casualmente, quando havíamos saído para um passeio a cavalo. Não achei que haveria qualquer problema nisso. Cavalgaram conosco por pouco tempo, não a encontraram privadamente. Eu não fazia ideia do que estavam planejando. A senhora viu como a afastei do perigo no minuto em que seu exército foi reunido. Cada ordem que recebi de Cecil foi obedecida ao pé da letra. Até mesmo ele pode lhe confirmar isso. Levei-a para Coventry em três dias. Mantive-a longe deles e a vigiei atentamente. Não vieram buscá-la, fomos rápidos demais para eles. Eu a mantive a salvo por Sua Graça. Se a tivessem resgatado, teria sido a nossa ruína; mas a levei para longe e não lhes dei tempo para isso.

Ela concorda com a cabeça.

— E esse noivado ridículo?

— Norfolk me escreveu sobre isso e eu passei sua carta à rainha — digo francamente. — Minha mulher alertou Cecil imediatamente. — Não digo que ela fez isso sem me avisar. Que eu nunca leria uma carta particular nem a copiaria. Que sinto tanta vergonha de Bess ser espiã de Cecil quanto de ter a sombra da suspeita lançada sobre mim. Mas ainda assim sinto-me humilhado.

— Cecil não me disse nada sobre isso.

Olho para o mentiroso direto na cara. Sua expressão é a de interesse cortês. Inclina-se à frente, como se para ouvir melhor a minha resposta.

— Nós o avisamos imediatamente — repito presunçosamente. — Não sei por que ele lhe ocultou isso. Imaginei que teria contado na mesma hora.

Cecil balança a cabeça como se reconhecesse a validez do meu argumento.

— Ela achou que tornaria meu primo um rei? — pergunta Elizabeth com ferocidade. — Ela achou que governaria a Escócia e rivalizaria comigo aqui? Thomas Howard pensou em ser rei Thomas da Escócia?

— Ela não me fazia confidências — respondo, sinceramente. — Só soube que recentemente ela esperava que se casassem com a sua permissão e que ele a ajudasse com os lordes escoceses. O seu maior desejo, até onde sei, sempre foi apenas retornar a seu reino. E governá-lo bem, como sua aliada.

Não digo: "Como Sua Graça prometeu que seria." Não digo: "Como todos sabemos que a senhora prometeu." Não digo: "Se pelo menos tivesse escutado seu próprio coração e não a imaginação vil de Cecil, nada disso teria acontecido." A rainha não é uma soberana que gosta de ser lembrada de suas promessas quebradas. E estou aqui para lutar por minha vida.

Ela levanta-se de sua cadeira e vai até a janela olhar a estrada do castelo. Guardas extras estão posicionados em cada porta e sentinelas extras estão na entrada. Esta é uma corte que ainda teme ser sitiada.

— Homens em quem confiei durante toda a minha vida me traíram nesta estação — diz ela com amargura. — Homens por quem eu daria a minha vida pegaram em armas contra mim. Por que fariam isso? Por que prefeririam essa estrangeira criada na França a mim? Essa rainha sem nenhuma reputação? Essa chamada beldade? Essa garota casada tantas vezes? Sacrifiquei minha juventude, minha beleza e minha vida por este país, e eles correm atrás de uma rainha que vive por vaidade e luxúria.

Eu mal me atrevo a falar.

— Acho que foi mais a fé deles... — digo cautelosamente.

— Não se trata de fé. — Ela vira-se para mim. — Eu permitiria que todos praticassem a fé que quisessem. De todos os monarcas na Europa, sou a única que permitiria que cada qual adorasse como quisesse. Sou a única que prometeu e que permite a liberdade. Mas transformaram isso em uma questão de lealdade. Sabe quem lhes prometeu ouro se ficassem contra mim? O papa em pessoa. Ele tinha um banqueiro distribuindo seu ouro aos rebeldes. Sabemos bem disso. Foram pagos por uma potência estrangeira inimiga. Isso transforma o que aconteceu numa questão de lealdade, é traição estar contra mim. Não é uma questão de fé, é uma questão de quem será a rainha. Eles a escolheram. Morrerão por isso. Quem você escolhe?

Ela parece aterradora em sua ira. Deixo-me cair de joelhos.

— Como sempre. Escolho Sua Graça. Tenho-lhe sido leal desde a sua subida ao trono, e antes, à sua irmã, e antes dela, ao seu santificado irmão. Antes dele, a seu pai majestoso. Antes deles, minha família serviu a todo rei da Inglaterra coroado, remontando a Guilherme, o Conquistador. Todo rei da Inglaterra pode contar com a lealdade de um Talbot. Sua Graça não é diferente. Eu não sou diferente. Sou seu, de corpo e alma, como minha família sempre foi aos reis da Inglaterra.

— Então por que deixou que ela escrevesse a Ridolfi? — pergunta ela subitamente. É uma armadilha que ela aciona, e a cabeça de Cecil baixa, como se quisesse observar os próprios pés, para escutar melhor a minha resposta.

— Quem? Quem é Ridolfi?

Ela faz um pequeno gesto com a mão.

— Está me dizendo que não conhece o nome?

— Não — respondo sinceramente. — Nunca ouvi falar dessa pessoa. Quem é ele?

Ela despreza a pergunta.

— Não tem importância, então. Esqueça o nome. Por que deixou que ela escrevesse a seu embaixador? Ela tramou uma insurreição traidora com ele quando estava sob seus cuidados. Deve ter sabido disso.

— Juro que não. Todas as cartas que encontrei, mandei para Cecil. Cada criado que ela subornou eu mandei embora. Paguei o dobro a meus próprios criados para tentar mantê-los leais. Paguei guardas extras do meu próprio bolso. Vivemos no mais pobre de meus castelos para mantê-la perto. Vigio os criados, vigio a ela. Sem trégua. Preciso revirar até mesmo as pedras que pavimentam a estrada que leva ao castelo em busca de cartas escondidas, preciso vasculhar as sedas que ela borda. Preciso revistar a carroça do açougueiro e fatiar o pão. Preciso bancar o espião, em busca de cartas. E faço tudo isso, embora não seja trabalho para um Talbot. E tudo isso é relatado a Cecil, como se eu fosse um de seus espiões pagos e não um nobre hospedando uma rainha. Tenho cumprido tudo o que Sua Graça pede de mim com honra, e fiz mais. Humilhei-me para fazer mais por Sua Graça. Realizei tarefas que nunca imaginei que um membro da minha linhagem faria. Tudo a pedido de Cecil. Tudo por Sua Graça.

— Então, se fez tudo isso, por que não percebeu que ela estava conspirando sob seu próprio teto?

— Ela é inteligente — digo. — Todo homem que a vê quer servir a ela. — No mesmo instante, desejo engolir de volta as palavras. Preciso tomar cuidado. Percebo a cor se intensificar por baixo do ruge na face da rainha. — Homens irracionais, homens frívolos, aqueles que se esquecem do que Sua Graça fez por eles. Procuram servir a ela por sua própria leviandade.

— Dizem que ela é irresistível — comenta ela casualmente, me encorajando a concordar.

Balanço a cabeça.

— Eu não acho — digo, sentindo o gosto de palavras desagradáveis na boca antes de pronunciá-las. — Acho-a frequentemente doentia, mal-humorada, taciturna, não muito agradável, não uma mulher que eu admiraria.

Pela primeira vez ela olha para mim com interesse, e não hostilidade.

— Como? Não a acha bela?

Encolho os ombros.

— Sua Graça, não se esqueça de que sou um homem recém-casado. Amo minha esposa. Sabe como Bess é inteligente, hábil e firme. E a senhora é a minha rainha, a rainha mais bela e elegante do mundo. Nunca olhei para outra mulher, a não ser para a senhora e minha Bess, nesses últimos três anos. A rainha da Escócia é um fardo que Sua Graça pediu para eu carregar. Faço isso o melhor que posso. Faço isso por amor e lealdade à senhora. Mas não há hipótese de que eu goste da companhia dela.

Por um momento, quase posso vê-la, a minha maravilhosa rainha Maria, como se eu a tivesse invocado com minhas mentiras. Ela está em pé na minha frente, seu rosto pálido voltado para baixo, os cílios escuros encostando em suas faces perfeitas. Quase escuto o terceiro canto de um galo quando nego meu amor por ela.

— E Bess?

— Bess faz o que pode — respondo. — Faz tudo por amor à senhora. Mas preferiríamos estar na corte com Sua Graça a viver em Tutbury com a rainha dos escoceses. É um exílio para nós dois. Temos sido infelizes, nós dois. — Ouço o som da verdade em minha voz, pelo menos. — Estamos muito infelizes — digo francamente. — Acho que nenhum dos dois sabia como seria difícil.

— Os gastos? — escarnece ela.

— A solidão — digo em tom baixo.

Ela dá um suspiro como se tivesse chegado ao fim de um trabalho árduo.

— O tempo todo tive certeza da sua lealdade, independentemente do que qualquer um dissesse. E a minha boa Bess.

— Somos — eu digo. — Nós dois somos. — Começo a achar que poderei sair dessa sala como um homem livre.

— Hastings pode levá-la para sua casa até decidirmos o que faremos com ela — diz Elizabeth. — Pode voltar para Chatsworth com Bess. Poderá recomeçar sua vida de casado. Poderá voltar a ser feliz.

— Obrigado — falo. Faço uma reverência demorada e retrocedo na direção da porta. Não há razão para mencionar o valor enorme que ela me deve pelos cuidados com a rainha. Não há razão para lhe contar que Bess nunca me perdoará pela perda dessa fortuna. Nenhuma razão para me queixar da impossibilidade de recomeçarmos nossa vida de casados, que está arruinada, talvez para sempre. Eu deveria ficar feliz em simplesmente sair daqui sem uma escolta de guardas conduzindo-me à Torre, onde meus amigos aguardam a sentença de morte.

À porta, hesito.

— Sua Graça já decidiu o que será feito com ela?

A rainha me lança um olhar duro, desconfiado.

— Por que se importa em saber?

— Bess vai me perguntar — respondo com a voz fraca.

— Ela será mantida prisioneira até podermos julgar o que fazer — diz. — Ela não pode ser julgada por traição, não é um súdito meu, de modo que não pode ser acusada de traição. Não pode ser mandada de volta à Escócia agora, pois claramente não é digna de confiança. Ela tornou a minha vida impossível. Tornou sua própria vida impossível. É uma tola. Não quero mantê-la prisioneira para sempre, mas não vejo o que mais posso fazer com ela. É isso ou a sua morte, e obviamente não posso matar uma rainha, minha prima. Ela é uma tola por me impor esse dilema. Por causa dela, as únicas opções são a vitória ou a morte, e não posso lhe dar nenhuma das duas.

— Ela faria um acordo de paz com Sua Graça, acho — digo com cautela. — Ela faria um tratado de paz com a senhora. Sempre fala da senhora com o mais profundo respeito. Ela não teve nada a ver com o planejamento dessa sublevação, estava se preparando para retornar à Escócia como uma aliada sua.

— Cecil diz que ela não merece confiança — diz ela concisamente. — E ela própria me ensinou a não confiar nela. E preste atenção, Talbot, prefiro a opinião de Cecil à de um homem que permitiu sob seu próprio teto que ela fosse cortejada, ficasse noiva e planejasse uma rebelião. No mínimo, você foi muito crédulo em relação a ela, Shrewsbury. Peço a Deus que não tenha sido nada pior. Ela o enganou, e espero que não o tenha seduzido.

— Juro que não — respondo.

Ela assente com a cabeça, sem se deixar impressionar.

— Pode voltar para a sua esposa.

Faço uma reverência.

— Sempre sou leal — digo da porta.

— Sei o que faz — diz ela bruscamente. — Sei cada detalhe do que faz, graças a Cecil. Mas não sei mais o que pensa. Eu costumava saber o que todos pensavam, mas foram ficando cada vez mais misteriosos. Todos abandonaram a fidelidade. Não sei o que todos querem. São opacos para mim, agora, quando antes todos tão transparentes.

Percebo que não posso responder. Eu deveria ser um cortesão mais inteligente, ter algumas palavras tranquilizadoras ou mesmo lisonjeiras. Mas ela tem razão. Não entendo mais a mim mesmo nem o mundo que Cecil fez. Tornei-me misterioso para mim mesmo.

— Pode ir — diz ela friamente. — Agora está tudo diferente.

1570, janeiro, castelo de Tutbury: Bess

Meu marido, o conde, volta de Londres em um silêncio taciturno. Está pálido como se estivesse sofrendo um ataque de gota de novo. Quando pergunto se está doente ele balança a cabeça, em silêncio. Percebo então que teve o orgulho ferido profundamente. A rainha humilhou-o na frente de outros nobres. Ela não poderia ter feito nada pior a esse homem altivo, de absoluta retidão, do que inferir que ele não é digno de confiança. E foi isso o que ela fez.

Dizer na frente dos outros que ele não tinha mais a sua confiança foi o mesmo que colocá-lo na roda da tortura. Ele é um dos nobres mais eminentes na Grã-Bretanha e ela o trata como se fosse um servo mentiroso que ela dispensa por ter roubado. Essa é uma rainha que realmente usa tortura.

Não sei por que Elizabeth está sendo tão cruel, transformando velhos amigos em inimigos. Sei que ela é nervosa, inclinada a medos profundos. No passado, a vi doente de medo. Mas ela sempre foi capaz de saber quem são seus amigos e sempre contou com eles. Não consigo atinar com o que a afastou de seu hábito de usar a lisonja e a astúcia, o desejo e a doçura para manter sua corte à sua volta, e os homens dançando conforme a sua música.

Deve ter sido Cecil quem a afastou de seu rumo antigo e mais seguro. Deve ter sido Cecil, que impediu o retorno da rainha dos escoceses ao trono e que aprisionou dois lordes, declarou outro um traidor fugitivo, e agora diz à rainha que meu marido não é confiável. A hostilidade de Cecil em relação à outra rainha, a todos os papistas, tornou-se tão poderosa que ele é capaz de decapitar metade da Inglaterra para derrotá-los. Se Cecil, meu verdadeiro e leal amigo, agora acha que meu marido está contra ele, se está preparado para usar todo o seu poder contra nós, então realmente corremos perigo. O retorno de meu marido de Londres nada mais é que um indulto temporário, e tudo com que contei é incerto, nada é seguro.

Cruzo o pátio, um xale sobre a cabeça para me aquecer, e o frio e a umidade de Tutbury atingem até os meus ossos, através das minhas botas. Fui chamada ao estábulo, onde o estoque de feno está tão reduzido que não conseguiremos passar o inverno. Terei de mandar buscar mais em Chatsworth ou comprar de alguém. Não temos como arcar com a compra de um abastecimento de forragem, mal consigo arcar com seu transporte pelo campo. Mas, na verdade, não consigo pensar em nada além de como vou fazer se meu marido for acusado. E se Cecil o chamar de novo a Londres, exatamente como liberaram Thomas Howard e tornaram a chamá-lo? E se Cecil prender meu marido, como se atreveu a prender Thomas Howard? E se o colocar na Torre junto com os outros? Quem teria imaginado que Cecil cresceria tanto a ponto de ser capaz de agir contra os lordes mais eminentes do país? Quem teria imaginado que Cecil alegaria que os interesses do país são diferentes daqueles de seus grandes lordes? Quem teria imaginado que Cecil alegaria que os interesses do país são os mesmos que os seus?

Cecil vai permanecer meu amigo, tenho certeza. Nós nos conhecemos há tempo demais para agora nos trairmos. Temos sido o sistema de referência um do outro por tempo demais nesta vida. Fomos feitos do mesmo barro, Cecil e eu. Ele não me chamará de traidora e me mandará para a Torre. Mas e meu marido, o conde? Ele derrubará George?

Tenho de admitir que, se Cecil tivesse certeza de que George se uniu a seus inimigos, ele teria agido imediata e decisivamente, e tenho de admitir que não o culparia. Todos nós, filhos da Reforma, somos rápidos em defender o que conquistamos, rápidos em tomar o que não é nosso. Cecil não vai deixar que os antigos lordes da Inglaterra o derrubem motivados unicamente pelo fato de que ele é um mordomo enquanto os outros são a nobreza. Eu também não o permitiria. Sabemos isso um do outro pelo menos.

Meu marido, o conde, não compreende nenhum de nós. Não é culpa dele. Ele é um nobre, não um homem que se fez por esforço próprio, como Cecil. Ele acha que só precisa decidir e que a decisão será cumprida. Está acostumado a erguer a cabeça e ter o que quiser em sua mão. Ele não sabe, como Cecil e eu sabemos por causa de nossa infância difícil, que quando se quer alguma coisa, tem de trabalhar nisso noite e dia. Depois, quando a consegue, tem de trabalhar noite e dia para conservá-la. Neste exato instante, Cecil está trabalhando noite e dia para a morte da rainha da Escócia, a execução dos amigos dela e a quebra do poder dos antigos lordes que apoiam a causa dela e o odeiam.

Vou escrever para Cecil. Ele entende o que casas, terra e fortuna significam para uma mulher que foi criada sem nada. Ele ouvirá amavelmente uma esposa pedindo a segurança de seu amado marido. Ele talvez ouça com generosidade uma mulher recém-casada que está aflita. Mas se eu lhe pedir para salvar minha fortuna, ele compreenderá que isso é mais importante do que sentimento, isso é negócio.

1570, janeiro, castelo de Tutbury: Maria

Bothwell, recebi sua carta. Sei que teria vindo, se pudesse. Procurei você na época, mas agora está tudo acabado para mim. Vejo que está acabado para você. Fomos grandes jogadores e perdemos. Rezarei por você.
Marie

Faz tanto frio, está tão lúgubre, tão horrível aqui que mal suporto me levantar da cama pela manhã. A antiga dor na lateral do meu corpo retornou, e há dias em que não consigo comer nem sequer me deitar sem gritar de dor. Tem chovido, uma chuva de granizo glacial, há dias, e tudo que consigo ver de minhas janelas estreitas é o céu cinza, e tudo que ouço são os pingos, que caem do telhado para a lama embaixo.

Este castelo é tão úmido que nem mesmo o fogo mais forte na lareira é capaz de secar as manchas impregnadas de água no reboco das paredes, e minha mobília começa a esverdear com o bolor frio e úmido. Acho que Elizabeth escolheu este lugar com a esperança de que eu morra aqui. Há dias em que desejo que isso aconteça.

A única coisa que aconteceu como eu desejava foi o conde de Shrewsbury ter retornado em segurança do castelo de Windsor. Achei que também ele enfrentaria a morte, mas Elizabeth optou por confiar nele por mais algum tempo. Melhor do que isso, ela até mesmo decidiu deixar-me aos seus cuidados. Ninguém sabe por quê. Mas ela é uma tirana, pode ter seus caprichos.

Suponho que, depois de ter ordenado as mortes, seus medos excessivos foram amenizados. Ela tem atitudes exageradas, como sempre, e depois de mandar mais dois carcereiros, banir minha criadagem e damas de honra, ameaçar-me de prisão domiciliar e de prender meu anfitrião, ela agora me devolve à guarda de Shrewsbury e me envia uma carta amável perguntando sobre a minha saúde.

Shrewsbury a entrega, mas está tão pálido e abatido que faz a carta parecer ser uma ordem para a sua execução. Mal olha para mim, e fico feliz por isso, pois estou envolvida em tapetes na minha cadeira ao lado da lareira, contorcida tentando aguentar a minha dor, e nunca estive com uma aparência tão horrível.

— Vou ficar com milorde? — Ele deve perceber o alívio na minha voz, pois seu rosto cansado se enternece.

— Sim. Parece que fui perdoado por permitir que a senhora se encontrasse com os lordes do norte, que Deus salve suas almas. Mas estou em liberdade condicional como seu guardião, e fui advertido a não cometer erros de novo.

— Lamento sinceramente ter causado esse problema na sua casa.

Ele sacode a cabeça.

— Ah, Sua Graça, eu sei que nunca pretendeu me causar problemas. E sei que não conspiraria contra uma rainha consagrada. A senhora podia estar buscando a sua liberdade, mas não ameaçaria a rainha.

Baixo os olhos. Quando torno a erguê-los, ele está sorrindo para mim.

— Gostaria que pudesse ser meu conselheiro, além de guardião — digo em tom bem baixo. — Eu teria tido uma vida melhor se sempre tivesse sido protegida por um homem como milorde.

Ficamos em silêncio por um momento. Ouço a lenha crepitar na lareira e uma pequena chama torna mais luminoso o quarto sombrio.

— Eu também gostaria — responde ele, baixinho. — Gostaria de vê-la recuperada, em segurança e com saúde.

— Você vai me ajudar? — Minha voz mal ressoa acima do bruxuleio do fogo.

— Se puder — diz ele. — Sem me desonrar.

— E não conte a Bess — acrescento. — Ela é demasiadamente amiga de Cecil para que eu me sinta em segurança. — Penso que ele vai hesitar ao ouvir isso, pois estou pedindo que se alie a mim contra sua mulher. Mas ele se adianta.

— Bess é espiã dele — responde, e percebo a amargura em sua voz. — A sua amizade com ele talvez tenha salvado a minha vida, mas não posso lhe agradecer por isso. Ela é sua amiga, sua aliada e sua informante. Foram suas comunicações que me salvaram. É a autoridade dele que sanciona tudo. Bess sempre faz amizade com os mais poderosos. Agora a sua escolha cai em Cecil, enquanto costumava ser eu.

— Não acha que eles... — Minha intenção é sugerir um caso amoroso. Mas Shrewsbury balança a cabeça antes de eu prosseguir.

— Não se trata de infidelidade, é pior do que isso — diz ele com tristeza. — É deslealdade. Ela vê o mundo da mesma maneira que ele: como uma batalha entre os ingleses e o resto, como uma batalha entre protestantes e papistas. A recompensa para os protestantes ingleses é poder e riqueza, isso é tudo o que importa para eles. Acham que Deus os ama tanto que Ele lhes dá a riqueza do mundo. Acham que sua riqueza é a prova de que estão fazendo a coisa certa, amados por Deus. — Ele se interrompe e olha para mim. — Meu confessor os chamaria de pagãos — diz ele abruptamente. — Minha mãe os chamaria de hereges.

— Você é da fé verdadeira? — pergunto, incrédula, com um sussurro.

— Não, agora não, mas como todo protestante na Inglaterra de hoje, fui criado na antiga Igreja, fui batizado como um papista, fui educado para celebrar a missa, e reconhecia a autoridade do Santo Padre. E não posso me esquecer dos ensinamentos de minha infância. Minha mãe viveu e morreu na antiga fé. Não me ocorre nenhuma outra maneira para a conveniência da rainha. Não acredito, como Bess acredita, como Cecil acredita, que temos uma compreensão particular da mente de Deus. Que não precisamos de padres, ou do papa. Que sabemos tudo, sozinhos, e que a prova disso é a benção de nossa própria ganância.

— Se algum dia eu me tornar a rainha da Inglaterra, permitirei que cada um pratique sua própria fé — prometo.

Ele aprova com um movimento da cabeça.

— Sei que sim. Sei que seria a... a rainha mais graciosa.

— Milorde seria meu amigo mais querido e meu conselheiro — digo com um breve sorriso. — Seria o meu conselheiro. Seria o meu secretário de Estado e chefe do meu Conselho Privado. — Cito os títulos que Cecil usurpou. Sei o quanto Shrewsbury os quer.

— Fique boa logo, então — diz ele, e percebo a ternura em sua voz. — Precisa ficar melhor e mais forte antes de poder desejar qualquer coisa. Descanse e fique boa, meu... Sua Graça.

1570, janeiro, castelo de Tutbury: George

Notícias de Londres que mudam tudo. Em que mundo vivemos hoje! Tudo mudou de novo, sem aviso, quase sem razão. A carta para mim vem de Cecil, portanto tenho todos os motivos para desconfiar dela. Mas é uma notícia que nem mesmo ele poderia ocultar ou inventar. Deve ser verdade. A sorte da rainha dos escoceses tornou-se boa mais uma vez, e sua estrela ascende. Ela é uma rainha cuja sorte flui e reflui como as marés e, de repente, é maré cheia. Seu meio-irmão, o usurpador de seu trono, seu maior inimigo, lorde Moray, foi assassinado na Escócia, e seu país está, mais uma vez, sem líder. Isso deixa uma lacuna no comando do governo escocês. Não há ninguém para assumir o trono. Precisam tê-la de volta. Não há mais ninguém. Surpreendentemente, justo quando ela estava mais rebaixada do que nunca na vida, sua sorte virou outra vez e ela será a rainha. Precisam tê-la de volta. Na verdade, a querem de volta como rainha.

Em vez de me apressar em levar a carta a Bess, como teria feito alguns meses atrás, atravesso o pátio e procuro diretamente a rainha. Ela está melhor, graças a Deus. Encontro-a vestida com seu belo vestido de veludo preto, retirando o conteúdo de alguns baús, que mudaram de uma casa para outra com ela e nunca foram desfeitos. Está segurando um brocado vermelho no rosto enquanto se olha no espelho, e rindo. Acho que nunca a vi mais bela.

— Milorde, veja este vestido! — começa ela, mas vê meu rosto e a carta em minha mão, e joga o vestido para sua amiga Mary Seton, e vem rapidamente para onde estou.

— George?

— Lamento dizer-lhe que seu meio-irmão, lorde Moray, está morto — falo.

— Morto?

— Assassinado.

Não posso deixar de perceber a alegria que ilumina o seu rosto. Sei de imediato que ela estava desejando isso, e percebo também meu conhecido pavor de ter de lidar com pessoas que gostam de segredos. Talvez tenha sido seu plano secreto e seu assassino perverso os responsáveis.

— E meu filho? Meu James? Tem notícias de meu filho?

A reação típica de uma mãe. Essa é uma mulher de verdade. Eu não deveria ser tão desconfiado.

— Está a salvo — asseguro. — Ele está seguro.

— Tem certeza? Ele está realmente a salvo?

— É o que eles dizem.

— Como soube?

— Por Cecil. Deve ser verdade. Escreveu-me dizendo que a rainha escreverá para Sua Graça em breve. Ela lhe fará algumas propostas, que espera que resolverão tudo. É o que ele diz.

— Ah! — suspira ela pegando minhas mãos e se aproximando de mim. Entendeu no mesmo instante o que isso significa. Não há no mundo mulher mais inteligente que ela. — Chowsbewwy — diz ela. — Esse é o meu novo começo. Com Moray morto, os escoceses terão de deixar que eu reassuma meu trono. Não há mais ninguém para assumir o poder. Não existe outro herdeiro. Elizabeth vai ter de me apoiar; agora ela não tem escolha, não há mais ninguém. Sou eu ou ninguém. Ela vai ter de me apoiar. Voltarei para a Escócia e serei rainha de novo. — Ela reprime um risinho. — Por fim! — exulta. — Depois de tudo por que passamos. Eles me terão de volta.

— Se Deus quiser — digo.

— Virá comigo? — pergunta ela em um sussurro. — Virá como meu conselheiro?

— Não sei se poderia...

— Venha como meu amigo — propõe ela tão baixo que só consigo ouvi-la curvando a cabeça até que seus lábios estejam em meu ouvido, e eu sinta sua respiração em minha face. Estamos tão próximos quanto amantes.

— Preciso de um homem ao meu lado. Um homem capaz de comandar um exército, que use sua fortuna para pagar meus soldados. Um inglês leal para lidar com Cecil e Elizabeth por mim. Preciso de um nobre inglês que mantenha a confiança dos lordes escoceses, que tranquilize os ingleses. Perdi meu lorde duque. Preciso de milorde, Chowsbewwy.

— Não posso deixar a Inglaterra... não posso deixar a rainha... ou Bess...

— Deixe-as por mim — diz ela com simplicidade, e no momento em que fala, tudo parece extraordinariamente claro. Por que não? Por que eu não iria com essa mulher tão bela e a manteria a salvo? Por que não obedeceria ao meu coração? Por um momento glorioso, acho que simplesmente poderia ir com ela, como se Bess, a rainha e a Inglaterra não tivessem importância alguma. Como se eu não tivesse filhos nem enteados, nenhuma terra, como se eu não tivesse uma centena de parentes, milhares de dependentes, mais outros milhares de criados, e mais arrendatários e trabalhadores do que posso contar. Como se eu pudesse fugir como um garoto fugiria para a garota que ele ama. Por um instante, acho que devo fazer isso, que é o meu dever para com ela, a mulher que eu amo. Acho que um homem de honra iria com ela, e não ficaria em casa. Um homem honrado, um nobre, iria e a defenderia de seus inimigos.

— Deixe-as por mim — repete ela. — Venha para a Escócia comigo e seja meu amigo e conselheiro. — Ela faz uma pausa. E então diz as palavras que eu desejava ouvir, mais do que quaisquer outras no mundo: — Ah, George, me ame.

1570, fevereiro, castelo de Tutbury: Bess

Essa jovem, que agora devo suportar como rival no amor de meu marido e também como um constante escoadouro das minhas finanças, tem as malditas sete vidas de um gato e a sorte do diabo. Sobreviveu à custódia de Hastings, que partiu e a deixou para nós — embora tenha-me jurado que preferia vê-la morta a presenciar a destruição da paz na Inglaterra —, sobreviveu à insurreição do norte, embora homens e mulheres melhores do que ela tenham morrido na forca por crimes menores do que os que ela alegremente cometeu, e sobreviveu à desgraça de um noivado secreto, embora seu noivo esteja trancafiado na Torre e seus criados estejam na roda. Ela senta-se em meu salão, borda suas sedas mais belas, assim como eu faço, diante de um fogo alimentado por madeira cara, e o tempo todo mensagens dela são enviadas a seu embaixador, dele para William Cecil, dele para a rainha, da Escócia para cada um deles, todas para forjar um acordo que a fará reassumir seu trono revestida de glória. Depois de tudo o que ela fez, todas essas grandes potências estão determinadas em restituí-la ao trono. Até mesmo Cecil diz que, na ausência de qualquer outro escocês real, ela deve ser restaurada.

A lógica disso me escapa, como deve acontecer com todos cuja palavra tem valor e cujos negócios são honestos. Ou ela não se ajusta ao papel de uma rainha — como certamente os escoceses pensavam, e nós concordamos. Ou ela se ajusta agora tanto quanto quando realizamos três inquéritos sobre sua conduta. A justiça disso também me escapa. Há o duque de Norfolk, aguardando na Torre o julgamento por traição; há o conde de Northumberland, executado por sua participação na Rebelião do Norte, há o conde de Westmorland exilado para sempre, que nunca mais verá sua mulher e suas terras, todos por tentarem a restituição dessa rainha — que agora será restituída. Centenas morreram sob a acusação de traição, em janeiro. Mas agora, em fevereiro, a mesma traição é a política vigente.

Ela é uma mulher amaldiçoada, juro. Nenhum homem jamais prosperou ao casar-se com ela, nenhum campeão sobreviveu à honra duvidosa de carregar suas cores, nenhum país ficou melhor com seu reinado. Ela leva a infelicidade a toda casa em que entra, e eu posso atestar isso. Por que uma mulher como essa deve ser perdoada? Por que ela deve escapar ilesa? Por que essa Jezebel deve ter tanta sorte?

Trabalhei a vida toda para conquistar meu lugar no mundo. Tenho amigos que me amam e conhecidos que confiam em mim. Levo minha vida conforme regras que aprendi na juventude: minha palavra é um compromisso, minha fé está perto do meu coração, minha rainha tem minha lealdade, minha casa é tudo para mim, meus filhos são o meu futuro, e sou confiável em tudo isso. Nos negócios, sou honrada, mas astuta. Se vejo vantagem, aproveito-a, mas nunca roubo nem engano. Aceitarei dinheiro de um tolo, mas não de um órfão. Essas não são as maneiras da nobreza, mas é a maneira como eu vivo. Como poderia respeitar uma mulher que mente, trapaceia, conspira, seduz e manipula? Como poderia vê-la se não como desprezível?

Ah, não resisto a seu encanto, sou tão tola quanto qualquer um desses homens, quando ela promete me convidar a Holyroodhouse ou a Paris. Porém, mesmo quando ela me encanta, sei que ela é má. É uma mulher má, completamente má.

— Minha prima me tratou com grande crueldade e injustiça — comenta ela depois que uma de minhas damas (minhas próprias damas!) tem a estupidez de dizer que sentiremos a falta dela quando retornar à Escócia. — Com grande crueldade, mas finalmente ela viu o que todo mundo viu dois anos atrás: uma rainha não pode ser derrubada. Tenho de ser restituída. Ela foi estúpida e cruel, mas finalmente, agora, usou a razão.

— Eu diria que ela teve uma paciência de Jó — murmuro, de maneira irritada, olhando para a minha costura.

A rainha da Escócia arqueia as sobrancelhas escuras ao ouvir uma divergência.

— Está querendo dizer que acha que ela foi paciente comigo? — pergunta.

— Sua corte foi dividida, seu próprio primo foi tentado a ser desleal, seus lordes tramaram contra ela, ela enfrentou a rebelião mais séria de seu reinado, e seu parlamento demanda que ela execute todos os envolvidos na conspiração, inclusive a senhora. — Lanço um olhar venenoso para as minhas próprias damas, cuja lealdade tem sido duvidosa desde que essa rainha jovem e glamorosa apareceu entre nós com suas histórias românticas da França e sua pretensa vida trágica. — A rainha poderia ter seguido a orientação de seu conselho e convocado o carrasco para cada um dos amigos da senhora. Mas não o fez.

— Há uma forca em cada cruzamento — observa a rainha Maria. — Não muitos no norte concordariam com você sobre a misericórdia de Elizabeth cair como uma chuva delicada.

— Há um rebelde na ponta de cada corda — falo com determinação. — E a rainha poderia ter enforcado dez vezes mais traidores.

— Sim, de fato, ela perdeu todo o apoio — concorda com doçura. — Não havia uma cidade ou aldeia no norte que se declarasse a seu favor. Todas queriam a verdadeira religião, e todos queriam me ver libertada. Até mesmo você teve de fugir do exército do norte, Bess. *Tiens!* Como trabalhou com suas carroças e como temeu por seus bens! Até mesmo você sabia que não havia uma cidade ou aldeia no norte que fosse leal a Elizabeth. Teve de açoitar seus cavalos e passar rapidamente por elas, enquanto suas taças de prata caíam dos vagões.

Há um murmúrio de risos bajuladores de minhas damas ao me imaginarem lutando para preservar meus candelabros papistas. Curvo a cabeça sobre a minha costura e trinco os dentes.

— Observei-a na época — diz ela em tom mais baixo, chegando a cadeira para mais perto de mim, de modo que possamos falar em particular. — Sentiu medo naqueles dias, na estrada para Coventry.

— O que não é de admirar — replico defensivamente. — Quase todo mundo estava com medo.

— Mas não temia por sua própria vida.

Sacudo a cabeça.

— Não sou covarde.

— Não, é mais do que isso. É corajosa. Não temia por sua vida, nem pela segurança de seu marido. Tampouco estava com medo da batalha. Mas estava aterrorizada com alguma coisa. O que era?

— A perda da minha casa — admito.

Ela não consegue acreditar em mim.

— O quê? Da sua casa? Com um exército perseguindo-a, pensava na sua casa?

Assinto com a cabeça.

— Sempre.

— Uma casa? — repete ela. — Quando a nossa própria vida estava em perigo?

Rio um pouco embaraçada.

— Sua Graça não pode entender. Tem sido rainha de tantos palácios. Não pode compreender o que é para mim conquistar uma pequena fortuna e tentar conservá-la.

— Teme por sua casa mais do que pela segurança de seu marido?

— Nasci filha de uma viúva recente — digo. Duvido que ela me compreenda. — Com a morte de meu pai, ela ficou sem nada. E estou falando de absolutamente nada. Fui enviada para a família Brandon, como acompanhante e criada superior na sua casa. Então, vi que uma mulher precisa ter um marido e uma casa para sua própria segurança.

— Não estava em perigo, estava?

— Sempre corri o perigo de me tornar uma mulher pobre — explico. — Uma mulher pobre é a coisa mais baixa no mundo. Uma mulher sozinha não possui nada, não pode abrigar seus filhos, não pode ganhar dinheiro para colocar comida na mesa, é dependente da generosidade de sua família, sem a qual ela pode morrer de fome. Pode ver seus filhos morrerem por falta de dinheiro para pagar um médico, pode passar fome porque não tem profissão, nem guilda, nem habilidades. Mulheres são banidas da educação e do comércio. A mulher não pode ser ferreira nem escrivã. Tudo o que uma mulher sem instrução e sem profissão pode fazer é se vender. Decidi que a qualquer preço, eu de alguma maneira conquistaria uma propriedade e me agarraria a ela.

— É o seu reino — diz ela, de repente. — Sua casa é seu próprio pequeno reino.

— Exatamente — digo. — E se eu perder a minha casa, serei jogada no mundo sem proteção.

— Exatamente como uma rainha. — Ela balança a cabeça. — Uma rainha precisa ter um reino. Sem isso, ela não é nada.

— Sim — eu digo.

— E o medo de perder a sua casa significa que considera seus maridos provedores, e nada mais? — pergunta ela, com curiosidade.

— Amei meus maridos porque foram bons comigo e me deixaram suas fortunas — admito. — E amo meus filhos porque são meus filhos queridos e porque são meus herdeiros. Eles prosseguirão depois de eu desaparecer. Serão herdeiros de minha fortuna, serão donos das minhas casas e riqueza, queira Deus que as aumentem, e terão títulos e honra.

— Alguns diriam que você é uma mulher sem ternura no coração — diz ela. — Uma mulher com o coração de um homem.

— Não sou uma mulher que aprecia a incerteza da vida de uma mulher — respondo com firmeza. — Não sou uma mulher que se vangloria de ser dependente. Prefiro ganhar minha própria fortuna a adular um homem para conseguir um favor, a recorrer a um homem para a minha segurança.

Quando ela está prestes a responder, a porta atrás de mim se abre, e sei que é o meu marido, o conde. Sei disso mesmo antes de me virar para ver, pela maneira como o rosto dela se ilumina ao vê-lo. Sei que ela sorriria para qualquer homem. Ela tem a discrição de uma prostituta. A qualquer homem ou menino, do meu pajem de 8 anos, Babington, ao meu marido de 42: ela é igualmente encantadora para todos eles. Até mesmo flertou animadamente com Hastings nos dias antes de ele partir.

Não posso dizer o quanto me fere ver a intimidade de seu sorriso e a maneira como ela estende a sua mão, e o quanto me enfurece vê-lo curvar-se e beijar seus dedos, e segurá-los por um momento. Não há nada impróprio no comportamento dele ou dela. O gesto dela é o de uma rainha, e o dele, o de um cortesão contido. Deus sabe como ocorre flerte muito mais grosseiro entre a rainha Elizabeth e qualquer recém-chegado à sua câmara de audiências, como há também mais indecência na corte. Elizabeth pode ser francamente luxuriosa, e sua fome constante de bajulação é uma máxima entre os cortesãos. Em contraste, esta rainha, embora muito mais atraente, nunca deixa de ser tremendamente encantadora.

Mas acho que estou cansada até o fundo da alma de vê-la em minhas salas, sentada na minha melhor cadeira, sob seu próprio baldaquino, com meu marido fazendo reverência, como se ela fosse uma anjo descido do céu para iluminar, em vez de uma mulher pouco confiável.

— Um mensageiro chegou de Londres — diz ele. — Trouxe cartas para a senhora. Achei que gostaria de lê-las logo.

— Decerto que sim. — Ela levanta-se, e temos todas de nos levantar também. — Vou lê-las em meus aposentos.

Lança um sorriso para mim.

— Eu a verei no jantar, Lady Bess — ela me dispensa. Mas vira-se para o meu marido. — Quer vir e saber o que dizem? — convida. — Gostaria de seu conselho.

Aperto os lábios para engolir as palavras em que nem mesmo deveria pensar. Tais como: que ajuda ele poderia lhe prestar já que não pensa em nada e não planeja absolutamente nada para o futuro? Como ele poderia escolher um curso de ação quando não sabe o próprio valor, quanto a ação lhe custaria e se pode arcar com ela? Algum de vocês sabe que ele se endivida mais a cada dia? Que ajuda você poderia obter de um tolo? A menos que você mesma seja uma tola?

Meu marido, o conde, que agora, internamente, chamo de meu marido, o tolo, dá-lhe o braço e eles saem juntos, as cabeças próximas. Ele esquece-se até mesmo de me cumprimentar ou se despedir. Sinto os olhos de minhas damas em mim e me sento no banco. Estalo os dedos para elas.

— Continuem — eu digo. — Lençóis não se emendam sozinhos, como sabem.

1570, fevereiro, castelo de Tutbury: Maria

Bothwell, vai rir ao ler esta, assim como eu ri ao escrevê-la. Meu meio-irmão, Moray, está morto, e querem que eu volte a ser a rainha. Retornarei ao meu trono no verão e mandarei que o libertem no dia seguinte. Sempre fui afortunada, e a prisão capaz de mantê-lo ainda não foi construída.
Marie

1570, abril, castelo de Tutbury: George

Tornei-me, contra a vontade, conselheiro da rainha Maria. Tive de me tornar: uma questão de honra. Ela não pode ser deixada sem ter com quem falar. Não tem ninguém em quem possa confiar. Seu noivo, o duque de Norfolk, está preso e só pode lhe escrever em segredo; o seu embaixador, o bispo John Lesley, tem mantido silêncio desde as detenções, e Cecil não para de pressioná-la para chegar a um acordo sobre o retorno à Escócia, em termos que até eu vejo que são inflexíveis.

— Está se precipitando — a repreendo. — Está ansiosa demais. Não pode concordar com estes termos.

Querem lhe impor o antigo Tratado de Edimburgo, de Cecil, que torna a Escócia uma nação dependente, subserviente à Inglaterra, incapaz de fazer suas próprias alianças, proibida de ter qualquer política de relações exteriores. Querem que ela aceite tornar a Escócia um país protestante, onde ela poderá praticar sua fé privadamente, quase às escondidas. Querem até mesmo que ela abra mão de sua reivindicação ao trono inglês, exigem que ela deserde a si mesma. E, como uma rainha genuína, ela está preparada para aceitar essa humilhação, esse martírio, a fim de reconquistar seu trono da Escócia e voltar para o seu filho.

— São exigências impossíveis, são exigências perversas — eu digo. — Sua própria mãe recusou-as pela senhora, quando ela estava morrendo. Cecil as teria imposto a ela, devia ter vergonha de impô-las à senhora.

— Tenho de concordar — responde ela. — Sei que são opressivas. Mas vou concordar.

— Não deve.

— Vou concordar, porque quando eu estiver lá... — ela encolhe os ombros, um gesto tão completamente francês que, se eu visse o movimento de seus ombros no meio de uma multidão de mulheres, eu a reconheceria imediatamente. — Depois que eu estiver no meu trono, poderei fazer o que quiser.

— Está brincando. Não pode estar pensando em assinar um acordo e depois renegá-lo, está? — Estou genuinamente chocado.

— Não, *non*, *jamais*, não. É claro que não. Mas quem poderia me censurar se eu o renegasse? Milorde mesmo diz que esses termos são maldosamente injustos.

— Se eles acharem que Sua Graça vai voltar atrás na sua palavra, nunca farão qualquer acordo que seja — enfatizo. — Saberiam que não é digna de confiança. E a senhora terá tornado sua palavra, a palavra de uma rainha, completamente sem valor.

Dá um sorriso rápido para mim, como uma menina travessa.

— Não tenho nada a propor — diz ela simplesmente. — Não tenho nada a negociar a não ser a minha palavra. Tenho de vendê-la a eles.

— Eles a obrigarão a mantê-la — advirto-a.

— Ah, bah! — ela ri. — Como poderiam? Depois que eu estiver de novo em meu trono?

— Por causa desta última condição — digo, apontando-a para ela. O documento está escrito em inglês, receio que ela não o tenha compreendido completamente.

— Dizem que meu filho James deve ser criado como protestante? — pergunta. — É uma infelicidade, mas ele estará comigo, posso instruí-lo privadamente. Ele aprenderá a pensar uma coisa e dizer outra, como todos os reis e rainhas inteligentes devem fazer. Não somos como pessoas normais, meu Chowsbewwy. Aprendemos muito jovens que temos de desempenhar um papel. Até mesmo meu menino James vai ter de aprender a enganar. Sob nossas coroas, somos todos mentirosos.

— Ele será criado como protestante na Inglaterra. — Aponto para as palavras. — *En Angleterre*. — Geralmente ela ri de minha tentativa de falar a sua língua, mas, desta vez, ao me compreender, a cor e o sorriso desaparecem de seu rosto.

— Acham que podem tirar o meu filho de mim? — pergunta ela com um sussurro. — O meu menino? Meu filhinho? Eles me obrigariam a escolher entre meu trono e meu filho?

Confirmo com um movimento da cabeça.

— Elizabeth o tiraria de mim?

Não digo nada.

— Onde ele viveria? — pergunta em tom urgente. — Quem cuidaria dele?

É claro que o documento, redigido por Cecil segundo instruções de Elizabeth, não se preocupa com essa pergunta, uma pergunta natural de uma mãe jovem.

— Não dizem — respondo. — Talvez a rainha mandasse preparar uma ala de crianças para ele no palácio de Hatfield. Ali costuma ser onde...

— Ela me odeia — diz a rainha dos escoceses simplesmente. — Ela levou minhas pérolas e agora quer levar meu filho.

— Suas pérolas?

Ela faz um breve gesto de indiferença com a mão.

— As mais valiosas. Eu tinha um grande colar de pérolas negras e meu meio-irmão as vendeu a Elizabeth assim que me tirou do trono. Ela comprou-as. Ela cobriu o lance de minha sogra. Está vendo os abutres que me rodeiam? Minha própria sogra tentou comprar minhas pérolas roubadas enquanto eu estava na prisão. Mas seu lance foi coberto por minha prima. Elizabeth me escreveu falando da tristeza que sentia pela injustiça que estavam fazendo comigo, e ainda assim comprou minhas pérolas. E agora quer levar meu filho? Meu próprio filho?

— Tenho certeza de que Sua Graça poderia vê-lo...

— Ela não tem filhos seus, não pode ter filhos. Logo passará da idade de conceber, se já não estiver toda seca. Então ela tenta roubar meu filho de seu berço. Ela levaria meu filho e herdeiro e o tornaria seu. Ela me roubaria o coração, tudo o que faz minha vida valer a pena ser vivida!

— A senhora tem de pensar nisso a partir do ponto de vista dela. Ela o teria como refém. Ela o manteria para se certificar de que Sua Graça cumprirá sua parte no tratado. Por isso, quando aceitar os termos, tem de se dar conta de que terá de respeitá-los.

Ela não ouve nada do que digo.

— Refém? Ela o manterá na Torre como os pobres pequenos príncipes? Ele nunca sairá? Desaparecerá como eles desapareceram? Ela pretende matá-lo?

Sua voz falha ao pensar nisso, e não consigo suportar sua aflição. Levanto-me de meu lugar à mesa e vou até a janela. Em nossos aposentos, do outro lado do pátio, vejo Bess percorrer o corredor, carregando livros-caixa debaixo do braço. Ela parece a léguas de distância de mim, suas preocupações com aluguéis e nossos gastos tão triviais em comparação à tragédia que se desenrola na vida da rainha dos escoceses. Bess sempre foi prosaica, mas agora tenho o próprio coração da poesia batendo desenfreado em minha própria casa.

Viro-me para a rainha. Ela está sentada completamente imóvel, sua mão tapando os olhos.

— Perdoe-me — diz ela. — Perdoe a minha emoção. Deve desejar não que precisasse lidar com uma rainha fria como a sua. E perdoe a minha estupidez. Eu não tinha lido o documento direito. Achei que se referiam a apenas supervisionar a educação de James, para torná-lo um bom herdeiro ao trono inglês. Não percebi que queriam tirá-lo de mim completamente. Achei que estávamos falando sobre um tratado, não sobre a minha destruição. Não sobre o roubo do meu filho. Não sobre o seu rapto.

Sinto-me grande demais, desajeitado demais, para o tamanho do quarto. Delicadamente, fico atrás dela e ponho minha mão em seu ombro, e com um suspiro ela se inclina para trás, de modo que sua cabeça se apoie no meu corpo. Esse pequeno gesto e o calor da sua cabeça em minha barriga me enchem de ternura, e de um desejo cada vez mais forte. Tenho de me afastar dela, com meu coração batendo forte.

— Fui separada da minha mãe quando era apenas uma menininha — diz ela com tristeza. — Sei o que é ter saudades de casa, sentir a falta da mãe. Não vou fazer isso com meu filho, não pelo trono da França, muito menos pelo da Escócia.

— Ele seria bem cuidado.

— Eu fui muito querida na França — diz ela. — E meu querido pai, o rei Henrique, me amava mais do que as próprias filhas. Ele não poderia ser mais gentil e terno comigo. Mas eu sentia saudades de minha mãe, e nunca pude ir vê-la. Ela visitou-me uma vez, só uma vez, e foi como se eu me tornasse inteira de novo, como se alguma coisa há muito tempo perdida tivesse sido recuperada. Meu coração, talvez. Então ela precisou retornar à Escócia para defender o meu trono por mim, e seu Cecil, o seu grande William Cecil, percebeu a sua fraqueza, sua solidão, sua doença, e lhe impôs o tratado que agora tenta me impor. Ela morreu tentando defender meu trono contra Elizabeth e Cecil. Agora, tenho de enfrentar a mesma batalha. E desta vez eles querem pegar meu filho e partir meu coração. Elizabeth e Cecil juntos destruíram minha mãe e agora querem destruir a mim e a meu filho.

— Talvez possamos negociar — digo, e logo me corrijo. — Talvez a senhora possa negociar. Pode insistir para que o príncipe permaneça na Escócia, talvez com um guardião e um tutor ingleses?

— Preciso tê-lo comigo — diz ela simplesmente. — Ele é meu filho, meu menino. Tem de ficar com sua mãe. Nem mesmo Elizabeth pode ser tão insensível a ponto de roubar meu direito ao trono e, depois, meu próprio filho.

1570, maio, castelo de Tutbury: Maria

Tento manter a coragem, mas há dias em que a tristeza me exaure. Sinto saudade do meu filho e tenho muito medo em relação a quem estará cuidando dele, educando-o, zelando por ele. Confio no conde de Mar, seu guardião, para guiá-lo e educá-lo, e o seu avô, o conde de Lennox, o manterá a salvo, pelo menos em nome de Darnley, seu filho morto, pai do meu filho. Mas Lennox é um homem descuidado, sujo e rude, sem nenhuma afeição por mim, e me culpa pela morte de seu filho. O que sabe a respeito de cuidar de um menino? O que pode saber sobre a ternura no coração de uma criança?

    O tempo mais quente está chegando e há luz às 6 da manhã, e sou despertada todo dia pelo canto dos pássaros na alvorada. Esta é a minha terceira primavera na Inglaterra, minha terceira primavera! Mal posso acreditar que estou aqui há tanto tempo. Elizabeth promete que serei levada de volta à Escócia no verão, e deu ordens a Shrewsbury para permitir que eu saia a cavalo livremente, e receba visitas. Devo ser tratada como uma rainha e não como uma criminosa comum. Eu sempre me sentia mais animada nessa época do ano, passei tanto tempo na França que me acostumei ao calor daqueles longos e belos verões. Mas neste ano não sorrio ao ver as prímulas nas sebes e os pássaros voando, levando palha e gravetos para seus ninhos. Neste ano, perdi meu otimismo. Perdi minha alegria. A frieza e implacabilidade que minha prima Elizabeth incorpora no seu governo de solteirona parecem ter exaurido meu mundo de luz e calor. Não acredito que uma mulher possa ser tão cruel comigo, e que eu tenha de suportá-lo. Não consigo acreditar que ela seja tão destituída de amor, tão insensível a meus apelos. Sempre fui querida por todos que me conhecem, não consigo aceitar que ela fique tão indiferente. Não posso compreender a indelicadeza. Sou uma tola, eu sei. Mas não posso compreender a dureza de seu coração.

Estou escrevendo na minha escrivaninha quando batem na porta e Mary Seton entra voando na sala, o capuz caindo para trás da cabeça.

— Sua Graça, não vai acreditar...

— O quê?

— Elizabeth foi excomungada! O Santo Padre publicou uma bula contra ela. Ele diz que ela é uma usurpadora sem direito ao trono, e que nenhum cristão precisa obedecer a ela. Diz que é um dever sagrado derrubá-la de seu poder ilegítimo. Convoca todos os cristãos do mundo a desafiá-la. Está convocando todos os católicos apostólicos romanos à rebelião! Está convocando todas as potências católicas apostólicas romanas à invasão! Está convocando todos os cristãos para destruí-la. É como uma cruzada!

Mal consigo respirar.

— Finalmente — digo. — Isso foi-me prometido. Os lordes do norte me disseram que Roberto Ridolfi tinha a palavra do Santo Padre de que isso seria feito. Mas como eu não recebi nenhuma notícia, achei que tinha dado errado. Cheguei até mesmo a duvidar de Ridolfi.

— Não! Ele foi leal à senhora. A bula foi publicada no ano passado — diz Mary em um sussurro, sem fôlego. — A tempo da insurreição. Mas só chegou agora. Ah! Se tivesse chegado antes! Se tivesse chegado durante a insurreição! A Inglaterra toda se teria voltado contra Elizabeth.

— Não é tarde demais agora — digo rapidamente. — Todos da verdadeira fé saberão que é seu dever derrubá-la e que o Santo Padre me nomeou rainha da Inglaterra. Além do mais, isso forçará minha família na França e Felipe de Espanha à ação. Não se trata somente de fazer justiça, mas agora é seu dever me colocarem no trono da Escócia, e da Inglaterra também.

Os olhos de Mary estão brilhando.

— Eu a verei usando a coroa de novo — declara ela.

— Você me verá usando a coroa da Inglaterra — prometo-lhe. — Isso não significa somente a minha liberdade, significa que o papa me reconhece como a verdadeira herdeira da Inglaterra. Se o Santo Padre diz que sou a rainha da

Inglaterra, quem pode se opor a mim? E todos os papistas do mundo estão comprometidos, em sua fé, para me apoiar. Mary, eu serei a rainha da Inglaterra e da Escócia. E coroarei meu filho príncipe de Gales.

— Graças a Deus o Santo Padre decretou a seu favor!

— Graças a Deus por Ridolfi, que lhe apresentou a minha causa — digo em tom baixo. — Ele é um grande amigo meu. Que Deus o proteja, onde quer que ele esteja. E quando eu recuperar minha posição, ele estará entre os homens que poderão reivindicar sua recompensa por me servirem.

1570, maio, Chatsworth: Bess

Ouço tocarem os sinos da igreja em Chatsworth quando estou dando ordens para a roupa de cama da rainha dos escoceses. Ela vai chegar em alguns dias, e meu coração se acelera com um terror súbito. Não pode ser de novo uma rebelião. Queira Deus que não seja o desembarque da armada espanhola. Mandei um dos pajens descobrir correndo o que deu errado agora. Ele volta e me encontra na lavanderia, com um rol de roupas em minhas mãos trêmulas, e me diz que a rainha Maria Stuart foi declarada a verdadeira rainha da Inglaterra e que o papa está convocando todos os da antiga fé para destruir a bastarda Elizabeth e pôr a verdadeira rainha, Maria, no seu lugar. E há uma insurreição a favor dela em Norwich, e dizem que todo o leste da Inglaterra vai se manifestar pela verdadeira rainha e pela verdadeira fé.

Fico tão chocada que, por um momento, finjo que preciso de um pouco de ar fresco, saio para o corredor e me deixo cair sobre um banco no meio de todos aqueles quadros de santos. Não acredito que o pesadelo continue, que nunca tenha fim, que nunca alcancemos a vitória, e nunca consigamos a paz. Olho para os santos pintados, como se eles pudessem me dar respostas para o purgatório dos tempos que estamos suportando. Só Deus sabe como somos um país pequeno e como há poucos de nós com uma visão de como o país deveria ser. Agora a velha prostituta escarlate de Roma invocou a ira do resto da cristandade contra nós: Felipe da Espanha, Madame Serpente na França — eles vão pensar que a batalha contra nós é uma cruzada, uma guerra santa.

Vão achar que receberam de Deus a ordem para nos destruir. Virão contra nós, unidos nos dominarão.

"Somos tão poucos", sussurro para mim mesma. É verdade. Somos uma pequena ilha com inimigos como vizinhos na Irlanda, na França e na Holanda espanhola, a apenas meio dia de navio. Somos muitos poucos os que realmente compreendem o destino que Deus nos reservou. Somos muito poucos os preparados para servir como Seus santos para introduzir a pureza da Sua verdadeira igreja na Inglaterra, Seu país eleito. Estamos cercados de inimigos, somos tentados por Satã, somos assediados pelas superstições e mentiras da antiga fé. Eles nos destruirão, se puderem.

Digo ao menino para correr e mandar o vigário parar de tocar os sinos. Digo-lhe que é uma ordem minha. Se repicam para soar um alerta, nenhum de nós precisa de qualquer lembrete de que estamos à beira de um desastre. Uma mulher velha no trono, nenhum herdeiro no berçário, uma fé em constante ameaça, um país em formação que poderia ser apagado em um instante. Por outro lado, se os estão tocando, como fizeram em Durham e York, em Ripon e até mesmo quando tudo acabou em Barnard Castle, para anunciar que a antiga fé triunfou, então podem silenciá-los e ir para o inferno enquanto minha palavra tiver algum peso em Derbyshire.

Sou protestante. Viverei e morrerei protestante. Meus inimigos vão pensar que é por ser uma religião que me rendeu lucros, cínicos apontarão meus candelabros de ouro e minhas minas de chumbo e carvão, minhas pedreiras e até mesmo os quadros de santos roubados em minha galeria. Mas o que os cínicos não compreendem é que esses são os bens que Deus me deu como recompensa pela pureza da minha fé. Sou uma protestante autêntica. Não reconheço essa rainha Stuart papista, renego a sabedoria do padre de Roma, renego a santidade do pão e do vinho. É pão, é vinho. Não é Corpo e Sangue de Cristo. A Virgem Maria foi uma mulher, como qualquer uma de nós, Jesus foi um carpinteiro, um trabalhador orgulhoso de suas mesas, assim como sou uma trabalhadora orgulhosa de minhas casas e terras. O reino dos santos virá quando o mundo tiver conquistado a pureza, não quando tiver dinheiro o bastante no prato de coleta da igreja. Acredito em Deus — não em um bruxo aquinhoado a um preço alto pelos padres da antiga igreja. Acredito na Bíblia, que posso ler sozinha em inglês. E mais do que em qualquer outra coisa, acredito em mim, em minha visão do mundo. Acredito em minha responsabilidade pelo meu próprio destino, na culpa por meus próprios pecados, no mérito pelas minhas próprias boas ações, na determinação de minha própria vida, e nos meus livros-caixa que me dizem quão bem ou mal estou indo. Não acredito em milagres, acredito em trabalho duro. E não acredito que a rainha Maria seja a rainha da Inglaterra só porque um velho tolo em Roma quer que assim seja.

1570, maio, na estrada para Chatsworth: Maria

Na estrada, viajando juntos, estamos em nosso momento mais feliz, e que par excêntrico formamos, o nobre mais eminente da Inglaterra e a rainha por direito. Soube que ele me amava quando estávamos a caminho de Coventry, viajando durante a noite. No auge do perigo, ele pensou somente em mim. Mas eu tinha aprendido a valorizá-lo muito tempo antes, em nossa primeira viagem: quando estávamos indo do castelo de Bolton a Tutbury, e eu esperava que ele me escoltasse de volta à Escócia dali a alguns dias. Nessas viagens, aprendi a desfrutar em sua companhia um prazer que eu nunca sentira com nenhum outro homem. Eu não o desejo; a ideia é risível — nenhuma mulher que tenha conhecido Bothwell pode se satisfazer com um homem seguro, um homem honrado, ou mesmo um homem reservado. Mas sinto que posso me apoiar nele, posso confiar que ele me manterá segura, posso ser eu mesma com ele. Ele me lembra meu sogro Henrique II, rei da França, que sempre cuidou de mim tão bem, que me protegeu como sua pequena pérola, que sempre se assegurou de que eu fosse bem servida e honrada como a rainha da Escócia, a próxima rainha da França, e rainha da Inglaterra. O constante cuidado discreto de Shrewsbury me faz pensar que voltei a ser uma garota valorizada, a favorita do homem mais rico e mais poderoso da Europa. Com ele, me sinto de novo uma jovem beldade, a garota que eu fui: intata, imperturbada, cheia da absoluta confiança de que tudo sempre daria certo comigo, que todo mundo sempre me amaria, que eu herdaria meus tronos, um depois do outro, e me tornaria a rainha mais poderosa do mundo todo por direito, sem oposição.

Cavalgamos lado a lado e ele me fala da região rural e aponta aspectos da paisagem. Ele conhece sobre pássaros e a vida selvagem, não somente animais de caça, mas pássaros canoros e os passarinhos nas cercas vivas. Gosta da terra, ama-a como um homem do campo, e sabe os nomes das flores, e ri quando tento dizer seus nomes impossíveis, tais como "granza-brava" e "miosótis".

Agora tenho permissão para cavalgar na frente dos guardas. Voltei, mais uma vez, a ser uma rainha com um séquito, não uma prisioneira com carcereiros, e pela primeira vez cavalgamos ao ar livre, sem sermos perturbados por acompanhantes, e sem estarmos cercados por uma multidão em uma tempestade de areia. Em cada aldeia, como sempre, as pessoas comuns saem para me ver, e às vezes se agrupam ao redor da forca nos cruzamentos, onde o corpo de um homem, morto por defender a minha causa, se balança. Shrewsbury gostaria que passássemos rapidamente por esses bonecos tenebrosos, mas paro o meu cavalo e deixo as pessoas me verem fazer o sinal da cruz, curvar a cabeça e orar pela alma de um bom homem que morreu pela verdadeira fé e a verdadeira rainha.

Em quase todas as aldeias, percebo o movimento rápido, furtivo, de bons homens e mulheres fazendo o sinal da cruz também, e de seus lábios sussurrando as palavras de uma ave-maria. Esse é o meu povo, eu sou a sua rainha. Fomos derrotados uma vez por Elizabeth e seu exército traiçoeiro, mas não seremos derrotados outra vez. Avançaremos de novo. Avançaremos sob a bandeira do papa. Seremos invencíveis. Ela pode ter certeza disso.

— Prosseguiremos de Chatsworth para Wingfield — me diz Shrewsbury quando paramos para jantar à margem de um rio, uma refeição simples de carne assada, pães e queijos.

— Chatsworth é tão a casa de Bess, ela reluta em gastar um centavo lá, a não ser para a sua eterna reforma. Prefiro ter Sua Graça sob o meu próprio teto, e o solar de Wingfield é de minha família há gerações. E de Wingfield, se o acordo com a rainha for selado, eu a escoltarei até Edimburgo.

— Aceitarei o acordo — respondo. — Como posso recusar? Sou sua prisioneira, não há nada pior que ela possa me fazer. Nós duas estamos atadas. A única maneira de eu me libertar dela e ela de mim, é eu concordar. Não tenho nada para barganhar com ela. Sou obrigada a concordar.

— Até mesmo com ela ficar com seu filho? — pergunta ele.

Viro-me para ele.

— Tenho pensado nisso, e há uma solução que eu consideraria, se pudesse me ajudar.

— Farei qualquer coisa — respondo de imediato. — Sabe que faria qualquer coisa pela senhora.

Saboreio as palavras por um momento, e então vou direto ao ponto.

— Milorde seria o seu tutor? Se o príncipe James fosse viver em sua companhia, na sua casa, cuidaria dele como tem cuidado de mim?

Ele fica pasmo.

— Eu?

— Eu confiaria em milorde — digo simplesmente. — Eu não confiaria em mais ninguém. Milorde o protegeria por mim, não? Olharia por meu filho? Não deixaria que o corrompessem? Não deixaria que o colocassem contra mim? Milorde o manteria seguro?

Ele escorrega de seu banco e se ajoelha no tapete que estenderam no chão sob minha cadeira.

— Eu daria a minha vida para mantê-lo a salvo — diz ele. — Eu dedicaria a minha vida a ele.

Dou-lhe a minha mão. É a última carta que tenho para jogar no meu baralho de modo que consiga retornar à Escócia a salvo.

— Pode persuadir Cecil a que James fique em sua companhia? — pergunto. — Propor isso a ele como se a ideia fosse sua?

Está tão apaixonado por mim que sequer pensa que deveria perguntar primeiro à sua esposa, nem que tem de tomar cuidado quando um inimigo do seu país lhe pede um favor especial.

— Sim — diz ele. — Por que ele não concordaria? Ele quer um acordo, todos queremos. E eu ficaria honrado em cuidar de seu filho. Seria como... cuidar dele pela senhora, seria como... — Ele não consegue concluir. Sei que está pensando que criar meu filho seria como se estivéssemos casados e tivéssemos um filho. Não posso encorajá-lo a falar dessa maneira, tenho de mantê-lo cuidadosamente na sua posição: em seu casamento, na estima de seus pares, na confiança de sua rainha, na sua posição na Inglaterra. Ele não tem utilidade para mim se o considerarem desleal. Se pensarem mal dele, me afastarão dele e não lhe confiarão meu filho.

— Não fale assim — sussurro apaixonadamente, e ele se silencia de imediato. — Certas coisas nunca devem ser ditas entre nós. É uma questão de honra.

Isso o detém, como eu sabia que faria.

— É uma questão de honra para nós dois — enfatizo. — Não posso suportar que o acusem de tirar vantagem de sua posição de meu guardião. Pense só em como seria terrível se as pessoas dissessem que milorde teve a minha pessoa à sua mercê, e me desonrou em seus pensamentos.

Ele quase sufoca.

— Eu nunca faria isso! Não sou assim!

— Eu sei. Mas é o que as pessoas diriam. Disseram coisas horríveis a meu respeito durante toda a minha vida. Podem me acusar de tentar seduzi-lo, a fim de que conseguisse escapar.

— Ninguém poderia pensar uma coisa dessa!

— Sabe que já estão pensando nisso. Não há nada que os espiões de Elizabeth não digam contra mim. Dizem as piores coisas a meu respeito. Eles não entenderiam o que sinto... por milorde.

— Eu faria qualquer coisa para protegê-la da difamação — declara ele.

— Então faça isso — digo. — Convença Cecil que pode guardar meu filho James e que posso voltar para a Escócia. Quando estiver de novo em meu trono, estarei a salvo do escândalo, assim como dos espiões de Cecil. Milorde pode me salvar. E pode manter James a salvo. Mantenha-o a salvo por amor a mim. Pode ser o nosso segredo. Pode ser o segredo de dois corações secretos.

— Farei isso — responde ele simplesmente. — Pode ter certeza de que farei.

1570, junho, Chatsworth: George

Foi aprovado, graças a Deus, o acordo será selado e assinado. A rainha será enviada de volta à Escócia e eu serei o guardião de seu filho. Nada inferior a esse dever me consolaria da sua perda. Representar um pai para o seu filho será tudo. Verei sua beleza nele, e o criarei como ela gostaria. Meu amor por ela será investido nele, ela verá o bom rapaz que farei dele. Ele a deixará orgulhoso, será um menino criado por mim, e o transformarei em um bom príncipe. Não a decepcionarei nisso. Ela confia em mim, e verá que não se enganou. E vai ser uma grande alegria ter uma criança na casa, um menino cuja mãe é uma mulher tão bela, um menino que amarei por sua mãe, e por ele próprio também.

Parece que nossos problemas acabaram. Os tumultos em Norwich foram reprimidos rápida e brutalmente, e os católicos que souberam da bula papal contra Elizabeth não estão se apressando a pôr a corda no pescoço. Norfolk vai ser libertado da Torre. O próprio Cecil argumentou, que embora sua ofensa tenha sido grave, seus crimes não chegam a ser traição. Ele não enfrentará um tribunal nem a pena de morte. Fico mais aliviado com isso do que demonstro a Bess quando ela me conta.

— Não ficou feliz? — pergunta ela, intrigada.

— Fiquei — respondo calmamente.

— Achei que ficaria contentíssimo. Se não acusam Norfolk, então não haverá nenhuma suspeita sobre meu marido, que fez tão menos.

— Não é isso o que me deixa satisfeito — digo. Irrita-me a sua suposição de que só penso em minha própria segurança. Mas sempre tenho estado irritado com ela nos últimos tempos. Tudo o que ela diz mexe com meus nervos. Mesmo quando sei que é injusto, percebo que a maneira como entra em um cômodo me deixa nervoso. Sua maneira de pisar é pesada como a de uma mulher indo ao mercado, a maneira como carrega seus eternos livros-caixa, a maneira como está sempre tão ocupada, sempre trabalhando muito, sempre tão eficiente. Parece-se mais com uma governanta do que uma condessa. Não tem nenhuma graça em seu porte. Definitivamente, não tem nenhuma elegância.

Eu sei, eu sei, sou bastante injusto ao culpar Bess de não possuir o encanto de uma mulher criada na corte e nascida nobre. Não posso me esquecer de que ela é a mulher com quem me casei por escolha própria, e ela tem boa aparência, boa saúde e vivacidade. É injusto eu me queixar de que não tem a aparência de uma das mulheres mais belas do mundo, ou as maneiras da rainha de uma das cortes mais elegantes da Europa. Mas ter um ser como esse em nossa casa, tal modelo de perfeição sorrindo para mim toda manhã, como posso deixar de adorá-la?

— Então o que o deixa satisfeito? — pergunta Bess, incitando uma resposta. — É uma boa notícia, acho. Esperava que ficasse feliz.

— O que me agrada é ter sido poupado de seu julgamento.

— Seu julgamento?

— Ainda sou Procurador Real da Inglaterra — lembro-lhe, com um quê de sarcasmo. — Independentemente do que o seu amigo Cecil pense de mim e faça contra mim, se puder. Ainda sou Procurador Real, e se um par do reino é julgado por traição, serei eu o juiz.

— Não tinha pensado nisso — diz ela.

— Não. Mas se seu bom amigo Cecil tivesse levado meu fiel amigo Norfolk a julgamento por sua vida, teria sido eu quem seria obrigado a sentar diante do machado e pronunciar o veredito. Eu teria sido forçado a dizer a Norfolk, um homem que conheço desde a juventude, que ele era considerado culpado, quando sei que é inocente, e que ele devia ser enforcado e estripado ainda vivo, e cortado em pedaços. Acha que eu não tenho sentido pavor disso?

Ela hesita.

— Eu não tinha pensado nisso.

— Não — eu digo. — Mas quando Cecil ataca os antigos lordes, esta é a consequência. Fomos, nós todos, arrasados por sua ambição. Homens que foram amigos durante a vida toda são jogados uns contra os outros. Só você e Cecil não veem isso, pois não percebem que os antigos lordes são como uma família, como irmãos. Recém-chegados não percebem isso. Vocês procuram conspirações, não entendem a fraternidade.

Bess nem mesmo se defende.

— Se Norfolk não tivesse se comprometido em noivado com a rainha da Escócia em segredo, não estaria com problemas — diz ela, resolutamente.

— Não tem nada a ver com as ambições de Cecil. Foi tudo culpa do próprio Norfolk. De suas próprias ambições. Talvez agora, depois que se retratou, possamos ficar em paz de novo.

— O que quer dizer com se retratou? — pergunto.

Ela tem de reprimir o sorriso.

— Parece que seu grande amigo não é muito galante com sua amada. Nada cavalheiro. Não somente abriu mão dela e rompeu o noivado, como aparentemente também sugeriu que ela ocupasse o seu lugar na Torre, como garantia de seu bom comportamento. Parece que há pelo menos um homem que não morre de amor por ela. Um que ficaria feliz de vê-la na Torre por traição. Um homem pronto a se afastar dela e a fazer uma vida melhor para si mesmo, sem ela.

1570, junho, Chatsworth: Bess

Não há paz para uma mulher que tenta dirigir apropriadamente uma casa com uma hóspede esbanjadora e um marido que é um tolo. Quanto mais liberdade a rainha tem, maior a nossa despesa. Agora me dizem que ela pode receber visitas, e todo simplório das redondezas, em busca de emoção, aparece para observá-la jantar, e acabam se servindo também. Só a conta do vinho que ela demanda em um mês é mais alta do que a minha em um ano. Não consigo equilibrar as contas, estão além do meu controle. Pela primeira vez na vida, olho para meus livros sem sentir satisfação, e sim o mais absoluto desespero. A pilha de contas não para de crescer, e ela não participa com nenhum rendimento.

O dinheiro se exaure com a rainha: em seus luxos, criados, cavalos, animais de estimação, mensageiros, guardas, na seda para seus bordados, no damasco para seus vestidos, na sua roupa de cama, em suas ervas, seus óleos, seus perfumes para o seu toucador. Carvão para o seu fogo, as melhores velas, que ela acende de meio-dia até duas da madrugada. Deixa-as acesas enquanto dorme, iluminando cômodos vazios. Tapetes de seda cobrem sua mesa, e ela chega até mesmo a colocar meus melhores tapetes turcos no chão. Ela tem produtos especiais para a sua cozinha, açúcares e especiarias têm de vir de Londres, o sabão especial para a sua lavanderia, a goma especial para seus tecidos, as ferraduras especiais para seus cavalos. Vinho para a mesa, vinho para seus criados, e — inacreditavelmente — o melhor vinho branco para lavar seu rosto. Minha contabilidade para manter a rainha escocesa é uma piada, só tem uma única coluna: despesa. No lado da receita, não há nada. Nem mesmo as 52 libras semanais que nos prometeram. Nada. Não há páginas de recibos, já que não existem recibos. Começo a achar que nunca existirão, e prosseguiremos assim até estarmos completamente arruinados.

E agora posso afirmar que certamente nos arruinaremos. Nenhuma casa no país tem como arcar com uma rainha com um número ilimitado de criados, com um número ilimitado de amigos e aproveitadores. Para manter uma rainha é preciso o rendimento de um reino e o direito de cobrar impostos. E não temos isso. Fomos um casal rico, rico em terras, aluguéis, minas e remessa de mercadorias. Mas em todos esses negócios o dinheiro entra lentamente e sai rapidamente. Um equilíbrio que eu administrava extremamente bem. A rainha dos escoceses desequilibrou essa balança. Muito rápido, surpreendentemente rápido, estamos ficando pobres.

Terei de vender terras em grande escala. Os pequenos empréstimos e vendas que tentei concatenar desde que ela chegou não serão mais suficientes. Terei de recorrer à hipoteca. Terei de encerrar e aumentar os aluguéis dos arrendatários que já estão atrasados no pagamento, tendo passado o inverno correndo atrás do exército do norte, o que foi culpa dela também. Terei de coletar pagamentos extras sobre casas que ainda estão sem seus homens — que foram enforcados ou fugiram por causa de Maria Stuart. Ela vai me obrigar a ser uma senhoria inflexível, e levarei toda a culpa por isso. Terei de tirar a terra comum de boas aldeias e usá-las exclusivamente para plantações. Terei de expulsar pessoas de seus campos e transformar seus jardins em pasto para carneiros. Terei de espremer dinheiro da terra como se fosse um pano molhado. Não é assim que se dirige uma boa propriedade. Não é assim que se é uma boa senhoria. Eu me tornarei avarenta em minha necessidade de dinheiro, e eles me odiarão e me acusarão, dirão que sou uma senhoria cruel e uma mulher avara.

E ela não é apenas cara. Ela é um perigo. Um dos meus criados, John Hall, me procura, de olhos baixos, mas com mãos ansiosas.

— Achei que a senhora devia saber, milady, achei que gostaria de ser informada.

Ouvirei de novo, um dia, um preâmbulo murmurado dessa maneira e pensarei que não significará nada além de um vaso quebrado? Algum dia voltarei ao tempo em que sentia somente irritação? Agora e para sempre sentirei meu coração se acelerar de pavor, esperando a notícia de que ela escapou ou que enviou uma carta ou recebeu um convidado que nos arruinará.

— O que foi? — pergunto bruscamente.

— Achei que se sentiria feliz em saber que sou leal.

Tenho vontade de esbofeteá-lo.

— E será recompensado — digo, apesar de cada propina ser mais uma despesa. — O que foi?

— É a rainha — responde ele, como se eu não pudesse adivinhar. — Há uma conspiração para libertá-la. Os cavalheiros me ofereceram um soberano de ouro para levá-la ao pântano, e eles a levarão de lá.

— E ela concordou? — pergunto.

— Ainda não perguntei a ela — diz ele. — Achei que devia vir direto à senhora. Sou leal à milady, não importa quanto me ofereçam.

— Receberá dois guinéus por isso — prometo. — Quem são os cavalheiros? Qual o nome deles?

— Sir Thomas Gerard é o homem — responde ele. — Mas foi seu amigo que me procurou na taverna, um cavalheiro chamado Rolleston. Mas se há um homem mais importante por trás deles, eu não sei. Conheço outro homem que ficaria feliz com a informação.

Aposto que sabe, penso sordidamente. Há mais espiões do que pastores na Inglaterra de hoje. A deslealdade das pessoas tornou-se tão intensa que todos têm um criado para vigiar o outro.

— Talvez pudesse tê-la vendido a outro comprador. Mas você é meu e só serve a mim. Volte para esse Rolleston e lhe diga que precisa saber quem faz parte da conspiração. Diga que não é seguro prosseguir sem saber quem está envolvido. Diga-lhe que fará o que pedem, e peça-lhe uma prenda para mostrar à rainha. Depois volte para mim.

— Dizer para prosseguirem?

Confirmo com a cabeça.

— E então os pegará?

— Se for preciso. Talvez não signifique nada. Talvez não dê em nada.

1570, junho, Chatsworth: Maria

Meu marido Bothwell, ficarei a salvo. Cecil em pessoa está vindo a Chatsworth para fazer um acordo comigo. Serei restituída ao meu trono na Escócia. Vou me assegurar de libertá-lo assim que estiver de volta, e então verão que vizinho eles têm. Colherão o furacão, e nós dois seremos a tempestade que desabará sobre eles.

Marie

Passo minhas tardes nos jardins de Chatsworth, em uma solitária torre de pedra circundada de fossos, cercada por um lago cheio de carpas douradas, sarapintadas pelos salgueiros que pendem sobre a água. Os degraus de pedra levam da minha torre até uma pequena ponte, cujo reflexo na água forma um arco verde-escuro, sobrelevado pelos muros de pedra cinza. Libélulas sobrevoam a água como pontas de flechas azuis, e andorinhas mergulham e bebem água. Shrewsbury chama este lugar de meu abrigo e diz que é o meu reino até eu ter outro. Ele prometeu que posso passar os dias aqui sem ser perturbada. Ele deixa um guarda na margem do lado da ponte, não para me prender aqui, mas para garantir que ninguém me incomode nas tardes em que fico ociosa em um sofá à sombra de um arco onde as rosas brancas Tudor estão em botão, lentamente abrindo suas pétalas. Repouso em minhas almofadas de seda, escutando meu alaudista, que canta as belas canções de Languedoc, canções de amor e saudade, histórias românticas impossíveis de homens pobres que adoram damas cruéis, e os pássaros cantam junto com ele. Há cotovias no parque, ouço-as gorjearem a cada bater de asas, enquanto elas ascendem ao céu. Só sei que se chamam cotovias porque Shrewsbury me disse. Ele me mostrou esses pássaros voando, apontou o passarinho no solo, e depois me ensinou a escutar seu canto ambicioso, arrojado. Contou-me que elas cantam quando voam, cada bater de asas acompanhado de uma melodia gloriosa, e então fecham as asas em silêncio e mergulham verticalmente até seu ninho.

Não há nada para fazer em Chatsworth neste verão; nada que eu possa fazer. Não preciso fazer esforço nem me preocupar. Só tenho de esperar o acordo de Elizabeth, a permissão de Cecil, e finalmente posso confiar que terei sua aprovação. Ela pode não gostar, mas venci, mais uma vez, por simples herança. Meu meio-irmão está morto e não existe mais ninguém, a não ser eu, para o trono da Escócia. Logo Elizabeth morrerá e não haverá ninguém a não ser eu para o trono da Inglaterra. Terei os meus tronos por direito, já que nasci e fui criada para ser rainha, um ser sagrado com direitos inalienáveis. Eles lutaram contra esse progresso inexorável e eu o defendi. Mas no fim é o meu destino. É a vontade de Deus que eu seja rainha da Escócia e rainha da Inglaterra, e *voilà*! Sua vontade será feita.

Saio a cavalo, de manhã, pela bela floresta, às vezes até a torre de caça, que a inteligente Bess projetou e construiu pela vista que proporciona de toda essa bela região rural, e às vezes cavalgo até os pântanos. Sou livre para ir aonde quiser e sou acompanhada somente por um guarda simbólico e por Shrewsbury: meu querido companheiro e único amigo. À tarde, deito-me ao sol e cochilo.

Sonho. Não os pesadelos que me assombravam na Escócia, mas sonho que estou de volta à França, ao sol da minha infância. Estamos dançando nos jardins de Fontainebleau e os músicos — ah! há cinquenta músicos tocando para nós, crianças! — estão tocando para nós, e pedimos que repitam a mesma música várias vezes, para que possamos praticar a nossa dança.

Estamos ensaiando para a chegada do rei, o rei da França, o deslumbrante Henrique II, meu sogro, o único pai que eu conheci, o único homem que me amou sem cobrar um preço, o único em quem posso confiar, em quem confiei na vida.

Ele chega e pula de seu cavalo, sua boina enviesada sobre o cabelo escuro, a barba e bigode castanhos, sedosos. Pega-me em seus braços — a mim, antes de todo mundo, antes de seu filho e herdeiro, antes de suas filhas.

— Minha menina preciosa — diz ele em meu ouvido. — A cada dia fica mais bonita, a cada dia mais extraordinária. Diga que vai rejeitar o pequeno Francis e se casar comigo.

— Ah, sim! — grito sem um instante de hesitação. Enfio meu rosto na sua barba sedosa e inalo o perfume de sua roupa limpa e de sua colônia. — Eu me casaria amanhã. Vai se divorciar de Madame Serpent por mim?

É um atrevimento meu, mas ele dá uma grande gargalhada.

— Amanhã, minha querida, *ma chérie*. Imediatamente! Amanhã farei isso. Agora me mostre a sua dança.

Sorrio em meu sono e me viro para o sol. Alguém, uma de minhas damas, move uma cortina de damasco de modo que o sol não atinja meu rosto. Minha pele deve permanecer clara como creme. Minha beleza não deve se tornar comum pela luz do dia. Ele dizia que eu devia sempre ser protegida do sol, sempre me vestir com as melhores sedas que existem, sempre usar as melhores joias. Nada além do melhor do melhor para a pequena herdeira do trono.

— Você será rainha da França quando eu morrer, minha princesinha — me diz ele seriamente. — Deixarei meu reino aos seus cuidados. É a única que tem inteligência e vontade, confio em você.

— Papai-Sua-Graça, não fale isso — eu sussurro.

— Será rainha da Escócia — ele me lembra. — E quando Mary Tudor morrer, você será rainha da Inglaterra.

Concordo movendo a cabeça. Mary Tudor é a última herdeira legítima de Henrique VIII, filha única de Catarina de Aragão. Depois, já que ela não tem filhos, venho eu, a neta da irmã do rei Henrique.

— E você deve assumir seu trono — me diz ele. — Se eu já tiver morrido, não se esqueça disso. Se eu estiver vivo, colocarei você no trono da Inglaterra, eu juro. Mas se eu estiver morto, você tem de se lembrar disso. Você é rainha da Escócia, França e Inglaterra. Deve reivindicar sua herança. Eu ordeno.

— Farei isso, papai-rei — respondo solenemente. — Pode contar comigo. Não me esquecerei, e não o decepcionarei.

Ele põe o dedo sob o meu queixo e vira meu rosto em sua direção. Curva a cabeça e me beija nos lábios.

— Encantadora — diz ele. Seu toque me faz sentir leve e quente.

— Vai ser a melhor rainha que o mundo já conheceu. E ganhará a Inglaterra, a Escócia e a França. Vai criar um reino maior do que Guilherme da Normandia. Será rainha da França, Inglaterra e Escócia. Vai ter o maior reino do mundo, e eu a criei para ser a maior rainha do mundo. Nunca, nunca se esqueça disso. É o seu destino, é o destino que Deus lhe reservou. Vai ser a maior rainha da cristandade, talvez do mundo. É a vontade de Deus. Obedeça-Lhe.

1570, junho, Chatsworth: George

Estou prestes a montar em meu cavalo para cavalgar com a rainha quando ouço um ruído de cascos, e um homem com um pequeno grupo de companheiros sobe a estrada sob as árvores em arco. Ele se dirige à entrada das cavalariças sem hesitação, como se tivesse estudado o mapa da minha casa e soubesse onde tudo fica.

Com cautela, passo as rédeas de meu cavalo para o cavalariço e vou ao seu encontro.

— Sim?

Ele desmonta, tira o chapéu, e faz uma reverência. Reparo que sua cabeça não desce muito.

— Milorde Shrewsbury?

Confirmo meneando a cabeça. Reconheço-o como um dos homens que às vezes vejo na corte, em pé atrás de Francis Walsingham, quando este, por sua vez, fica atrás de William Cecil. Então é um espião, mais um espião. Então é inimigo da liberdade do povo da Inglaterra, por mais plausível e encantador que tente ser.

— Sou Herbert Gracie. Sirvo ao senhor Cecil.

— Seja bem-vindo — digo cortesmente. Vejo, por suas roupas, que é um cavalheiro, um dos amigos de Cecil que agem como seus agentes secretos. Só Deus sabe o que ele pode estar querendo de mim.

— Gostaria de entrar?

— Não vou atrasá-lo — responde ele, indicando meu cavalo com um movimento da cabeça. — Ia sair a cavalo com a rainha?

Sorrio e não falo nada. Não preciso dizer aos criados de Cecil o que faço em minha própria casa.

— Perdoe-me — diz ele. — Não vou atrasá-lo. Queria lhe falar por apenas um momento

— Veio de muito longe por apenas um momento — observo.

Ele dá um sorriso divertido.

— Quando servimos a milorde logo nos acostumamos a longas viagens e resultados escassos — responde ele.

— Mesmo? — A última coisa que quero ouvir é sobre as privações no serviço a Cecil e os rigores vividos por um espião sujo.

— Apenas uma palavrinha — diz ele. Vou para o canto do pátio com ele, e espero.

— Um criado de sua mulher encontrou-se com três conspiradores e tramou a libertação da rainha — diz ele sem fazer rodeios.

— O quê?

— Ele se apresentou de volta a ela, que lhe deu dois guinéus e mandou que prosseguisse com a conspiração.

— Isso é impossível. — Sacudo a cabeça. — Realmente. Bess nunca libertaria a rainha. Seria mais provável *eu* libertá-la do que Bess.

— Ah? Por quê?

— Bess não gosta dela — respondo imprudentemente. — Ciúmes de mulheres... São como o mar e a costa, não conseguem parar de bater um contra o outro. Duas mulheres fortes sob o mesmo teto, não pode imaginar...

— Nem me fale! Seria sua antipatia tamanha a ponto de tentar se livrar da rainha ajudando-a a escapar?

Balanço a cabeça.

— Ela nunca tramaria contra a rainha Elizabeth, ela nunca se oporia a Cecil... — Enquanto falo, ocorre-me um pensamento realmente horrível em relação ao que Bess seria capaz de fazer. Tentaria ela, uma mulher superativa, prática e maliciosa, armar contra a rainha Maria uma tentativa de fuga frustrada? De modo que ela fosse tirada de nós? — É melhor eu falar com ela.

— Terei de ir junto — diz ele com prudência.

Mostro indignação no mesmo instante.

— Pode confiar em mim, espero.

— Não podemos confiar em ninguém — responde ele simplesmente. — Sua mulher participou, de alguma maneira, em uma conspiração com Sir Thomas Gerard para libertar a rainha. É minha missão descobrir até onde foi a conspiração. Terei de interrogá-la. É uma cortesia ao senhor, milorde, e à amizade do secretário Cecil com o senhor e sua esposa, eu ter vindo antes para falar em particular e não efetuar detenções imediatas.

Tento ocultar meu choque,

— Não há necessidade alguma de realizar detenções... — protesto com uma voz débil.

— Tenho os mandados no bolso.

Respiro fundo.

— Bem, verei Bess com o senhor — estipulo. — Ela não pode ser submetida a interrogatório. — Independentemente do ela que tenha feito, penso, não a verão sem a minha proteção. Ela é uma mulher determinada e, quando acha que alguma atitude é a correta a se tomar, segue em frente e que se danem as consequências. Na verdade, que se dane ela mesma.

— Deve estar na sala do arquivo — prossigo, e estamos nos virando em direção à casa quando a rainha atravessa a porta do jardim para o pátio e chama alegremente:

— Chowsbewwy!

Antes que o homem de Cecil tenha tempo de dizer ou fazer alguma coisa, vou rapidamente para o lado dela.

— É um espião vindo de Londres — digo em um sussurro. — Responda rápido. Andou conspirando? Existe uma conspiração para permitir sua fuga? A senhora falou com um homem chamado Gerard? Minha vida depende disso.

Ela é muito inteligente e percebe no mesmo instante o perigo, o homem que espera, meu tom urgente. Responde de imediato, sem mentiras, em um sussurro rápido.

— Não. Juro. Nunca ouvi falar dele.

— Bess não lhe falou sobre uma conspiração para libertá-la?

— Bess? Juro pela minha vida que não.

Faço uma reverência.

— Terei de atrasar a nossa saída, peço que me perdoe — falo em voz alta.

— Vou conduzi-lo pelo terreno até milorde chegar — diz ela formalmente e vira-se para o seu cavalo.

Espero até o animal ser firmado e eu poder erguê-la para a sua sela. Mesmo com o homem de Cecil esperando para interrogar a minha mulher, eu não poderia permitir que qualquer outro erguesse a rainha Maria e a segurasse por esse breve e fantástico momento. Ela sorri para mim.

— *Soyez brave* — diz ela em um sussurro. — Sou inocente disso. Elizabeth não tem provas, e não se atreve a fazer nada contra mim. Temos apenas de ser corajosos e esperar.

Assinto com a cabeça, e ela vira seu cavalo e deixa o pátio. Ao passar pelo espião de Cecil, lança-lhe um breve sorriso malicioso e faz um movimento diante de sua reverência profunda. Quando ele se levanta, ela desapareceu, mas o rosto dele está pasmo.

— Eu não sabia... — gagueja ele. — Meu Deus, ela é linda. Meu Deus, seu sorriso...

— Exatamente — digo em tom severo. — E essa é uma das razões por que pago guarda dupla, por que nunca paro de vigiar e por que posso garantir que não há conspiração alguma na minha casa.

Encontramos Bess, como eu sabia que encontraria, na sala do arquivo, onde deveriam estar guardados os registros da família, minha árvore genealógica, meus títulos de nobreza, registros da justa e estandartes etc. Sob o comando de Bess, tudo isso, toda a história da honra foi descartada, e em vez disso as estantes e gavetas estão cheias de registros da receita e despesas de Chatsworth, o rendimento dos rebanhos de carneiros, da madeira nos bosques, do chumbo das minas, da extração das pedreiras, da produção de carvão, e registros da construção de embarcações, e o baú de viagem que ela leva aonde vai está cheio com os registros das outras terras e propriedades. São todas minhas agora, passaram a me pertencer depois do casamento. Estão todas em meu nome como seu marido. Mas Bess ficou tão perturbada com a possibilidade de meus administradores cuidarem das propriedades — embora eles fossem capazes de fazê-lo perfeitamente bem — que se ocupou de gerir os registros de suas antigas propriedades, enquanto eu simplesmente arrecado a renda. Não faz diferença para mim. Não sou um comerciante cujo prazer é pesar o ouro que possui. Mas Bess gosta de saber como suas terras estão indo, gosta de se envolver no negócio tedioso de administrar rebanhos, pedreiras, minas e transportadoras. Gosta de ver todas as cartas e respondê-las pessoalmente. Gosta de somar tudo e ver o lucro. Não consegue ser diferente. Esse é seu grande prazer, e o deixo para ela. Embora eu não consiga evitar achar esse comportamento muito abaixo do que se esperaria de uma condessa da Inglaterra.

Vejo que Herbert Gracie fica um pouco espantado ao se deparar com Bess em sua toca, cercada de livros escritos com uma grafia refinada e acompanhada de dois escrivães anotando o que ela dita. Aproveitando enquanto ele está constrangido, vou até ela, peço-lhe a mão, beijo-a e murmuro em seu ouvido: "Cuidado."

Ela não é tão ágil quanto a rainha dos escoceses.

— Por que, o que houve? — pergunta ela, alto feito uma tola.

— Este é Herbert Gracie, foi mandado por Cecil.

No mesmo instante, ela abre um sorriso.

— Seja bem-vindo — diz ela. — Como está o secretário?

— Está bem — responde ele. — Mas me pediu para falar com a senhora em particular.

Ela faz um sinal com a cabeça para os escrivães, que recolhem suas penas e se preparam para sair.

— Aqui? — pergunta ela, como se uma condessa devesse tratar de negócios em um escritório.

— Vamos para a galeria — interrompo, e assim tenho a chance de ir na frente com Bess e tentar avisá-la de novo.

— Ele está investigando uma conspiração para libertar a rainha. Diz que você está envolvida. Com um homem chamado Thomas Gerard. — Seu leve arquejo me diz tudo. — Mulher — quase dou um gemido —, o que fez?

Ela não me responde, me ignora, embora eu esteja arriscando meu pescoço ao falar-lhe sussurrando. Ela vira para o jovem Sr. Gracie, na escada embaixo dela, e lhe estende a mão, com seu sorriso franco.

— Meu marido diz que Cecil sabe da trama de Gerard — diz ela rapidamente. — É por isso que está aqui?

Sufoco meu horror diante dessa maneira aberta de lidar com a situação. Se pelo menos ela se aconselhasse comigo, se não agisse assim como ela faz, sempre de forma tão independente.

Ele recebe sua mão como se Bess estivesse selando uma barganha e confirma com a cabeça, olhando fixamente para ela.

— Sim, é sobre a trama de Gerard.

— Deve me achar muito tola — diz ela. — Eu estava tentando fazer a coisa certa.

— Mesmo?

— Eu ia contar a meu marido hoje, ele não sabe nada sobre isso.

Um rápido olhar de relance do Sr. Gracie para a minha expressão horrorizada fornece comprovação suficiente para ele, que então volta a se dirigir para Bess.

— Meu criado, John Hall, me procurou para dizer que tinham tentado suborná-lo para levar a rainha dos escoceses a cavalo para o charco, onde ela encontraria seus amigos e seria levada.

O homem de Cecil assente com a cabeça de novo. Impressiona-me que a notícia já lhe seja conhecida, que ele já saiba tudo sobre isso. Está atento, na verdade, é a se Bess vai mentir. Não é uma investigação, é uma armadilha.

— Diga a verdade, mulher — advirto-a. — Não tente proteger seus criados. Isso é importante.

Ela vira seu rosto pálido para mim.

— Eu sei — diz ela. — Direi ao Sr. Gracie toda a verdade, e ele dirá ao meu bom amigo Sr. Cecil que sou honesta e leal como sempre fui.

— O que a senhora fez quando seu criado John Hall a procurou? — pergunta o Sr. Gracie.

— Perguntei-lhe quem mais fazia parte da conspiração, e ele citou um Sr. Rolleston e Sir Thomas Gerard, e disse que devia haver mais um, um homem mais importante por trás disso tudo.

— E o que a senhora fez?

Bess olhou para ele com seu sorriso franco.

— Agora, arrisco dizer que vai me tomar por uma mulher maquinadora, mas achei que se mandasse John Hall de volta aos homens com a ordem de que a trama deveria seguir adiante, ele poderia descobrir os nomes dos conspiradores e se havia um homem mais importante por trás de tudo. E então eu poderia contar ao secretário Cecil a trama toda, e não um pedaço sem valor.

— E ele voltou a procurá-la?

— Não o vi hoje — diz ela, e então olha para ele, compreendendo de súbito. — Ah, vocês o prenderam?

Gracie confirma com a cabeça e diz:

— Ele e seus confederados.

— Ele veio direto a mim embora o tenham subornado — diz ela. — Ele é leal. Eu me responsabilizo por ele.

— Ele vai ser interrogado, mas não torturado — diz Gracie. Ele é direto; percebo que a tortura tornou-se rotina nos interrogatórios de Cecil, e pode ser mencionada sem restrições diante de uma Lady na casa de um conde. Chegamos a este ponto: um homem pode ser levado sem mandado, sem uma palavra de um juiz de paz, sem a permissão de seu senhor, e pode ser torturado por ordem de Cecil. Não era assim. Essa não é a justiça inglesa. Não é como devia ser.

— E sua intenção era apenas descobrir a trama toda antes de alertar o seu marido ou o secretário Cecil? — diz ele.

Bess arregala os olhos.

— É claro — responde ela. — Que outra seria? E John Hall vai lhe contar, essas foram exatamente as minhas instruções para ele. Atraí-los e me informar.

Herbert Gracie está satisfeito, e Bess é plausível.

— Então peço que me perdoem a intrusão, e partirei. — Sorri para mim. — Prometi que seria só um instante.

— Mas tem de comer! — insiste Bess.

— Não, tenho de ir. Milorde espera meu retorno imediato. Minhas ordens eram apenas averiguar o que a gentil senhora acabou de me dizer, prender os homens em questão e levá-los de volta a Londres. Agradeço a hospitalidade. — Faz uma reverência a Bess, a mim, vira-se e se vai. Ouvimos suas botas baterem nos degraus de pedra antes de percebermos que estamos a salvo. Sequer chegamos à galeria, o interrogatório todo aconteceu na escada. Começou e se encerrou em um instante.

Bess e eu nos entreolhamos como se uma tempestade tivesse desabado sobre o jardim, destruindo todas as flores, e não sabemos o que dizer.

— Bem — diz ela, fingindo descontração. — Está tudo bem.

Vira-se para me deixar, para voltar ao seu trabalho, como se nada tivesse acontecido, como se ela não estivesse se encontrando com conspiradores na minha casa, como se não conspirasse com meus próprios criados e tivesse sobrevivido a um interrogatório realizado por um dos agentes de Cecil.

— Bess! — chamo. Minha voz soa alto demais, brusca demais.

Ela se detém e se vira para mim no mesmo instante.

— Milorde?

— Bess, conte-me. Diga a verdade. — Sua expressão é dócil feito uma pedra. — Foi como disse, ou achou que a conspiração poderia seguir em frente?

Achou que a rainha podia ser tentada a consentir em escapar, e a teria mandado com esses homens rumo a algum perigo, talvez para a morte? Apesar de saber que ela só precisa esperar aqui para ser restituída ao seu trono e à felicidade? Bess, você pensou em armar uma armadilha e destruir a rainha nos últimos dias em que ela está em nosso poder?

Ela olha para mim como se não me amasse nem um pouco, como se nunca tivesse amado.

— Por que eu iria querer a sua ruína? — pergunta ela friamente. — Por que eu iria querer a sua morte? Que mal ela já me fez? O que ela me roubou?

— Nada, juro, ela não lhe fez mal, ela não tirou nada de você.

Bess dá uma risada incrédula.

— Sou fiel a você! — exclamo.

Seus olhos são como fendas no muro de pedra que é a sua face.

— Milorde e ela, juntos, me arruinaram — replica ela amargamente. — Ela roubou a minha reputação de boa esposa, todo mundo sabe que a prefere a mim. Todo mundo pensa menos de mim por não ter mantido o seu amor. Fui envergonhada por sua leviandade. E milorde roubou meu dinheiro para gastar com ela. Os dois serão a minha ruína. Ela tirou de mim o seu coração e me fez vê-lo com outros olhos, olhos menos amorosos. Quando ela chegou, eu era uma esposa rica e feliz. Agora sou uma mulher pobre de coração partido.

— Não deve culpá-la! Não posso deixar que a culpe. Ela é inocente de tudo o que disse. Ela não será falsamente acusada por você. Você não vai acusá-la. Isso não é responsabilidade dela...

— Não — diz Bess. — É sua. Toda sua.

1570, agosto, solar de Wingfield: Maria

Meu querido Norfolk, pois continuamos comprometidos em noivado, copie para mim o roteiro da charada em que devemos atuar. Ele representará submissão total à sua prima, a rainha, e implorará pelo perdão, lhe assegurará que foi ludibriado, e movido por sua própria vaidade, e obrigado a selar o noivado comigo. A cópia que ele me manda de sua submissão, para a minha aprovação, é tão plangentemente culpada, uma confissão tão banal de um homem fraco, que escrevo na margem que não posso acreditar que sequer Elizabeth a engula. Mas, como tantas vezes, avalio mal a vaidade dela. A rainha anseia tanto por ouvir que ele nunca me amou, que ele é dela, todo dela, que todos eles, todos os homens, estão apaixonados por ela, todos eles estupefatos com sua cara velha pintada, com a peruca em sua cabeça, com seu corpo enrugado; ela acreditaria em quase qualquer coisa — até mesmo nessa momice.

O rastejar dele funciona como magia. Ela libertou-o, não para retornar à sua bela casa em Norfolk, onde dizem que os arrendatários se levantariam por ele em um instante, mas para o seu palácio em Londres. Ele me diz em sua carta que adora essa casa, que fará melhorias nela e a embelezará. Vai construir uma nova varanda e uma quadra de tênis, e caminharemos juntos pelos jardins, quando estivermos em visita oficial como rei consorte e rainha da Escócia. Sei que ele também pensa em quando herdaremos a Inglaterra. Ele reformará essa bela casa para que seja o nosso palácio em Londres, de onde governaremos a Inglaterra.

Ele me informa que Roberto Ridolfi felizmente foi poupado e poderá mais uma vez ser encontrado nas melhores casas de Londres, conhecendo todo mundo, providenciando empréstimos, divulgando a minha causa com absoluta discrição. Ridolfi deve ter sete vidas, como um gato. Ele atravessa fronteiras, leva ouro e participa de conspirações e sempre escapa ileso. É um homem de sorte, e gosto de ter um homem de sorte a meu serviço. Parece ter passado casualmente pelos tumultos recentes, enquanto todos os outros foram parar na Torre ou no exílio. Ficou escondido durante a prisão dos lordes do norte e agora, protegido por sua importância como banqueiro e sua amizade com metade dos nobres da Inglaterra, está novamente em liberdade. Norfolk me diz que não consegue gostar de Ridolfi, por mais inteligente e disposto que o homem seja. Receia que ele seja presunçoso e prometa mais do que pode realizar, e ele é o último visitante que meu noivo quer em Howard House, que quase certamente é vigiada dia e noite pelos homens de Cecil.

Respondo que temos de usar os instrumentos de que dispomos. John Lesley é leal, mas não é um homem de ação, e Ridolfi é quem pode percorrer as cortes da Europa buscando aliados e reunindo tramas. Ele pode não ser agradável — de minha parte, eu nunca sequer o vi —, mas escreve uma carta persuasiva e tem-se mostrado incansável na luta pela minha causa. Encontra-se com todos os homens mais importantes da cristandade, vai de um a outro e os traz para a trama.

Agora ele apresenta um novo plano de Felipe da Espanha. Se as atuais negociações para o meu retorno ao meu trono falharem mais uma vez, então haverá uma sublevação de todos os lordes ingleses — não apenas os do norte. Ridolfi calcula que mais de trinta pares são papistas em segredo — e quem saberia melhor do que o homem que tem a simpatia do papa? O papa deve ter-lhe dito quantos na corte de Elizabeth são secretamente leais à antiga fé. A situação da rainha é pior do que eu pensava, se mais de trinta de seus lordes têm padres escondidos em suas casas e celebram a missa! Ridolfi diz que só precisam da ordem para se rebelarem, e o rei Felipe prometeu prover um exército e o dinheiro para pagá-lo. Poderemos tomar a Inglaterra em alguns dias. Essa será a recriação da "Grande Empresa da Inglaterra", renovada, e apesar de meu noivo não gostar do homem, não consegue evitar se sentir atraído pelo plano.

"A Grande Empresa da Inglaterra", sinto vontade de dançar só ao ouvir. O que poderia ser maior do que uma empresa? Que poderia ser um alvo mais provável do que a Inglaterra? Com o papa e Felipe de Espanha, com os lordes já do meu lado, não temos como fracassar. "A Grande Empresa" soa como se fosse repercutir por séculos. Nos anos por vir, os homens saberão que foi isso que os libertou da heresia luterana e do governo de uma usurpadora bastarda.

Mas temos de agir rápido. A mesma carta de Norfolk me dá a notícia mortificante de que minha família, minha própria família na França, ofereceu a Elizabeth uma aliança e um novo pretendente à sua mão. Nem mesmo insistem na minha libertação antes do casamento. Isso é me trair, fui traída por meus próprios parentes, que deveriam me proteger. Ofereceram seu Henri d'Anjou, o que deve ser uma piada, considerando-se que ele é um garoto malformado e ela, uma velha. Mas, por alguma razão, ninguém está rindo e todo mundo está levando a sério.

Os conselheiros de Elizabeth estão todos com tanto medo de ela morrer, e eu herdar, que preferem casá-la com um menino e vê-la morrer no parto, velha como está, com idade para ser avó dele — contanto que lhes deixe um filho e herdeiro protestante.

Acho que é um gracejo cruel da minha família em relação à vaidade e lascívia de Elizabeth. Mas se estão sendo sinceros, e se ela levar isso até o fim, então terão um rei francês no trono da Inglaterra, e eu serei deserdada por seu filho. Serei deixada para apodrecer na prisão, e colocarão um rival meu no trono inglês.

Estou ultrajada, é claro, mas reconheço na hora o pensamento por trás dessa estratégia. Isso fede a William Cecil. O plano de Cecil é: separar os interesses de minha família dos meus interesses e tornar Felipe da Espanha inimigo da Inglaterra para sempre. É uma maneira maldosa de dividir a cristandade. Somente um herege como Cecil poderia tê-lo maquinado, mas somente parentes desleais como a família de meu marido são tão nefastos que concordariam com ele.

Tudo isso me faz decidir que tenho de ser libertada antes que o casamento disparatado de Elizabeth prossiga, ou, se ela não me libertar, a armada de Felipe da Espanha tem de zarpar antes do noivado e me colocar no lugar que é meu por direito. Além disso, meu noivo Norfolk tem de se casar comigo e ser coroado rei da Escócia antes que sua prima Elizabeth, ansiosa por limpar o caminho para os cortesãos franceses, jogue-o de volta na Torre. De súbito, estamos todos ameaçados pelo novo impulso de Elizabeth, pela nova maquinação desse astuto conspirador Cecil. De modo geral, este verão, que parecia tão lânguido e agradável, revela-se, de repente, cheio de perigo e urgência.

1570, setembro, Chatsworth: Bess

Uma breve visita dos dois a Wingfield — só o custo dos carreteiros seria maior do que a pensão dela, se pagassem — e então recebem ordens de retornar a Chatsworth para uma reunião que selará a libertação da rainha. Deixo irem para Wingfield sem mim. Talvez eu devesse assisti-la, talvez eu devesse acompanhá-lo por toda parte, como um cão nervoso com medo de ser deixado para trás. Mas estou farta até não poder mais de ter de ver meu marido com outra mulher, e de me preocupar com o que deveria ser meu por direito.

    Em Chatsworth, pelo menos posso ser eu mesma, com a visita de minha irmã e duas das minhas filhas. Com elas estou cercada de pessoas que me amam, que riem de piadas familiares bobas, que gostam de meus quadros na galeria, que admiram minha prata das abadias. Minhas filhas me amam e esperam ser mulheres iguais a mim, não me desprezam por não segurar o garfo à maneira francesa. Em Chatsworth, posso andar pelo jardim e saber que a terra sob meus pés me pertence, e que ninguém pode tirá-la de mim. Posso olhar pela janela do meu quarto para o horizonte verde e me sentir enraizada na região como uma margarida comum em uma campina.

    Nossa paz tem vida curta. A rainha vai retornar e minha família terá de sair para que possamos acomodar a corte e seus convidados de Londres. Como sempre, seu conforto e conveniência devem vir em primeiro lugar, e tenho de mandar embora minhas próprias filhas. O próprio William Cecil está vindo fazer uma visita com Sir Walter Mildmay e o embaixador da rainha da Escócia, o bispo de Ross.

Se eu tivesse algum crédito com os comerciantes e algum dinheiro na sala do tesouro, estaria explodindo de orgulho com a chance de entreter os homens mais eminentes da corte, e especialmente por mostrar a Cecil o trabalho que realizei na casa. Mas não tenho nenhum dos dois, e para prover comida para os banquetes, bons vinhos, músicos e entretenimento, tenho de hipotecar dois hectares de terra e vender uma parte da região florestal. Meu administrador vem ao meu gabinete e examinamos cada pedaço de terra, consideramos quanto vale e se podemos nos desfazer dele. Sinto-me como se roubasse a mim mesma. Nunca me separei de uma terra antes, a menos que fosse para obter lucro. Sinto como se todos os dias a fortuna que eu e meu querido marido Cavendish construímos com tanto zelo, tanta determinação, esteja sendo dissipada na vaidade de uma rainha que não vai parar de gastar e que não vai reembolsar nada, e na crueldade da outra rainha que agora se deleita em punir meu marido por sua deslealdade, deixando que suas dívidas fiquem tão altas quanto uma montanha.

Quando William Cecil chega com um grande séquito, montado em um belo cavalo, estou com minha melhor roupa e aguardo na frente da casa para recebê-lo, sem um traço de apreensão em meu rosto ou em minha postura. Mas quando lhe mostro a casa e ele me elogia por tudo que fiz, digo-lhe francamente que tive de interromper toda a obra, dispensar os comerciantes, dispensar os artistas, e que de fato fui obrigada a vender e hipotecar terra para pagar a despesa com a rainha.

— Sei disso — diz ele. — Bess, juro que tenho sido seu honesto defensor na corte. Falei a seu favor com Sua Graça tantas vezes e com tanta audácia quanto pude. Mas ela não vai pagar. Todos nós, todos os seus servidores, empobreceram a seu serviço. Walsingham tem de pagar seus espiões do próprio bolso, e ela nunca o reembolsa.

— Mas é uma fortuna — digo. — Não é uma questão de subornar traidores e espiões. É a despesa total de dirigir uma corte real. Somente um país que cobra impostos e dízimos pode arcar com a rainha Maria. Se milorde fosse um homem menos rico ela já o teria arruinado. Do jeito que está, ele não tem como saldar suas outras dívidas. Ele nem mesmo se dá conta da gravidade de sua situação. Tive de hipotecar fazendas para cobrir suas dívidas, tive de vender terras e cercar campos comuns, em breve ele terá de vender sua própria terra, talvez até mesmo uma das casas de sua família. Vamos perder a casa de sua família com isso.

Cecil assente com um movimento da cabeça.

— Sua Graça ressente a despesa para abrigar a rainha dos escoceses — diz ele. — Especialmente quando deciframos uma carta e descobrimos que ela recebeu uma quantia imensa de ouro espanhol, ou que a família dela pagou sua pensão de viúva e ela distribuiu tudo entre seu próprio pessoal, secretamente. É a rainha Maria quem deveria estar pagando pela hospedagem. Ela está vivendo completamente isenta de obrigações para conosco enquanto nossos inimigos enviam-lhe dinheiro.

— Sabe que ela nunca me pagará — protesto asperamente. — Ela alega pobreza a milorde, e a mim ela jura que nunca pagará pela própria prisão.

— Falarei com a rainha de novo.

— Ajudaria se eu mandasse uma conta mensal? Posso preparar as despesas de cada mês.

— Não, ela odiaria isso ainda mais do que um pedido maior. Bess, não há possibilidade de ela reembolsar tudo. Temos de enfrentar a verdade. Ela é sua devedora e não pode forçá-la a pagar.

— Então, vamos ter de vender mais terra — digo abatida. — Queira Deus que possa tirar a rainha dos escoceses de nossas mãos antes de sermos obrigados a vender Chatsworth.

— Deus meu, Bess. A situação está grave assim?

— Juro: teremos de vender um de nossos casarões — respondo. Sinto como se lhe contasse que uma criança vai morrer. — Vou perder uma de minhas propriedades. Ela não nos deixará outra escolha. Ouro se exaure com o séquito da rainha dos escoceses, e nada entra. Preciso tirar dinheiro de algum lugar, e logo só nos restará minha casa para vender. Pense em mim, Sr. Cecil, pense na minha origem. Pense em mim como uma garota que nasceu sem nada a não ser dívidas, e subiu tão alto quanto a posição que desfruto hoje. E agora pense em mim tendo de vender a casa que comprei, reconstruí e tornei minha.

1570, setembro, Chatsworth: Maria

B —
Não o decepcionarei. Esta é a minha chance. Não vou desapontá-lo. Você me verá no meu trono de novo, e eu o verei no comando dos meus exércitos.
M

Esta é a grande chance que terei de seduzir Cecil, e me preparo tão cuidadosamente quanto um general em campanha. Não o recebo quando ele chega, deixo que Bess supervisione o jantar e espero até que ele tenha descansado da viagem, comido bem, bebido um pouco, e então planejo minha entrada no salão de jantar de Chatsworth.

A entrada dá para o oeste, de modo que quando entro, com as grandes portas abertas atrás de mim, o sol entra comigo, e ele fica com a vista ofuscada. Estou usando meu característico branco e preto, o véu branco que combina tão bem com meu rosto, perfeitamente plano na minha testa, apenas alguns cachos de cabelo ao redor do rosto. Meu vestido está apertado, tanto que mal consigo respirar — esses meses na prisão me engordaram mais do que eu gostaria —, mas pelo menos tenho as curvas exageradas de uma mulher jovem e fértil, não sou uma solteirona lisa feito uma tábua como a rainha a quem ele serve.

Uso um crucifixo de rubi no pescoço, que realça a alvura absoluta da minha pele, e que agradará ao bispo de Ross. Meus sapatos também são vermelhos como rubi, bem como a discreta anágua semioculta que Cecil verá quando eu erguer o vestido para descer o degrau e mostrar a beleza de meus tornozelos e minhas meias bordadas. O misto de devoção com a cruz vermelho-rubi e a provocação dos saltos vermelhos e a anágua escarlate bastariam para incitar, na maioria dos homens, uma ligeira febre de luxúria e respeito.

Cecil, Mildmay, Ross e Shrewsbury se levantam e fazem uma reverência profunda quando entro. Eu cumprimento Shrewsbury primeiro, como meu anfitrião — sinto uma grande confiança ao sentir sua mão tremer ao meu toque —, e depois me viro para Cecil.

Ele parece exausto — essa é a primeira coisa que percebo nele, cansado e esperto. Seus olhos escuros estão no meio de um rosto enrugado; ele parece um homem que guarda para si mesmo suas opiniões. E não parece se impressionar nem com a cruz de rubi nem com os belos sapatos. Sorrio para ele, mas ele não responde. Percebo que me observa atentamente, me examina como uma mensagem secreta, e vejo um pouco de cor subir às maçãs de seu rosto encovado.

— É um grande prazer conhecê-lo, finalmente — digo em francês, minha voz muito baixa e doce. — Ouvi falar muito da boa orientação que dá à minha prima. Desejei por tanto tempo ter um conselheiro sábio.

— Cumpro o meu dever — é tudo o que diz, friamente.

Dirijo-me a Sir Walter Mildmay e depois cumprimento meu bispo com afeição. Em algum momento nessa visita conseguiremos um momento para que ele me conte, frente a frente, o progresso do plano de Ridolfi, "a Grande Empresa da Inglaterra", e me dê notícias de meu noivo e meus partidários. Mas, por enquanto, tenho de fingir que não escrevemos nada, que não planejamos nada, que grandes feitos não tremeluzem entre nós como fantasmas empolgantes. Cumprimento-o como uma rainha satisfeita em ver o seu embaixador depois de um longo silêncio.

Eles trazem papéis para eu assinar e selar, e Shrewsbury propõe irmos para uma sala menor, de modo que tenhamos mais privacidade.

Dou o braço a Cecil e deixo que me conduza à câmara privada. Sorrio para ele e rio de suas observações sobre a viagem. Conto-lhe sobre minha ida e volta de Wingfield e sobre como gosto de andar a cavalo. Conto-lhe que minhas pantalonas para montar chocaram Bess, mas que ela me permitiu usá-las depois que eu lhe disse que minha sogra, a própria Catarina de Médici também as usa. Isso o faz rir, de modo relutante, como um homem que raramente ri. Pergunto-lhe, cortesmente, sobre a saúde da rainha, e demonstro surpresa e interesse quando ele me conta sobre a proposta de Anjou.

Ele me pergunta o que acho do noivo, e pisco-lhe um olho e deixo que ele veja que estou rindo só em pensar nisso, mas lhe respondo seriamente dizendo que não sei de nada contra o jovem Henri. Na verdade, ele me foi oferecido uma vez, embora eu achasse possível recusar a honra. Ele sorri para mim, sei que o diverti. Escorrego minha mão um pouco mais no seu braço. Ele inclina a cabeça para dizer algo em voz baixa para mim, e olho para ele através de meus cílios, e percebo que esse um homem é conquistável, e que sou capaz de conquistá-lo.

E o tempo todo estou pensando que em seu gibão ele carrega o documento que me libertará. O tempo todo estou pensando que esse é o homem que matou a minha mãe. O tempo todo estou pensando que tenho de fazer com que ele goste de mim, que confie em mim. O melhor de tudo seria se eu conseguisse fazê-lo ficar completamente encantado por mim.

1570, outubro, Chatsworth: Bess

— Então, o que acha dela? — pergunto a Cecil, depois que se encontraram uma meia dúzia de vezes para conversar e, finalmente, todos os documentos foram assinados e selados, e os cavalos estão preparados, e Cecil está pronto para partir.

— Muito bela — diz ele. — Encantadora. Uma verdadeira ladra de corações. Não o culparia se quisesse que ela partisse de sua casa, mesmo que mantê-la não acarretasse um custo proibitivamente alto.

Concordo com a cabeça.

— Inteligente — diz ele. — Não instruída como a nossa rainha. Não é uma erudita nem tática. Mas inteligente e constantemente atenta a seus próprios interesses. Astuta, não tenho a menor dúvida; mas não é sábia.

Ele faz uma pausa, sorri para mim.

— Elegante — prossegue ele. — Tanto em sua mente quanto em sua estatura. Perfeita em um cavalo, um deleite na pista de dança, doce como um rouxinol quando canta, bela como um quadro. Uma maravilha. A verdadeira imagem de uma rainha. Como mulher, um prazer de se observar, uma lição de encanto. Os homens que dizem que não há rainha mais bela na Europa não dizem nada além da verdade. Mais do que isso, acho que ela é a mulher mais bonita que já vi. Envolvente, desejável. Talvez perfeita. E tão jovem, e tanto esplendor. Uma mulher capaz de revolver o nosso coração.

Pisco. E para meu constrangimento, sinto o calor de lágrimas sob minhas pálpebras, pisco de novo e as afasto como se fossem pó. Vi meu próprio marido se apaixonar por essa maldita sereia, mas achei que Cecil, com seu incorrigível ódio aos papistas, aos franceses, à vaidade feminina, seria imune. Mas parece que até mesmo ele pode ser seduzido por um sorriso e um olhar charmoso. A maneira como ela olha para um homem faria qualquer mulher honesta ter vontade de esbofeteá-la. Porém, mesmo com todo o meu ciúme, não posso negar a sua beleza.

— Ela é — admito. — Ela é a perfeição. — Sei que estou com os dentes trincados, então relaxo a mandíbula e sorrio para esse novo e improvável membro do imenso círculo de homens que estão apaixonados por Maria I da Escócia. — Tenho de admitir que não esperava que, de todas as pessoas no mundo, também se apaixonasse por ela. — Tento falar animadamente, mas sinto o coração muito pesado diante desse repentino novo pretendente.

— Ah, ela é irresistível — diz Cecil. — Sinto a magia. Até mesmo eu, com tantas razões para não gostar dela, sinto o seu encanto peculiar e poderoso. É uma rainha acima de rainhas. Mas Bess, vá mais devagar. Pergunte-me o que mais eu achei.

Ele sorri para mim, compreendendo tudo.

— Deixe-me pensar. O que mais vejo nessa princesa perfeita? Ela não é confiável, uma aliada com quem não se pode contar, mas uma inimiga perigosa. Uma papista determinada e adversária de tudo que fizemos e pretendemos fazer na Inglaterra. Ela traria a Igreja de volta e nos faria retroceder à superstição. Não tenho a menor dúvida de que ela nos queimaria, os protestantes, até toda oposição a ela se transformar em cinzas. E ela mente como um pescador e engana como uma prostituta. Senta-se como uma aranha no centro de uma teia de tramas que corrompe e prende quase todo homem no país. Eu diria que é a inimiga mais perigosa da paz e do bem-estar público que já enfrentamos. Ela é inimiga da paz da Inglaterra, é inimiga da nossa rainha, é minha inimiga. Nunca me esquecerei do perigo que ela significa nem a perdoarei pela ameaça que é à minha rainha e ao meu país.

— Vai mandá-la para a Escócia logo? — pergunto em tom urgente. — Vai fazê-la rainha e restituí-la?

— Amanhã — responde ele seriamente. — Tanto faz ela estar na Escócia ou aqui. Ela é um grande perigo para nós tanto na Escócia quanto aqui, não tenho a menor dúvida. Onde estiver, estará cercada de homens tão perdidamente apaixonados que abririam mão da própria vida por ela, será o foco de tramas espanholas e traição francesa. Quer vá para a Escócia quer para o inferno, preciso tirá-la do nosso país, ou desta vida, antes que custe a morte de mais homens inocentes, antes que suas conspirações tirem a vida da rainha, antes que ela destrua a nós todos.

— Não acho que ela tiraria a vida da rainha — observo. É difícil para mim ser justa em relação a ela, mas tenho de dizer isso. — Ela tem grande respeito pela santidade do sangue real. Em sua mente, não há a menor dúvida de que um monarca ordenado é sagrado. Ela faria oposição a Elizabeth, mas nunca mandaria matá-la.

Cecil sacode a cabeça.

— Os homens com quem ela conspira gostariam das duas mortas, para servir à causa deles. Por isso ela é tão perigosa. Ela é uma tola ativa, enérgica, nas mãos de homens vis.

1570, outubro, Chatsworth: Maria

Eles tentam garantir que eu não fique momento algum a sós com o bispo Lesley, mas preciso só de um momento e o consigo quando ele está montando em seu cavalo no pátio das cavalariças, e Bess está concentrada na conversa com seu grande amigo William Cecil.

— Esse acordo garante o meu retorno à Escócia com um exército para a minha proteção — falo rapidamente. — Fique atento para que Cecil e Elizabeth o cumpram. É o meu futuro. Assegure-se de que eles não nos traiam.

— Confie em mim — responde ele, e então sobe para a sela. — Se Sua Graça não estiver de volta à Escócia na próxima primavera, o próprio Felipe de Espanha virá restituí-la ao trono. Ele me deu sua palavra.

— Sua própria palavra?

— Praticamente — diz ele. — Ridolfi tem a sua promessa. Ridolfi é o centro da "Grande Empresa" e vai organizar tudo. Ele não vai decepcioná-la, nem eu.

1570, inverno, castelo de Sheffield: George

Lugares em que encontrei cartas secretas e traiçoeiras para a rainha da Escócia:

1. Debaixo de uma pedra no jardim, entregue a mim por um auxiliar do jardineiro, que é simples demais para entender que o xelim preso na parte de fora da carta era pagamento para levar a carta em segredo para ela.
2. Dentro de um pão especial de Natal assado para ela por meu próprio padeiro.
3. Costurada dentro de um vestido de seda, presente de amigos de Paris.
4. Colada nas páginas de um livro enviado por um espião na Holanda espanhola.
5. Dobrada em uma peça de damasco vinda de Edimburgo.
6. Trazida por um de seus próprios pombos-correio só Deus sabe de onde, mas fiquei especialmente preocupado com essa, pois a ave não estava cansada de um longo voo: quem quer que a tenha enviado devia estar próximo.
7. Enfiada em sua sela, onde a encontrei ao erguer a rainha para sairmos a cavalo. Ela riu, como se não tivesse importância.
8. Na coleira de seu pequeno cachorro. Essas duas últimas podem ser homens do meu próprio pessoal agindo como mensageiros para amigos dela. O pombo-correio foi treinado por ela mesma, fingindo para mim que queria domesticar pombos. Fui eu mesmo que os dei a ela, como sou tolo.

— Isso precisa parar — digo a ela. Tento parecer severo, mas ela está lavando seu cachorro e usa um avental de linho sobre o vestido, o adorno em sua cabeça está de lado e seu cabelo se solta dos grampos. Está linda como uma criada da lavanderia em um conto de fadas, e está rindo do cachorrinho que espirra água e se contorce quando ela tenta segurá-lo.

— Chowsbewwy! — exclama ela com prazer ao me ver. — Tome, Mary, pegue o pequeno Pêche, ele está levado demais, e molhado demais.

Com um movimento brusco o cachorrinho luta para se soltar e se sacode vigorosamente, molhando nós todos. A rainha ri.

— Pegue-o! Pegue-o! *Vite! Vite!* E o seque!

Recupero minha expressão solene.

— Suponho que Sua Graça não gostaria se eu o tirasse da senhora para sempre, sim?

— Absolutamente — responde ela. — Mas por que pensaria em fazer uma coisa tão cruel? Como Pêche o ofendeu?

— Ou se eu me recusasse a lhe entregar livros ou um novo tecido para um vestido, ou se a proibisse de caminhar pelo jardim?

Ela se levanta e tira o avental, um gesto tão doméstico e comum que quase pego sua mão e a beijo como se fôssemos recém-casados em nossa casinha.

— Milorde, está aborrecido comigo por alguma coisa? — pergunta ela, com a voz doce. — Por que está me ameaçando dessa maneira? Há algum problema? Bess queixou-se de mim?

Balança a cabeça.

— São suas cartas — respondo. — A senhora deve autorizar homens a lhe escrever. Encontro cartas em toda parte. Os guardas me trazem uma praticamente todos os dias.

Ela encolhe os ombros, um gesto típico que diz, à sua maneira francesa: "Não sei nem quero saber."

— Puf! O que posso fazer? A Inglaterra está cheia de gente que quer me ver livre. Escrevem para mim perguntando se podem me ajudar.

— Isso vai nos arruinar — digo em tom urgente para ela. — Arruinar a senhora, assim como a mim. Acha que Cecil não tem um espião neste castelo? Acha que ele não sabe que a senhora escreve todos os dias e que as pessoas lhe escrevem? Acha que ele não lê o que a senhora escreveu e todas essas cartas que chegam? Ele é o espião-mor da Inglaterra, ele sabe muito mais do que eu. Até mesmo eu sei que Sua Graça se corresponde constantemente com os franceses e os espanhóis, e que homens, cujos nomes não sei, escrevem em código para a senhora o tempo todo, perguntando-lhe se está segura, se precisa de alguma coisa, se vai ser libertada.

— Sou uma rainha — responde ela simplesmente. — Uma princesa de sangue real. O rei da Espanha e o rei da França, o Sacro Imperador Romano são meus parentes. É certo e apropriado que os reis da Europa me escrevam. E é um sinal do sequestro criminoso que sofri o fato de qualquer de seus agentes achar melhor me enviar essas mensagens em segredo. Eles deveriam ter a liberdade de me escrever abertamente, mas, como fui aprisionada sem nenhuma razão, absolutamente nenhuma, eles não podem. Quanto aos outros... Não posso impedir que corações leais e mentes reverentes me escrevam. Não posso impedi-los, nem deveria. Querem expressar seu amor e lealdade, e fico feliz em tê-los. Não há nada de errado nisso.

— Pense — falo em tom urgente. — Se Cecil achar que não sou capaz de impedir que Sua Graça continue conspirando, vai afastá-la de mim, ou me substituir por outro guardião.

— Eu nem devia estar aqui! — exclama ela, com um ressentimento súbito. Ela se ergue, seus olhos escuros de repente estão cheios de lágrimas. — Assinei o documento para Cecil, concordei com tudo. Prometi dar meu filho a Elizabeth, milorde estava lá, me viu fazer isso. Por que então não me mandaram de volta à Escócia como ficou acertado? Por que Cecil não honra a sua parte na barganha? Não tem propósito me dizer para não escrever a meus amigos. Eu não deveria precisar escrever para eles, eu deveria estar entre eles como uma mulher livre. Pense nisso!

Sou silenciado por sua reação exaltada e pela justiça do que diz.

— Por favor — falo com a voz baixa. É tudo o que consigo dizer. — Por favor, não se ponha em perigo. Li algumas dessas cartas. Elas vêm de patifes e tolos, alguns dos homens mais desesperados da Inglaterra, e nenhum deles tem um penny sequer, nenhum deles poderia planejar uma fuga nem mesmo para salvar a própria vida. Talvez sejam seus amigos, mas não são de confiança. Alguns são pouco mais que crianças, alguns são tão conhecidos de Cecil que já constam da sua folha de pagamento. Ele os desviou para seu serviço. Os espiões de Cecil estão em toda parte, ele conhece todo mundo. Todos os que escrevem à senhora são conhecidos de Cecil, e a maioria é de homens que tentam apanhá-la em uma armadilha. Não deve confiar nessa gente.

"Tem de ser paciente. Precisa esperar. Como a senhora diz, tem um acordo com a própria rainha. Precisa esperar que ela o honre."

— Elizabeth honrar uma promessa feita a mim? — repete ela asperamente. — Ela nunca fez isso!

— Fará — respondo valorosamente. — Dou-lhe a minha palavra que ela a honrará.

1571, fevereiro, castelo de Sheffield: Bess

Meu bom amigo William Cecil vai se tornar barão Burghley, e fico tão feliz com isso como se tivesse eu mesma recebido um título de nobreza. Não é nada mais do que ele merece por anos de serviço leal à rainha, uma vida inteira zelando por ela e planejando para a Inglaterra. Só Deus sabe em que perigo estaríamos agora, que terríveis ameaças enfrentaríamos — até mesmo piores do que as que hoje nos assombram — se não fosse o aconselhamento sábio e o planejamento constante de Cecil desde que a rainha subiu ao trono.

Que o perigo é muito real, não se tem dúvida. Em sua carta para anunciar seu enobrecimento, Cecil acrescenta um aviso: que tem certeza de que a rainha da Escócia está planejando uma nova insurreição.

Querida Bess, cuidado. Talvez possa detectar a conspiração vigiando a rainha, embora não tenhamos conseguido vigiar seus comparsas em Londres. Sei que Norfolk, apesar de ter jurado total lealdade à Sua Graça, a rainha, está vendendo seu ouro e sua prataria a um preço mínimo para os ourives de Londres. Ele até mesmo se desfez da joia da Ordem da Jarreteira de seu próprio pai para levantar dinheiro. Não acredito que ele sacrificaria a maior honra de seu pai por qualquer outra coisa que não a oportunidade de sua vida. Não me ocorre outra coisa que valesse esse seu sacrifício a não ser uma terrível rebelião. Tenho grande receio de que ele esteja planejando financiar outra guerra.

> *Todo o meu orgulho e alegria em minha nova posição não será nada se a paz da Inglaterra for destruída. Posso hoje ser um barão, e você ser uma condessa, mas se a rainha a que servimos for derrubada ou assassinada, então não ficaremos melhor do que quando éramos filhos de pais pobres. Fique atenta, Bess, e me informe tudo o que vir, como sempre.*
>
> Burghley

Sorrio ao ver sua nova assinatura, mas o sorriso desaparece de meu rosto enquanto rasgo a carta em pedacinhos e a jogo na lareira da minha sala de arquivo. Não consigo acreditar que um homem sensível como Norfolk arrisque tudo de novo — não de novo! — pela rainha da Escócia. Mas Cecil — quero dizer, Burghley — raramente se engana. Se ele suspeita de outra conspiração, então devo ficar atenta. Terei de avisar meu marido, o conde, e vigiá-la eu mesma. Achei que, a essa altura, já a teriam mandado de volta à Escócia. Só Deus sabe como estou em um ponto em que desejo que a levem para qualquer lugar.

1571, fevereiro, castelo de Sheffield: Maria

Estou esperançosa, estou tão esperançosa. Daqui a semanas, acho, nós dois seremos libertados.
Marie

Com um cuidado particular, visto-me de preto e branco, cores sóbrias, mas uso três anéis de diamantes (um é o anel de noivado dado por Norfolk) e pulseiras valiosas, só para mostrar que embora minha coroa tenha sido tirada de mim e meu cordão de pérolas negras tenha sido roubado por Elizabeth, continuo a ser rainha, continuo podendo manter a aparência de rainha.

Lorde Morton vem da Escócia para me visitar, e quero que ele retorne com a notícia de que estou pronta e apta a assumir o meu trono. Ele deveria chegar ao meio-dia, mas só no meio da tarde, quando o dia está escurecendo e esfriando, ele surge em seu cavalo no pátio.

Babington, meu pajem fiel, entra correndo em meus aposentos, seu nariz vermelho do frio e as mãozinhas geladas, para me dizer que o nobre da Escócia finalmente chegou e que seus cavalos estão sendo levados para as cavalariças.

Sento-me em minha cadeira, sob o meu baldaquino, e espero. Como eu imaginava, batem à porta e Shrewsbury é anunciado com Morton. Não me levanto. Deixo que ele seja apresentado a mim, e quando ele faz uma reverência profunda, inclino a cabeça. Ele pode aprender a me tratar como rainha de novo; não me esqueço de que antes ele foi tão ruim quanto todos os outros. Ele pode se surpreender com o que pretendo para o futuro. Ele me saúda agora como prisioneira, em seguida me verá no trono em Edimburgo. Pode aprender deferência.

Bess entra atrás dos dois homens, e lhe sorrio enquanto ela faz uma mesura para mim. Sua reverência é das mais ligeiras, resta pouco amor entre nós hoje em dia. Continuo a me sentar com ela quase todas as tardes, continuo a dar esperanças a ela quando eu retornar ao meu trono, mas está farta de me servir e empobrecida com os gastos com minha corte e guardas. Sei disso, e não há nada que eu possa fazer para ajudá-la. Que ela peça dinheiro a Elizabeth para manter a minha prisão. Não vou pagar pelos meus próprios carcereiros.

A preocupação criou rugas em seu rosto e uma austeridade que não existiam quando cheguei à sua casa mais de dois anos trás. Ela então estava recém-casada, e sua felicidade se irradiava no rosto. O orgulho por seu marido e por sua posição era novo para ela. Agora, ela perdeu sua fortuna para me entreter, pode perder sua casa, e sabe que já perdeu seu marido.

— Boa-tarde, milady condessa — digo com doçura e a observo murmurar uma resposta. Então os Shrewsbury vão para um canto da sala, aceno com a cabeça para o meu alaudista tocar algo e para Mary Setton providenciar que vinho e bolos sejam servidos, e Morton senta-se em um banco ao meu lado e sussurra a notícia em meu ouvido.

— Estamos prontos para o seu retorno, Sua Graça — diz ele. — Estamos até mesmo preparando seus antigos aposentos em Holyrood.

Contenho-me. Por um momento, revejo a mancha vermelha escura do sangue de Rizzio no chão de minha sala de jantar. Por um momento, penso no que o retorno à Escócia vai significar para mim. Não será nenhum verão de rosas francesas. Os escoceses não estavam dispostos a me aceitar antes, e a situação não melhorou. Vou ter de viver com um povo bárbaro e jantar com uma mancha de sangue no meu chão. Vou ter de governá-los com minha vontade e toda a minha habilidade política. Quando Bothwell chegar, poderemos dominá-los juntos, mas até lá estarei novamente em constante perigo de ser sequestrada e de haver uma rebelião.

— E o príncipe está sendo preparado para a viagem — diz ele. — Está ansioso para vir à Inglaterra, explicamos que aqui será a sua casa para o futuro, e que um dia ele será rei da Inglaterra.

— Ele está bem?

— Trago informações de sua babá e de seu regente — diz ele. — E de seu tutor também. Ele está bem. Está crescendo forte e aprendendo suas lições.

— Ele fala claramente agora? — As primeiras informações eram de que estava babando e que não conseguia fechar a boca para comer e falar. Um príncipe que vai comandar dois reinos, talvez três, precisa ser belo. Isso é cruel, mas é assim que o mundo funciona.

— Melhorou muito, como Sua Graça verá.

Pego o envelope com os relatórios e os passo para Mary Seton, para poder lê-los mais tarde.

— Mas tenho um pedido — diz ele em voz baixa.

Espero.

— Soubemos pelo embaixador inglês que Sua Graça está se correspondendo com o rei da Espanha.

Ergo o sobrolho e não digo nada. Não é da conta de Morton quem escreve para mim. Além disso, não estou diretamente em contato com o rei da Espanha. Ele tem-se encontrado com meu emissário Ridolfi, que está indo ao encontro do duque de Alva, na Holanda, do próprio papa, e depois de Felipe da Espanha. A piada é que Elizabeth concedeu-lhe um salvo-conduto para sair do reino, sem fazer ideia de que ele era meu emissário, encontrando-se com seus inimigos para fazer campanha contra ela.

— E também com o rei da França.

— E? — pergunto friamente. — *Et puis?*

— Tenho de lhe pedir, enquanto a situação estiver tão delicada, que não escreva para eles — diz ele constrangido. Seu sotaque escocês, sempre turvo aos meus ouvidos, torna-se ainda mais impenetrável quando ele está embaraçado. — Estamos fazendo um acordo com o barão Burghley em nome da corte inglesa...

— Barão Burghley?

— Lorde William Cecil.

Assinto com a cabeça, o enobrecimento de meu inimigo só pode agravar as coisas para mim e a antiga aristocracia — meus amigos.

— Estamos fazendo um acordo, mas quando lorde Cecil encontra cartas secretas trocadas entre inimigos do Estado e a senhora, ele não confia em Sua Graça. Não pode confiar na senhora.

— Os franceses são meus parentes — saliento. — Ele não pode me acusar de escrever para a minha família quando estou longe de casa e completamente sozinha.

Morton sorri. Ele não parece muito preocupado com a minha solidão.

— E Felipe da Espanha? O maior inimigo da Inglaterra? Neste mesmo instante ele está construindo navios para uma invasão. Ele diz que é uma armada, para destruir a Inglaterra.

— Não escrevo para ele — minto prontamente. — E não escrevo nada à minha família que Cecil não possa ler.

— Na verdade, Sua Graça não escreve absolutamente *nada* que ele não leia — enfatiza ele. — Provavelmente ele vê toda carta que chega e sai, por mais inteligente que a senhora pense ter sido com seus mensageiros secretos, códigos numéricos e tintas invisíveis.

Viro o rosto para outro lado a fim de demonstrar minha irritação.

— Não tenho segredos de Estado — digo simplesmente. — Preciso de autorização para escrever a meus amigos e à minha família.

— E Ridolfi? — pergunta ele, de súbito.

Mantenho a expressão inalterada, não demonstro o menor sinal de reconhecimento. Ele pode olhar para mim como se eu fosse um retrato e ainda assim não perceberia o meu segredo.

— Não sei nada sobre nenhum... Ridolfi — respondo como se o nome me fosse estranho. — Não sei nada de nenhuma carta.

— Eu lhe imploro — diz Morton, constrangido, ruborizado pela sinceridade e o embaraço de ser forçado a chamar uma dama e uma rainha de uma rematada mentirosa. — Não vou discutir sobre quem a senhora conhece ou a quem escreve. Não sou um espião. Não estou aqui para lhe armar uma cilada. Sua Graça, sou seu amigo e estou aqui para acertar o seu retorno à Escócia e ao seu trono. Portanto, peço que não ponha em movimento nenhuma conspiração, que não escreva a nenhum conspirador, que não confie em ninguém a não ser em mim e em lorde Shrewsbury, e na própria rainha da Inglaterra. Estamos todos determinados a vê-la de volta ao seu trono. Sua Graça precisa ser paciente. Se for paciente e honrada como a grande rainha que é, então será restituída este ano, talvez na Páscoa.

— Na Páscoa?

— Sim.

— Dá-me a sua palavra?

— Sim — responde, e acredito nele. — Mas a senhora me dará a sua?

— Minha palavra? — repito gelidamente.

— Sua palavra, como rainha, de que não vai conspirar com os inimigos da Inglaterra.

Faço uma pausa. Ele parece esperançoso, como se o meu retorno seguro à Escócia e todos os seus planos estivessem aguardando este momento.

— Muito bem. Prometo — digo solenemente.

— Sua palavra como rainha?

— Dou-lhe minha palavra como rainha — digo com firmeza.

— Não vai receber nem enviar cartas secretas? Não vai se envolver em nenhuma conspiração contra a paz da Inglaterra?

— Dou-lhe a minha palavra de que não.

Morton dá um suspiro e relanceia os olhos para Shrewsbury, como se estivesse muito aliviado. Shrewsbury se aproxima e sorri para mim.

— Eu disse que ela prometeria — diz ele. — A rainha está determinada a retornar ao seu trono. Ela vai lidar com você e todos os seus leais compatriotas com uma honra imaculada.

1571, março, castelo de Sheffield: George

A rainha e eu cavalgamos de volta para casa ao sol intenso do meio-dia primaveril, uma carroça seguindo atrás de nós com dois cervos para a cozinha de Bess. A rainha está com o humor animado. Ela gosta de caçar e andar a cavalo mais do que qualquer outra mulher que conheci, e é capaz de cavalgar melhor do que a maioria dos homens.

Quando passamos pelo grande portão para o pátio das cavalariças, meu coração aperta ao ver Bess nos esperando, as mãos nos quadris, o retrato perfeito de uma esposa ofendida. A rainha estremece ligeiramente ao conter uma risada e vira a cabeça para Bess não perceber seu divertimento.

Desmonto e desço a rainha da sela, e então nós dois nos viramos para Bess como crianças à espera de uma reprimenda.

Ela faz uma mesura de má vontade.

— Temos de ir para Tutbury — diz, sem preâmbulo.

— Tutbury? — repete a rainha. — Achei que ficaríamos aqui até eu ir para a Escócia.

— Chegou uma carta da corte — diz Bess. — Já comecei a cuidar da bagagem de novo.

Ela estende a carta selada à rainha, acena com a cabeça para mim e se dirige ao lugar em que as carroças estão sendo carregadas para mais uma viagem.

Toda a alegria desaparece do rosto da rainha quando ela me passa a carta.

— Leia para mim — diz ela. — Eu não consigo.

Rompo o selo e abro a carta. É de Cecil.

— Não entendo — digo. — Ele diz que a senhora deve voltar para Tutbury para maior segurança. Diz que houve alguns incidentes em Londres.

— Incidentes? O que ele quer dizer?

— Não explica. Não vai além de dizer que está atento à situação e que ficará mais tranquilo com a sua segurança se Sua Graça estiver em Tutbury.

— Eu estaria mais segura se estivesse na Escócia — responde ela rispidamente. — Ele diz quando devemos partir?

— Não — digo. Passo a carta para ela. — Precisamos ir como ele manda. Mas eu gostaria de saber o que ele tem em mente.

Ela me olha de soslaio.

— Acha que Bess sabe? Ele pode ter escrito a ela separadamente? Pode ter-lhe dito o que teme?

— Deve ter feito isso.

Ela tira sua luva de couro vermelho e põe a mão no meu pulso. Eu me pergunto se ela sente a aceleração do meu pulso com o toque de seus dedos.

— Pergunte a ela — sussurra. — Descubra por Bess o que Cecil está pensando, e me conte.

1571, março, na estrada do castelo de Sheffield para Tutbury: Bess

Como sempre, eles vão na frente e eu trabalho atrás, com as carroças carregadas com os luxos dela. Mas quando eles chegam ao castelo e milorde a acomoda em seus aposentos de sempre, ele a deixa e cavalga de volta ao meu encontro. Percebo sua surpresa com a quantidade de carroças, são quarenta nessa viagem, e com o meu cansaço e sujeira enquanto cavalgo na frente.

— Bess — diz ele, constrangido. — Quantas carroças, eu não...

— Veio ajudar descarregá-las? — pergunto acidamente. — Está precisando de mim, milorde?

— Queria saber se tem notícias de Gilbert, ou Henry, ou de mais alguém na corte — diz ele, com hesitação. — Sabe por que nos mandaram para cá?

— Ela não lhe disse? — pergunto com sarcasmo. — Achei que ela saberia.

Ele sacode a cabeça.

— Ela receia que voltem atrás na promessa de mandá-la de volta para a Escócia.

Pegamos a via na direção do castelo. Está lamacenta como sempre. Passei a odiar esse pequeno castelo. Tem sido a minha prisão, assim como a dela. Vou contar a ele tudo o que sei, não tenho vontade de torturá-lo, nem a rainha.

— Não sei nada sobre isso — respondo. — Tudo o que sei por Henry é que a rainha parece inclinada a aceitar o príncipe francês em casamento. Cecil a aconselha a recebê-lo. Nessas circunstâncias, acho que Cecil acredita ser melhor manter a rainha da Escócia em um lugar que a impeça de persuadir sua família contra a união, o que certamente ela faria, ou criar qualquer outro tipo de problema.

— Problema? — pergunta meu marido. — Que problema ela poderia criar?

— Não sei — respondo. — Mas, também, nunca fui muito boa em prever o problema que ela pode criar. Se eu tivesse antevisto o problema que ela criaria, eu não estaria aqui agora, cavalgando diante de quarenta carroças para uma casa que detesto. Tudo o que sei é que Cecil me alertou de que receia que tenha havido uma nova conspiração, mas que não encontrou provas.

— Não há conspiração alguma — diz ele com seriedade. — E Cecil não encontrou provas porque elas não existem. A rainha deu sua palavra, não se lembra? Deu sua palavra de rainha a lorde Morton de que não haveria conspirações nem cartas. Ela será mandada de volta à Escócia. A rainha jurou por sua honra que não conspiraria.

— Então por que estamos aqui? — pergunto. — Se ela é tão inocente e honrada como diz?

1571, abril, castelo de Tutbury: George

— Isso vai contra a lei natural, tenho certeza de que é extremamente ilegal. É perverso e desonroso. Errado, contraria os costumes e a prática, mais uma inovação, mais uma injustiça.

Recupero o juízo e percebo que estou murmurando para mim mesmo enquanto ando ao longo do muro externo do castelo de Tutbury, olhando para fora, mas sem ver a vegetação frondosa na paisagem primaveril. Acho que nunca mais olharei para o norte sem recear ver um exército chegando para nos sitiar.

— Certamente ilegal, e de qualquer maneira errado.

— Qual é o problema agora? — diz Bess, vindo para o meu lado. Ela jogou um xale sobre a cabeça e os ombros, e parece a esposa de um fazendeiro que veio alimentar as galinhas. — Eu estava na horta e o vi andando de lá para cá, falando sozinho como um homem enlouquecido. É a rainha? O que ela fez agora?

— Não — respondo. — É o seu grande amigo Cecil.

— Burghley. — Ela me corrige só para me irritar, eu sei. Esse qualquer agora é barão e devemos tratá-lo por "milorde". E por quê? Por perseguir uma rainha legítima até ela ser levada a quase cometer traição?

— Burghley — digo indulgentemente. — É claro, milorde Cecil. Milorde Cecil, o barão. Como você deve estar feliz por ele. Seu bom amigo. Como se tornou importante, que prazer para todos que o conhecem e admiram. Ele ainda está construindo sua imponente casa? E recebe um dinheiro substancial da rainha, cargos e prerrogativas? Ele fica mais rico a cada dia, não fica?

— Qual foi a notícia? Por que está tão irritado?

— Ele submeteu ao parlamento uma lei para deserdar a rainha da Escócia — digo. — Deserdá-la. Agora podemos entender por que nos mandou para cá, onde ela pode ser vigiada melhor. Se o país fosse algum dia se levantar por ela, você pode ver que isso talvez aconteça agora. Declará-la inválida para herdar! Como se o parlamento pudesse determinar quem é o herdeiro do trono. Como se a herança não fosse definida pelo sangue. Como se um bando de plebeus pudesse dizer quem é filho de rei! Não faz sentido, independente de qualquer outra coisa.

— Burghley conseguiu isso?

— Ela verá isso como uma trapaça. No mês em que ela deveria retornar à Escócia como rainha, Cecil nos manda para cá e apresenta uma lei que diz que nunca ninguém da fé católica apostólica romana poderá ser monarca da Inglaterra. Sua fé lhes tiraria a legitimidade, como se fossem... — Por um momento fico sem fala, não me ocorre nenhum exemplo. Isso nunca aconteceu na Inglaterra. — Um judeu... — consigo dizer. — Como se pudesse haver algo como um judeu Tudor, um judeu Stuart, um pretendente muçulmano, hindu. Eles a estão tratando como se ela fosse uma turca. Ela é filha da linhagem Tudor... Cecil está dizendo que ela é estrangeira para nós.

— Isso deixa Elizabeth a salvo de um assassino papista — diz Bess astutamente. — Não há razão para que algum padre secreto se torne mártir matando-a se isso não resultar em um papista no trono.

— Sim, mas não foi essa a razão dele — exclamo. — Se ele se importasse tanto em proteger a rainha, poderia ter apressado o projeto de lei no ano passado, quando o papa excomungou Elizabeth e ordenou que todo criminoso papista no país a assassinasse. Não. Isso é somente para atacar a rainha da Escócia justo no momento em que se chegou a um acordo. Isso é para levá-la a promover uma rebelião. E serei eu quem terá de lhe dizer o que ele fez. Era para ter sido um ato de fé absoluta entre duas rainhas, e eu preciso dizer a ela que a privou de sua herança.

— Pode lhe dizer então que suas tramas não deram em nada. — Há um prazer vingativo no tom de voz de minha mulher. — O que quer que ela tenha escrito a Norfolk ou a seus amigos estrangeiros, se ela for afastada do trono, suas promessas podem ser maravilhosas, mas todos saberão que ela é uma mentirosa sem amigos na Inglaterra.

— Ela não é mentirosa. Ela é a herdeira — respondo com obstinação. — Independentemente do que disserem, ou do que Cecil diz ao parlamento. Ela tem sangue Tudor, está perto de reaver seu trono, queiram eles ou não. Ela é a próxima herdeira da Inglaterra. O que mais podemos dizer? Que escolhemos o próximo rei ou rainha dependendo da nossa preferência? Os monarcas não são escolhidos por Deus? Um não descende do outro? Além do mais, todos os reis da Inglaterra antes da atual foram papistas. A religião dos pais dos reis da Inglaterra passará agora a ser um obstáculo à condição de rei? Deus mudou? O rei mudou? O passado mudou também? Cecil, perdão, o barão Burghley, tem o poder de deserdar Ricardo I? Henrique V?

— Por que ficou tão chateado? — pergunta ela, de modo hostil. — Ela lhe prometeu um ducado como recompensa quando se tornasse rainha da Inglaterra?

Arfo ao ouvir o insulto em meu próprio castelo, por minha própria mulher. Mas é assim que as coisas são agora. Um administrador é barão, uma rainha é deserdada pela Câmara dos Comuns, e uma mulher pode falar com seu marido como se ele fosse um tolo.

— Sirvo à rainha da Inglaterra — digo com firmeza. — Como você bem sabe, Bess. Para meu prejuízo.

— Meu prejuízo também.

— Sirvo à rainha da Inglaterra e a nenhuma outra — digo. — Mesmo quando ela é mal aconselhada. Deploravelmente mal aconselhada por seu amigo.

— Bem, fico feliz que sua lealdade permaneça intocada e que não haja nada errado — diz ela, sarcasticamente, já que deve estar claro para todo mundo que tudo está errado na Inglaterra. Ela se vira para descer a escada de pedras de volta até a pequena horta de ervas do castelo. — E quando estiver com ela, certifique-se de que ela compreenda que este é o fim de sua ambição. Ela será rainha da Escócia de novo, como foi acordado, mas nunca governará a Inglaterra.

— Sirvo à rainha da Inglaterra — repito.

— Faria melhor se servisse à Inglaterra — diz ela. — Cecil sabe que a Inglaterra é mais do que o rei ou a rainha. Você só se preocupa com quem está no trono. Cecil tem uma visão mais ampla. Cecil sabe que também os lordes e os comuns são a Inglaterra. É o povo. E o povo não terá nunca mais no trono uma rainha papista cruel, opressora, que queima súditos. Nem se ela for a verdadeira herdeira dez vezes mais que qualquer outro. Não se esqueça de lhe dizer isso.

1571, agosto, castelo de Tutbury: Maria

Sou como uma raposa em uma armadilha neste pobre castelo, e como uma raposa, eu poderia morder o meu próprio pé, de tanta raiva e frustração. Elizabeth promete me restituir ao meu trono na Escócia, mas ao mesmo tempo está fazendo tudo o que pode para que eu nunca herde o prêmio maior: a Inglaterra.

Ela se concentra no cortejo como uma mulher que sabe que sua última chance finalmente aconteceu. Todos estão dizendo que a velha tola apaixonou-se por Anjou, e que está determinada a aceitá-lo. Dizem que ela sabe que é sua última chance de se casar e gerar um filho. Por fim, comigo à sua porta e seus lordes todos defendendo a minha causa, ela percebe que tem de lhes dar um filho e herdeiro para me manter longe do trono. Por fim, ela decide fazer o que todo mundo dizia que devia ser feito: aceitar um homem como marido e senhor, e rezar para que ele lhe dê um filho.

O fato de minha família na França chegar ao ponto de se esquecer de quem são e do que é honra e então me trair e trair a minha causa demonstra como Catarina de Médici sempre foi minha grande inimiga. Neste exato momento, quando deveriam estar garantindo o meu retorno seguro à Escócia, passam o tempo tentando casar o pequeno Henri d'Anjou com a velha solteirona da Inglaterra. Eles se unirão a ela contra mim e minha causa. Vão concordar com ela que minhas necessidades podem ser esquecidas. Elizabeth vai me abandonar aqui, no miserável Tutbury, ou me despachar para alguma outra fortaleza distante, ela me prenderá em Kimbolton House, como a pobre Catarina de Aragão, e morrerei de abandono. Ela terá um filho, e ele me deserdará. Ela se casará com um príncipe francês, e meus parentes, os Valois, se esquecerão até mesmo de que fui um deles. Esse casamento será a última vez que alguém pensa em mim e em minhas reivindicações. Tenho de ser libertada antes desse casamento.

Cecil forçou uma lei ao parlamento que diz que nenhum católico apostólico romano pode herdar o trono inglês. Isso obviamente se dirige a mim, foi planejado para me deserdar, mesmo antes do nascimento do herdeiro protestante. É um ato de tal hipocrisia traiçoeira que me deixa sem ar. Meus amigos me escrevem que ainda virão coisas piores: planos para que todos os papistas percam o direito às terras de seus pais. É um ataque franco a todos os da minha fé. Ele planeja tornar nós todos miseráveis nas nossas próprias terras. Isso não pode ser tolerado. Temos de agir já. A cada dia que passa, meus inimigos se tornam mais determinados contra mim, e Cecil, mais vingativo contra nós, papistas.

Esta é a nossa hora, tem de ser a nossa hora. Não podemos adiar. A "Grande Empresa" deve ser iniciada este mês. Eu não ouso adiar. Cecil me deserdou pela lei, e Elizabeth vai me separar de minha família. Prometeram-me a viagem para a Escócia, e no entanto estou de volta a Tutbury. Temos de iniciar a empresa já. Estamos prontos, nossos aliados juraram nos servir, chegou a hora.

Além disso, anseio por agir. Mesmo que fracasse, gozarei a alegria de tentar. Às vezes acho que, mesmo que tivesse certeza do fracasso, eu faria mesmo assim. Escrevo a Bothwell sobre essa sensação de desespero selvagem e ele me responde:

Só um tolo sai em busca do fracasso. Só um tolo se oferece como voluntário para um empreendimento perdido. Viu-me assumir riscos desesperados, mas nunca por nada que eu achava que estava fadado a perder. Não seja tola, Marie. Só resista se puder vencer. Lançar-se para a morte ou a glória só beneficiará o seu inimigo. Não seja tola, Marie, você só foi tola uma vez antes.
B

Rio ao ler a sua carta. Bothwell aconselhando cautela é um novo Bothwell. Além do mais, não vamos fracassar. Finalmente temos os aliados de que precisamos.

Uma mensagem do embaixador francês me diz que entregou ao meu querido Norfolk 3 mil coroas em moedas de ouro — o bastante para financiar o meu exército. Norfolk vai-me enviá-las por um mensageiro secreto de seu próprio serviço. Ridolfi relata que viu o comandante espanhol na Holanda, o duque de Alva, que prometeu liderar um ataque com as tropas espanholas, a partir dos Países Baixos nos portos do canal inglês. Ele foi abençoado pelo papa, que inclusive prometeu financiamento também. Assim que as tropas espanholas pisarem em solo inglês, o poder e a riqueza do Vaticano estarão por trás deles. Agora Ridolfi está a caminho de Madri para confirmar que a Espanha apoiará o plano com todo o seu poder. Com o apoio do papa e com o conselho do duque de Alva, Felipe da Espanha com certeza dará a ordem para avançar.

Escrevo a John Lesley, o bispo de Ross, para saber as últimas notícias, e ao meu antigo criado, Charles Bailly, agora a seu serviço. Nenhum dos dois respondeu ainda, e isso é inquietante. Bailly pode estar em uma missão secreta para o bispo e longe de seu domicílio. Mas o meu embaixador deveria ter-me respondido imediatamente. Sei que está em Londres aguardando notícias da "Grande Empresa". Como não sei nada dele, escrevo a Norfolk perguntando.

Norfolk responde em código, e sua carta vem escondida nos saltos ocos de um par de sapatos novos. Ele diz que mandou uma carta a Lesley e também um criado de confiança à sua casa, mas este a encontrou fechada, e o bispo não estava. Seus criados disseram que ele está visitando um amigo, mas não sabem onde, e ele tampouco levou consigo roupas nem seu criado pessoal.

Norfolk diz que isso parece menos uma visita do que uma captura, e teme que o bispo tenha sido preso pelo grupo de espiões de Cecil. Graças a Deus, pelo menos não podem torturá-lo, ele é um bispo e um embaixador reputado, não se atreveriam a ameaçá-lo ou machucá-lo. Mas podem impedi-lo de escrever para mim ou para Norfolk, podem afastá-lo da rede de informação de que precisamos. Neste momento tão crucial, ficamos sem ele, e — pior ainda — se Cecil o prendeu é porque suspeita que algo está sendo planejado, mesmo que não saiba o quê.

Cecil nunca faz nada sem uma boa razão. Se ele capturou o bispo Lesley agora, quando poderia tê-lo levado a qualquer momento antes, é porque sabe que estamos planejando alguma coisa importante. Mas então consolo a mim mesma pensando que o fizemos sair das sombras, onde ele age. Bothwell sempre dizia: traga seus inimigos para fora, para que se possa ver quantos são. Cecil deve estar com medo de nós, para agir tão abertamente.

Como se isso já não fosse problema o bastante, Norfolk me escreve dizendo que enviou as 3 mil coroas de ouro francês por intermédio de um vendedor de tecidos de Shrewsbury que serviu a um de seus criados fazendo algumas incumbências no passado. Não disseram ao homem o que ele está carregando. Norfolk decidiu que era mais seguro lhe dizer que eram somente alguns documentos lacrados e um pouco de dinheiro, e lhe pedir para entregar tudo em seu caminho, segundo sua própria conveniência. Esse é um risco, um terrível risco. O mensageiro, sem saber o valor do que está carregando, pode não tomar cuidado o bastante. Se for curioso, pode simplesmente abrir a bolsa. Suponho que o raciocínio de milorde tenha sido que se o homem soubesse o valor da encomenda, poderia roubar o ouro — e não haveria como apresentarmos queixa contra ele ou prendê-lo por roubo. Estamos em perigo, não importa o rumo que tomemos, mas eu gostaria que Norfolk tivesse escolhido alguém — qualquer um — de seus milhares de servidores a quem pudesse ser confiado esse grande, esse crucial segredo. Esse é o dinheiro para pagar o meu exército na insurreição, e Norfolk o enviou por um vendedor de tecidos de Shrewsbury!

Tenho de conter minha impaciência. Pelo amor de Deus! Bothwell o teria dado a um servo ou a alguém que lhe tivesse jurado lealdade eterna. Norfolk deve ter homens assim, por que não os usa? Ele age como se não tivesse noção do perigo que corre, quando estamos prestes a fazer a guerra contra uma rainha soberana. Ele se comporta como se estivesse seguro. Mas não estamos seguros. Estamos prestes a tomar o maior poder da Inglaterra, estamos prestes a desafiá-la em seu próprio país. Estamos prestes a enfrentar Cecil e seu círculo de espiões, e ele já está desconfiado e alerta. Deus sabe como não estamos seguros. Nenhum de nós está seguro.

1571, setembro, castelo de Sheffield: Bess

Estamos no clima quente e empoeirado do fim do verão inglês, as folhas das árvores parecem vestidos amassados no fim de uma mascarada. Fomos mandados de volta ao castelo de Sheffield. Parece que a crise que eles temiam, qualquer que fosse, se encerrou, e o verão está ensolarado mais uma vez. A corte está fazendo a viagem de verão e Lady Wendover, que me escreve de Audley End, diz que Elizabeth mostra-se bondosa para com seus primos, os Howard; está hospedada na casa deles e fala amavelmente de seu amor por seu primo Thomas, e vão lhe pedir que o perdoe e o restaure à sua posição na corte e sua casa em Norfolk. Os pobres filhos de Howard que deixaram sua casa nas mãos dos assessores reais pedem agora a Elizabeth em seu favor e estão sendo recebidos gentilmente. A corte tem esperança de que isso termine bem. Todos nós queremos ver uma reconciliação.

Elizabeth não tem família além dos Howard; ela e o primo foram criados juntos. Podem brigar, como é natural entre primos, mas ninguém pode duvidar de sua afeição. Ela vai encontrar uma maneira de perdoá-lo, e essa viagem de verão e a hospitalidade do filho dele, na casa do pai, é a maneira dela de autorizá-lo a retornar ao seu convívio.

Permito-me alimentar a esperança de que o perigo e a infelicidade desses dois últimos verões miseráveis tenham encerrado. Elizabeth ordenou que retornássemos ao castelo de Sheffield, o medo que nos levou a Tutbury passou. Elizabeth vai perdoar seu primo Norfolk, talvez se case com Anjou, e podemos esperar que tenha um filho. A rainha dos escoceses será mandada de volta à Escócia, para administrá-la tão bem ou tão mal quanto ela puder. Terei meu marido de volta, e devagar, bem aos pouquinhos, vamos reconquistar a nossa fortuna. O que foi vendido desapareceu, perdeu-se, e não pode ser recuperado. Mas os empréstimos podem ser pagos, as hipotecas, quitadas, e os arrendatários acabarão se acostumando a pagar aluguéis mais altos. Já tenho planos de hipotecar uma mina de carvão e vender alguns lotes de terra que tirarão milorde das mãos dos agiotas dentro de cinco anos. E se a rainha dos escoceses honrar suas promessas, ou se Elizabeth pagar uma parte, nem que seja a metade do que nos deve, poderemos sobreviver a essa terrível experiência sem perder uma casa.

Vou instalar milorde e a rainha aqui no castelo de Sheffield, e depois parto em visita a Chatsworth. Anseio terrivelmente estar lá; perdi a maior parte deste verão, quero ver as flores murcharem. Não podemos arcar com reconstrução ou melhorias neste ano, nem no próximo, talvez não por uma década, mas pelo menos posso planejar o que eu gostaria de fazer, pelo menos posso desfrutar o trabalho que fiz. Pelo menos posso cavalgar por minha própria terra e ver meus amigos, estar com meus filhos, como se eu fosse uma condessa e uma mulher de substância e não uma qualquer na corte de uma mulher jovem.

Neste outono, meu marido, o conde, e eu escoltaremos a rainha à Escócia, e se ela recompensá-lo tão generosamente quanto deve, teremos terras escocesas e talvez um ducado escocês. Se ela lhe conceder os direitos das taxas aduaneiras de um porto, ou os impostos de importação de alguns produtos controlados, ou mesmo os pedágios das estradas fronteiriças, poderemos refazer a fortuna perdida nessa dolorosa vigília. Se ela for falsa e não nos der nada, então pelo menos nos veremos livres dela, e só isso já vale um baronato para mim. E quando estivermos livres dela, não tenho a menor dúvida de que o coração dele voltará para mim. Não nos casamos por paixão, mas por respeito e afeto mútuos, e nossos interesses são os mesmos agora, como eram então. Coloquei minhas terras sob sua custódia, como tive de fazer, e ele pôs seus filhos e seu honroso nome sob a minha. Certamente, depois que ela se for e ele se recuperar dessa adoração tola, ele voltará para mim e seremos novamente como éramos antes.

E assim eu consolo a mim mesma, alimentando a esperança por um futuro melhor, enquanto caminho pelo jardim de rosas até o portão. Faço uma pausa ao ouvir o pior som do mundo: o de cascos galopando, velozes como uma pulsação apreensiva, e percebo de imediato, sem duvidar por um instante, que algo terrível aconteceu. Algo realmente terrível está acontecendo de novo. O terror está se introduzindo na minha vida trazido por um cavalo galopante. Ela trouxe horror à nossa casa, e ele está chegando tão rápido quanto o cavalo consegue correr.

1571, setembro, castelo de Sheffield: George

Estou na falcoaria, cuidando da minha ave preferida, quando ouço ao mesmo tempo Bess gritar meu nome e o sino do castelo dobrar.

O falcão se agita em meu pulso e tenta voar, aterrorizado com o barulho, e em um momento de confusão, asas batendo e eu chamando o falcoeiro aos berros dá a impressão de que o mundo está acabando. Ele chega correndo e cobre a cabeça do pássaro assustado, agarra-o com as mãos firmes e o afasta de mim enquanto solto a correia e o entrego. E o tempo todo o terrível sino continua a dobrar e dobrar, alto o bastante para despertar os mortos, alto demais para os vivos.

— Que Deus nos proteja, o que é isso? — pergunta ele. — Os espanhóis desembarcaram? O norte se rebelou de novo?

— Não sei. Mantenha o pássaro em segurança. Tenho de ir — respondo, e sigo às pressas para a frente da casa.

Não sou forte o bastante para esses alarmes. Não consigo correr, apesar de o meu coração bater acelerado de terror. Começo a caminhar, xingando meus pulmões e minhas pernas, e quando chego à frente da casa, encontro Bess lívida e, diante dela, um homem caído no chão com a cabeça entre os joelhos, tendo desfalecido de exaustão.

Ela me estende a carta que ele trouxe, sem dizer uma palavra. A letra é de Cecil, mas escrevinhado como se ele tivesse perdido o juízo. Meu coração se comprime quando vejo que a mensagem está endereçada a mim, mas no lado de fora ele escreveu: "5 de setembro de 1571, 9 da noite. Depressa, urgente. Depressa, depressa, pela vida, vida, vida, vida."

— Abra! Abra! Onde você estava? — grita Bess para mim.

Rompo o selo. O homem no chão arfa sofregamente e implora que lhe deem água. Ninguém presta atenção nele.

— O que foi? — pergunta Bess. — É a rainha? Não diga que ela está morta!

— Os espanhóis estão vindo — respondo. Sinto minha voz tensa e fria de medo. — Cecil diz que os espanhóis vão desembarcar um exército de 6 mil homens. Seis mil. Seis mil. Virão para cá, para libertá-la.

— O que vamos fazer? Vamos para Tutbury?

O homem levanta a cabeça.

— É inútil — murmura ele.

Bess me olha atônita.

— Vamos para o sul?

— É da confiança de Cecil? — pergunto ao mensageiro.

Ele me dá um sorriso amarelo, como se dissesse que ninguém a tem.

— É tarde demais para levá-la. Tenho minhas ordens — diz ele. — Tenho de descobrir tudo o que ela sabe e retornar a milorde. Devem ficar aqui e esperar a invasão. Não têm como escapar deles.

— Meu Deus — diz Bess. — O que vamos fazer quando eles chegarem?

Ele não responde nada, mas eu sei a resposta: "Matá-la."

— A rainha está segura? — pergunto. — A nossa rainha, Elizabeth?

— Quando parti, ela estava — diz ele. — Mas milorde estava despachando guardas para Audley End, para trazerem-na de volta a Londres.

— Planejam capturar a rainha Elizabeth — digo brevemente a Bess. — Está dito aqui. Eles têm um grande plano. Sequestrar a rainha da Inglaterra, libertar a rainha da Escócia, sublevar o povo. Os espanhóis vão invadir. — Viro-me para o homem. — Londres era nossa quando partiu?

Ele confirma com a cabeça.

— Ah, Deus, temos apenas alguns dias de vantagem sobre eles. Um espião da rainha da Escócia, um homem chamado Ridolfi, tagarelou sobre o plano todo a um mercador inglês em Madri. Graças ao bom Senhor, ele percebeu o que estava escutando e informou Cecil tão rapidamente quanto seu mensageiro pôde viajar. Cecil enviou-me para cá. Achamos que os espanhóis chegarão em alguns dias. A frota zarpou, a Holanda espanhola está armada e o papa está enviando a sua riqueza para financiar traidores, e convocando todos os papistas ingleses.

Passo os olhos pela carta.

— Cecil diz que devo interrogar a rainha e persuadi-la a contar tudo o que sabe.

— Devo ir com você — diz o homem. Ele se levanta com dificuldade e limpa a poeira do calção.

Fico indignado diante da insinuação de que não mereço confiança. Ele recosta-se no portal por pura exaustão.

— É uma questão que está acima de qualquer orgulho — diz ele, ao perceber que pretendo recusar o seu acesso à rainha. — Tenho de vê-la e revistar seu quarto, em busca de documentos. Talvez a rainha dos escoceses saiba onde os espanhóis vão desembarcar. Temos de reunir o nosso exército e nos preparar para encontrá-los. Trata-se de vida ou morte para a Inglaterra, não apenas para ela.

— Vou falar com ela. — Viro-me para Bess. — Onde ela está?

— Caminhando no jardim — responde ela, com a expressão grave. — Mandarei uma menina chamá-la.

— Iremos agora — decide o jovem, mas suas pernas falham quando ele tenta andar.

— Mal consegue ficar em pé! — exclama Bess.

Ele agarra-se à sua sela e se ergue novamente. O olhar que lança a Bess é desesperador.

— Não posso descansar — diz ele. — Não me atrevo a descansar. Tenho de ouvir o que a rainha vai nos dizer e informar milorde. Se ela sabe em que porto os espanhóis vão desembarcar, talvez possamos até mesmo interceptar a armada ainda no mar e rechaçá-la. Se desembarcar, com 6 mil homens, não teremos chance, mas se a detivermos no mar...

— Venha, então — digo. — Ande comigo. — Dou-lhe o braço e nós dois, eu enfraquecido pela gota e ele pela exaustão, manquejamos até os jardins.

Lá está ela, como uma garota esperando seu amante, ao portão.

— Ouvi o sino — diz ela. Seu rosto está animado de esperança. Ela olha para o rapaz e para mim. — O que está acontecendo? Por que soaram o alarme?

— Sua Graça, devo fazer algumas perguntas, e este cavalheiro...

— Sir Peter Brown. — Ele faz uma reverência para ela.

— Este cavalheiro vai escutar. Ele foi enviado por lorde Burghley, e traz notícias perturbadoras.

Seu olhar ao me encarar é tão franco e verdadeiro que tenho certeza de que ela não sabe de nada sobre isso. Se os espanhóis desembarcarem, será sem o seu conhecimento. Se vierem e a tirarem de mim, será sem seu consentimento. Ela deu sua palavra a lorde Morton e a mim de que não iria mais conspirar com ninguém. Planeja voltar à Escócia pelo tratado de Elizabeth, não destruindo a Inglaterra. Ela deu sua palavra de que não haveria mais conspirações.

— Sua Graça — começo, confiante. — Deve contar a Sir Peter tudo o que sabe.

Ela curva-se um pouco, como uma flor sob uma pancada de chuva.

— Mas não sei nada — diz ela cortesmente. — Sabe que estou incomunicável em relação a meus amigos e minha família. Milorde mesmo lê toda carta que chega para mim, e não recebo ninguém sem o seu consentimento.

— Receio que a senhora saiba mais do que eu — falo. — Receio que saiba mais do que o que me conta.

— Milorde não confia mais em mim? — Seus olhos escuros se arregalam como se ela não pudesse acreditar que eu traia a afeição que tenho por ela, como se não pudesse imaginar que eu seja capaz de acusá-la de falsidade, especialmente em frente a um estranho, um partidário de seu inimigo.

— Sua Graça, não me atrevo a desconfiar da senhora — digo sem jeito. — Sir Peter trouxe-me uma mensagem de lorde Burghley que me ordena interrogá-la. A senhora está envolvida em uma conspiração. Tenho de lhe perguntar o que sabe.

— Podemos nos sentar? — pergunta ela, friamente, como a rainha que é, e nos dá as costas, e nos conduz para o jardim. Há um banco em um caramanchão, cercado de rosas. Ela espalha seu vestido e se senta, como uma garota entrevistando pretendentes. Eu ocupo o banco que sua dama de honra estava usando, e Sir Peter deixa-se cair na relva aos pés da rainha.

— Pergunte — convida-me ela. — Por favor, pergunte o que quiser. Gostaria de limpar o meu nome. Gostaria de deixar tudo plenamente claro entre nós.

— Vai me dar a sua palavra de que me dirá a verdade?

O rosto da rainha Maria é franco como o de uma criança.

— Nunca lhe menti, Chowsbewwy — diz ela, docilmente. — Sabe que sempre insisti em ter autorização para escrever privadamente a meus amigos e minha família. Sabe que admiti que eles são obrigados a me escrever em segredo e eu a responder. Mas nunca conspirei contra a rainha da Inglaterra, e nunca incitei a rebelião de seus súditos. Pode me perguntar o que quiser. Minha consciência está limpa.

— Sua Graça conhece um florentino de nome Roberto Ridolfi? — pergunta Sir Peter, em voz baixa.

— Ouvi falar dele, mas nunca o vi nem me correspondi com ele.

— Como ouviu falar dele?

— Soube que ele emprestou dinheiro ao duque de Norfolk — responde ela prontamente.

— Sabe para que era o dinheiro?

— Acredito que para seu uso privado — responde. Vira-se para mim. — Milorde, você sabe que parei de receber cartas do duque. Sabe que ele rejeitou o nosso compromisso e jurou lealdade à rainha. Ele rompeu o noivado comigo e me abandonou, por ordem de sua rainha.

Balanço a cabeça.

— É verdade — digo a Sir Peter.

— Não tem recebido cartas dele?

— Não desde que ele faltou com a sua promessa. Eu não receberia uma carta nem se ele a escrevesse, não depois de ter-me rejeitado — responde ela altivamente.

— E qual foi a última vez que a senhora teve notícias do bispo de Ross? — pergunta Sir Peter.

Ela franze o cenho, tentando se lembrar.

— Lorde Chowsbewwy talvez se lembre. Suas cartas sempre me são entregues por lorde Chowsbewwy. — Ela vira-se para mim. — Ele escreveu para dizer que tinha retornado em segurança a Londres depois de nos visitar em Chatsworth, não foi?

— Sim — confirmo.

— E não soube mais dele desde então?

Ela se vira de novo para mim.

— Acho que não. Soubemos? Não.

Sir Peter se levanta e põe a mão no muro de pedra, como se para se equilibrar.

— Recebeu alguma carta do papa, de Felipe da Espanha, ou de alguém a serviço deles?

— Se já recebi na minha vida? — pergunta ela, ligeiramente intrigada.

— Refiro-me a este verão, aos últimos meses.

Ela sacode a cabeça.

— Nada. Será que escreveram para mim e as cartas se extraviaram? Acho que lorde Burghley me espiona e rouba minhas mensagens. Pode lhe dizer, por mim, que isso não está certo.

Sir Peter faz uma reverência.

— Obrigado por sua cortesia em falar comigo, Sua Graça. Vou deixá-la, agora.

— Tenho uma pergunta a lhe fazer — diz ela.

— Sim?

— Sou prisioneira, mas isso não garante a minha segurança. Fiquei assustada ao ouvir o sino tocar, e suas perguntas não me tranquilizaram. Por favor, me diga, Sir Peter, o que está acontecendo? Por favor, assegure-me de que minha prima, a rainha, está bem e segura.

— Acha que ela pode estar em perigo?

Ela relanceia os olhos para o chão como se a pergunta fosse um constrangimento.

— Sei que são muitos os que discordam de seu governo — diz ela, com uma expressão envergonhada. — Receio que haja quem conspire contra ela. Pode ser que haja até mesmo quem conspire contra em meu nome. Mas isso não significa que eu tenha me unido a eles. Tudo o que desejo é o bem dela, como sempre desejei. Estou aqui, no seu país, em seu poder, aprisionada por ela, porque confiei no amor que ela me prometeu. Ela traiu esse amor, traiu a ligação que deveria haver entre rainhas. Mas ainda assim, nunca desejaria a ela outra coisa que não boa saúde, segurança, e boa sorte.

— Sua Graça é abençoada por ter tal amizade — diz Sir Peter, e penso se ele não está sendo irônico. Olho-o rapidamente, mas não vejo nada. Ele e a rainha estão igualmente impassíveis. Não posso dizer o que nenhum dos dois está pensando de fato.

— Então, ela está segura? — pergunta ela.

— Quando parti de Londres, a rainha estava em viagem, no campo, desfrutando o clima quente — responde ele. — Milorde Burghley descobriu uma conspiração a tempo de destruí-la. Todos os que participaram dela irão para o cadafalso. Todos eles. Estou aqui somente para me assegurar de que a senhora também está a salvo.

— E onde ela está? — pergunta a rainha Maria.

— Em viagem de verão — responde ele, sem alterar a voz.

— Essa conspiração me diz respeito? — pergunta ela.

— Acho que muitas conspirações lhe dizem respeito — responde ele. — Mas felizmente, os homens de milorde Burghley são diligentes. A senhora está segura aqui.

— Então, obrigada — diz ela friamente.

— Quero uma palavra com milorde — diz Sir Peter a mim, e o acompanho até o portão do jardim. — Ela está mentindo — diz ele, bruscamente. — Mentindo descaradamente.

— Atrevo-me a jurar que não...

— Sei que está — diz ele. — Ridolfi levava uma carta de apresentação que ela havia escrito para o próprio papa. Ele mostrou-a ao homem de Cecil. Vangloriou-se do apoio que ela tem. Ela dizia ao papa que Ridolfi era tão confiável quanto ela própria. Ridolfi tem um plano, chamado "a Grande Empresa da Inglaterra", para destruir a todos nós. Essa é a conspiração que descobrimos agora. Ela convocou 6 mil espanhóis papistas fanáticos. E sabe onde vão desembarcar, e organizou o pagamento deles.

Seguro-me no portão para ocultar a fraqueza dos meus joelhos.

— Não posso interrogá-la — prossegue ele. — Não posso abordá-la como faria com um suspeito comum. Se ela fosse outra pessoa qualquer, estaria agora na Torre e estaríamos empilhando pedras sobre seu peito até suas costelas quebrarem e as mentiras serem espremidas para fora com seu último suspiro. Não podemos fazer isso com ela, e não sei que outra pressão poderíamos aplicar. Para dizer a verdade, mal consigo suportar ter de falar com ela. Mal consigo olhar na cara falsa dela.

— Não existe mulher mais bela no mundo! — falo sem pensar.

— Ah, sim, ela é adorável. Mas como se pode admirar uma pessoa de duas caras?

Por um momento, penso em argumentar, mas então me lembro de sua amabilidade ao perguntar sobre a saúde de sua prima e penso nela escrevendo para Felipe de Espanha, convocando os espanhóis contra nós, a armada e o fim da Inglaterra.

— Tem certeza de que ela sabe sobre essa conspiração?

— Se sabe? Ela a organizou!

Sacudo a cabeça. Não consigo acreditar. Não vou acreditar.

— Interroguei até onde podia, mas talvez ela seja mais franca com milorde ou com a condessa — diz o jovem com seriedade. — Volte para ela, veja se descobre mais alguma coisa. Vou comer e descansar está noite aqui. Partirei ao amanhecer.

— Ridolfi pode ter forjado essa carta em que ela o recomendava — proponho. — Ou pode ter mentido sobre isso. — Ou, penso, como não posso ter certeza de nada nessa confusão em que nos encontramos, você pode estar mentindo para mim, ou Cecil pode estar mentindo para todos nós.

— Comecemos com a suposição de que é ela que está mentindo — diz ele. — Veja se consegue tirar alguma coisa dela. Especialmente sobre os planos dos espanhóis. Temos de saber o que eles vão fazer. Se ela souber, precisa lhe dizer. Se tivermos qualquer ideia de onde eles vão desembarcar, poderemos salvar centenas de vidas, poderemos salvar o nosso país. Eu falarei com milorde antes de partir. Agora vou até os aposentos dela. Meus homens devem estar virando-os de cabeça para baixo neste exato instante.

Faz uma ligeira mesura e sai. Viro-me para ela. Está sorrindo para mim enquanto atravesso a grama, e conheço esse brilho malicioso e atraente. Eu o conheço. Eu a conheço.

— Como milorde está pálido, querido Chowsbewwy — observa ela. — Esses alarmes fazem mal a nós dois. Quase desmaiei ao ouvir o sino.

— A senhora sabe, não é? — pergunto cansado. Não me sento de novo no banco aos seus pés, permaneço em pé, e ela se levanta e vem para o meu lado. Sinto o perfume no seu cabelo, ela está tão perto que, se eu estendesse a mão, poderia tocar na sua cintura. Poderia puxá-la para mim. Ela joga a cabeça para trás e sorri para mim, um sorriso astuto, do tipo que seria trocado entre amigos, um sorriso de amante.

— Não sei nada — diz ela com aquele brilho travesso, confiante.

— Acabo de dizer a ele que esse Ridolfi pode ter usado o seu nome sem a sua permissão — falo. — Ele não acredita em mim, e acho que tampouco eu acredito no que digo. A senhora conhece Ridolfi, não é? Deu-lhe autoridade, não deu? Enviou-o ao papa, ao duque na Holanda e a Felipe de Espanha, ordenou que planejasse uma invasão? Mesmo estando comprometida em um acordo com Elizabeth? Mesmo tendo assinado uma tratado de paz? Mesmo tendo prometido a Morton não tramar nada nem enviar cartas? Mesmo tendo me prometido em particular, entre nós dois, a meu pedido, que Sua Graça tomaria cuidado? Mesmo sabendo que a levarão para longe de mim se eu não a vigiar?

— Não posso viver como uma morta — sussurra ela, embora estejamos a sós, e não haja nenhum som no jardim, exceto o canto do tordo no fim de tarde. — Não posso desistir de minha própria causa, de minha própria vida. Não posso repousar como um cadáver no caixão e esperar que alguém seja bondoso o bastante para me carregar para a Escócia ou para Londres. Tenho de estar viva. Tenho de agir.

— Mas a senhora prometeu — insisto como uma criança. — Como posso confiar em qualquer coisa se a ouço jurar por sua honra de rainha, se a vejo assinar seu nome e colocar seu selo, e então descubro que tudo isso não significa nada? Que Sua Graça não dá a menor importância a isso?

— Estou presa — diz ela. — Nada significa nada até eu ser libertada.

Estou com tanta raiva dela e me sinto tão traído que lhe dou as costas e me afasto a passos apressados. É um insulto para uma rainha, homens foram banidos da corte por muito menos do que virar as costas. Paro quando me dou conta do que fiz, mas não me viro para encará-la e me ajoelhar.

Sinto-me um tolo. O tempo todo estive pensando o melhor dela, relatando a Cecil que tinha interceptado mensagens, e que ela não as recebia. Disse-lhe que tinha certeza de que ela não as incitava, que conspirações a perseguiam, mas ela própria não conspirava. E todo esse tempo ele sabia que ela estava escrevendo instruções a rebeldes traidores, planejando derrubar a paz do país. Todo esse tempo ele sabia que estava certo e eu estava errado, que ela era uma inimiga e que minha ternura por ela era uma insensatez, para não dizer traição. Ela desempenhou o papel de um diabo e confiei nela, ajudei-a contrariando meus próprios interesses, meus próprios amigos, meus compatriotas. Fui um tolo, e ela abusou de minha confiança, abusou de minha casa, abusou de minha fortuna, abusou de minha mulher.

— A senhora me envergonhou — desabafo, de cabeça baixa e ainda sem me virar para ela. — Envergonhou-me diante de Cecil e da corte. Jurei que a manteria a salvo e longe de conspirações, e a senhora fez meu juramento se tornar falso. Fez todas as maldades que quis e me fez de bobo. Um bobo. — Estou sem fôlego, e termino com um soluço de mortificação. — Sua Graça me fez de bobo.

Ela continua sem dizer nada e imóvel, não me viro para olhá-la.

— Eu lhes disse que Sua Graça não estava conspirando, que poderiam lhe dar mais liberdade — falo. — Disse-lhes que a senhora tinha investido sua honra em um acordo com a rainha e em um juramento a Morton. Falei que a senhora nunca descumpriria a sua palavra. Não a sua palavra de honra como rainha. Jurei isso em seu nome. Disse que Sua Graça tinha dado a sua palavra. Disse que a sua palavra era tão válida quanto uma moeda de ouro. Disse-lhes que era uma rainha, uma rainha *par excellence*, uma mulher incapaz de desonra. — Respiro fundo. — Acho que a senhora não sabe o que é honra — digo com amargura. — Acho que não sabe o que significa honra. E a senhora me desonrou.

Delicadamente, como uma pétala caindo, sinto o seu toque. Ela aproximou-se por trás de mim e colocou a mão no meu ombro. Não me mexo, e ela apoia a face suavemente na minha escápula. Se eu me virasse, poderia tomá-la em meus braços, e o frescor de sua face seria como um bálsamo em meu rosto vermelho e enraivecido.

— A senhora me fez de bobo diante da minha rainha, diante da corte, e diante da minha própria mulher — engasgo, minhas costas estremecendo ao seu toque. — Desonrou-me na minha própria casa, e houve tempo em que tudo o que eu mais prezava era a minha honra e a minha casa.

Sua mão no meu ombro se torna mais firme, ela puxa ligeiramente meu paletó, e eu me viro para encará-la. Seus olhos escuros estão cheios de lágrimas, seu rosto está contorcido de pesar.

— Ah, não fale assim — sussurra ela. — Chowsbewwy, não diga essas coisas. Tem sido um homem tão honrado comigo, um amigo tão importante. Nunca um homem me serviu como milorde. Nunca nenhum homem se interessou por mim sem esperar uma recompensa. Posso lhe dizer que amo...

— Não — interrompo-a. — Não me diga nem mais uma palavra. Não me faça mais nenhuma promessa. Por que eu deveria ouvir o que a senhora disser? Não confio mais em nada do que Sua Graça diz!

— Não descumpro minha palavra! — insiste ela. — Nunca dei a minha palavra de verdade. Sou uma prisioneira, não tenho a obrigação de dizer a verdade. Estou sendo coagida, e minha promessa não significa na...

— Descumpriu sua palavra e, com ela, partiu o meu coração — respondo simplesmente, e a afasto de mim e saio sem olhar para trás.

1571, outubro, castelo de Sheffield: Bess

Um outono frio e as folhas caindo precocemente das árvores, como se o próprio clima fosse ser rigoroso conosco este ano. Escapamos do desastre por um triz, por um triz, nada mais. O espião e conspirador da rainha da Escócia, Roberto Ridolfi, conseguiu que todas as grandes potências da cristandade se aliassem contra nós. Ele visitou o papa em Roma, o duque de Alva na Holanda, o rei da Espanha e o rei da França. Todos enviaram homens, ouro ou ambos, estão prontos para uma invasão que pretendia assassinar a rainha Elizabeth e colocar a rainha Maria no trono. Só que as bravatas da conspiração cochichadas por Ridolfi chegaram aos ouvidos sutis de William Cecil e nos salvaram.

Cecil fez o bispo da rainha escocesa se hospedar na casa do bispo de Ely. Deve ter sido uma recepção alegre. Levou o criado do bispo à Torre e o quebrou na roda, sob pedras, e pendurando-o pelos pulsos. O homem — um antigo criado da rainha da Escócia — disse aos torturadores tudo o que perguntaram, e provavelmente ainda mais. Os homens de Norfolk foram levados para a Torre e entregaram tudo enquanto suas unhas eram arrancadas. Robert Higford mostrou-lhes o esconderijo para as cartas, debaixo das telhas do telhado. William Barker contou-lhes a conspiração. Lawrence Bannister decifrou as cartas da rainha da Escócia endereçadas a seu noivo, Norfolk, cheias de amor e promessas. Então, no fim, levaram o amigo e embaixador da rainha da Escócia, bispo John Lesley, de sua estada em Cambridgeshire para uma hospitalidade mais severa na Torre e o fizeram sentir o gosto da dor que quebrou homens inferiores, e ele lhes contou tudo.

Houve outra leva de prisões de homens apontados como traidores, e o próprio Norfolk foi jogado de volta à Torre. É inacreditável, mas parece que depois de jurar sua completa submissão à nossa rainha Elizabeth, ele continuou a escrever e a conspirar com a outra rainha, e estava ligado aos espanhóis e franceses, planejando a derrubada de nossa paz.

Realmente acredito que estávamos a um dia da invasão espanhola, que nos destruiria, assassinaria Elizabeth e colocaria essa verdadeira herdeira da Sanguinária Mary Tudor — Sanguinária Maria Stuart — no trono da Inglaterra, e as fogueiras de Smithfield teriam rugido com mártires protestantes mais uma vez.

Graças a Deus Ridolfi era um fanfarrão, graças a Deus o rei da Espanha é um homem cauteloso. Graças a Deus o duque de Norfolk é um tolo que enviou uma fortuna em ouro por um mensageiro não confiável e os conspiradores traíram a si mesmos. E graças a Deus Cecil estava lá, no centro da sua rede de espiões, sabendo de tudo. Se a outra rainha tivesse vencido, estaria agora em Whitehall, Elizabeth estaria morta, e a Inglaterra, a minha Inglaterra, estaria perdida.

Meu marido, o conde, tornou-se sombrio como as noites mais frias e, como elas, entregou-se ao silêncio. Ele visita os aposentos da rainha somente uma vez por semana e lhe pergunta cortês e friamente se está bem, se tem tudo de que precisa, e se tem alguma carta para ele despachar, se tem algum pedido ou queixa a fazer a ele ou à corte.

Ela responde com igual frieza que não está bem, que pede sua libertação, que exige que Elizabeth honre o acordo de enviá-la de volta à Escócia, e que não tem cartas a enviar. Despedem-se formalmente, como inimigos forçados a dançar juntos, que se aproximam brevemente pelo movimento da dança e em seguida voltam a se separar.

Eu deveria tirar grande satisfação do fim tão abrupto e ruim de sua amizade, deveria estar rindo dissimuladamente pela rainha desleal ter sido desleal a ele. Mas é difícil sentir prazer nesta prisão. Meu marido, o conde, envelheceu anos nesses últimos dias, seu rosto está marcado pela tristeza e ele mal fala. Ela está solitária, agora que perdeu o amor dele, e voltou a se sentar comigo durante as tardes. Ela vem em silêncio, como uma criada em desgraça, e tenho de admitir que estou surpresa com a reprovação dele tê-la atingido com tanta força. Qualquer um pensaria que ela gostava dele. Acendemos velas às cinco horas e ela diz que tem sentido medo das noites escuras e das manhãs cinzentas. A maré do solstício de verão de sua boa sina se esvaiu, a sorte dela se esgotou. Ela sabe que passará mais um inverno no cativeiro. Agora não há mais nenhuma chance de a mandarem de volta à Escócia. Ela destruiu as próprias esperanças, e receio que minha casa será amaldiçoada para sempre com esse fantasma triste.

— Bess, o que está acontecendo em Londres? — pergunta ela. — Pode me dizer. Não tenho como fazer nenhum uso da informação. Acho que todo mundo já sabe mais do que eu.

— O duque de Norfolk foi preso e acusado de novo de conspirar com os espanhóis, e voltou à Torre de Londres — respondo.

Ela empalidece. Aha, penso maliciosamente, finalmente Sua Graça não está na frente de todos nós. Seus espiões e informantes devem estar escondidos. Ela não sabia disso.

— Bess, não! É verdade?

— Ele é acusado de participar de uma conspiração para libertá-la — digo. — Sua Graça deve saber disso melhor que eu.

— Juro que...

— Não jure — interrompo friamente. — Poupe o esforço.

Ela cala-se.

— Ah, Bess, se estivesse no meu lugar, teria feito a mesma coisa. Ele e eu...

— A senhora realmente se convenceu de que o amava?

— Achei que ele me salvaria.

— Bem, a senhora levou-o à morte — eu digo. — E isso é uma coisa que eu não teria feito. Nem mesmo se estivesse no seu lugar.

— Não sabe o que é ser rainha — responde ela simplesmente. — Eu sou uma rainha. Não sou como as outras mulheres. Preciso estar livre.

— Condenou a si mesma a passar a vida na prisão — prevejo. — E ele à morte. Se eu estivesse no seu lugar, não teria feito isso, rainha ou não.

— Não podem provar nada contra ele — diz ela. — E mesmo que forjem provas, ou consigam falsos testemunhos torturando criados, ele continuará a ser o primo da rainha. Ele é de sangue real. Ela não vai condenar a própria família à morte. Uma pessoa real é sagrada.

— O que mais ela pode fazer? — pergunto, irritada. — Tudo bem para Sua Graça dizer que ela não pode, mas que escolha ela tem? Que escolha ele deixou para ela? Se ele não para de conspirar depois de jurar submissão e ser perdoado, se a senhora não para de conspirar depois de dar a sua palavra, o que ela pode fazer a não ser pôr um fim nisso? Ela não pode passar o resto da vida esperando que um assassino enviado por Sua Graça chegue e a mate.

— Ela não pode matá-lo, ele é seu primo e de sangue real. E ela nunca será capaz de me matar — declara ela. — Ela não pode matar uma rainha. E eu nunca enviaria um assassino. Portanto ela nunca poderá encerrar isso.

— As senhoras se tornaram o pesadelo uma da outra — eu digo. — E é como se nenhuma das duas jamais despertasse.

Ficamos em silêncio por um momento. Estou trabalhando em uma tapeçaria para a minha casa em Chatsworth, tão precisa quanto o desenho de um construtor. Às vezes, acho que isso será tudo que me restará de Chatsworth quando eu tiver de vender meu orgulho e minha alegria a um preço irrisório. Tudo o que me restará dos meus anos de felicidade é esta tapeçaria da casa que amei.

— Não tenho notícias do meu embaixador há semanas — diz a rainha em tom baixo. — John Lesley, bispo de Ross. Ele está preso? Sabe de alguma coisa?

— Ele fazia parte da conspiração? — pergunto.

— Não — responde ela com cansaço em sua voz. — Não. Não existe nenhuma conspiração que eu saiba. E certamente ele não faria parte de uma. Mesmo que tivesse recebido uma carta de alguém ou se encontrado com alguém, não poderia ser preso, pois é um embaixador. Ele tem direitos, mesmo em um reino como este, onde espiões fazem proclamações e plebeus aprovam leis.

— Então ele não tem nada a temer — respondo rudemente. — E nem a senhora. E tampouco o duque de Norfolk. Ele está seguro e, segundo suas palavras, a senhora e o embaixador também: todos são intocáveis tanto na santidade de seus corpos quanto na inocência de suas consciências. E sendo assim, por que está tão pálida, Sua Graça, e por que meu marido não a leva mais para cavalgar de manhã? Por que ele nunca a procura e por que a senhora não manda chamá-lo?

— Acho que vou voltar para os meus aposentos agora — diz ela em tom baixo. — Estou cansada.

1571, novembro, castelo de Sheffield: Maria

Tenho de esperar longos meses em silêncio, contendo a língua, com medo até mesmo de escrever a meu próprio embaixador pedindo notícias, aprisionada na ansiedade. Acabei recebendo notícias de Paris, em uma carta que foi aberta e lida por outros, dizendo que Norfolk estava preso e seria acusado de traição.

Na última vez que ele esteve na Torre, foi o próprio Cecil que argumentou que o duque era imprudente, mas não um traidor, e o libertou para que ficasse em sua casa em Londres. Mas desta vez é tudo completamente diferente. Cecil está liderando a acusação do duque, e mandou prendê-lo e toda a sua criadagem. Sem dúvida, os criados serão torturados e confessarão a verdade ou dirão mentiras para escapar da dor. Se Cecil está determinado a que o duque enfrente a acusação de traição, então encontrará a prova que quer, e esta geração dos Howard não será afortunada, como aconteceu tantas vezes antes.

Há notícias piores na segunda página. O bispo John Lesley, meu fiel amigo que escolheu o exílio, para me servir, ao conforto de seu palácio, é um homem destruído. Ele apareceu em Paris, determinado a levar o resto da vida como exilado na França. Ele não dirá nada sobre o que aconteceu na Inglaterra nem por que está agora na França. Está emudecido. Corre o boato de que ele virou a casaca e contou tudo a Cecil. Não acredito, tenho de ler e reler o relato, mas o texto me garante que John Lesley abandonou a minha causa e forneceu a prova que condenará Norfolk. Dizem que Lesley contou a Cecil tudo o que sabia, e é claro que ele sabia de tudo. Sabia tudo sobre Ridolfi — bem, ele foi o coautor da trama. O mundo agora acredita que o duque, o banqueiro, o bispo e eu enviamos uma missão pela Europa pedindo aos franceses, aos espanhóis e ao papa para assassinarem Elizabeth e atacarem a Inglaterra. O mundo sabe que escolhi como conspiradores um fanfarrão, um fracote e um tolo. Que eu mesma sou uma tola.

Shrewsbury nunca vai me perdoar por lhe faltar com a minha palavra, por mentir a Cecil, a Morton, a ele. Mal fala comigo desde o dia no jardim quando disse que descumpri minha palavra e parti seu coração. Tenho tentado falar com ele, mas ele se afastou, coloquei minha mão na dele, mas ele se retraiu discretamente. Ele parece doente e cansado, mas não me fala nada de sua saúde. Não me fala mais nada sobre nada.

Bess está desgastada de preocupação com dinheiro, de medo do futuro, e de um longo e amargo ressentimento em relação a mim. Somos uma casa repleta de remorso neste outono. Preciso ter esperança de que os escoceses venham a mim novamente e peçam para eu retornar. Tenho de acreditar que um novo paladino me mandará uma mensagem com um plano para minha libertação, tenho de acreditar que Felipe da Espanha não desanimará com esse fim desastroso do plano que juramos que não fracassaria. Não consigo mais encontrar coragem para escrever novamente, de recomeçar, de tecer de novo a tapeçaria da conspiração.

Penso em Shrewsbury dizendo que desonrei minha palavra de rainha e me pergunto se alguém confiará em mim no futuro ou achará que é seguro depender do meu julgamento. Acho que fui realmente derrotada desta vez. Meu maior herói e único amigo Bothwell continua preso na Dinamarca, sem esperança de ser solto, e me escreve dizendo que vai enlouquecer no confinamento. Meus códigos foram todos decifrados, meus amigos estão presos, o embaixador deixou de me servir, meu noivo está enfrentando uma acusação de traição, e o homem que me amou, sem nem mesmo saber disso, não me olha mais nos olhos.

1571, dezembro, castelo de Sheffield: George

Achei que tinha sofrido antes. Achei que tinha perdido o amor e o respeito de minha mulher, que tinha decidido que eu era um tolo. Eu me dediquei, em silêncio, sempre em silêncio, a uma mulher tão superior a mim que chega a ser mais do que uma rainha: um anjo. Mas agora descubro que existe outro inferno embaixo do que eu conhecia. Agora descubro que a mulher a quem dediquei secretamente minha lealdade é uma traidora, uma mulher que traiu a si mesma, que cometeu perjúrio, uma mentirosa, uma pessoa sem honra.

Tenho vontade de rir ao pensar que eu menosprezava minha Bess por vir de uma fazenda, por ter um sotaque desagradável, por alegar ser protestante embora não saiba nada de teologia, por insistir na Bíblia em inglês por não saber ler latim, por decorar as paredes e mobiliar os cômodos com o espólio de uma igreja destruída. Por ser, na pior das hipóteses, pouco mais que a viúva de um ladrão, a filha de um fazendeiro. Eu poderia rir de mim mesmo pelo pecado do falso orgulho, mas soaria como um estertor.

Ao desprezar minha mulher, franca, vulgar, adorável, dediquei meu coração e gastei minha fortuna com uma mulher cuja palavra é como o vento; pode soprar aonde quiser. Ela pode falar três idiomas, mas é incapaz de dizer a verdade em qualquer um deles. Pode dançar como uma italiana, mas não consegue andar em linha reta. Pode bordar melhor do que uma costureira e escrever com uma bela letra, mas seu selo no documento não significa nada. E minha Bess é conhecida por toda Derbyshire como uma comerciante honesta.

Quando Bess sela um acordo, pode-se apostar a vida que ele será cumprido. Essa rainha poderia jurar sobre um fragmento da verdadeira cruz, e continuaria a ser um juramento provisório.

Gastei minha fortuna com essa rainha dissimulada, coloquei minha honra nessa quimera. Esbanjei o dote de Bess e a herança de seus filhos mantendo essa mulher como uma rainha deve ser servida, sem saber que sentada embaixo do baldaquino estava uma traidora. Deixei que ela se sentasse no trono e comandasse uma corte em minha própria casa, e desse as ordens que quisesse, porque eu acreditava, no fundo do meu coração leal, que ela era uma rainha como nenhuma outra jamais foi.

Bem, nisso eu estava certo. Ela é uma rainha como nenhuma outra já foi. Ela é uma rainha sem reino, uma rainha sem coroa, uma rainha sem dignidade, uma rainha sem palavra, uma rainha sem honra. Ela foi ordenada por Deus e ungida com Seu óleo sagrado, mas, de alguma maneira, Ele deve ter-se esquecido de tudo sobre ela. Ou talvez ela tenha mentido para Ele também.

Agora sou eu quem precisa esquecer tudo a respeito dela.

Bess chega hesitante à minha câmara privada e aguarda no limiar da porta, como se não soubesse ao certo se seria bem-vinda.

— Entre — eu digo. Pretendo ser amável, mas minha voz soa fria. Nada mais soa certo entre mim e Bess. — O que quer de mim?

— Nada! — diz ela, constrangida. — Somente dar uma palavrinha.

Ergo a cabeça dos papéis que eu estava lendo. Meu administrador insistiu que eu os visse. É uma relação comprida de dívidas, dinheiro que pedimos emprestado para financiar a hospedagem da rainha, e que vencem no ano que vem. Não vejo como saldá-las a não ser vendendo minhas terras. Cubro-as com uma folha de papel para que Bess não as veja, não há por que preocupá-la também, e me levanto devagar.

— Por favor, não pretendia incomodá-lo — diz ela, se desculpando.

Estamos sempre pedindo desculpas um ao outro nesses últimos dias. Andamos na ponta dos pés como se houvesse uma morte na casa. É a morte da nossa felicidade. E isso também foi minha culpa.

— Não está me incomodando — respondo. — O que foi?

— Vim dizer que lamento, mas não vejo como podemos oferecer uma festa aberta neste Natal — diz ela às pressas. — Não temos como alimentar todos os arrendatários e suas famílias, nem todos os criados. Não neste ano.

— Não há dinheiro?

Ela confirma com a cabeça.

— Não há dinheiro.

Tento rir, mas soa estranho.

— Quanto custaria? Será que não temos moedas e prataria suficientes na sala do tesouro para um jantar e cerveja para a nossa própria gente?

— Não por meses e meses.

— Suponho que já tentou pedir um empréstimo, não?

— Já pedi tudo o que podia, localmente. Já hipotequei terra. Não aceitam mais o valor total, estão começando a duvidar da nossa capacidade de reembolsar. Se a situação não melhorar, teremos de recorrer aos ourives de Londres e lhes oferecer prataria.

Eu me retraio.

— Não os bens da minha família — protesto, pensando na prataria com brasões esculpidos sendo derretida. Pensando nos ourives pesando-a, vendo o brasão da minha família, e rindo de mim por ter chegado a esse ponto.

— Não, é claro que não. Primeiro venderemos minhas coisas — diz ela, com a voz inalterada.

— Lamento por isso — digo. — É melhor mandar seu administrador dizer aos arrendatários que não poderão vir para a ceia neste ano. Talvez no próximo.

— Todos vão saber por quê — me avisa ela. — Vão saber que estamos em dificuldades.

— Imagino que todo mundo saiba — digo secamente. — Pois escrevo à rainha uma vez por mês e peço que salde suas dívidas comigo, e a carta é lida para ela em público. A corte toda sabe. Londres toda sabe. Todo mundo sabe que estamos à beira da ruína. Ninguém vai nos oferecer crédito.

Ela confirma com a cabeça.

— Vou acertar isso — digo com gravidade. — Se precisar vender sua prataria, eu a conseguirei de volta para você. Vou encontrar uma maneira, Bess. Não será uma perdedora por ter-se casado comigo.

Ela curva a cabeça e morde o lábio para não deixar escapar a reprovação que está na sua língua. Sei que ela já é uma perdedora por ter se casado comigo. Ela está pensando nos maridos que acumularam zelosamente suas fortunas para ela. Homens que eu tratava com desdém por considerá-los novos-ricos, sem família digna de ser mencionada. Ela lucrou casando-se com eles, fundaram uma fortuna. Mas eu a esbanjei. Eu perdi a sua fortuna. E agora acho que perdi o meu orgulho.

— Vai a Londres nesta estação? — pergunta ela.

— O julgamento de Norfolk foi adiado para depois do Natal — respondo. — Se bem que duvido que haja muita alegria na corte com esse fantasma na ceia. Terei de atuar nesse julgamento. Então irei a Londres depois do Dia de Reis, e quando eu vir Sua Majestade, falarei de novo sobre a sua dívida para conosco.

— Talvez ela nos pague.

— Talvez.

— Existe algum plano para enviar a rainha da Escócia de volta ao seu país? — pergunta ela esperançosa.

— Por enquanto não — digo em tom baixo. — Mandaram seu bispo para o exílio na França, e seu espião, Ridolfi, fugiu para a Itália. O embaixador espanhol recebeu ordem de partir em desgraça, e todos os outros estão na Torre. Os escoceses não a querem: viram as relações que ela mantém e como ela foi desleal, descumprindo sua palavra e sua promessa a lorde Morton. E Cecil deve ter certeza de que a prova de Norfolk a incriminará. A única questão é: o que ele fará com a evidência que a condena?

— Ele vai levá-la a julgamento? Qual poderia ser a acusação?

— Se ele puder provar que ela incitou os espanhóis a invadirem ou tramou a morte da rainha, então ela é culpada de rebelião contra um monarca legítimo. Isso resulta na pena de morte. Eles não podem executá-la, é claro, mas podem considerá-la culpada e deixá-la na Torre para sempre.

Bess fica em silêncio, ela não consegue me olhar nos olhos.

— Lamento — diz ela, constrangida.

— A punição por levantar uma rebelião é a morte — digo com a voz firme. — Se Cecil puder provar que ela tentou assassinar Elizabeth, então ela terá de enfrentar um tribunal. Ela mereceria um tribunal, e homens menos importantes morreram por causa do que ela fez.

— Ela diz que Elizabeth nunca a matará. Diz que é intocável.

— Eu sei disso. Ela é sagrada. Mas um veredito culpado a deixará na Torre pelo resto de sua vida. E nenhuma potência na Europa a defenderá.

— O que Norfolk pode dizer de tão grave contra ela?

Encolho os ombros.

— Quem sabe o que ela lhe escreveu ou aos espanhóis, ou a seu espião, ou ao papa? Quem sabe o que ela lhes prometeu?

— E Norfolk?

— Acho que será um julgamento por traição — respondo. — Terei de ser o presidente do tribunal. É inacreditável que eu seja o juiz no julgamento de Thomas Howard! Nós praticamente crescemos juntos.

— Ele será julgado inocente — ela vaticina. — Ou a rainha o perdoará depois do veredito. Eles brigaram como primos fazem, mas ela o ama.

— Rezo para que seja assim — digo. — Pois se eu tiver de virar o machado para ele e pronunciar a sentença de morte, então será um dia sombrio para mim, e um dia ainda pior para a Inglaterra.

1571, dezembro, Chatsworth: Maria

Estou mancando dolorosamente no pátio, minhas pernas estão tão enrijecidas e doídas que mal consigo andar, quando vejo uma pedra ser lançada do lado de fora por cima do muro e cair perto dos meus pés. Há um pedaço de papel amarrado nela, e, sem considerar a dor aguda em meus joelhos, piso imediatamente sobre ela, ocultando-a com meu vestido.

Meu coração acelera-se, sinto que sorrio. Ah, então agora começa de novo, mais uma proposta, mais uma conspiração. Achei que estava ferida e derrotada demais para qualquer outra conspiração, mas agora uma caiu aos meus pés, e sinto minhas esperanças despertarem com o prospecto de mais uma chance de liberdade.

Dou uma olhada à minha volta, ninguém está me observando, exceto o pequeno pajem Anthony Babington. Rápido como um menino jogando futebol, chuto a pedra para ele, que se curva, a pega e a põe no bolso. Cambaleio mais alguns passos, cansada, como se meus joelhos tivessem piorado, e o chamo para perto.

— Empreste-me seu ombro, menino — digo. — Hoje minhas pernas estão fracas demais para andar. Ajude-me a ir para o quarto.

Tenho quase certeza de que ninguém está nos vigiando. Mas faz parte do prazer da conspiração esperar até fazermos a volta da escada e eu dizer em tom urgente: "Agora! Agora!" E ele escorrega a mãozinha para dentro do bolso de seu calção, desembrulha a pedra e me dá o papel amassado.

— Bom menino — sussurro. — Venha me ver na hora do jantar e lhe darei uma ameixa açucarada.

— Eu lhe sirvo por lealdade somente — responde ele. Seus olhos escuros brilham de entusiasmo.

— Sei que sim, e Deus o recompensará por isso. Mas gostaria de lhe dar o doce mesmo assim — digo, sorrindo para ele.

Ele abre um sorriso largo e me ajuda a ir até a porta da minha câmara, e então faz uma reverência e vai embora. Agnes Livingston me ajuda a entrar.

— Está com dor? A condessa vinha ficar com Sua Graça hoje à tarde. Devo lhe dizer para não vir?

— Não, deixe que venha, deixe que ela venha — digo. Não farei nada que os leve a desconfiar que uma nova conspiração teve início, que uma nova guerra está começando.

Abro um livro de orações e estendo o papel sobre as páginas. A porta abre e Bess entra, faz uma reverência e aceita meu convite para se sentar. De seu banco baixo, ela não pode ver a carta. Para minha diversão, ela se acomoda para bordar comigo enquanto tenho esta carta, esta nova proposta à queda da rainha e dela, aberta na minha frente.

Relanceio os olhos para a carta e ofego de horror.

— Veja isso! — Digo, de súbito, para ela. — Veja o que me lançaram hoje por cima do muro do pátio!

É um desenho que me mostra como uma sereia, uma prostituta com os seios expostos, e embaixo há um poema obsceno listando meus maridos e salientando que todos morreram, como se a minha cama fosse um ossário. Diz que o pobre Francis da França foi envenenado por mim, que Darnley foi assassinado por Bothwell, e que eu o levei para a minha cama como recompensa. Diz que Bothwell é mantido preso como um louco em uma caverna gradeada, de frente para o mar do Norte. Diz que sou a puta francesa dele.

Bess joga o papel no fogo.

— Obscenidades — diz ela simplesmente. — Não pense em nada disso. Alguém deve ter bebido demais e fez uma cançoneta e rabiscou uma imagem. Não é nada.

— Está dirigida a mim.

Ela encolhe os ombros.

— A notícia da conspiração de Ridolfi vai se espalhar por todo o reino e a senhora será culpada por ela. Sua Graça perdeu o amor que o povo lhe dedicava quando achava que a senhora era uma princesa tragicamente maltratada pelos escoceses. Agora acham que só nos trouxe problemas. Todos temem e odeiam os espanhóis. Não a perdoarão tão cedo por tê-los incitado contra nós. Até mesmo os católicos a acusam de ter instigado o papa contra Elizabeth. Eles querem viver em paz, todos nós queremos viver em paz, e a senhora a está destruindo.

— Mas isso não se trata dos espanhóis nem nada do que disse — digo. — Não menciona nada de Ridolfi ou do duque de Norfolk. Só fala em Darnley, na Escócia, em Bothwell.

— Homens em uma taberna repetem qualquer coisa obscena. Mas não lhe deve importar o que eles dizem. Vão dizer qualquer coisa, e isso não passa de escândalo.

Balanço a cabeça, como se para clarear os pensamentos, pego meu cachorrinho e o abraço, para me confortar.

— Mas por que esse escândalo? Por que agora?

— Eles comentam sobre o que ouvem — responde ela, sem se alterar. — Essa não é uma notícia perene? Um antigo escândalo?

— Mas por que falar nisso agora? — pergunto. — Por que não me acusam de incitar o papa ou convocar os espanhóis? Por que essa velha história é preferida à recente? Por que agora?

— Não sei — responde ela. — Não ouço mexericos aqui. E não sei por que surgiriam de novo agora.

Assinto com a cabeça. Acho que sei o que está acontecendo, e tenho certeza de quem está fazendo isso. Quem mais insultaria o meu nome a não ser ele?

— Bess, acha que talvez os homens enviados para espionar nas tabernas e nos mercados para a sua rainha podem falar tanto quanto escutar? Quando estão atentos a qualquer ameaça contra ela, acha que também fornecem escândalo sobre mim? Sobre todos os inimigos dela? Não acha que, ao mesmo tempo que ouvem pelos buracos das fechaduras, eles também destilam medo e veneno na mente das pessoas comuns? Não acha que me insultam, que espalham o medo de estranhos, o terror da guerra, acusações a respeito de judeus e papistas? Não acha que o país todo é leal a Elizabeth porque ela os deixa aterrorizados com qualquer outra coisa? Que ela tem agentes cuja tarefa é sair por aí propagando o terror para manter o povo leal a ela?

— Bem, sim — concorda Bess, uma filha da Inglaterra de Elizabeth, onde a verdade está à venda no mercado e o escândalo tem seu preço fixado. — Mas por que alguém contaria antigos escândalos a seu respeito? E por que agora?

— Esta é a pergunta que faço — digo simplesmente. — Por que agora? Neste momento particular, conveniente? Logo antes de Norfolk ir a julgamento? Será que ele se recusou a afirmar qualquer coisa contra mim? Será que temem que o levarão até os degraus que sobem ao cadafalso e ele não me acusará de traição? Porque ele sabe que é inocente de uma rebelião contra Elizabeth e que eu também sou inocente. Tudo o que queríamos era nos casar e eu ser libertada para voltar ao meu país. Tudo o que conspiramos foi pela minha liberdade. Mas querem enforcar Norfolk e me destruir. Não sabe que esta é a verdade?

A agulha de Bess continua acima de sua tapeçaria. Ela sabe que tenho razão e conhece o meu inimigo. Sabe como ele age e sabe como ele obtém êxito.

— Mas por que difamá-la com um antigo escândalo?

— Sou uma mulher — respondo calmamente. — Se alguém odeia uma mulher, a primeira coisa que destrói é a reputação dela. Vão me difamar como uma mulher devassa, inapta para governar, inapta para se casar. Se destruírem a minha reputação, tornarão o crime de Norfolk ainda mais grave. Fazem com que ele pareça um homem que estava disposto a se casar com uma adúltera e assassina. Fazem com que ele pareça louco de ambição, e eu, inferior a uma prostituta. Quem obedeceria a Norfolk ou serviria a mim? Nenhum escocês leal ou mesmo inglês iria me querer no trono. Pensariam que fui culpada de traição contra Elizabeth porque acreditam que sou uma prostituta e assassina.

Bess assente com um movimento relutante da cabeça.

— Para desonrar os dois — diz ela. — Mesmo que não consigam levar ambos ao tribunal.

— E quem espalharia uma coisa dessa? Quem, Bess Talbot? Quem você conhece que usa boatos e falsas acusações e calúnias terríveis para destruir a reputação de outros? Para acabar com eles de vez? Quando não pode provar que são culpados em um inquérito, mas está determinado a lhes conferir a reputação de culpa diante do mundo? Quem faria isso? Quem tem homens já a seu serviço e o poder para fazer isso?

Percebo em seu rosto abatido que ela sabe muito bem quem dirige os espiões, e que é o mesmo homem que dirige os difamadores.

— Não sei, não sei — responde ela, resolutamente. — Não sei quem faria uma coisa dessa.

Deixo para lá. Ouvi baladas piores do que a que acabamos de jogar no fogo, e também vi retratos piores. Deixo Bess se aferrar à sua negação, em vez de obrigá-la a dizer que seu amigo Cecil é um espião e um propagador de obscenidades.

— Bem, bem — digo, fazendo pouco caso. — Se não sabe, tendo vivido na corte como viveu, tendo visto quem governa e quem tem poder, então tenho certeza de que tampouco eu sei.

1572, janeiro, Cold Harbour House, Londres: George

Quando chego a Londres, depois de uma péssima viagem debaixo de um clima horroroso, e abro algumas salas de minha casa na cidade, fico sabendo que Cecil, tendo mantido as cartas terríveis da rainha dos escoceses como um segredo de Estado, por ordem de Elizabeth, durante mais de três anos, agora achou conveniente publicar essa estranha e obscena coleção de poesia, ameaça e maldade.

Depois que recusei vê-las em segredo e insisti que ou fossem apresentadas como prova na corte ou ignoradas por completo, descubro agora que esses papéis secretíssimos, que todos concordamos que eram horríveis demais para serem discutidos em um inquérito oficial, estão agora à venda em lojas como folhetos, e os pobres estão escrevendo baladas e divulgando desenhos baseados em tal obscenidade. A suposta autora desses rabiscos vis e lascivos, a rainha da Escócia, é unanimemente insultada em Londres por todos que os compraram e leram. E até mesmo as pessoas comuns em toda a Inglaterra parecem ter tomado conhecimento das cartas e agora alegam saber, com a absoluta certeza do ignorante, que ela é amante de Bothwell e assassina de Darnley, que envenenou o seu primeiro marido e foi amante do seu sogro francês, e que, além disso, tem pacto com o diabo. Estão criando baladas e histórias, e mais de uma charada sórdida. Ela, que vi pela primeira vez como uma criatura de fogo e ar, agora é notória. Ela tornou-se motivo de zombaria.

É claro que isso faz Norfolk parecer ainda mais tolo aos olhos de todo mundo. Antes de seu julgamento, todos pensamos que ele devia estar embriagado de ambição para se deixar seduzir por uma Jezebel tão óbvia. Antes de qualquer prova ser apresentada, antes mesmo de ele entrar no tribunal, todo homem honrado na Inglaterra já o condena por estupidez e luxúria.

Exceto eu. Exceto eu. Eu não o condeno. Como poderia? Ela me seduziu, como seduziu a ele. Eu a desejei, como ele a desejou. Ele, pelo menos, teve o senso de pensar que embora ela fosse uma mulher desonesta, talvez ainda chegasse a ser a rainha da Escócia e o tornaria rei. Pelo menos ele teve o antigo senso da ambição Howard. Fui muito mais tolo do que ele. Eu simplesmente quis servir a ela. Nunca nem mesmo quis uma recompensa. Não me importei com o custo. Eu só quis servir a ela.

1572, janeiro, castelo de Sheffield: Bess

Temos de aguardar que chegue de Londres o veredito sobre Thomas Howard, e não há nada que possamos fazer para acelerar essa espera. A rainha Maria está impaciente por notícias, embora tenha medo de ouvi-las. Chega até a parecer que ela está realmente apaixonada por ele. Chega a parecer que o homem que ela amava está sendo julgado.

Ela anda nas ameias e olha para o sul, onde ele está, em vez de voltar-se para o norte. Ela sabe que, neste ano, nenhum exército mais virá do norte para socorrê-la. Seu crédulo Norfolk e seu alcoviteiro Ross estão presos, seu espião fugiu, ela é uma mulher sozinha. Seu principal tramador, Ridolfi, só conspirou para conquistar a própria segurança. Seu último marido, Bothwell, nunca será libertado da prisão na Dinamarca. Tanto os lordes escoceses quanto os ingleses estão de acordo que um inimigo tão perigoso não pode ficar em liberdade. Ele não pode mais ajudá-la. Seu admirador enfeitiçado e único amigo leal, meu marido, está cuidando de um coração partido e, finalmente, se lembrando de seu dever para com sua rainha e seu país, e das promessas que me fez. Nenhum dos homens que ela enfeitiçou pode ajudá-la agora. Não há nenhum exército para salvá-la, nenhum homem que lhe tenha jurado lealdade até a morte, nenhuma rede de amigos e mentirosos se reunindo secreta e silenciosamente em uma dúzia de esconderijos. Ela foi derrotada, seus amigos estão presos, gritando na roda, ou fugiram. Ela é finalmente uma prisioneira de verdade. Ela está completamente em meu poder.

Portanto é estranho que isso me dê pouca alegria. Talvez porque ela foi tão completamente derrotada: a sua beleza está se transformando em gordura, a sua elegância está se tornando canhestra com a dor, seus olhos estão inchados de tanto chorar, sua boca em forma de botão de rosa agora parece uma permanente linha fina de sofrimento. Ela, que sempre pareceu tão mais jovem do que eu, de repente envelheceu como eu, ficou cansada como eu, triste como eu.

Formamos uma discreta aliança, recebemos na própria pele a lição de que o mundo não é fácil para as mulheres. Perdi o amor do meu marido, meu último marido. Mas ela também. Posso perder minha casa, ela perdeu seu reino. Minha fortuna talvez se refaça, e a dela também. Mas nestes dias cinzentos e frios do inverno, somos como duas viúvas desprezadas que se aproximam para se aquecer e que têm esperança de que dias melhores virão, embora duvidem que isso aconteça.

Falamos dos nossos filhos. É como se fossem a nossa única perspectiva de felicidade. Falo da minha filha Elizabeth, e a rainha diz que ela está numa idade em que poderia se casar com Charles Stuart, o irmão mais novo de seu marido Darnley. Se eles se casassem — e esse é um jogo que nos entretém enquanto costuramos —, seu filho seria herdeiro do trono da Inglaterra, logo após o filho dele, James. Rimos ao pensar na consternação da rainha se fizéssemos uma união tão ambiciosa e agourenta, e a nossa risada é como a de mulheres velhas e malvadas, conspirando algo ruim, como vingança.

Ela pergunta sobre minhas dívidas, e respondo francamente que o custo de hospedá-la levou meu marido à beira da falência, e que ele usou minhas terras e vendeu meu tesouro para salvar o dele. Que a fortuna que eu lhe trouxe com o casamento foi hipotecada, uma parte de cada vez, para saldar suas dívidas. Ela não perde seu tempo ou o meu se lamentando, mas diz que ele deve insistir para que Elizabeth pague as dívidas dela, diz que nenhum bom rei ou rainha deixa um bom súdito sem dinheiro: de que outra maneira podem governar? Digo-lhe sinceramente que Elizabeth é a soberana mais avarenta que já usou a coroa. Ela dá seu amor e afeição, dá sua lealdade, até mesmo dá honras e, às vezes (mais raramente), posições rentáveis. Mas ela nunca cede dinheiro de seu tesouro, se pode evitar.

— Mas ela vai precisar da amizade dele agora — salienta ela. — Para conseguir o veredito de culpado do duque, não? Ela deve saber que agora tem de saldar suas dívidas com ele, ele é o juiz supremo, ela vai querer que ele faça a sua vontade.

Vejo com isso que ela não o conhece, ela não compreende nada dele. Percebo que o amo por sua insensatez orgulhosa, embora o critique por ser um insensato orgulhoso.

— Ele não apresentará um veredito que dependa de ela saldar sua dívida — digo. — Ele é um Talbot, não pode ser comprado. Ele examinará as provas, avaliará a acusação e chegará à sentença justa, não importa quanto lhe paguem não importa quanto lhe custe. — Percebo o orgulho em minha própria voz. — Esse é o tipo de homem que ele é. Pensei que a esta altura a senhora já soubesse disso. Não se pode suborná-lo, não se pode comprá-lo. Ele não é um homem fácil, nem mesmo um homem sensível. Ele não compreende como o mundo age, e não é um homem muito inteligente. Pode até mesmo chamá-lo de tolo, certamente ele foi um tolo com a senhora, mas ele é sempre, sempre um homem de honra.

1572, janeiro, castelo de Sheffield: Maria

Na noite em que iniciam o julgamento, mando minhas damas irem para a cama e me sento ao lado da lareira e penso, não no duque de Norfolk, que enfrentará os juízes amanhã por minha causa, mas em Bothwell, que nunca se entregaria, que nunca teria deixado seus criados confessarem, que nunca teria escrito segredos de Estado usando um código decifrável, que nunca deixaria esses códigos serem encontrados. Um homem que — mais do que qualquer outro — nunca teria confiado em um vira-casaca como Ridolfi. Um homem que, e Deus me perdoe, nunca teria confiado na minha garantia de que Ridolfi era o homem certo para nós. Bothwell teria visto logo que o meu embaixador John Lesley cederia sob interrogatório, Bothwell teria percebido que Ridolfi iria se gabar. Bothwell teria percebido que a conspiração iria fracassar, e nunca teria se unido a ela. Bothwell — tenho vontade de rir ao pensar nisso — nunca teria mandado o resgate de uma rainha em uma bolsa indistinta levada por um vendedor de tecidos de Shrewsbury, confiando na sorte. Bothwell era um ladrão, um sequestrador, um estuprador, um assassino, um homem cruel, um homem desprezível, mas nunca uma vítima. Ninguém nunca reteve Bothwell por muito tempo, ou o enganou, ou o iludiu ou o obrigou a contrariar os próprios interesses. Isto é, não até ele me conhecer. Quando ele lutava por si mesmo, era invencível.

Penso em meu palácio em Holyrood nos primeiros dias de meu casamento com Darnley. Em algumas semanas, descobri que o belo rapaz por quem eu tinha me apaixonado era um jovem sórdido, cujos encantos não passavam de aparência. Assim que nos casamos, ele me mostrou ser o que todo mundo já sabia, que era um beberrão e sodomita com uma grande ambição de me afastar do governo e assumir para si o poder como rei consorte.

Eu atribuí minha aversão por ele ao fato de ter descoberto a espécie de homem que ele era. Mas a verdade era pior do que isso — muito pior. Lembro-me de Bothwell chegando à minha corte em Holyrood, das damas vulgares e dos homens rudes de minha corte escocesa se afastando, como sempre fizeram, para deixá-lo passar, e ele avançou sério e poderoso, cabeça e ombros acima de todo mundo. Alguém fez um ligeiro som de desagrado, outro saiu batendo a porta, e três homens recuaram e levaram a mão ao lugar em seu cinto onde estariam suas espadas; e em vez de ficar irritada com o desrespeito, simplesmente prendi a respiração ao sentir o perfume de um homem que, pelo menos, era um homem, e não metade camponês, como aqueles lordes escoceses, nem metade meninas, como meu marido fútil, mas um homem que encararia um rei nos olhos, um homem como o meu sogro, o rei da França, que sabia ser o homem mais importante da sala, independentemente de quem mais estivesse ali.

Eu o vejo e o quero. A sensação é simples e pecaminosa assim. Vejo-o e sei que ele pode manter esse trono para mim, derrotar aqueles vira-casacas bajuladores por mim, confrontar John Knox e os homens que me odeiam, derrubar todos esses lordes rivais, controlar a pensão que recebo da França, me defender da Inglaterra, e me fazer rainha aqui. Ninguém mais poderia fazer isso. Eles não temem ninguém, só a ele. E assim, não quero ninguém, só ele. Ele é o único homem que pode me manter segura, que pode me salvar desses bárbaros. Também um selvagem, ele pode governá-los. Olho para ele e sei que é o homem que me levará ao meu destino. Com ele comandarei a Escócia, com ele poderia invadir a Inglaterra.

Ele percebe isso, no momento em que me vê — tranquila e bela em meu trono? Não sou tão tola a ponto de permitir meu desejo transparecer no meu rosto. Olho para ele calmamente e faço um movimento com a cabeça e comento que minha mãe confiava nele acima de todos os outros lordes e que ele lhe serviu com honra. Será que ele percebe que, enquanto falo tão calmamente, sinto meu coração batendo forte sob meu vestido e meu corpo formiga com um suor nervoso?

Não sei, mesmo depois, ainda hoje não sei. Ele nunca me dirá, nem mesmo quando formos amantes sussurrando na noite, ele não me dirá, e quando pergunto, ele ri indolentemente e diz:

— Um homem e uma donzela...

— Não uma donzela — falo.

— Muito pior — diz ele. — Uma mulher casada, casada muitas vezes, e uma rainha.

— Então percebeu que o desejei?

— Querida, percebi que você era uma mulher, portanto fatalmente desejaria alguém.

— Mas sabia que era você?

— Bom, quem mais havia ali?

— Não vai dizer?

— Havia você, segurando-se no seu trono, desesperada por ajuda. Alguém iria raptá-la e fazê-la casar-se com ele à força. Parecia uma ave selvagem esperando a rede. Ali estava eu, ansiando por riqueza e posição e a chance de fazer alguns acertos de contas e de governar a Escócia. Não diria que nascemos um para o outro?

— Não me ama? Nunca me amou?

Ele puxa-me para os seus braços e sua boca baixa para a minha.

— De jeito nenhum. De jeito nenhum, sua putinha francesa, fêmea preciosa, minha, toda minha.

— Não — eu digo quando seu peso fica sobre mim. É o que sempre lhe digo. É a palavra que significa desejo para mim, para nós. É a palavra que significa "sim": — Não.

16 de janeiro de 1572, Westminster Hall, Londres: George

Londres é como uma cidade de luto, nunca vi nada assim desde que a jovem Elizabeth foi tirada da Torre e levada para prisão domiciliar no campo e ficamos com tanto medo de ela não voltar para casa a salvo. Agora, seu primo faz mais uma viagem terrível da Torre para a Câmara Estrelada, em Westminster Hall. Mas desta vez somos nós, protestantes e ingleses, que damos a ordem contra outro protestante e inglês. Como isso aconteceu?

É uma manhã fria, ainda escura — pelo amor de Deus, por que as pessoas ainda não estão na cama? Ou cuidando da própria vida? Por que estão aqui, percorrendo as ruas, em um silêncio infeliz, enchendo as vias de presságios? Cecil ordenou que os guardas da rainha e os homens do prefeito mantivessem a ordem, e por trás de seus ombros largos, as faces pálidas de homens e mulheres comuns espiam, tentando ver o primo da rainha passar, na esperança de gritar para ele que estão rezando para que ele se salve.

Eles não têm a chance de fazer nem isso. É claro que Cecil não confia em ninguém, nem mesmo na boa natureza melancólica da multidão inglesa. Ordenou que os guardas levassem Norfolk para Westminster Hall pelo rio na balsa real. Os remos cortam a água ao ritmo da batida do tambor, não há nenhuma bandeira no mastro. Norfolk está passando sem seu estandarte, sem seu arauto, sem seu bom nome: um estranho a si mesmo.

Esse deve ser o seu momento mais terrível, ele deve estar se sentindo mais solitário do que qualquer outro homem no mundo. Seus filhos foram proibidos de vê-lo. Cecil não lhe permitirá nenhuma visita. Ele nem sequer pôde ser aconselhado por um advogado. Está tão solitário quanto um homem já no cadafalso. Ainda mais por não ter nem mesmo um padre ao seu lado.

Nenhum de nós, nenhum dos 26 pares convocados para julgá-lo, deixa de se imaginar no lugar dele. Tantos de nós perdemos amigos ou parentes no cadafalso nesses últimos anos. Penso em Westmorland e Northumberland — os dois já me deixaram, os dois foram afastados de mim e da Inglaterra, a esposa de um está no exílio, viúva de um traidor morto, e a esposa do outro permanece escondida em suas terras, jurando que não quer saber nada de nada. Como isso pode ter acontecido na Inglaterra, na minha Inglaterra? Como podemos ter caído tão rapidamente em tamanha desconfiança e medo? Deus sabe como agora todos tememos e suspeitamos mais uns dos outros, enquanto Felipe da Espanha ameaça o nosso litoral, do que quando ele era casado com nossa antiga rainha e se sentava no nosso trono. Quando tínhamos um espanhol como nosso rei consorte, nos governando, estávamos menos assustados do que agora. Agora estamos aterrorizados com ele e a sua religião. Por que precisa ser assim? Um homem que não sabe quem são seus amigos, não sabe o que é o mundo, um homem que não conhece seus servos, seus aliados, é um homem completamente só.

Terei de julgar meu amigo e par Thomas Howard, o duque de Norfolk, e terei de ouvir coisas abjetas. Não confio em provas arrancadas na roda da tortura de prisioneiros desesperados de dor. Quando a tortura se tornou algo rotineiro nas prisões, com a cumplicidade silenciosas do juiz? Não estamos na França, onde a tortura é uma prática legal, não somos espanhóis com uma vocação para a crueldade. Tornamo-nos protestantes para que a religião pudesse ser uma questão privada, e não imposta pela fogueira. Somos ingleses, e tal selvageria é ilegal, exceto a pedido do monarca em tempos extremos. É assim na Inglaterra.

Ou de qualquer maneira, devia ser.

Ou de qualquer maneira, foi assim.

Mas como a rainha passou a ser aconselhada por homens que não rejeitam um pequeno barbarismo, percebo que todo tipo de provas é agora apresentado a mim, e esperam que eu faça vista grossa. Homens que eu considerava meus amigos por anos podem ser declarados traidores e levados ao cadafalso, seu caminho traçado pelas confissões tiradas de seus criados torturados. Essa é a nova justiça da Inglaterra, onde histórias são arrancadas de homens pela força de pilhas de pedras sobre sua barriga, e o juiz é informado previamente do veredito que deverá anunciar. Onde aniquilamos a alma de pajens para que possamos aniquilar o seu senhor.

Bem, não sei. Não sei. Não foi para isso que rezamos, quando desejamos a nossa Elizabeth. Este não é o novo mundo de paz e reconciliação que pensamos que a nova princesa criaria.

Reflito sobre tudo isso enquanto desço, morosamente, o rio em minha própria balsa, na direção do píer de Westminster, onde desembarco do barco agitado pelo rio escuro, subo os degraus úmidos, atravesso o terraço do palácio até o saguão, me sentindo mais desalentado do que nunca, agora que o grande plano de Cecil de tornar a Inglaterra segura dos papistas, dos espanhóis, da rainha dos escoceses, chega ao seu poderoso último ato. Minha fortuna destruída, em dívida com minha própria esposa, minha própria paz feita em pedaços, minha esposa me espionando, a mulher que amo desonrada por suas próprias mentiras, eu convertido em traidor de minha suserana e rainha, e arruinado pela outra rainha, que antes era amada. Ergo a cabeça e percorro o saguão como um Talbot deve caminhar, como um lorde no meio de seus pares, como meu pai teria andado, e seu pai antes dele, todos nós em uma fila comprida. E penso, meu Deus, que nenhum deles jamais deve ter se sentido como eu me sinto: tão indeciso, incrivelmente indeciso, e tão perdido.

Ocupo a cadeira mais alta, e de cada lado meu estão os outros lordes que julgarão o caso infeliz junto comigo, que Deus os perdoe por estarem aqui. Cecil escolheu um tribunal que convém perfeitamente a seus propósitos. Hastings está aqui: o inimigo inveterado da rainha dos escoceses. Wentworth, Robert Dudley e seu irmão Ambrose: todos eles amigos de Norfolk nos bons tempos, nenhum disposto a arriscar sua reputação por ele agora, nenhum que se atreveria a defender a rainha dos escoceses. Todos nós, que tramamos contra Cecil há apenas três anos, estamos reunidos, como crianças assustadas, para fazer o que ele mandar.

Cecil está presente — Burghley, como tenho de me lembrar de chamá-lo. A criação mais recente da rainha: barão Burghley, em sua toga nova e vistosa, sua gola de pele de arminho, toda branca e penugenta.

Abaixo de nós, estão os juízes da Coroa, e diante de nós todos, uma plataforma cortinada onde Howard ficará para responder às acusações. Atrás dele, cadeiras para a nobreza, e atrás dessas, o espaço para receber os milhares de integrantes da pequena nobreza e cidadãos que foram a Londres para desfrutar o espetáculo único de um primo real em julgamento aberto por traição e rebelião. A família real virando-se contra si mesma mais uma vez. Percebemos que não avançamos absolutamente nada.

Ainda está escuro e frio às 8 da manhã quando há uma certa agitação e Thomas Howard entra. Ele troca um olhar rápido comigo, e penso que esses últimos três anos não foram generosos com nenhum de nós dois. Sei que meu rosto está sulcado com rugas de preocupação pela guarda da rainha e a destruição da minha paz, e ele está abatido e cansado. Apresenta aquela terrível palidez de um homem cuja pele foi curtida pela exposição a todo tipo de clima, diariamente, e que de repente é confinado a uma prisão. O bronzeado em sua pele parece sujeira, mas a cor saudável por baixo desapareceu. É a palidez da Torre, que ele viu em seu pai, em seu avô. Ele fica em pé no estrado, e para meu choque, vejo que sua postura — sempre altiva, sempre demasiadamente orgulhosa — tornou-se curva. Ele parece um homem pressionado pela carga de uma falsa acusação.

O duque ergue o rosto quando o escrivão da Coroa lê a acusação e olha em volta, como um falcão cansado inspecionaria a gaiola, sempre alerta, sempre preparado para o perigo. Mas o radiante orgulho Howard desapareceu de seus olhos. Aprisionaram-no na sala em que seu avô foi preso acusado de traição. Ele pode ver o local em que executaram seu pai por insultos à Coroa. Os Howard sempre foram o maior perigo para eles mesmos. Thomas deve sentir como se sua estirpe fosse amaldiçoada. Penso que se sua prima, a rainha, o visse agora, poderia perdoá-lo meramente por pena. Talvez ele tenha sido mal aconselhado, agido errado, mas foi punido. Esse homem está no final de suas forças.

É pedido que ele se pronuncie, mas em vez de responder se é culpado ou inocente, ele pede ao tribunal um conselho, um advogado para ajudá-lo a responder à acusação. Não preciso olhar para Cecil para ver sua recusa. O Presidente do Tribunal de Justiça, Sir Robert Catlin, se antecipa a nós todos, de pé como um meninote, explicando que em julgamentos por alta traição não é permitido um advogado de defesa. Howard só tem de responder se foi traidor ou não. E também não há circunstâncias atenuantes. Em um julgamento por alta traição, se ele responder culpado, está dizendo que quer morrer.

Thomas Howard olha para mim, como um velho amigo que ele acredita que vá tratar do seu caso com justiça.

— Tive muito pouca orientação a como responder a uma questão dessa importância. Não tive nem 14 horas, somando dia e noite. Não estudei o procedimento. Recebi orientação insuficiente e nenhum livro, nem um exemplar da constituição, nem mesmo um breviário. Fui trazido para lutar sem nenhuma arma.

Baixo meu olhar, remexo meus papéis. É claro que não podemos levar esse homem ao cadafalso sem lhe dar tempo para preparar uma defesa, certo? Claro que vamos lhe permitir um advogado, não é?

— Estou aqui, perante os senhores, para lutar por minha vida, minhas terras e meus bens, por meus filhos e minha posteridade e, o que prezo acima de tudo, por minha honestidade — me diz ele ansiosamente. — Evito falar de minha honra. Não conheço as leis, permitam-me conhecer o que a lei autoriza, permitam que eu tenha uma orientação.

Estou prestes a ordenar que os juízes se retirem e decidam sobre o seu pedido. Éramos seus amigos, não podemos ouvi-lo pedir algo tão razoável e recusá-lo. O homem tem de ter aconselhamento. E então, uma mensagem de Cecil, no extremo da mesa, é passada até parar sob minha mão.

1. Se ele tiver um advogado, todos os detalhes das promessas que a rainha dos escoceses lhe fez serão revelados. Asseguro-lhe que as cartas que ela lhe enviou não são do tipo de que gostaria de ler em sua corte. Elas a mostram como uma prostituta vergonhosa.

2. Tudo isso ocorreu sob a sua custódia, o que deve ser questionado. Como milorde teria permitido que isso acontecesse?

3. O julgamento será prolongado, e a honra e a reputação da rainha dos escoceses será definitivamente destruída.

4. Sua Graça, a nossa rainha, será desrespeitada diante de todos, com o que esses dois dirão dela. Faremos mil traidores enquanto processamos um único.

5. Tenhamos a decência de encerrar o julgamento rapidamente e deixar que Sua Graça, a rainha, trate a sentença misericordiosamente. Ela pode perdoá-lo quando o julgamento se encerrar.

Leio a mensagem e me pronuncio.

— Deve responder à acusação — digo a Howard.

Ele olha para mim com seus olhos escuros francos. Um longo olhar, e então assente com a cabeça.

— Então devo questionar a acusação — diz ele.

Consinto, mas todos nós sabemos que não tem como se esquivar de uma acusação de traição. As novas leis de Cecil ampliaram de tal modo a definição de traição que não é possível viver hoje na Inglaterra sem ser culpado praticamente todos os dias, praticamente todas as horas. Especular sobre a saúde da rainha é traição, sugerir que ela um dia possa morrer é traição, sugerir que ela não pode ser rainha da França é certamente traição, embora não seja nada além da mais óbvia verdade: nenhum de nós jamais voltará a ver um Calais inglês. Até mesmo pensar, no mais fundo de seu coração, qualquer crítica à rainha, agora é traição. Thomas Howard é culpado de traição, como na verdade todos nós devemos ser — inclusive Cecil —, todos os dias de nossas vidas.

Eles o atormentam, como cães de caça açulam um urso cansado. Ele me lembra tanto um urso, com uma pata acorrentada a um poste, enquanto cães vigorosos investem contra ele, mordem, e recuam de novo. Eles o levam de volta ao inquérito de York, e o acusam de favorecer a rainha da Escócia. Eles a acusam de reivindicar o trono da Inglaterra e sugerem que ele se casaria com ela e se tornaria rei da Inglaterra. Dizem que ele conspirou com os lordes escoceses, com sua irmã Lady Scrope, com Westmorland e Northumberland.

Eles reveem todo o inquérito em York. Têm provas de que os lordes escoceses se encontraram com ele e propuseram o casamento. Isso não poderá ser negado, pois é verdade. Não foi segredo nenhum e todos aprovamos. Robert Dudley, agora sentado ali ao meu lado, também como juiz, a expressão impassível, teve participação também. Será julgado por traição junto com Howard? William Cecil, o principal dramaturgo e coreógrafo desse julgamento, também sabia tudo sobre isso. Eu sei porque foi a minha própria mulher que o informou, me espionando. Cecil será julgado? Minha mulher será julgada? Eu serei julgado? Mas todos nós estamos, agora, ávidos para nos esquecermos dos nossos papéis no cortejo. Observamos Howard afugentar os cachorros que o atacam e dizer que não pode se lembrar de tudo, que admite ter negligenciado seu dever para com a rainha, que não foi o súdito e primo que deveria ter sido — mas que isso não o torna culpado de traição.

Ele está tentando dizer a verdade nessa mascarada de espelhos, fantasias e caras falsas. Eu riria se não estivesse de cabeça baixa, com minhas próprias tristezas, e sofrendo até o fundo da alma por ele. Ele está tentando dizer a verdade a esta corte de espiões e mentirosos.

Estamos todos cansados e prestes a parar para jantar quando Nicholas Barham, sargento da rainha e agente de Cecil, apresenta, de súbito, uma carta de John Lesley, o bispo de Ross, à rainha da Escócia. Submete-a como prova e todos nós, obedientemente, a lemos. Nela, o bispo diz à rainha Maria que seu noivo, Norfolk, traiu a própria rainha aos lordes escoceses. Diz que todos os planos da rainha Elizabeth, todas as orientações de seus conselheiros, todas as suas opiniões mais privadas, foram relatadas por Norfolk, em todos os detalhes, aos inimigos da Inglaterra. É uma carta extremamente chocante, e uma prova, uma prova cabal, de que ele estava do lado dos escoceses contra a Inglaterra, e trabalhando para a rainha Maria. É um documento inacreditável. Sem dúvida, mostra Norfolk com um traidor convicto.

Condenadora, definitivamente condenadora. Exceto que alguém pergunta a Nicholas Barham se essa carta foi interceptada a caminho da rainha dos escoceses ou se foi encontrada em seus aposentos. Todos olham para mim, é claro, que deveria ter pego a carta. Agora o erro foi meu, pois não peguei a carta. Sacudo a cabeça e Barham relata calmamente que essa carta extraordinária foi, de alguma maneira, extraviada. Não foi enviada e eu não a interceptei. A rainha da Escócia nunca a viu. Ele diz, impassível, que uma cópia dessa carta tremendamente incriminadora estava escondida em uma sala secreta, e foi descoberta por milagre, anos depois, por James, conde de Moray, que a entregou à rainha da Inglaterra pouco antes de sua morte.

Não consigo deixar de olhar incrédulo para Cecil, não acredito que ele espere que homens, não crianças que gostam de contos de fadas, mas homens experientes, e seus companheiros lordes, aceitem essa fábula fantástica. O que ele me retorna é um sorriso inexpressivo. Sou um tolo por esperar algo mais convincente. Para Cecil não importa que nada disso faça sentido. O que importa é que a carta foi introduzida no registro, e que o registro é parte do julgamento, que servirá de prova para justificar o veredito ao mundo, e que o veredito será culpado.

— Podemos jantar agora? — pergunta ele, agradavelmente.

Levanto-me e saímos. Sou tão idiota que procuro Norfolk enquanto nós, lordes, vamos comer, e penso em pôr o braço ao redor dos seus ombros, por um instante, e sussurrar: "Tenha coragem, não há como escapar do veredito, mas o perdão virá depois."

É claro que ele não janta conosco. Eu havia esquecido. Vamos todos comer no salão, ele vai sozinho para a sua cela, vai comer sozinho em sua cela. Não pode comer conosco, foi banido da nossa companhia, e nunca mais colocarei meu braço ao redor de seus ombros.

1572, janeiro, castelo de Sheffield: Bess

Não tenho muito amor pela rainha dos escoceses, Deus sabe, mas seria preciso uma mulher de coração mais duro do que o meu para não defendê-la do nosso novo hóspede e carcereiro temporário: Ralph Sadler. Ele é um velho insensível e rabugento, completamente imune a qualquer forma de beleza, seja a geada branca nas árvores do castelo de Sheffield, seja a beleza pálida e tensa da rainha dos escoceses.

— Recebi ordens — diz ele de forma rude depois que ela se retira da mesa de jantar, incapaz de suportar por mais um instante vê-lo tomar seu mingau ruidosamente. Ela sussurra que está com dor de cabeça e sai da sala. Eu gostaria de poder escapar tão facilmente, mas sou a dona da casa e tenho de cumprir meu dever com um hóspede.

— Ordens? — pergunto polidamente e o observo levar mais uma colher cheia na direção de sua bocarra.

— É — diz ele — de defendê-la, protegê-la, impedir que escape, e se tudo o mais falhar... — Ele faz um gesto horrível com a mão, um movimento de cortar a garganta.

— O senhor a mataria?

Ele confirma com a cabeça e acrescenta:

— Ela não poder ficar em liberdade. Ela é o perigo maior que este país já enfrentou.

Penso, por um momento, na armada espanhola que dizem que Felipe está construindo neste exato instante em seus estaleiros assustadores. Penso no papa conclamando todos os da antiga fé a desobedecerem a rainha Elizabeth, autorizando-os a matarem-na. Penso nos franceses e nos escoceses.

— Como ela pode ser um perigo? — pergunto. — Uma mulher sozinha? Quando pensamos em tudo o que enfrentamos?

— Porque ela é a figura de proa — diz ele asperamente. — Porque ela é francesa, porque ela é escocesa, porque ela é católica. Porque nenhum de nós vai dormir direito enquanto ela estiver em liberdade.

— Parece um tanto rigoroso que uma mulher precise morrer porque você não consegue dormir — digo de maneira petulante.

Recebo em troca um olhar duro desse velho rude, que obviamente não está acostumado a uma mulher com opiniões.

— Soube que ela a conquistou ao seu senhor — diz ele maldosamente. — Soube que ele, em particular, ficou muito encantado.

— Nós dois somos bons servidores da rainha — respondo com firmeza. — E Sua Graça sabe disso, assim como meu bom amigo lorde Burghley. Ninguém jamais pôs em dúvida a honra de milorde. E posso ser uma boa servidora de Sua Graça e ainda assim não querer ver a rainha dos escoceses assassinada.

— Talvez a senhora consiga — diz ele. — Eu não. E com o tempo, espero que haja mais gente que pense como eu do que como a senhora.

— Ela pode morrer em uma batalha — digo. — Se, que Deus não permita, houver uma batalha. Ou ser morta por um assassino, suponho. Mas ela não pode ser executada, ela tem sangue real. Não pode ser acusada de traição, ela é uma rainha consagrada. Nenhum tribunal pode julgá-la.

— Ah, quem disse? — pergunta ele, de súbito, deixando sua colher cair e virando sua cara grande para mim.

— A lei do país — gaguejo. Ele é intimidador em seu corpanzil e seu mau humor. — A lei do país que defende tanto os grandes quanto os pequenos.

— A lei é o que dizemos ser — se gaba ele. — Como ela ainda vai descobrir, como talvez descubra algum dia. A lei será o que dissermos que ela tem de ser. Faremos as leis, e aqueles que nos ameaçarem ou nos amedrontarem verão que estão fora da proteção da lei.

— Então não há lei nenhuma — sustento. Afinal sou a esposa do Procurador Real da Inglaterra. — A lei deve defender os que estão em cima e os que estão embaixo, os inocentes, até mesmo os culpados até que se prove que são criminosos.

Sadler ri, uma risada alta, grosseira.

— Pode ser que tenha sido assim em Camelot — diz ele rudemente. — Mas hoje o mundo é outro. Usaremos as leis contra os nossos inimigos, encontraremos provas contra os nossos inimigos, e se não houver nem lei nem prova, então criaremos algumas, especialmente para eles.

— Então o senhor não é melhor do que os outros — respondo em tom baixo, mas viro-me para o criado da adega e digo em voz alta: — Mais vinho para Sir Ralph.

1572, janeiro, castelo de Sheffield: Maria

Meu noivo está lutando por sua vida em uma sala de tribunal, sendo julgado por homens tão assustados quanto ele. Meu filho está longe de mim. O único homem que poderia me salvar está longe, muito longe, também preso, e não espero voltar a vê-lo. Meu pior inimigo é o meu novo guardião, e até Bess, a amiga mais falsa que uma mulher pode ter, sente aversão por essa grosseria que estou sofrendo.

Estou começando a sentir medo. Eu não teria acreditado que Elizabeth um dia me poria sob a custódia de um homem assim. É uma desonra determinar que um homem desse seja meu guardião. Ela sabe disso, também ela já foi uma cativa. Sabe como um carcereiro rude destrói a vida de um prisioneiro. Ele não vai deixar que eu caminhe no parque, nem mesmo na neve congelada das manhãs, não vai me deixar sair a cavalo, só vai permitir que eu caminhe por no máximo dez minutos no pátio frio, e esteve falando com Bess sobre reduzir ainda mais a minha criadagem. Disse que não posso ter meus luxos vindos de Londres, não posso receber cartas de Paris. Diz que não posso ter tantos pratos no jantar, nem bons vinhos. Quer retirar o baldaquino que assinala a minha posição real. Quer que eu tenha uma cadeira comum, não um trono, e senta-se na minha presença sem ser convidado.

Eu nunca acreditaria que isso poderia acontecer comigo. Tampouco teria imaginado que Elizabeth levaria seu próprio primo, seu parente mais próximo, a julgamento por traição, especialmente por ela saber que a sua única culpa foi a ambição de se casar comigo — que, por mais que desagrade a uma mulher com a vaidade de Elizabeth, não é crime algum. Ele não lutou em nenhuma rebelião, não enviou dinheiro próprio para nenhum exército rebelde — ora, ele perdeu o ouro francês que devia ter enviado. Obedeceu à ordem de se apresentar à corte, quando seus seguidores lhe imploraram para não fazer isso. Entregou Kenninghall, sua casa suntuosa, deserdando seus próprios filhos: exatamente como ela pediu. Permaneceu obedientemente em sua casa de Londres e depois foi, como ordenado, para a Torre. Encontrou-se com Ridolfi várias vezes, é verdade. Mas eu sei, como eles devem também saber, que não armaria uma trama para assassinar Elizabeth e arruinar o país.

Eu sou culpada — meu bom Deus, sou, não nego isso a mim mesma, embora nunca vá confessá-lo a eles. Eu queria ver Elizabeth destruída e o país livre de seu governo ilegal, herege. Mas Thomas Howard nunca teria feito isso. Para ser cruelmente franca, ele não é homem para isso, não tem disposição para isso. Somente um homem que eu conheço planejaria e levaria até o fim tal projeto, e ele está em uma cela bem guardada com grades nas janelas, de frente para o mar, na Dinamarca, pensando em mim; e ele nunca mais vai arriscar a vida.

— Não tenho nenhuma perspectiva — digo melancolicamente a Mary Seton quando nos sentamos para o meu jantar privado, em minha câmara. Não vou comer com Ralph Sadler, prefiro morrer de fome.

Ao nosso redor, cerca de quarenta acompanhantes e criados sentam-se para jantar, e são trazidos vários pratos, dos quais só me sirvo um pouquinho e os mando circular pelo salão. Ainda servem mais de trinta pratos diferentes, um tributo à minha importância como rainha. Seria um insulto servirem menos.

Mary Seton não está triste como eu, seus olhos escuros estão agitados de malícia.

— Sua Graça sempre tem alternativas — sussurra em francês. — E agora tem outro Sir Galahad pronto para lhe servir.

— Sir Galahad? — pergunto.

— Não sei — diz ela. — Talvez esteja mais para Sir Lancelot. Certamente um nobre disposto a arriscar tudo por Sua Graça. Um que chegou em segredo. Alguém de quem a senhora sabe o nome. Alguém inesperado, que tem um plano para tirá-la daqui antes do fim do julgamento. Antes da vergonha de ter sua vida discutida em uma corte aberta.

— Bothwell — falo baixinho na mesma hora. Tenho uma certeza imediata de que ele fugiu da Dinamarca. Pois que prisão poderia confiná-lo? Bothwell, livre e vindo para o meu lado, me tirará daqui e me levará a cavalo para a Escócia em um instante. Bothwell vai levantar um exército na fronteira, virar o país de cabeça para baixo. Bothwell vai tomar a Escócia como se fosse uma mulher relutante e fazê-la saber quem é o seu senhor. Minha vontade é de rir alto ao pensar nele livre. Que raposa no meio de um galinheiro ele será quando estiver em seu cavalo e empunhar de novo a sua espada. Que pesadelo para os ingleses, que vingança para mim. — Bothwell.

Graças a Deus ela não me ouve. Não quero que Mary pense que o nome dele chegou a me ocorrer. Ele foi a minha desgraça. Nunca falo nele.

— Sir Henry Percy — prossegue ela. — Que Deus o abençoe. Mandou isto, me chegou pela mão do menino Babington. Sir Ralph vigia Sua Graça de tão perto que não nos atrevemos a entregá-la antes. Eu a guardaria até a hora de dormir, se fosse preciso.

Entrega-me uma mensagem. É breve e sem rodeios.

Esteja pronta à meia-noite. Ponha uma vela na janela do seu quarto a partir das dez horas, se estiver pronta a vir hoje. À meia-noite de hoje, sopre a vela e desça pela janela. Tenho cavalos e um guarda, e farei com que esteja a caminho da França imediatamente. Confie em mim. Eu daria a minha vida pela senhora.

Henry Percy

— Vai se arriscar? — me pergunta Mary. — A janela de sua câmara dá para o jardim, deve ser essa a que ele se refere. São 12 metros de altura. Não é pior do que o castelo de Bolton, e Sua Graça teria conseguido fugir se a corda não tivesse rompido com aquela garota.

— É claro que arrisco — respondo. No mesmo instante as velas queimam mais intensamente e o cheiro da comida me dá água na boca. Meus acompanhantes são amigos queridos que sentirão a minha falta quando eu me for, mas que se deleitarão com o meu triunfo. No mesmo instante me sinto novamente viva, e com esperança. Penso na consternação de Sir Ralph Sadler e na destruição de Bess quando eu fugir de sua guarda e não consigo conter o risinho quando penso na cara que farão quando eu tiver desaparecido pela manhã. Vou chegar à França e persuadir o rei e sua mãe de que devem me mandar para a Escócia com um exército grande o bastante para dominar os lordes escoceses. Eles ordenarão que Bothwell seja libertado para liderar o meu exército. Verão as vantagens nisso, caso contrário, recorrerei a Felipe da Espanha para me ajudar. Eu poderia ir até ele ou ao papa, ou a qualquer um dos vários papistas ricos que me ajudariam se eu estivesse longe daqui e livre do malvado aprisionamento imposto por minha prima.

— Ah, não! Não prometeu ao conde de Shrewsbury que não escaparia enquanto ele estivesse fora de casa? Ele pediu a sua palavra e a senhora lhe deu. — Mary fica, de repente, consternada ao se lembrar. — Não pode faltar à sua palavra com ele.

— Uma promessa sob coerção não vale nada — respondo animadamente. — Vou me libertar.

1572, janeiro, Londres: George

Quase adormeço forçando a vista à luz das velas, tentando ler as anotações que fiz durante o dia do julgamento de Norfolk. As palavras que escrevinhei se fundem e se turvam diante de meus olhos. A evidência do bispo de Ross é suficiente para destruir Norfolk, mas foi produzida por um homem tão aterrorizado que nem sequer foi capaz de inventar uma história convincente. Metade da evidência foi claramente ditada por Cecil e autenticada por homens enlouquecidos de terror e dor. A outra metade não tem o apoio de ninguém, nenhuma testemunha, nenhuma prova. Não passa de mentiras de Cecil, mentiras descaradas, desmedidas.

Sinto absoluta exaustão ao pensar que, se eu fosse um homem melhor, me levantaria e denunciaria Cecil como falso conselheiro, exigiria que os lordes se levantassem comigo, que procurássemos a rainha e insistíssemos que ela nos escutasse. Sou o homem mais importante da Inglaterra, sou o Procurador Real, é o meu dever, e uma questão de honra, defender a Inglaterra de maus conselheiros.

Mas, para a minha vergonha, eu sei que não sou esse homem. Como minha mulher logo diria, não tenho nem a inteligência nem a coragem para expor e defender um caso contra Cecil. Não tenho prestígio diante dos meus pares, não tenho a consideração da rainha. E o pior de tudo: não tenho mais orgulho de mim mesmo.

O último homem a desafiar Cecil está diante de nós acusado de traição. Se tivéssemos resistido a Cecil quando ele começou a influenciar a mente da jovem princesa, ou se tivéssemos apoiado Dudley contra ele naquele tempo, ou se tivéssemos apoiado Howard apenas alguns meses atrás... Mas nós somos como um feixe de gravetos: se permanecêssemos unidos, seríamos inquebráveis, mas Cecil nos destrói um de cada vez. Ninguém aqui se levantaria para salvar Thomas Howard. Ninguém aqui se levantaria para derrubar Cecil. Nem mesmo eu, que sei da espionagem de Cecil, e de suas mentiras, e dos homens que obedecem secretamente às suas ordens em todo o país, homens treinados na tortura, homens que assumiram o controle das leis deste país e afirmam que elas não valem, que os perigos imaginários de Cecil são mais importantes do que a lei, homens que mentem por ele e que não dão a mínima importância à verdade. Sei de tudo isso e não me atrevo a resistir a ele. Na verdade, é justamente por saber disso tudo que não me atrevo.

1572, janeiro, castelo de Sheffield: Maria

A pequena chama da vela bruxuleia à minha janela e, à meia-noite, quando me curvo para apagá-la com um sopro, hesito ao ver o sinal de resposta de uma lanterna rapidamente apagada nas sombras do jardim, onde as árvores escuras pendem sobre a grama também escura. Há uma pequena lua nova, oculta pelas nuvens, e que não lança nenhuma luz no muro de pedra abaixo de mim. Está negro como um penhasco.

Fiz isso três anos atrás no castelo de Bolton, quando eu confiava na minha sorte, quando achava que nenhum muro me confinaria, e que algum homem com certeza viria me salvar. Elizabeth não seria capaz de resistir à minha persuasão, ou minha família se levantaria a meu favor, Bothwell viria me buscar. Eu não acreditava que não me veria de novo em uma bela corte, amada, encantadora, no centro de tudo.

Agora a situação é diferente. Eu sou diferente. Os três anos de prisão me exauriram. Estou mais pesada, perdi minha força vicejante, não sou mais incansável, invencível. Quando desci o muro no castelo de Bolton, eu tinha passado uma semana fugindo de meus inimigos, estava endurecida. Aqui, nesses três anos de aprisionamento luxuoso, comi excessivamente e vivi em ócio, animada por falsas esperanças, distraída por meus próprios sonhos, e nunca estou bem.

Sou agora no fundo uma mulher diferente. Vi o norte se levantar e cair por mim, vi meus homens se balançando como ossos descarnados nas forcas armadas nas aldeias. Aceitei um homem em casamento e soube de sua prisão. E esperei e esperei por Bothwell, certa de que ele viria. Ele não vem. Ele não pode vir. Percebi que ele nunca virá a mim de novo, nem mesmo que eu ordene que ele não venha. Nem mesmo se eu mandar que lhe digam que não quero vê-lo nunca mais, mesmo que ele compreenda a proibição como um convite, ele não poderá vir.

Coragem! Baixo a cabeça e sopro a pequena chama. Não tenho nada a perder tentando, e tudo a ganhar. Assim que eu estiver livre de novo, tudo me será restaurado, minha saúde, minha beleza, minha fortuna, meu otimismo, o próprio Bothwell. Verifico se os lençóis estão bem atados ao redor da minha cintura, dou uma ponta a John, meu mordomo, sorrio para Mary Seton, e estendo-lhe minha mão para que a beije. Dessa vez, não vou esperar por ela, não levarei uma dama. Começarei a correr assim que meus pés tocarem no solo.

— Vou mandar buscá-la quando estiver na França — digo-lhe.

Seu rosto está pálido e tenso, há lágrimas em seus olhos.

— Vá com Deus — responde ela. — *Bonne chance!*

Ela abre a janela, e John enrola a corda de lençóis no pilar da cama e se prepara para suportar meu peso.

Balanço a cabeça agradecendo e vou para o peitoril, curvo a cabeça para fora, e no mesmo instante batem violentamente na minha porta e a voz grosseira de Ralph Sadler grita:

— Abram! Em nome da rainha! Abram a porta!

— Vá! — incita John. — Estou segurando-a! Pule!

Olho para baixo. Ao pé do muro, vejo um fulgor de metal. Há soldados esperando. Surgem da casa, correndo, uma dúzia de homens com tochas.

— Abram!

Encaro o olhar atônito de Mary Seton e dou de ombros. Tento sorrir, mas sinto meu lábio tremer.

— *Mon dieu* — eu digo. — Que barulho! Não será esta noite, então.

— Abram em nome da rainha, ou derrubarei a porta! — Sadler urra como um touro.

Faço um sinal com a cabeça para John.

— Acho que é melhor deixá-lo entrar — eu digo.

Estendo a mão para Mary, para que me ajude a descer do peitoril.

— Depressa, desate a corda — falo. — Não quero que ele me veja assim.

Ela se atrapalha enquanto ele bate à porta com o punho de sua espada. John abre a porta e Sadler se precipita para dentro. Atrás dele, Bess, lívida, a mão puxando a manga dele, retendo seu braço.

— Sua maldita traidora, traiçoeira miserável, desgraçada traidora! — urra ele ao se deparar com os lençóis amarrados, caídos no chão, e a janela aberta. — Ela devia arrancar sua cabeça, ela devia decapitá-la sem julgamento.

Porto-me como uma rainha e não digo nada.

— Sir Ralph... — Bess protesta. — É uma rainha.

— Eu podia, eu mesmo, matar essa desgraçada! — grita ele. — Se eu a jogasse agora pela janela, poderia dizer que a corda se rompeu e você caiu.

— Faça isso — falo bruscamente.

Ele berra em sua raiva, e Mary se põe entre nós e John se aproxima, temendo que esse animal enfurecido se lance sobre mim. Mas é Bess que o impede, apertando o punho em seu braço.

— Sir Ralph — diz ela em tom baixo. — Não pode. Todo mundo saberia. A rainha o julgaria por assassinato.

— A rainha agradeceria a Deus por mim! — grita ele.

Ela sacode a cabeça.

— Não agradeceria. Ela nunca o perdoaria. Ela não quer a prima morta, ela passou três anos tentando encontrar uma maneira de restituí-la ao trono.

— E veja só como ela agradece! Veja só o amor com que ela retribui!

— Ainda assim — diz ela, com a voz firme —, ela não quer a morte dela.

— Eu a daria a ela de presente.

— Ela não quer ter a sua morte na consciência — diz Bess, mais precisamente. — Ela não a suportaria. Ela não a deseja. Ela nunca a ordenará. A vida de uma rainha é sagrada.

Sinto-me gélida por dentro, nem mesmo me admira que Bess me defenda. Sei que ela está defendendo a própria casa e a própria reputação. Ela não quer ficar na história como a anfitriã que matou uma hóspede real. Mary Seton desliza sua mão para a minha.

— Não vai tocar nela — diz calmamente a Sir Ralph. — Terá de me matar, terá de matar todos nós antes.

— Você é abençoada pela lealdade de seus amigos — diz Sir Ralph, rudemente. — Embora seja tão desleal.

Não respondo nada.

— Uma traidora — diz ele.

Pela primeira vez, olho para ele. Percebo que ele enrubesce com o desprezo no meu olhar.

— Sou uma rainha — digo. — Não posso ser chamada de traidora. Não existe isso. Sou de sangue real, não posso ser acusada de traição, não posso ser legalmente executada. Sou intocável. E não respondo a alguém como você.

Uma veia lateja na têmpora dele, seus olhos esbugalham como os de um peixe fora da água.

— Sua Majestade é uma santa por tolerá-la em suas terras — resmunga ele.

— Sua Majestade é uma criminosa por me manter sem o meu consentimento — digo. — Saia do meu quarto.

Seus olhos se estreitam, realmente acredito que ele me mataria se pudesse. Mas não pode. Sou intocável. Bess puxa delicadamente braço dele, e eles saem juntos. Quase rio: eles saem de costas, um passo rijo depois do outro, como se deve fazer ao sair da presença de um membro da realeza. Sadler pode me odiar, mas não consegue se livrar da deferência.

A porta se fecha atrás deles. Somos deixados a sós, com a vela ainda liberando uma pequena espiral de fumaça, a janela aberta, e a corda de lençóis pendendo no espaço.

Mary puxa a corda, apaga a vela e fecha a janela. Olha para o jardim.

— Espero que Sir Henry tenha conseguido escapar — diz ela. — Que Deus o proteja.

Encolho os ombros. Se Sir Ralph sabia onde e quando aparecer, o plano todo provavelmente já estava nas mãos de Cecil, desde o momento que Sir Henry Percy alugou os cavalos. Sem dúvida ele está preso agora. Sem dúvida, estará morto daqui a uma semana.

— O que vamos fazer? — pergunta Mary. — O que vamos fazer agora?

Respiro fundo.

— Continuaremos a planejar — respondo. — É um jogo. Um jogo mortal, e Elizabeth é uma tola, pois me deixou sem outra coisa a fazer a não ser jogá-lo. Ela vai conspirar para me manter presa, e eu vou conspirar para me libertar. E veremos, no fim, qual das duas vai viver e qual vai morrer.

1572, março, Chatsworth: Bess

Recebo ordens de ir ao encontro de milorde, seu advogado e seu administrador, em sua câmara privada, uma reunião formal. O advogado e os secretários vieram de Londres, e tenho meu principal administrador para me aconselhar. Simulo ignorância, mas sei do que se trata. Tenho esperado por isso durante todas essas semanas que se seguiram ao veredito de culpado de Howard e a volta silenciosa de milorde para casa.

Milorde serviu à sua rainha tão lealmente quanto qualquer homem poderia, e mesmo depois do veredito ser o que ela queria, ele não foi recompensado. Ele pode ser o Procurador Real da Inglaterra, mas só é um grande lorde por sua reputação. Na verdade, é pobre. Não lhe resta dinheiro algum, e ele não tem nenhum campo que não esteja hipotecado. Retornou de Londres como um homem arruinado por sua própria época. Howard foi condenado à morte, e agora teremos a Inglaterra de Cecil, e milorde não pode viver em paz e prosperidade na Inglaterra de Cecil.

Segundo os termos do contrato do nosso casamento, milorde tem de me dar uma grande soma de dinheiro quando meu filho atinge a maioridade. Henry tem agora 21 anos e Charles logo completará 20, e milorde me deverá a herança deles e o dinheiro para os meus outros filhos no dia 1º de abril, assim como outras obrigações comigo. Sei que ele não pode pagar. Ele não tem a mínima chance de conseguir pagar.

Além disso, tenho emprestado a ele dinheiro para pagar a manutenção da rainha no último ano, e já sei há seis meses que ele não tem como me pagar isso tampouco. A despesa com a hospedagem e guarda da rainha da Escócia lhe custou todos os aluguéis e rendas de sua terra, e nunca há dinheiro suficiente entrando. Para acertar a dívida comigo, para cumprir o contrato de casamento, ele vai ter de vender terra ou me oferecê-la, em vez de me dar dinheiro.

Finalmente ele se deu conta do estado crítico em que se encontra quando viu que não podia oferecer a costumeira festa de Natal. Finalmente entendeu que não podia continuar a esbanjar sua fortuna com a rainha dos escoceses. Quando eu lhe disse que não restava mais nada no tesouro, nenhum crédito disponível em toda Derbyshire, ele finalmente percebeu o desastre que se vinha acumulando diariamente pelos últimos três anos, e do qual eu o havia alertado toda vez que enviávamos a conta para a rainha e não recebíamos o pagamento. Passei todos os dias dos últimos três anos pensando sobre o que deveríamos fazer em relação a essa despesa insustentável, todos os dias dos últimos três anos essa despesa me importunou como uma dor, e portanto sei o que quero. A pobreza dele lhe pareceu uma surpresa. Para mim, é uma velha inimiga.

Não fiquei inativa. Na verdade, transferi, deliberadamente, sua dívida dos agiotas para mim mesma: garantindo seus empréstimos com meus próprios fundos, sabendo que ele não poderia pagá-los. Sabendo o que quero. Sei o que vou aceitar, e sei o que vou definitivamente recusar.

Sento-me em uma cadeira de espaldar reto, as mãos no colo, atenta, quando o advogado se posiciona à minha frente e explica que o conde não é o responsável pela condição crítica de sua situação financeira. Ele teve despesas maiores do que qualquer lorde poderia suportar, em seu serviço à rainha. Baixo a cabeça como uma esposa obediente e escuto com atenção. Meu marido olha pela janela, como se não suportasse ouvir a descrição de sua insensatez.

O advogado me diz que, em vista das obrigações do conde nos termos do nosso contrato de casamento, e suas posteriores obrigações dos empréstimos que lhe fiz, ele está disposto a fazer uma proposta. Meu administrador me olha de relance. Ele tem se assustado com meus empréstimos, e percebo a sua expressão esperançosa, mas mantenho os olhos baixos.

O advogado propõe que todas as terras que eu trouxe com o casamento sejam restauradas a mim. Todas as terras que me foram dadas por meu querido marido, William St. Loe, e meu zeloso marido anterior a ele, William Cavendish, me serão devolvidas. Em troca devo perdoar a sua dívida dos empréstimos em dinheiro e devo perdoar o sustento de meus filhos, o que ele prometeu no contrato de casamento. Com efeito, o acordo que fizemos ao nos casar deve ser dissolvido. Terei o que é meu de volta e ele não será mais responsável nem por mim nem por meus filhos.

Quase grito de alívio, mas não digo nada e mantenho o rosto inexpressivo. Isso significa reaver minha herança, significa me devolver a fortuna que fiz com meus maridos anteriores, que sabiam o valor do dinheiro e o valor da terra, e os mantinham em segurança. Isso me devolve: eu mesma. Isso me torna novamente uma mulher proprietária, e uma mulher proprietária é uma mulher responsável por seu próprio destino. Vou ser dona da minha casa. Vou ser dona da minha terra. Vou administrar a minha fortuna. Serei uma mulher independente. Por fim, estarei segura de novo. Meu marido pode ser um tolo, pode ser um esbanjador, mas a sua ruína não me arrastará junto.

— É uma oferta muito generosa — diz o advogado, quando não respondo nada.

Na verdade, não. Não é uma oferta generosa. É uma oferta tentadora. Foi planejada para me tentar, mas se eu exigir o dinheiro que ele me deve, meu marido seria obrigado a vender a maior parte dessas terras para saldar sua dívida, e eu poderia comprá-las a um preço mínimo e obter lucro. Mas, imagino, não é assim que devem agir um conde e sua condessa.

— Aceito — digo simplesmente.

— Aceita?

Estavam esperando que eu regateasse. Estavam esperando grandes lamentações minhas sobre a perda de dinheiro. Estavam esperando que eu exigisse dinheiro. Todo mundo quer dinheiro, ninguém quer terra. Todo mundo na Inglaterra, menos eu.

— Aceito — repito. Consigo dar um breve sorriso para milorde, que está com a cara fechada, percebendo, finalmente, quanto sua paixonite pela rainha dos escoceses lhe custou. — Gostaria de ajudar meu marido, o conde, neste momento difícil. Tenho certeza de que, quando a rainha for enviada de volta à Escócia, ela o favorecerá com o pagamento de todas as suas dívidas. — Isso é o mesmo que passar sal em uma ferida aberta. A rainha nunca retornará à Escócia em triunfo, e todos sabemos disso.

Ele sorri fracamente diante do meu otimismo.

— Tem um documento para eu assinar? — pergunto.

— Tenho um já pronto — responde o advogado.

Ele o passa para mim. Em cima, está escrito: "Documento Comprobatório de Doação", como se o meu marido, o conde, não tivesse sido forçado a me pagar de volta o que me cabe. Não vou discutir essas ninharias, nem o valor das terras superfaturadas, nem o valor da região florestal que não foi apropriadamente mantido. Há vários itens que eu questionaria se não estivesse tão ansiosa por encerrar isso, desesperada para voltar a chamar essas terras de minhas.

— Entende que, se assinar, deverá sustentar seus próprios filhos? — O advogado me passa a pena, e tenho de me esforçar para não rir alto.

Sustentar meus filhos! Tudo o que meu marido chegou a fazer foi sustentar a rainha da Escócia. A herança de seus próprios filhos foi dissipada com os luxos dela. Graças a Deus ele não será mais responsável por mim.

— Entendo — respondo. — Serei a responsável por meu sustento e o da minha família, e nunca recorrerei ao conde para pedir ajuda.

Ele ouve um adeus nisso, e levanta a cabeça e olha para mim.

— Está errada, se me culpa — diz ele, com uma dignidade discreta.

"Tolo", penso, mas não digo. Esta é a última vez que o chamarei de tolo em meus pensamentos. Prometo isso a mim mesma, como um sinal. A partir deste dia, seja ele sábio ou tolo, não poderá custar minhas terras. Ele pode ser tolo ou não, como quiser, mas nunca mais vai me prejudicar. Tenho minhas terras de volta e as manterei seguras. Ele pode fazer o que quiser com as suas. Pode perder tudo por amor a ela, se assim quiser, mas não pode tocar nas minhas.

Mas ele tem razão em perceber a despedida na minha voz. Ele foi meu marido. Eu lhe dei o meu coração, como uma boa esposa deve fazer, e lhe confiei a herança dos meus filhos e toda a minha fortuna, como uma boa esposa deve fazer. Agora tenho o meu coração e a minha fortuna de volta, em segurança. Este é um adeus.

1º de junho de 1572, Londres: George

A atitude da rainha finalmente chegou a um ponto que nenhum de nós nunca teria imaginado. Ordenou a morte de seu primo, que será amanhã. Ela me chama ao palácio de Westminster à tarde, e aguardo com os outros homens e mulheres em sua sala de audiências. Nunca vi um humor tão sombrio na corte. Aqueles que mantinham trato secreto com a outra rainha estão com medo, e têm bom motivo para isso. Porém até mesmo aqueles com a consciência limpa estão nervosos. Tornamo-nos uma corte desconfiada, uma corte que duvida. As sombras que Cecil temeu por tanto tempo estão obscurecendo o próprio coração da Inglaterra.

A rainha Elizabeth me faz um sinal com o dedo, levanta-se de seu trono e me conduz à janela que dá para o rio, onde podemos ficar a sós.

— Não há a menor dúvida da culpa dela — me diz, de súbito.

— Dela?

— Dele, quero dizer. Da culpa dele.

Sacudo a cabeça.

— Mas ele não fez nada além de enviar o dinheiro e conhecer os planos. Ele submeteu-se à Sua Majestade. Não pegou em armas contra a senhora. Ele obedeceu.

— E depois, voltou a conspirar — diz ela.

Faço uma mesura. Olho-a de soslaio. Sob o pó branco, a pele dela está sulcada e cansada. Ela se porta como uma rainha altiva, mas pela primeira vez, alguém consegue perceber seu esforço.

— Poderia perdoá-lo? — pergunto. É um risco levantar essa questão, mas não posso deixá-lo enfrentar a morte sem uma palavra.

— Não — responde ela. — Seria o mesmo que pôr uma faca na mão de cada assassino no país. E o que o impediria de continuar a conspirar? Não podemos confiar mais nele. E só Deus sabe como ela tramará até o momento em que morrer.

Sinto-me paralisar ao ouvir a ameaça à vida dela.

— Ela não será a próxima a ser acusada, não é? Não vai permitir que Cecil a acuse, vai?

A rainha sacode a cabeça.

— Ela é uma rainha. Não está sujeita às minhas leis a menos que eu saiba que ela tenha conspirado para me matar. Não há evidência alguma de que ela tenha tramado a minha morte. Nenhuma outra acusação se sustenta contra ela.

— Se ela pudesse ser libertada...

— Ela nunca será libertada — diz ela abruptamente. — A conspiração com Ridolfi lhe custou isso, pelo menos. Os escoceses não a querem de volta, nem que eu lhes implore, e não posso libertá-la para qualquer um. Ela demonstrou ser minha inimiga. Eu a manterei presa para sempre.

— Na Torre?

A expressão que ela me lança é dura como a de um basilisco.

— Eu a deixarei sob sua guarda pelo resto da vida dela — responde. — Será o seu castigo, e o dela também.

Saio cambaleante de sua sala antes que ela me amaldiçoe ainda mais e vou para a minha casa em Londres. Não consigo dormir. Levanto-me e caminho pelas ruas silenciosas. Não há ninguém, a não ser prostitutas e espiões, e nenhum deles me perturba nessa noite.

Sigo o caminho para a Torre. Os muros espessos são negros contra a placidez prateada do rio, e então vejo a balsa real descendo rapidamente a correnteza, com o estandarte real agitando-se discretamente. A rainha também está inquieta naquela noite.

A balsa segue silenciosamente para a comporta, por onde ela própria um dia passou como traidora e gritou na chuva que não entraria. Caminho para o pequeno portão gradeado, um porteiro me reconhece e me deixa entrar. Como um fantasma, fico à sombra dos grandes muros e vejo a rainha entrar silenciosamente na Torre. Ela veio ver o duque, seu primo, seu parente mais próximo, na véspera de sua morte. Não há nenhuma dúvida na minha mente de que ela vai perdoá-lo. Ninguém que tenha visto seu orgulho humilhado e seu belo rosto sulcado de sofrimento pode mandar Thomas Howard para a morte. Mas, bem na porta de sua câmara, ela se esquiva. Ela não suporta vê-lo, mas decide passar a noite sob o mesmo teto: ele, em sua cela, e ela, na câmara real. Ele nunca vai saber que ela estava ali, partilhando a sua agonia. Ela sabe que ele deve estar acordado: rezando e se preparando para a morte ao amanhecer, escrevendo a seus filhos, pedindo que cuidem uns dos outros. Ele não faz ideia de que ela esteja tão perto enquanto se prepara para a morte ordenada pela rainha. Mas ela está ali ao lado, insone como ele, esperando o amanhecer pelas janelas do mesmo edifício, ouvindo a chuva leve respingar no mesmo telhado. Só Deus sabe o que se passa na mente dela; deve estar sofrendo uma indecisão agoniante para empreender tal vigília com ele.

Ela sabe que ele tem de morrer. Todos os seus conselheiros dizem que ela deve endurecer o coração e mandar executá-lo. Ele pode ser seu querido primo, mas é um rebelde confesso e reconhecido. Vivo, ele se tornaria um modelo para todo traidor, todos os dias, pelo resto do reinado dela. Perdoado, ele faria todo espião esperar o perdão, e como Cecil governaria pelo terror se soubéssemos que temos uma rainha misericordiosa? A Inglaterra de Cecil está obscurecida pela apreensão. Ele não pode ter uma rainha que se mostre generosa. Howard é um desafio ao governo do terror, queira ele ou não. Ele tem de morrer.

Mas é seu primo, que ela amou desde a infância. Todos nós o conhecemos e o amamos. Todos nós temos uma história sobre o seu temperamento ou sua inteligência, sobre o seu orgulho absurdo e seu bom gosto extraordinário. Todos apreciamos sua hospitalidade pródiga, todos admiramos suas grandes terras, a fidelidade de seus criados, a devoção que ele demonstrou às suas esposas. Esse é um homem que tenho orgulho de chamar de meu amigo. Todos temos afeição por seus filhos, que amanhã ficarão órfãos, mais uma geração Howard triste. Todos queremos que esse homem viva. E ainda assim, amanhã me posicionarei diante de seu cadafalso e assistirei à sua execução, e depois descerei o rio e direi à sua prima, a rainha, que ele está morto.

Estou pensando nisso tudo enquanto caminho na via ao redor da Torre Branca, e então paro ao avistar duas mulheres vindo na direção contrária. Na luz bruxuleante da tocha, vejo a rainha, andando com uma dama de honra atrás e um guarda atrás das duas, a tocha soltando fumaça no vento frio que vem do rio.

— Você aqui, também? — diz ela em tom baixo. Tiro o chapéu e me ajoelho nas pedras molhadas. — Também insone, velhinho? — diz ela com a sombra de um sorriso.

— Insone e triste — respondo.

— Eu também — diz ela com um suspiro. — Mas se eu perdoá-lo, estarei assinando a minha própria morte.

Levanto-me.

— Ande comigo — diz ela, e põe a mão no meu braço. Seguimos juntos, devagar, a pedra branca da Torre do nosso lado refulgindo ao luar. Juntos subimos os degraus para o gramado da Torre Verde, onde o cadafalso foi recém-construído e cheira a madeira nova, como um palco esperando os atores.

— Queira Deus que isso pare por aqui — diz ela, olhando para o cadafalso onde a sua própria mãe colocou a cabeça. — Se conseguir fazê-la parar de conspirar, Shrewsbury, este será o último homem que morrerá por ela.

Não posso prometer. A outra rainha irá para o túmulo exigindo a sua liberdade, afirmando a santidade de sua pessoa. Eu agora sei disso, eu a conheço bem, é uma mulher que eu amei e observei durante anos.

— Sua Graça nunca a executaria, certo? — digo, bem baixo.

O rosto branco que Elizabeth vira para mim é o de uma górgone em sua beleza fria e ameaçadora, um anjo perigoso. A tocha que está atrás dela lhe confere um halo dourado, como o de uma santa, mas o bruxulear da fumaça cheira a enxofre. A visão dela, uma rainha triunfante, circundada de fogo, estranha e silenciosa, me enche de um terror mudo, como se ela fosse uma espécie de portento, um cometa ardente, profetizando morte.

— Ela diz que a sua pessoa é sagrada, mas não é sagrada — responde ela calmamente. — Não mais. Ela é a prostituta de Bothwell e minha prisioneira, ela não é mais uma rainha santificada. O povo comum a chama de prostituta, ela destruiu a sua própria magia. Ela é minha prima, mas, veja, hoje à noite ela me ensinou a matar um parente. Ela me obrigou a colocar a minha própria família no tronco. Ela é uma mulher e uma rainha, como eu, e ela própria me mostrou que uma mulher e uma rainha não está imune a assassinos. Ela mesma me mostrou como colocar uma faca na garganta de uma rainha. Rezo para que não precise executá-la. Rezo para que isso pare aqui, com meu primo, com meu primo querido. Rezo para que a sua morte seja o bastante para ela. Pois se cheguei a ser aconselhada a matá-la, foi ela mesma quem me mostrou o caminho.

Ela me dispensa com um pequeno gesto de sua mão, e faço uma reverência e a deixo com sua dama de honra e o guarda com sua tocha. Vou da escuridão da Torre para as ruas ainda mais escuras, e volto para casa andando. Durante todo o caminho, ouço, atrás de mim, os passos discretos de um espião. Agora sou vigiado o tempo todo. Deito-me na minha cama, completamente vestido, sem esperar adormecer, e então cochilo e tenho o pior pesadelo que já tive em toda a minha vida. É uma confusão de pensamentos terríveis, todos embaralhados, uma agitação perniciosa do próprio diabo, mas um sonho tão real que parece uma Visão, um presságio do que está por vir. Quase chego a acreditar que fui enfeitiçado. Quase chego a acreditar que fui amaldiçoado com a presciência.

Estou em pé diante do cadafalso com os pares do reino, mas não é Norfolk que trazem de uma sala interna, e sim a outra prima traidora da rainha: minha Maria, minha querida Maria, a rainha da Escócia. Ela está usando seu vestido de veludo preto, e seu rosto está pálido. Ela usa um véu branco comprido preso ao cabelo, traz um crucifixo de marfim seguro na mão e usa um rosário ao redor de sua cintura fina. Ela está de preto e branco, como uma freira em seu hábito. Está bela como no primeiro dia em que a vi, circundada de fogo, acuada, nos muros do castelo de Bolton.

Enquanto olho, ela tira o vestido de cima e o dá para a sua dama. Há um burburinho no salão cheio de gente, pois o vestido por baixo é de seda escarlate, da cor do hábito de um cardeal. Eu sorriria se não estivesse mordendo os lábios para evitar que tremam. Ela escolheu um vestido que representa um tapa na cara da plateia protestante, dizendo-lhes que ela continua a ser de fato uma mulher escarlate. Mas o mundo maior, o mundo papista, interpretará a escolha da cor de maneira diferente. Escarlate é a cor do martírio, ela irá para o cadafalso vestida de santa. Está proclamando a si mesma uma santa que morrerá por sua fé, e nós, que a julgamos e estamos ali para vê-la morrer, somos os inimigos do paraíso. Estamos fazendo a obra de Satã.

Seu olhar atravessa o salão e me alcança, e percebo um instante de reconhecimento. Seus olhos se enternecem ao me ver, e sei que o meu amor por ela — que neguei durante anos — pode ser visto estampado na minha cara. Ela é a única a saber o que realmente me custa estar ali, ser seu juiz, ser seu algoz. Começo a erguer a mão, mas me detenho. Estou ali para representar a rainha da Inglaterra, sou o Procurador Real da rainha Elizabeth, não o amante de Maria. O tempo em que eu poderia estender a mão para a rainha que eu amo já passou há muito. Não devia nem mesmo ter sonhado que poderia estender a mão para ela.

Seus lábios se separam, acho que ela está prestes a falar comigo, e mesmo contra a vontade me inclino à frente para ouvir. Inclusive dou um passo à frente, o que me tira da fila de pares. O conde de Kent está ao meu lado, mas não posso ficar com ele se ela quer me dizer alguma coisa. Se essa rainha chamar meu nome como o pronuncia, como só ela diz "Chowsbewwy!", então terei de ir para o seu lado, independentemente do que me custar. Se ela estender o braço para mim, eu segurarei a sua mão. Se for sua vontade, eu segurarei sua mão mesmo quando ela apoiar a cabeça no tronco. Não posso recusar-lhe nada agora. Não lhe recusarei nada agora. Passei a minha vida servindo a uma rainha e amando a outra. Parti meu coração entre as duas, mas agora, neste momento, no momento de sua morte, sou seu homem. Se a rainha Maria me quiser ao seu lado, eu estarei. Eu sou seu. Eu sou seu. Eu sou seu.

Então ela vira a cabeça e percebo que não pode falar comigo. Não consigo escutá-la. Eu a perdi para o céu, eu a perdi para a história. Ela é uma rainha, completamente; não vai estragar esse seu maior momento com qualquer indício de escândalo. Ela está desempenhando o seu papel ali, em sua decapitação, como desempenhou seu papel nas suas duas coroações. Ela tem gestos a fazer e palavras a dizer. E nunca mais falará comigo.

Eu devia ter pensado nisso quando fui à sua câmara dizer que a sua sentença tinha chegado, que ela ia morrer no dia seguinte. Não percebi isso. Portanto não me despedi dela naquela ocasião. Agora perdi minha chance. Perdi-a para sempre. Não posso me despedir dela. Somente em um sussurro.

Ela vira a cabeça e fala alguma coisa ao deão. Ele começa as preces em inglês e vejo aquele característico encolher de ombros irritado dela e a virada de cabeça petulante que significa que não foi como ela quis, que algo lhe foi recusado. Sua impaciência, sua obstinação, mesmo ali, no cadafalso, deliciamme. Mesmo à porta da morte, ela fica irritada por não fazerem como ela quer. Exige que sua vontade seja cumprida com uma rainha, e só Deus sabe como senti alegria em servir a ela, em servir-lhe por anos — muitos, muitos anos, por 16 anos ela foi minha prisioneira e minha amada.

Ela vira-se para o tronco e se ajoelha. Sua dama dá um passo à frente e venda seus olhos com um lenço branco. Sinto uma dor aguda na palma das minhas mãos e percebo que fechei os punhos com força e fiz minhas unhas penetrarem na minha pele. Não suporto isso. Devo ter visto uma dúzia de execuções, mas nunca a de uma rainha, nunca a da mulher que eu amo. Nunca. Ouço um gemido grave como o de um animal com dor e percebo que é a minha voz. Trinco os dentes e não digo nada, enquanto ela termina sua oração e abaixa a cabeça delicadamente e põe a alva maçã do seu rosto sobre o tronco.

O carrasco levanta o machado e nesse momento... acordo. As lágrimas correm por meu rosto. Chorei em meu sono. Chorei feito uma criança por ela. Toco no meu travesseiro e ele está molhado de lágrimas, e sinto vergonha. Sinto-me impotente diante da realidade da execução de Howard e pelos meus temores pela rainha dos escoceses. Devo estar muito cansado e muito oprimido pelo que vamos fazer hoje, e por isso chorei como uma criança durante o sono.

Sacudo a cabeça e vou até a janela. Isso não é bom. Não sou um homem fantasioso, mas não consigo tirar o sonho da cabeça. Não foi um sonho, foi uma visão. Os detalhes estavam tão claros, minha dor foi tão forte. Não foi simplesmente um sonho, foi como será, eu sei. Para mim, para ela.

Amanhece. É o dia da morte de Howard. Depois dessa noite terrível, chegou o dia terrível. Hoje vamos decapitar o duque de Norfolk, e hoje tenho de ser homem, a serviço de uma rainha que não pode fazer outra coisa se não matar um parente. Que Deus me proteja desses sonhos. Que Deus salve a rainha da Escócia desse fim trágico. Que Deus salve minha amada, minha querida, desse fim trágico. E que Deus me poupe de testemunhá-lo.

8 de fevereiro de 1587 e depois, Hardwick Hall: Bess

Deus salve os dois, hoje, e todos os dias.

Não tenho nenhum motivo para gostar de nenhum dos dois e nenhum motivo para perdoá-los tampouco, mas descubro que os perdoo, nesse dia da morte dela e da tristeza final dele.

Ela foi inimiga da minha rainha, do meu país, da minha fé, e de mim, certamente de mim. E ele foi um tolo por causa dela, sacrificou sua fortuna por ela e, no fim, como quase todos nós achamos, sacrificou também sua reputação e sua autoridade por ela. Ela o arruinou, assim como arruinou muitos outros. E ainda assim perdoo os dois. Foram o que nasceram para ser. Ela foi uma rainha, a maior rainha que esta época conheceu, e ele percebeu isso nela, cavaleiro errante que ele era, e a amou por isso.

Bem, hoje ela pagou por tudo. O dia que ele temeu tanto, que ela jurou que não chegaria, acabou sendo uma manhã fria de inverno, quando ela desceu a escada em Fotherirghay para encontrar uma plataforma construída no salão e os eminentes homens da Inglaterra, entre eles o meu marido, para assistirem à sua morte.

A trama final que não pôde ser perdoada, que nunca poderia ser ignorada, que ela não pôde atribuir a outros, foi um plano para assassinar a rainha Elizabeth e assumir o seu trono. A rainha dos escoceses, fatalmente, assinou seu nome nele. Anthony Babington, agora um jovem, que tinha sido o pequeno Babington, meu querido pajem, foi o principal maquinador desse plano traidor e pagou com a própria vida, pobre rapaz. Queria nunca tê-lo colocado no caminho dela, pois ela dominou o seu coração quando ele ainda era uma criança, e ela foi a sua morte, assim como foi para tantos outros.

Depois das milhares de cartas que ela havia escrito, depois de todas as conspirações que tramou, apesar de seu treinamento e de ter sido advertida tantas vezes, finalmente ela foi descuidada, ou então caiu em uma armadilha. Ela assinou o próprio nome no plano para assassinar a rainha Elizabeth, e essa foi a ordem oficial para a sua execução.

Ou o forjaram.

Quem pode saber?

Entre uma prisioneira tão determinada a conseguir a liberdade como ela, e carcereiros tão inescrupulosos quanto Cecil e Walsingham, quem um dia vai saber a verdade?

Mas de certa maneira, apesar de todos eles, a rainha dos escoceses venceu a batalha. Ela sempre disse que não era uma figura trágica, que não era uma rainha de contos de fada, mas no fim percebeu que a única maneira de derrotar Elizabeth — completa e definitivamente — era sendo a heroína que Elizabeth não podia ser: uma heroína trágica, a rainha do sofrimento, sua vida ceifada no auge de sua beleza e juventude. Elizabeth pode se chamar de Rainha Virgem e pretender grande beleza, cercada de admiradores, mas é Maria I da Escócia quem será lembrada por todos como a bela mártir deste reinado, cujos amantes se entregaram à morte por ela. A morte dela é um crime de Elizabeth. A sua traição é a única grande vergonha de Elizabeth. E assim ela ganhou a Coroa. Ela perdeu em sua constante rivalidade pelo trono da Inglaterra, mas vencerá quando as histórias forem escritas. Os historiadores, a maioria homens, se apaixonarão por ela, e criarão justificativas para ela, tudo outra vez.

Disseram-me que meu marido assistiu à execução com o rosto coberto de lágrimas, emudecido pelo sofrimento. Acredito. Sei que ele a amou com uma paixão que lhe custou tudo. Ele era um homem prosaico demais para ser dominado pelo amor — e ainda assim se apaixonou. Eu estava lá e vi acontecer. Acho que nenhum homem conseguiria resistir a ela. Ela era uma rainha de marés, uma força da lua, irresistível. Ele se apaixonou por ela, que destruiu a sua fortuna, o seu orgulho e o seu coração.

E ela? Quem pode saber? Pergunte a qualquer um que amou uma bela princesa. Nunca se sabe o que ela pode estar pensando. A natureza de uma princesa é enigmática, contraditória, exatamente como o mar. Mas a minha opinião franca é a de que ela nunca amou absolutamente ninguém.

E eu? Salvei a mim mesma da tormenta que era Maria I da Escócia, e me vejo como um trabalhador do campo que fecha suas janelas e tranca sua porta, e espera a tempestade passar. George e eu nos separamos, ele ficou com suas casas e eu com as minhas. Ele guardou a rainha e tentou mantê-la segura, e tentou ocultar o seu amor por ela, e tentou arcar com suas contas. E eu fiz uma vida para mim e para meus filhos, e graças a Deus eu estava longe dos dois, e do último grande caso de amor de Maria I da Escócia.

Os anos se passaram, mas o meu amor por terra e casas permaneceu constante. Perdi Chatsworth para o meu marido, o conde, quando brigamos e ele se voltou contra mim. Mas construí uma nova casa, uma casa fabulosa em Hardwick, perto de onde passei minha infância, com as maiores janelas do norte da Inglaterra, as vidraças mais fenomenais que já se viu, em grandes molduras de pedra, dando vista para toda parte. As crianças até criaram uma cantiga sobre elas: *Hardwick Hall, mais vidro do que parede*, cantam. Construí, aqui, uma lenda.

Mandei gravar minhas iniciais em cada lado da casa, em pedra. *ES*, diz, nas pedras na borda do alto telhado, esculpidas contra o céu, de modo que do solo, olhando para cima, possam ser vistas minhas iniciais gravadas nas nuvens. O ornato vocifera *ES* para o campo, até onde a vista alcança, pois a minha casa foi construída em uma colina. Os telhados mais altos de minha casa gritam: *ES*.

Elizabeth Shrewsbury minha casa declama para Derbyshire, para a Inglaterra, para o mundo. *Elizabeth Shrewsbury* construiu esta casa com a sua própria fortuna, com a sua própria habilidade e determinação, construiu esta casa dos sólidos alicerces na rocha de Derbyshire até as iniciais no telhado. Elizabeth Shrewsbury construiu esta casa para declarar seu nome e seu título, sua riqueza e seu domínio sobre essa paisagem. Não se pode olhar para a minha casa e não reconhecer o meu orgulho. Não se pode olhar para a minha casa e não saber da minha riqueza. Não se pode olhar para a minha casa e não saber que sou uma mulher que se fez por si mesma, e que é feliz por isso.

Assegurei a fortuna dos meus filhos, fiz o que me propus a fazer por eles. Fundei dinastias: meus filhos têm os títulos dos condes de Shrewsbury, Devonshire e Lennox. Meu filho William é o primeiro duque de Devonshire, minha filha Mary será a condessa de Shrewsbury. E minha neta Arbella é uma Stuart, como planejei com a rainha Maria. O plano de brincadeira que sonhamos quando costurávamos, eu tornei real, eu o fiz acontecer. Contra todas as probabilidades, contra a vontade da rainha Elizabeth, desafiando a lei, casei minha filha com Charles Stuart, e sua filha, a minha neta, é herdeira do trono da Inglaterra. Se a sorte lhe servir — a minha sorte, e com isso quero dizer a minha extrema determinação —, ela será rainha, um dia. E que mulher na Inglaterra a não ser eu teria sonhado com isso?

Digo a mim mesma: nada mau, nada mau mesmo. Nada mau para a filha de uma viúva sem nada. Nada mau para uma garota de Hardwick, que nasceu endividada e teve de conquistar tudo o que possui. Eu fiz a mim mesma, uma nova mulher para este novo mundo, algo que nunca aconteceu antes: uma mulher de recursos independentes e mente independente. Quem pode saber o que mulheres desse tipo farão no futuro? Quem sabe o que as minhas filhas realizarão, o que minhas netas podem fazer? O mundo de Elizabeth está cheio de aventureiros: tanto aqueles que viajam para terras distantes quanto aqueles que permanecem no país. À minha própria maneira, sou uma deles. Sou um novo tipo de ser, uma nova descoberta: uma mulher que comanda a si mesma, que não deve sua fortuna a nenhum homem, que faz seu próprio caminho no mundo, que assina seus próprios documentos, que recolhe seus próprios aluguéis e que sabe o que é ser uma mulher de orgulho. Uma mulher cuja virtude não é a modéstia, uma mulher que se atreve a se vangloriar. Uma mulher que fica feliz em contabilizar a sua fortuna, e satisfeita por fazê-lo bem. Sou uma mulher que fez a si mesma, e tenho orgulho disso.

E ninguém no mundo jamais me chamará de Sra. Tolo.

Bibliografia

Baldwin Smyth, Lacey, *Treason in Tudor England: Politics & Paranoia*, Pimlico, 2006

Bindoff, S. T., *Pelican History of England: Tudor England*, Penguin, 199

Brigden, Susan, *New Worlds, Lost Worlds: The Rule of the Tudors 1485—1603*, Penguin, 2001

Cheetham, J. Keith, *Mary Queen of Scots: The Captive Years*, J. W. Northend, 1982

Childs, Jessie, *Henry VIII's Last Victim*, Jonathan Cape, 2006

Cressy, David, *Birth, Marriage and Death: Ritual Religions and the Life-cycle in Tudor and Stuart England*, OUP, 1977

Darby, H. C., *A New Historical Geography of England before 1600*, CUP, 1976

De Lisle, Leanda, *After Elizabeth*, HarperCollins, 2004

Dixon, William Hepworth, *History of Two Queens*, vol. 2, London, 1873

Drummond, Humphrey, *The Queen's Man: Mary Queen of Scots and the Fourth Earl of Bothwell — Lovers or Villains?*, Leslie Frewin Publishers Ltd, 1975

Dunlop, Ian, *Palaces & Progresses of Elizabeth I*, Jonathan Cape, 1962

Dunn, Jane, *Elizabeth and Mary: Cousins, Rivals, Queens*, HarperCollins 2003

Durrant, David N., *Bess of Hardwick: Portrait of an Elizabethan Dynast*, Peter Owen Books, 1999

Edwards, Francis, *The Marvellous Chance: Thomas Howard and the Ridolphi Plot*, Rupert Hart-Davis, 1968

Eisenberg, Elizabeth, *This Costly Countess: Bess of Hardwick*, The Derbyshire Heritage Series, 1999

Elton, G. R., *England under the Tudors*, Methuen, 1955

Fellows, Nicholas, *Disorder and Rebellion in Tudor England*, Hodder & Stoughton, 2001

Fletcher, Anthony and MacCulloch, Diarmaid, *Tudor Rebellions*, Longman, 1968
Guy, John, *Tudor England*, OUP, 1988
Haynes, Alan, *Invisible Power: The Elizabethan Secret Services 1570—1603*, Sutton, 1994
Haynes, Alan, *Sex in Elizabethan England*, Sutton, 1997
Hogge, Alice, *God's Secret Agents*, Harper Perennial, 2006
Hubbard, Kate, *A Material Girl: Bess of Hardwick 1527—1608*, Short Books Ltd, 2001
Hutchinson, Robert, *Elizabeth's Spy Master: Francis Walsingham and the Secret War that Saved England*, Weidenfeld Nicolson, 2006
Kesselring, K. J., *Mercy and Authority in the Tudor State*, CUP 2003
Loades, David, *The Tudor Court*, Batsford, 1986
Lovell, Mary S., *Bess of Hardwick: Empire Builder*, W. W. Norton & Company Ltd, 2005
Mackie, J. D., *Oxford History of England, The Earlier Tudors*, OUP, 1952
Masters, Brian, *The Dukes*, Blond & Briggs, London, 1975
Perry, Maria, *Sisters to the King: The Tumultuous Lives of Henry VIII's Sisters — Margaret of Scotland and Mary of France*, André Deutsch Ltd, 1998
Plowden, Alison, *The House of Tudor*, Weidenfeld & Nicolson, 1976
Plowden, Alison, *Tudor Women, Queens and Commoners*, Sutton, 1998
Plowden, Alison, *Two Queens in One Isle*, Sutton, 1999
Randall, Keith, *Henry VIII and the Reformation in England*, Hodder, 1993
Robinson, John Martin, *The Dukes of Norfolk*, OUP, 1982
Routh, C.R.N., *Who's Who in Tudor England*, Shepheard-Walwyn, 1990
Somerset, Anne, *Elizabeth I*, Phoenix Giant, 1997
Starkey, David, *Elizabeth*, Vintage, 2001
Thomas, Paul, *Authority and Disorder in Tudor Times 1485—1603*, CUP, 1999
Tillyard, E. M. W., *The Elizabethan World Picture*, Pimlico, 1943
Turner, Robert, *Elizabethan Magic*, Element, 1989
Warnicke, Retha M., *Mary Queen of Scots*, Routledge, 2006
Watkins, Susan, *Mary Queen of Scots*, Thames and Hudson, 2001
Weatherford, John W., *Crime and Punishment in the England of Shakespeare and Milton*, McFarland, 2001
Weir, Alison, *Britain's Royal Families: The Complete Genealogy*, Pimlico, 2002
Weir, Alison, *Elizabeth the Queen*, Pimlico, 1999
Weir, Alison, *Mary, Queen of Scots and the Murder of Lord Darnley*, Pimlico, 2004
Williams, Neville, *A Tudor Tragedy: Thomas Howard, Fourth Duke of Norfolk*, Barrie and Jenkins, 1964
Youings, Joyce, *Sixteenth-Century England*, Penguin, 1991

Nota do Autor

Maria I da Escócia, é uma das grandes personagens icônicas da história e a pesquisa para este livro foi uma revelação para mim, como espero que seja para o leitor. Obras recentes sobre a rainha propõem um retrato seu muito diferente da mulher romântica e leviana da versão tradicional. Acredito que ela tenha sido uma mulher de coragem e determinação que poderia ter sido uma rainha competente mesmo em um país tão indisciplinado quanto a Escócia. A principal diferença entre ela e sua prima bem-sucedida, Elizabeth, foram bons conselheiros e boa sorte, e não — como a história tradicional sugere — que uma mulher governou com a cabeça e a outra era dominada pelo coração.

É claro que uma personagem que vive tanto tempo em circunstâncias tão dramaticamente contrastantes, como foi o caso da rainha Maria, será interpretada de maneiras diferentes por escritores diferentes, como ela sugere em minha versão: "Uma rainha trágica com uma bela infância na França e, depois, uma viuvez solitária na Escócia. Um compositor de baladas me descreveria casada com o belo fracote Darnley, mas desejosa que um homem forte viesse me salvar. Um trovador me descreveria como condenada desde o momento em que nasci, uma bela princesa nascida sob uma estrela sombria. Não importa. As pessoas sempre inventam histórias sobre princesas. Isso nos vem junto com a coroa. Temos de carregá-la da melhor maneira possível. Se uma garota é bela além de ser princesa, como fui durante toda a minha vida, então terá aliados piores do que inimigos. Durante quase toda a minha vida, fui adorada por tolos e odiada por pessoas de bom-senso, e todos inventam histórias a meu respeito, nas quais ou sou santa ou sou prostituta."

A minha versão da história da rainha Maria enfoca seus anos de cativeiro, quando ela ficou aos cuidados de uma das mulheres mais fascinantes da era elisabetana: Bess de Hardwick. Curiosamente, Bess é outra mulher que a história popular definiu de acordo com os maridos que ela teve. A nova biografia escrita por Mary S. Lovell apresenta uma Bess assentando a fundação de sua fortuna não tanto como uma caçadora de ouro, mas sim como uma mulher de negócios e empreendedora com tino para bons investimentos e administração. Seu último marido, George Talbot, o conde de Shrewsbury, não é um homem que aparece muito nos livros de história, mas há uma forte evidência que sugere que ele se apaixonou por Maria I da Escócia, com quem viveu como seu anfitrião e carcereiro por 16 anos, e a cuja morte de fato ele assistiu com lágrimas correndo por seu rosto.

A história dessas personagens é uma tragédia bem no centro de uma época dramática. Suas esperanças e decepções mútuas têm como cenário a grande insurreição do norte que visava libertar Maria I da Escócia, restituí-la a seu trono escocês, garantir a sua herança do trono da Inglaterra e prover liberdade de religião para os católicos. Se tivessem triunfado — como parecia certo que aconteceria —, a Inglaterra elisabetana teria sido um lugar diferente.

A rebelião do norte tem sido descrita como o maior desafio do reinado de Elizabeth, e ainda assim, quase não é relatada nos livros de história e torna-se insignificante em comparação à descrição instigante da armada menos ameaçadora. Na verdade, o exército do norte reuniu uma força com poder suficiente para tomar o reino, muito maior do que a de Henrique VII, em Bosworth, e a sua derrota foi, como relato aqui, antes um fracasso de convicção do que de força militar.

A derrota do exército do norte provou ser o golpe final no declínio do norte, que sempre foi temido e odiado pelos Tudor, e que conserva as cicatrizes até hoje.

Estou em dívida, como sempre, com os excelentes historiadores cujas obras estão listadas na bibliografia, e o romance se baseia pesadamente em registros históricos. Mas também, como sempre, quando havia questões ainda controversas, decidi de acordo com a minha própria opinião sobre a evidência, e quando há uma lacuna nos registros históricos, invento, como qualquer romancista, uma ficção que explica os fatos conhecidos.

Para uma fundamentação deste e de meus outros romances, para a discussão com leitores, e vários outros assuntos, por favor visitem minha página:

www.philippagregory.com

Este livro foi composto na tipografia Minion
Pro, em corpo 11/15, e impresso em papel
off-white, no Sistema Digital Instant Duplex
da Divisão Gráfica da Distribuidora Record.